Birago Diop · Geistertöchter

PH
V

BIRAGO DIOP

Geistertöchter

Die Geschichten des Amadou Koumba

Mit einem Nachwort von János Riesz

Peter Hammer Verlag

Erste deutschsprachige Gesamtausgabe. Die Nutzung der Übersetzungen von Christel Dobenecker und Horst Schulz erfolgt mit freundlicher Genehmigung des Verlages Aufbau/Rütten & Loening, Berlin/Weimar (siehe Inhaltsverzeichnis auf den Seiten 311 bis 314). Die von Sabine Müller-Nordhoff übersetzten Texte sowie das Nachwort von János Riesz sind deutsche Erstveröffentlichungen. Die Bearbeitung der Übersetzungen besorgte Gudrun Honke.

Originalausgaben: Birago Diop, Les Contes d'Amadou Koumba; Les Nouveaux Contes d'Amadou Koumba. Présence Africaine, Paris

Die Deutsche Bibliothek – CIP-Einheitsaufnahme

Diop, Birago:
Geistertöchter : die Geschichten des Amadou Koumba / Birago Diop.
Mit einem Nachw. von János Riesz. –
Wuppertal : Hammer, 1998
ISBN 3-87294-782-6

Umschlaggestaltung: Wolf Erlbruch
Satz: Data System, Wuppertal
Druck: Clausen & Bosse, Leck

Meinen Töchtern
Nenou und Dédée

Damit sie erfahren und nie vergessen,
daß der Baum nur wächst,
wenn er seine Wurzeln
tief in die nährende Erde senkt.

»Baké, schläfst du?«

»Ja, Großmutter!«

Obwohl ich so antwortete, wußte Großmutter, daß ich nicht schlief, sondern furchtzitternd meine Ohren und meine geschlossenen Augen gespannt den schrecklichen Erzählungen lieh, in denen die Geister und die Kobolde, die langhaarigen Kouss, auftauchten, und daß ich wie die Erwachsenen, die ebenfalls lauschten, voller Freude den nicht enden wollenden Abenteuern folgte von Leuk, dem schlauen hoppelnden Hasen, der Mensch und Tier in Dorf und Busch und selbst in der Residenz des Königs zum Narren hielt.

Wenn ich auf Großmutters Frage, ob ich schon schlafe, nicht mehr antwortete oder wenn ich sie verneinte, sagte meine Mutter einfach: »Er muß ins Bett«, und Großmutter hob mich von der Matte auf, die kühl wurde in der Nachtluft, und legte mich ins Bett, nachdem ich ihr mit schlaftrunkener Stimme das Versprechen abgenommen hatte, am nächsten Abend – denn in den heißen Ländern darf man erst nach Anbruch der Nacht Geschichten erzählen – in der Erzählung fortzufahren.

Als Großmutter tot war, hatte ich andere alte Menschen um mich; ich wuchs neben ihnen heran, »trank den Borkenaufguß und den Wurzelabsud, kletterte auf den Baobab«. Ich habe, ein

Kind noch, an den Quellen getrunken, viele weise Worte vernommen und einige wenige behalten.

Ich habe die letzten M'Bandakatt – singende und tanzende Clowns – gesehen und gehört; ich habe die Ritikatt auf ihrer einsaitigen Geige, die aus einer mit Eidechsenhaut gespannten Kalebasse bestand, ein Roßhaar zum Sprechen, Lachen und Weinen bringen hören. Ich habe die Lavankatt gehört, die in einem Zuge den gesamten Koran rezitierten und, um sich von der Anstrengung zu erholen, auf Kosten der häßlichen jungen Mädchen und der geizigen Alten Satiren in die heiligen Verse einstreuten.

Später, unter einem anderen Himmelsstrich, als die Zeit düster und die Sonne krank war, habe ich oft die Augen geschlossen, und meinen Lippen entflohen Kassak, wie sie im Haus der Männer gesungen wurden; ich habe meine Mutter und vor allem Großmutter wieder gehört, die vom Verdruß Bukis erzählte, der feigen, eingebildeten Hyäne, vom Unglück Khary Gayes, der Waise, von den Streichen Djabou N'Daws, des Enfant terrible, vom Triumph des Samba Seytané und vom teuflischen, unsteten Amary, dem Heuchler.

Dieses flüchtige Heraufbeschwören der nicht allzu fernen Vergangenheit erleichterte mir das Leben in der Fremde, linderte für einen Moment das quälende Heimweh und brachte noch einmal die heiteren, trauten Stunden zurück, die man erst schätzenlernt, wenn sie vorüber sind.

Als ich in die Heimat zurückkehrte – ich hatte kaum etwas von dem vergessen, was ich als Kind gelernt –, wurde mir das große Glück zuteil, daß ich auf meinem langen Weg dem alten Amadou Koumba, dem Grioten* meiner Familie, begegnete.

Amadou Koumba hat mir so manchen Abend – und so manchen Tag, ich muß es gestehen – dieselben Geschichten erzählt,

* *Griot* ist ein Begriff der französisch-afrikanischen Kolonialsprache; gleichbedeutend mit *Diali* im Sudan und *Guéwèl* in Senegal (von arabisch Qawwal, dem Rezitator der Sufisten). Der Griot ist Erzähler, Sänger, Genealogist, Bewahrer der ausschließlich mündlich überlieferten Tradition.

die meine Kindheit versüßten. Er hat mich mit anderen bekannt gemacht und schmückte sie mit Sentenzen und Sinnsprüchen, die aus der Weisheit der Alten schöpfen.

Dieselben Geschichten und Legenden – mit einigen wenigen Abweichungen – habe ich auf meinen Reisen auch am Ufer des Niger und in den Ebenen des Sudan*, fern von Senegal, gehört.

Andere Kinder, die dem glichen, was ich gewesen, und andere Erwachsene, meinen Eltern vergleichbar, lauschten ihnen mit der gleichen Spannung, die sich beim Schein der helleuchtenden Reisigfeuer auf ihren Gesichtern malte. Andere alte Frauen, andere Grioten trugen sie vor, und die eingeflochtenen Lieder, die alle im Chor wiederholten, wurden oft vom Trommelwirbel des Tamtams oder auf einer umgestülpten Kalebasse begleitet. Die gleiche Furcht und die gleiche Heiterkeit, die das Lachen verjüngte, streifte mit dem Atem des Busches den Zuhörerkreis. Die Furcht und die Heiterkeit, die zur selben Stunde in allen von der endlosen Nacht umhüllten Dörfern aufflackerten.

Wenn ich in alldem, was ich berichte, die Atmosphäre nicht zu schildern weiß, die als Zuhörer mich und jene umgab, die ich sah – aufmerksam, erschauernd oder nachdenklich –, so deshalb, weil ich zum Mann geworden, also kein richtiges Kind mehr bin und darum unfähig, Wunderbares nachzubilden. Vor allem fehlen mir die Stimme, die Begeisterung und die Mimik meines alten Grioten.

In das feste Gewebe seiner Geschichten und seiner Sentenzen, dessen untadelige Fäden ich nutzte, habe ich, ein ungeschickter Weber, mit zögerndem Schiffchen einige Streifen weben wollen, um ein Tuch zu fertigen, in dem Großmutter, käme sie noch einmal zurück, die Baumwolle gefunden hätte, die sie als erste spann; und Amadou Koumba wird darin den – zweifellos viel weniger lebhaften – Farbenglanz der schönen Stoffe wiedererkennen, die er einst für mich webte.

* Gemeint ist der Landschaftsraum zwischen der Sahara und der Regenwaldzone.

Fari, die Eselin

Aus seiner Geschichte heraustreten – oft, nachdem er kaum in sie eingetreten war – und sie dann um so wirkungsvoller wieder aufnehmen, so machte es für gewöhnlich Amadou Koumba, dessen Geschichten ich erzählen will und von dessen Taten ich eines Tages sicherlich auch berichten werde.

Oft entführte er uns, auf das Wort eines seiner Zuhörer hin, weit, sehr weit zurück in die Zeit. Oft auch war es ein Mann, der gerade vorüberging, die Geste einer Frau, die aus seinem Gedächtnis Geschichten und Worte der Weisheit aufleben ließen, die der Großvater seines Großvaters von seinem Großvater gehört hatte.

Entlang der Straße des Südens, auf der wir schon einen ganzen Tag bergan gestiegen waren, hatten säuberlich von den Aasgeiern abgenagte Gerippe und in allen Stadien der Verwesung begriffene Kadaver die Grenzsteine ersetzt, die es niemals gegeben hatte. Kadaver und Gerippe von Eseln, die Kolanüsse von der Küste nach dem Sudan schleppten.

Ich hatte gesagt: »Arme Esel! Was sie aushalten müssen!«

»Du bedauerst sie, du auch?« hatte Amadou Koumba geantwortet. »Immerhin ist es ihre Schuld, daß es so weit mit ihnen gekommen ist. Daß sie Sklaven von Sklaven sind. Denn die Anordnungen – Steuern und Zwangsabgaben betreffend – aus Dakar, die der Gouverneur an den Kreiskommandanten weitergibt, der Kreiskommandant an den Kantonchef – den Dolmetscher nicht zu vergessen –, der Kantonchef an den Dorfchef, der Dorfchef an das Familienoberhaupt, diese Anordnungen fallen vom Familienoberhaupt als Stockschläge auf ihren Rücken. Wie einst – denn ich glaube nicht, daß sich daran etwas geändert hat – von Damel, dem König, an die Lamane, die Vizekönige, von den Lamane an die Diambour, die freien Menschen, von den Diambour an die Badolo niederen Standes, von den Badolo an die Sklaven der Sklaven ... Wenn der Esel heute dort ist, wo er ist, so hat er es nicht anders gewollt.«

In den alten, sehr alten Zeiten, die ihnen gewiß nicht wie uns aus dem Gedächtnis entschwunden sind, lebten die Esel, wie alle Wesen auf der Erde, frei in einem Land, wo es ihnen an nichts mangelte. Welch schweres Vergehen haben sie sich zuschulden kommen lassen? Niemand hat es jemals erfahren, und wahrscheinlich wird es auch niemand je erfahren. Jedenfalls verheerte eines Tages eine große Trockenheit das Land, eine Hungersnot breitete sich aus. Nach endlosen Beratungen und Versammlungen kam man überein, daß Königin Fari und ihre Hofdamen sich auf die Suche begeben sollten nach weniger öden Ländern, nach gastlicheren Gegenden, reicheren Gebieten.

Im Königreich N'Guer, wo die Menschen wohnten, schienen die Ernten reicher zu sein als in irgendeinem anderen Land. Fari wollte gern dort verweilen. Doch wie sich gefahrlos all die schönen Dinge beschaffen, die den Menschen gehörten? Ein Mittel gab es vielleicht: selbst ein Mensch werden. Doch überläßt der Mensch seinesgleichen gern das, was er im Schweiße seines Angesichts erworben hat? Fari hatte so etwas noch nie gehört. Es konnte aber sein, daß der Mann der Frau nichts verweigern durfte, denn, soweit die Erinnerung aller Lebewesen zurückreicht, hatte man niemals gesehen, daß ein Männchen einem Weibchen irgend etwas verweigerte oder es gar schlug – es sei denn, es war toll wie ein tollwütiger Hund. Fari beschloß also, Weibchen zu bleiben und sich in eine Frau zu verwandeln, ihr Gefolge ebenfalls.

Narr, der Maure des Königs von N'Guer, war vermutlich der einzige Untertan im Königreich, der wahrhaftig der Religion des Koran anhing. Das war nicht sein Verdienst, mußte er sich doch seiner Vorfahren würdig erweisen, die den Islam gewaltsam im Land eingeführt hatten. Narr unterschied sich von den anderen aber auch durch seine weiße Hautfarbe und dadurch, daß er nicht das winzigste Geheimnis wahren konnte. Noch heute sagt man von einem Schwätzer, »er hat einen Mauren verschlungen«.

Narr war also überaus fromm und versäumte keines der fünf täglichen Gebete. Wie groß war sein Erstaunen, als er eines Morgens am See von N'Guer, wo er seine Waschung vornehmen wollte, Frauen antraf, die dort badeten. Die Schönheit der einen war derart, daß sie den Glanz der aufgehenden Sonne trübte. Narr vergaß Waschung und Gebet und eilte, Bour, den König von N'Guer, zu wecken.

»Bour! Billâhi! Wallâhi! So wahr Gott lebt! Wenn ich lüge, soll man mir den Kopf abschlagen! Ich bin am See einer Frau von unbeschreiblicher Schönheit begegnet! Komm mit zum See, Bour! Sie ist nur deiner würdig.«

Bour ging mit seinem Mauren zum See und geleitete die schöne Frau und ihr Gefolge zu seiner Residenz. Und machte sie zu seiner Lieblingsfrau.

Wenn der Mensch zu seinem Wesen sagt: »Warte hier auf mich«, so hat er ihm kaum den Rücken gekehrt, und schon folgt ihm das Wesen auf dem Fuße. Der Mensch ist nicht der einzige, der dieses Unglück erdulden muß. Der Esel, wie auch alle anderen Lebewesen, teilt es mit ihm. Deshalb wurden Fari und ihre Hofdamen, die am Hofe des Königs von N'Guer glücklich und sorglos hätten leben können, von Tag zu Tag trübsinniger und langweilten sich immer mehr. Es mangelte ihnen all das, was die Freude und das Glück einer Eselsnatur ausmacht: iahen und einen Wind streichen lassen, sich auf der Erde wälzen und ausschlagen ... Daher baten sie eines Tages, wobei ihnen die große Hitze als Vorwand diente, Bour um die Erlaubnis – die ihnen gewährt wurde –, täglich in der Dämmerung im See baden zu dürfen.

Sie trugen die Kalebassen, die Töpfe und alle schmutzigen Geräte zusammen und gingen so allabendlich zum See, wo sie, nachdem sie Bubus und Wickeltücher abgelegt hatten, singend ins Wasser stiegen:

Fari hi! han!
Fari hi! han!
Fari ist eine Eselin.

Wo ist Fari, die Königin der Esel,
Die davonging und nicht zurückkam?

Während sie so sangen, verwandelten sie sich in Eselinnen. Sie verließen das Wasser, liefen umher, schlugen aus, wälzten sich auf der Erde und ließen einen Wind streichen.

Niemand störte ihr Umhertollen. Der einzige, der das hätte tun können, der einzige, der das Dorf in der Dämmerung verließ, um seine Waschung und sein Timiss-Gebet zu verrichten, Narr, der Maure, war nach Mekka gepilgert. Erschöpft und glücklich nahmen Fari und ihr Gefolge wieder Frauengestalt an und kehrten mit gespülten Kalebassen und Töpfen zu Bour zurück.

Die Dinge hätten vielleicht immer so bleiben können, wenn Narr unterwegs umgekommen wäre, wenn er tief im Osten in einem Bambara-, Fulbe- oder Haussa-Königreich gefangengenommen und als Sklave gehalten worden wäre oder wenn er es vorgezogen hätte, den Rest seiner Tage in der Nähe der Kaaba zu verbringen, um dem Paradies näher zu sein. Doch Narr kehrte eines schönen Tages zurück, und zwar gerade bei Einbruch der Nacht. Bevor er dem König seinen Gruß entbot, ging er zum See. Dort erblickte er die Frauen und lauschte, hinter einem Baum versteckt, ihrem Gesang. Als er sah, wie sie sich in Eselinnen verwandelten, war sein Erstaunen weitaus größer als an dem Tag, da er sie entdeckt hatte. Er trat vor den König, konnte jedoch nichts von dem berichten, was er gesehen und gehört hatte, so sehr wurde er gefeiert und nach seiner Pilgerschaft befragt. Mitten in der Nacht aber erstickte er fast an seinem Geheimnis, das sich zwischen Kuskus und Hammelfleisch gelegt hatte. Er ging, den König zu wecken.

»Bour! Billâhi! Wallâhi! Sollte ich lügen, so schlage man mir den Kopf ab, doch deine Lieblingsfrau ist kein menschliches Wesen, sondern eine Eselin!«

»Was redest du da, Narr? Haben dir die Geister auf dem Wege zum Heil den Sinn verwirrt?«

»Morgen, Bour, morgen – inschâllâh! – werde ich dir den Beweis bringen.«

Am nächsten Morgen rief Narr Diali, den Grioten und Sänger des Königs, und lehrte ihn Faris Lied.

»Nach dem Frühstück«, sagte er zu ihm, »wenn unsere verehrte Königin Bours Kopf auf ihrem Schenkel liebkost, um ihn zum Einschlafen zu bringen, wirst du, anstatt die toten Könige zu preisen, auf der Gitarre spielen und das Lied singen, daß ich dich gelehrt habe.«

»Hast du dieses Lied in Mekka gelernt?« erkundigte sich Diali, neugierig wie jeder Griot, der auf sich hält.

»Nein, aber du wirst die Kraft meines Liedes gleich erfahren«, antwortete Narr, der Maure.

Bour schlummerte also, den Kopf auf dem Schenkel seiner Lieblingsfrau, während Narr wiederum von seiner Pilgerfahrt erzählte. Da begann Diali, der bis dahin leise vor sich hingesummt und dabei über seine Gitarre gestrichen hatte, zu singen:

Fari hi! han!
Fari hi! han!

Die Königin zuckte zusammen. Bour öffnete die Augen. Diali fuhr fort:

Fari hi! han!
Fari ist eine Eselin.

»Bour«, sagte die Königin weinend, »verwehre es Diali, dieses Lied zu singen.«

»Warum, geliebte Frau? Ich finde es sehr hübsch, ich, der König.«

»Es ist ein Lied, das Narr in Mekka gelernt hat«, erklärte der Griot.

»Ich flehe dich an, mein Gebieter!« jammerte die Königin. »Unterbrich ihn. Es bereitet mir Kummer, denn bei uns singt man es zu Beerdigungen.«

»Das ist doch kein Grund, Diali zum Schweigen zu bringen, meinst du nicht auch?«

Und Diali sang weiter:

Fari ist eine Eselin.
Wo ist Fari, die Königin der Esel,
Die davonging und nicht zurückkam?

Plötzlich wurde das Bein der Königin, auf dem Bours Kopf ruhte, steif, und unter dem Wickeltuch erschien ein Huf und dann ein Vorderfuß. Das andere Bein verwandelte sich, die Ohren wurden lang, das schöne Gesicht ebenfalls ... Wieder zur Eselin geworden, stieß Fari ihren königlichen Gemahl zurück und schlug mitten im Haus aus, wobei sie Narr, dem Mauren, den Kiefer ausrenkte. In den benachbarten Häusern, in den Küchen, im Hof zeigten Ausschlagen und Iahs an, daß den Untertaninnen Faris das gleiche Los widerfahren war wie ihrer Königin.

Wie ihre Königin wurden sie mit Stockschlägen gebändigt und gefesselt; desgleichen alle die Esel, die, beunruhigt über das Schicksal ihrer Königin und ihrer Gemahlinnen, auf die Suche nach ihnen gegangen und in das Königreich N'Guer gekommen waren.

Und seit N'Guer und seit Fari leiden die Esel unter Stockschlägen und traben, schwer beladen, die Pfade entlang, in der Sonne oder unter dem Mond.

Ein Urteil

Gewiß hatte Golo, das Oberhaupt des Affenvolkes, letzte Nacht ein wenig übertrieben, als er Dembas Wassermelonenfelder heimsuchte. Er hatte das erste und das zweite Aufgebot seiner Untertanen einberufen, die sich jedoch nicht damit begnügten, im Gänsemarsch anzumarschieren und eine Kette zu bilden, um sich die Wassermelonen, eine nach der anderen, weiterzureichen. Sie waren trüppchenweise über die Euphorbienhecken gesprungen. Die Euphorbien sind die dümmsten aller Pflanzen, sie können nichts weiter als greinen. Aber damit sie greinen, muß man sie anrühren. Golo hatte nicht nur die Euphorbien, sondern auch andere Dinge angerührt. Er und sein Volk hatten das ganze Feld verwüstet. Sie hatten sich wie vulgäre Schakale aufgeführt. Und jedermann weiß, wenn auch die Schakale als die größten Wassermelonenliebhaber gelten, die die Erde hervorgebracht hat, so sind sie doch auch bis auf den heutigen Tag die unerzogensten Wesen geblieben, die es unter der Sonne oder eher unter dem Mond gibt.

Golo und sein Volk hatten sich tatsächlich wie richtige Schakalsöhne aufgeführt, denn sie wußten sehr wohl, daß diese

Wassermelonen nicht dem alten Medjembe gehörten, der einst dem Ahn aller Affen eine so tüchtige Züchtigung verabreichte, daß kein Haar mehr auf seinem Hintern blieb. Dieses Kennzeichen war allen seinen Nachkommen haftengeblieben zur Erinnerung für alle Zeiten.

Ganz gewiß hätte ihn Demba wie der alte Medjembe behandelt, da sich Golo wie Thile, der Schakal, aufgeführt hatte, der seinerseits einst mit dem ersten Wassermelonenzüchter Schwierigkeiten bekam. Aber weder Golo noch einer seiner Untertanen hatte das Eintreffen Dembas abgewartet.

Golo hatte die Sache ganz klar übertrieben. Und Demba war am Morgen keineswegs erfreut, als er das Ausmaß der Schäden auf seinem Feld entdeckte. Doch von da aus seine Wut auf seine Frau Koumba zu übertragen war schon ein großer Schritt. Diesen Schritt aber tat Demba im gleichen Augenblick, als er über die Schwelle seiner Wohnung trat.

Er fand das Wasser, das Koumba ihm zur Begrüßung kniend anbot, nicht frisch genug. Er fand den Kuskus zu heiß und nicht gesalzen genug und das Fleisch zu zäh. Er fand dieses nicht recht und jenes verkehrt, denn wenn die Hyäne ihr Junges auffressen will, findet sie, daß es nach Geiß riecht.

Als Demba seiner Brüllerei müde war, bearbeitete er Koumba mit den Fäusten. Und als er sich müde geprügelt hatte, sagte er zu ihr: »Kehr zu deiner Mutter zurück, ich verstoße dich!«

Ohne ein Wort zu erwidern, packte Koumba ihr Hab und Gut zusammen, machte Toilette und zog ihre besten Kleider an. Ihre Brüste stachen unter dem bestickten Oberteil hervor. Ihr vorspringender Po spannte ihr Wickeltuch aus N'Galam. Bei jeder ihrer anmutigen Bewegungen klapperten ihre Perlengürtel, und ihr betäubendes Parfüm reizte Dembas Nasenlöcher.

Koumba türmte sich ihr Gepäck auf den Kopf und trat über die Türschwelle. Demba machte eine Bewegung, als wolle er sie zurückrufen, aber er unterließ es und sagte sich: Ihre Eltern werden sie mir zurückschicken.

Zwei, drei, ja zehn Tage vergingen, ohne daß Koumba wiederkam und ohne daß Koumbas Eltern ein Lebenszeichen von sich gaben.

Wie nützlich der Hintern ist, weiß man erst, wenn man sich setzen will. Demba fing an einzusehen, was es bedeutet, eine Frau im Hause zu haben.

Geröstete Erdnüsse sind eine Köstlichkeit, aber alle Feinschmecker, selbst diejenigen, die nur essen, weil Nicht-Essen den Tod bedeutet, sind sich darüber einig, daß sie in der Zuckersoße, die das Hirsegericht befeuchtet, oder in der gesalzenen und gepfefferten Soße, die den Kuskus mit den Bohnen versöhnt, noch viel besser schmecken. Demba sah den Augenblick voraus, an dem er dieser Ansicht zustimmen mußte. Sein Tagesmahl wurde ihm nicht mehr aufs Feld gebracht, und am Abend mußte er selbst das Feuer anzünden, um Erdnüsse oder Süßkartoffeln zu rösten.

Ein echter Mann rührt keinen Besen an, aber was soll man machen, wenn Staub, Asche, Erdnuß- und Kartoffelschalen jeden Tag den Boden des Hauses ein wenig mehr verunzieren?

Man arbeitet wirklich nur gut mit nacktem Oberkörper. Aber wenn das Tagewerk getan ist, zieht man seinen Bubu an. Und dann wünscht man, daß dieser Bubu nicht so dreckig ist wie eine Hundeleber. Ist es aber eines Mannes, der den Namen »Mann« verdient, würdig, mit Kalebasse, Seife und schmutziger Wäsche zum Bach oder Tümpel zu gehen und dort zu waschen?

Demba fing an, sich lauter solche Fragen zu stellen und noch viele andere dazu. Und immer wieder kam er, wenn auch etwas spät, zu dem Schluß: Wie nützlich der Hintern ist, weiß man erst, wenn man sich setzen will.

Die Enthaltsamkeit ist ohne Zweifel eine liebliche Tugend, aber eine höchst armselige Gefährtin. Sie ist viel zu winzig, um das Lager zu füllen, und so fand Demba sein Bett nur für ihn selber zu breit.

Koumba hingegen stellte an jedem Tag, der verging, von neuem fest, daß für eine junge und liebenswürdige Frau der Zustand des Verstoßenseins in einem Dorf voller junger Männer durchaus nichts Unangenehmes an sich hatte, ganz im Gegenteil.

Wer mit seinem ältesten und seinem jüngsten Bruder reist, unternimmt die angenehmste Reise. Am Rastplatz kümmert sich der älteste darum, eine Unterkunft zu finden, und der jüngste macht das Feuer an. Die nach Hause zurückgekehrte Koumba fand dort nicht nur ihre älteren und jüngeren Geschwister wieder, sondern auch deren tiefstes Mitgefühl, weil sie im Hause ihres Mannes so sehr gelitten hatte. So wurde sie von allen verwöhnt und verhätschelt.

Wenn man zuviel auflesen kann, wird das Bücken beschwerlich. Daher ermahnten die Grioten-Sänger und die Diali-Musiker mit den Klängen ihrer Gitarren Koumba vergeblich, unter den Freiern, die seit dem ersten Tag ihrer Heimkehr ihr Haus bestürmten, einen auszuwählen. Allabendlich nach dem Abendessen gab es nichts als Preisgesänge der Grioten auf Koumba, auf ihre Freundinnen und ihre Freier und Musik, mit der die Diali den Ruhm ihrer Vorfahren feierten.

Für den kommenden Sonntag war ein großes Tamtam geplant, ein Tamtam, währenddessen Koumba unter ihren Freiern schließlich einen auswählen sollte. Aber ach, am Samstagabend kam einer, den niemand mehr erwartet hatte, am wenigsten Koumba. Es war Demba, der in das Haus seiner Schwiegereltern trat und sagte: »Ich möchte meine Frau holen.«

»Aber Demba, du hast sie verstoßen.«

»Ich habe sie nicht verstoßen.«

Man holte Koumba aus ihrem Haus, in dem Freunde, Grioten, Freier und Musiker beisammensaßen.

»Du hast mir gesagt, ich soll zu meiner Mutter zurückkehren«, erklärte Koumba und wollte von der Rückkehr ins Haus ihres Ehemannes nichts wissen.

Man mußte die Dorfältesten zu Rate ziehen. Aber sie wußten nicht, wer von den beiden recht hatte, der Mann oder die Frau, wem sie glauben und wie sie entscheiden sollten. Koumba war ganz allein in das Haus ihrer Eltern zurückgekehrt, aus dem sie einst unter lustig lärmender Begleitung zum Haus ihres Gatten gezogen war. Sieben Tage, sieben weitere Tage und noch einmal sieben Tage waren vergangen, und Demba war nicht erschienen, um sie zurückzufordern. Also war sie aller Wahrscheinlichkeit nach nicht dem Beilager ihres Mannes entflohen. Eine Frau ist eine zu notwendige Sache, als daß man sie ohne Grund fortlaufen läßt. Andererseits war seit der Rückkehr Koumbas von der Wohnung des Mannes in das Haus ihrer Familie noch kein voller Mond vergangen. Die Trennung mußte also, wenn die Eheleute sich wieder vertragen wollten, nicht unbedingt endgültig sein, denn Demba hatte weder den Brautpreis noch seine Brautgeschenke zurückgefordert. Und warum hatte er sie nicht zurückgefordert?

»Weil ich eben«, erwiderte Demba, »meine Frau nicht verstoßen habe.«

»Weil du eben«, behauptete Koumba, »mich doch verstoßen hast.«

Tatsächlich verliert ein Mann, der seine Frau verstößt, sowohl den Brautpreis, den er den Schwiegereltern zahlte, wie auch die Geschenke, die er der Braut gemacht hat und die er dann eben nicht mehr zurückfordern kann. Aber wer seine Frau nicht verstoßen hat, fordert ebenfalls weder Brautpreis noch Geschenke zurück.

Die Sache war zu durchsichtig für den Scharfsinn der weisen Greise des Dorfes, die sie deshalb weiterschickten an die Ältesten von M'Boul. Von M'Boul wurden Demba und Koumba weitergeschickt nach N'Guiss, von N'Guiss nach M'Badane, von M'Badane nach Thiodor. Koumba sagte immer: »Du hast mich verstoßen.« Und Demba sagte überall: »Ich habe dich nicht verstoßen.«

Sie zogen von Dorf zu Dorf und von Land zu Land. Demba sehnte sich nach seinem Haus und seinem Bett und nach den Kalebassen voll Kuskus und nach dem Reis, der so fett war, daß einem das Öl von den Fingern bis zur Armader rann. Koumba dachte an ihre kurze Freiheit, an die Werbungen ihrer Freier, an die Preislieder der Grioten, an die Wohlklänge der Gitarren.

Sie waren in Thioye, sie waren in N'Dour. Der eine sagte immer »nein«, der andere sagte immer »ja«. In den Ländern der Muslime suchten die Marabuts im Koran, durchblätterten die Farata und die Sunna, deren Vorschriften das Eheband verknoten und entknoten. Bei den heidnischen Tiédo befragten die Zauberpriester die heiligen Gefäße, die vom Saft der Kolanüsse geröteten Kaurimuscheln und die geopferten Hühner. Koumba sagte überall: »Du hast mich verstoßen.« Demba sagte immer: »Ich habe dich nicht verstoßen.«

Eines Abends schließlich kamen sie in Maka-Kouli an. Maka-Kouli war ein Dorf, das keinem anderen Dorfe glich. In Maka-Kouli gab es keinen Hund, und es gab keine Katze. In Maka-Kouli gab es Bäume mit kühlem, dichtem Schatten, Tamarinden, Wollbäume und Baobabs. Es gab Flechtwände, die die Wohnstätten einfriedeten, Palisaden, die die Moschee einschlossen, deren Höfe mit Sand bestreut waren. Es gab Häuser aus Stroh und eine Moschee aus Lehm. Bäume, Flechtwände, Stroh der Häuser und Moscheemauern sind aber gewöhnlich die Orte, wo Khatj, der Hund, ungehobelt bis ins hohe Alter jeden Augenblick sein Bein hebt. Und der Urin des Hundes macht mehr als jeder andere Urin, gleichgültig, welcher Körperteil oder welcher Teil des Bubus ihn berührt, das glühendste Gebet zunichte.

Der Schatten der Bäume ist für die Rast der Menschen und für ihre Debatten geschaffen und nicht für den Urin der Hunde, sowenig wie der feine Sand, der die Höfe der Moschee ziert, der zuckerweiße Sand, den die Eseltreiber bei jedem Vollmond von den das Meer begrenzenden Dünen holen, als Müllgrube für Woundou, die Katze, dient, die darin ihre Unannehmlichkeiten verstecken möchte. Aus diesem Grunde gab es in Maka-Kouli weder Hund noch Katze. Nur die ganz kleinen Kinder, die noch nicht sprechen konnten, rollten sich dort im Staub und stritten sich zu ihrem Vergnügen um Knochen.

Denn sobald ein Kind in Maka-Kouli zu seiner Mutter sagen konnte: »Mama, trag mich auf dem Rücken!«, schickte man es zur Schule, daß es die Fâtiha und die anderen Suren des Koran erlernte.

Demba und Koumba kamen also eines Abends in Maka-Kouli an. Dort wohnte, von seinen glühenden Jüngern umgeben, Madiakaté-Kala, der große Marabut, der, Gott weiß wie oft, die Pilgerfahrt nach Mekka gemacht hatte.

Von morgens bis abends und oft von abends bis morgens gab es im Dorf nur Gebete, Litaneien, Preisgesänge an Allah und seine Propheten und Lesungen des Koran und des Hadith.

Demba und Koumba wurden in der Wohnung von Madiakaté-Kala empfangen, wie die Reisenden von fernher in allen Wohnstätten empfangen werden. Koumba speiste in der Gesellschaft der Frauen, und Demba teilte sein Mahl mit den Männern.

Als spät in der Nacht die Zeit kam, schlafen zu gehen, weigerte sich Koumba, Demba in das für sie vorbereitete Haus zu begleiten.

»Mein Mann hat mich verstoßen«, erklärte Koumba. Und sie erzählte, wie Demba wütend vom Felde heimgekehrt war, welches Gebrüll sie ertragen und welche Schläge sie empfangen hatte. Demba gab zu, daß er gebrüllt habe, ja, aber keineswegs so laut, wie sie es behauptete. Er gab zu, daß er die Hand gegen seine Frau erhoben habe, aber das seien nur ein paar bedeutungslose Rippenstöße gewesen, und außerdem habe er sie durchaus nicht verstoßen.

»Doch, du hast mich verstoßen.«

»Nein, ich habe dich nicht verstoßen.«

Und so ging der Streit weiter, bis Madiakaté-Kala dazwischenfuhr und zu Tara, seiner jüngsten Frau, sagte: »Nimm Koumba zu dir ins Haus! Wir werden die Sache morgen klären, inschâllâh!«

Die beiden Eheleute schliefen also getrennt wie an jedem Abend seit jener Unglücksnacht, als Golo und sein Volk unartiger Kinder, ohne die Folgen ihrer Handlungen zu bedenken oder indem sie sich einfach lustig machten (was viel wahrscheinlicher ist, denn die Affen wissen Bescheid über alles, was bei den Menschen geschieht), es unternommen hatten, das Wassermelonenfeld zu plündern.

Ein neuer Tag brach an, der den anderen Tagen in Maka-Kouli glich und mit Arbeit und Gebeten verstrich: mit Arbeit für die Frauen, mit Gebeten für die Männer.

Madiakaté-Kala hatte am Vorabend gesagt: »Morgen werden wir die Sache klären, wenn es Gott gefällt.« Doch der Tag war verstrichen, ohne daß er die beiden Eheleute gerufen oder befragt hätte. Koumba hatte den Frauen in Haus und Küche geholfen. Demba hatte sich an den Gebeten der Männer beteiligt und den Auslegungen des weisen Marabut zugehört.

Die Sonne hatte ihr Tagewerk beendet und bereits ihr von Indigo übergossenes Feld verlassen, wo schon, eine reiche Ernte für die Nacht versprechend, die ersten Sterne blinkten. Der Muezzin hatte bereits nacheinander an den vier Ecken der Moschee den Asân in den Abendwind geschleudert, den Aufruf für die Gläubigen zum Abendgebet.

Madiakaté-Kala, der Imam, führte seine Jünger auf den langen und beschwerlichen Weg des Heils, der so voller Hinterhalte liegt.

Die Körper verbeugten sich, die Stirnen berührten den zuckerweißen Sand, die Köpfe reckten sich wieder, die Körper erhoben sich, und die Kniefälle folgten aufeinander im Rhythmus der heiligen Verse. Beim letzten Kniefall wandten sich die Köpfe nach rechts, dann nach links, um den Engel zur Rechten und den Engel zur Linken zu grüßen.

Kaum daß er das »As-salâm aleikum« zu Ende gesprochen hatte, wandte sich Madiakaté-Kala brüsk um und fragte: »Wo ist der Mann, der seine Frau verstoßen hat?«

»Hier bin ich!« erwiderte Demba aus der letzten Reihe der Gläubigen.

»Mann, deine Zunge ist deinem Verstand vorausgeeilt, und dein Mund hat eingewilligt, die Wahrheit zu sagen. Sagt seiner

Frau, sie möge getrost zu ihrer Mutter zurückkehren, ihr Mann hat vor uns allen zugegeben, daß er sie verstoßen hat.«

»Und deshalb«, sagte Amadou Koumba, »spricht man bei uns noch immer vom Urteil des Madiakaté-Kala.«

Die Mamellen

Wenn sich die Erinnerung daran begibt, trockenes Holz zu sammeln, schnürt sie daraus das Bündel, das ihr gefällt.

Verhangener Horizont, so weit ich blicken kann. Vergangen sind das Grün des Sommers und das Gelbrot des Herbstes, ich suche die endlosen Weiten der Savanne und finde nur kahle Berge, finster wie geschlagene Riesen, denen der Schnee das Leichentuch verwehrt, da sie doch wohl Ungläubige sind.

Der Winter, ein schlechter Weber, vermag es weder, seine Baumwolle zu entkernen noch sie zu kämmen; er spinnt und webt nur einen seichten Regen. Der Himmel ist grau und kalt, die Sonne bleich, sie zittert. So wärme ich mir am Kamin meine steifgefrorenen Glieder.

Das Holz, das man selbst geschlagen und kleingehackt hat, wärmt besser als jedes andere Feuer.

Beim Schein der zuckenden, ineinander verschlungenen Flammen wandeln meine Gedanken auf Pfaden, die gesäumt, überladen sind von Erinnerungen.

Plötzlich werden die Flammen zum roten Widerschein einer auf wogenden Wellen untergehenden Sonne. Die geteilten Wellen bilden auf dem zurückweichenden Grund flüchtige Irrlichter. Erschöpft von seiner langen Reise, umfährt das Schiff träge die Pointe des Almadies.

»Das bißchen sind die Mamellen?« hatte eine ironische Stimme neben mir gefragt.

O ja! Das bißchen waren sie, die Mamellen, die höchsten Erhebungen in Senegal. Kaum hundert Meter hoch. Ich hatte dieser jungen Frau, die während der Überfahrt so schüchtern und zurückhaltend gewesen war, bekennen müssen, daß ich dem Verlangen nicht hatte widerstehen können, sie Violette, Veilchen, zu nennen. Und Violette war es, die spöttelnd fragte, ob das bißchen die Mamellen seien, und die meine Berge zu unscheinbar fand.

Ich konnte, so oft ich wollte, sagen, daß sie, da sie die Reise fortsetzte, weiter südlich, in den Futa-Djalon gelangen würde, zu den Bergen Kameruns und so weiter und so fort. Violette ließ sich nicht von ihrer Meinung abbringen, daß die Natur recht sparsam verfahren war, als sie Senegal mit diesen beiden lächerlichen Laterithäufchen, hier etwas bemoost, dort völlig kahl, ausgestattet hatte.

Erst später, nach meiner ersten Rückkehr in die Heimat, erst viel später, als ich Amadou Koumba begegnete, als ich Körnchen für Körnchen sein Wissen und seine Weisheit auflas, habe ich, als eine Sache unter vielen anderen, erfahren, was es mit den Mamellen für eine Bewandtnis hat, mit diesen beiden Buckeln der Halbinsel Cap-Vert, dem letzten Stück afrikanischen Bodens, das die Sonne am Abend lange betrachtet, bevor sie im großen Meer versinkt.

Wenn sich die Erinnerung daran begibt, trockenes Holz zu sammeln, schnürt sie daraus das Bündel, das ihr gefällt.

An diesem Abend, in der Kaminecke, verknüpft meine Erinnerung mit demselben Stückchen Liane meine kleinen Berge, die Frauen von Momar und die schüchterne und blonde Violette, der ich – vielleicht ein wenig spät – auf ihre ironische Frage das antworte, was mir Amadou Koumba erzählt hat.

Wenn es um Ehefrauen geht, so ist die Zahl zwei niemals angeraten. Wer sich häufiges Gezänk und Geschrei, Vorwürfe und gehässige Anspielungen ersparen will, der nehme drei Frauen oder eine, aber niemals zwei. Zwei Frauen in ein und demselben Haus haben stets eine dritte Gefährtin zur Seite, die nicht nur zu nichts taugt, sondern zudem die übelste aller üblen Ratgeberinnen ist: die Mißgunst mit ihrer Stimme, die scharf und ätzend ist wie der Saft der Tamarinde.

Voller Mißgunst steckte Khary, Momars erste Frau. Sie hätte zehn Kalebassen mit ihrem Neid füllen und in einen Brunnen schütten können, so wären ihr doch noch zehnmal zehn volle Lederbeutel in der Tiefe ihres kohlrabenschwarzen Herzens geblieben. Nun ja, vielleicht hatte Khary nicht allzu viele Gründe, mit ihrem Schicksal übermäßig zufrieden zu sein – denn Khary hatte einen Buckel. Oh, wirklich nur einen ganz kleinen Buckel, den ein gut gestärktes Oberteil oder ein weiter Bubu mit breiten Falten leicht verbergen konnte. Aber Khary war der Überzeugung, daß aller Augen nur auf ihrem Buckel ruhten.

Noch immer klangen ihr die Rufe »Khary-Khougué, Khary-Khougué!« – Khary, die Bucklige! – in den Ohren, ebenso der Spott ihrer Spielgefährtinnen, die Khary, als sie noch ein kleines Mädchen war und wie die anderen mit nacktem Oberkörper herumlief, alle Augenblicke fragten, ob sie ihnen nicht das Baby, das sie auf dem Rücken trug, einmal geben wolle. Wütend jagte Khary hinter ihnen her und Gnade der, die ihr in die Hände fiel. Sie kratzte sie, zog sie an den Zöpfen und riß ihr die Ohrringe ab. Kharys Opfer mochte so viel schreien und jammern, wie es wollte, nur die Spielgefährtinnen konnten es befreien, sofern sie nicht zu große Angst vor den Kratzern und Schlägen der Buckligen hatten, denn ebensowenig wie in die Spiele der Kinder mischen sich die Erwachsenen auch nicht in deren Gezänk und Streitigkeiten ein.

Mit zunehmendem Alter wurde Kharys Charakter keineswegs erträglicher, im Gegenteil, er wurde sauer wie Milch, über die ein Geist hinweggeschritten ist. Momar war es, der jetzt unter der abscheulichen Laune seiner Buckelfrau litt.

Wenn Momar aufs Feld ging, war er gezwungen, sein Essen mitzunehmen. Aus Angst vor den spöttischen Blicken wollte Khary nicht aus dem Haus gehen, geschweige denn ihrem Mann bei der Feldarbeit helfen.

Momar wurde es überdrüssig, den ganzen Tag auf dem Feld zu arbeiten und immer erst abends eine warme Mahlzeit einzunehmen. Er beschloß, eine zweite Frau zu nehmen, und heiratete Koumba.

Angesichts der neuen Frau ihres Mannes hätte Khary die beste Gattin, die liebenswerteste Frau werden müssen – darauf jedenfalls hatte Momar in seiner Einfalt gehofft. Doch weit gefehlt.

Indessen hatte auch Koumba einen Buckel. Und ihr Buckel übertraf wahrlich die Größe eines normalen Buckels. Wenn sie einem den Rücken zudrehte, glaubte man, den Behälter einer Färberin vor sich zu haben, der das Tuch, das sie um ihren Kopf geschlungen hatte, und die Kalebasse, die sie auf ihrem Kopf trug, hielt. Trotz ihres Buckels war Koumba fröhlich, sanftmütig und liebenswürdig.

Als man die kleine Koumba – zu der Zeit, da sie mit nacktem Oberkörper herumlief und spielte – verspottete und sie bat, doch für einen Augenblick das Baby, das sie auf dem Rücken trug, herüberzureichen, lachte sie ausgelassener als die anderen und gab zur Antwort: »Es würde mich wundern, es will nicht einmal zum Stillen herab.«

Als Koumba später die Erfahrung machte, daß Erwachsene vielleicht weniger spottlustig sind als Kinder, dafür aber um so boshafter, änderte das nicht ihren Charakter. Auch im Hause ihres Gatten blieb sie die gleiche. Sie betrachtete Khary als ihre große Schwester und bemühte sich, ihr zu gefallen. Sie verrichtete alle schwere Arbeit im Haushalt, wusch die Wäsche im Fluß, worfelte das Getreide und zerstieß die Hirse. Tag für Tag brachte sie Momar das Essen aufs Feld und half ihm bei der Arbeit.

Khary war darum nicht zufriedener. Ganz im Gegenteil, da Koumba anscheinend nicht unter ihrem großen Buckel litt, war sie weitaus mürrischer und boshafter als zuvor. Die Mißgunst ist ein Vielfraß, der sich an allen möglichen Speisen gütlich tut.

Zwischen seinen beiden Frauen, beide bucklig, aber freundlich, gut und liebenswert die eine, böse, brummig und übellaunig wie der Hintern im Morgengrauen die andere, war Momar also zur Hälfte glücklich.

Um ihrem Mann länger helfen zu können, brachte Koumba oft eine Mahlzeit aufs Feld, die sie am Vorabend oder in der Frühe zubereitet hatte. Vom frühen Morgen an hackten und jäteten sie, und wenn sich ihre Schatten unter ihren Körpern verkrochen, um Schutz vor der sengenden Sonne zu suchen, hielten Momar und Koumba inne. Koumba wärmte den Reis oder die Hirse auf, die sie sich mit ihrem Mann teilte. Dann streckten sich beide im Schatten der Tamarinde aus, die sich mitten auf dem Feld erhob. Doch statt sich dem Schlaf zu überlassen, wie es Momar tat, kraulte Koumba ihm den Kopf. Vielleicht träumte sie dabei von makellosen Frauenkörpern.

Von allen Bäumen spendet die Tamarinde den dichtesten Schatten. Durch ihr Blätterwerk hindurch, das die Sonnenstrahlen nur schwer zu durchdringen vermögen, kann man bisweilen am hellichten Tag die Sterne sehen. Das macht den Baum zum häufigsten Treffpunkt für Geister und Seelen, für die guten wie für die bösen Geister, für die gütigen wie für die übellaunigen Seelen.

Viele Verrückte schreien und singen am Abend, die am Morgen bei klarem Verstand ihr Dorf oder ihr Anwesen verlassen haben. Sie waren in der Mittagszeit unter einer Tamarinde hergegangen und hatten dort etwas gesehen, was sie nicht sehen sollten, was sie keinesfalls hätten sehen dürfen: Wesen aus einer anderen Welt, Geister, die sie durch ihre Worte oder Taten beleidigt hatten.

In den Dörfern weinen, lachen, schreien und singen Frauen, die den Verstand verloren haben, da sie zu heißes Wasser aus einem Topf auf die Erde geschüttet und dabei die Geister verbrüht hatten, die gerade vorbeihuschten oder auf dem Hof ihr Schläfchen hielten. Daraufhin hatten die Geister ihnen im Schatten einer Tamarinde aufgelauert und ihnen den Sinn verwirrt.

Weder Momar noch Koumba hatten je, sei es durch Worte oder durch Taten, die Geister beleidigt oder verletzt. So konnten sie im Schatten der Tamarinde ausruhen, ohne den Besuch oder die Rache böser Geister befürchten zu müssen.

An jenem Tage hielt Momar einen Mittagsschlaf, als Koumba, in seiner Nähe mit Nähen beschäftigt, von der Tamarinde eine Stimme zu hören glaubte, die ihren Namen flüsterte. Sie hob den Kopf und erblickte auf dem untersten Ast des Baumes eine alte, sehr alte Frau, deren Haare, lang und weißer als entkernte Baumwolle, ihren Rücken bedeckten.

»Ist Friede mit dir, Koumba?« fragte die alte Frau.

»Immer nur Friede, Mame, Großmutter«, antwortete Koumba.

»Koumba«, fuhr die alte Frau fort, »ich kenne dein gutes Herz und deinen großen Fleiß, seitdem du deine rechte Hand von der linken unterscheiden kannst. Ich will dir einen großen Dienst erweisen, denn ich weiß, daß du dessen würdig bist. Am Freitag, bei Vollmond, werden die Geistertöchter auf dem Tonhügel von N'Guew tanzen. Du wirst, sobald die Erde sich abgekühlt hat, auf den Hügel steigen. Wenn das Tamtam am lautesten schlägt, wenn der Reigen in vollem Gange ist, wenn eine Tänzerin ohne Unterlaß eine andere ablöst, dann gehst du zu der Geistertochter, die dir am nächsten steht, und sagst zu ihr: »Da, nimm mir das Kind ab, das ich auf dem Rücken trage, jetzt bin ich mit Tanzen an der Reihe.«

Am Freitag, welch ein glücklicher Zufall, schlief Momar im Haus von Khary, seiner ersten Frau.

Die letzten im Dorf waren endlich in den ersten Schlaf gesunken, als Koumba aus ihrem Haus trat und die Richtung zum Tonhügel einschlug.

Schon von weitem hörte sie das wilde Dröhnen des Tamtams und das Händeklatschen. Die Geistertöchter tanzten den San' diaye, wobei sie sich eine nach der anderen in der Mitte des fröhlichen Kreises drehten. Koumba trat näher und begleitete mit ihrem Händeklatschen den betäubenden Rhythmus des Tamtams und den rasenden Wirbel der sich einander abwechselnden Tänzerinnen.

Eine, zwei, drei ... zehn hatten sich gedreht und gedreht, daß ihre Bubus und Wickeltücher nur so flogen – da sagte Koumba ihrer Nachbarin zur Linken, wobei sie ihr den Rücken zuwandte: »Da, nimm mir das Kind ab, jetzt bin ich an der Reihe.«

Die Geistertochter nahm ihr den Buckel ab, und Koumba entfloh. Sie lief und lief und hielt erst vor ihrem Haus inne, das sie in dem Augenblick betrat, da der erste Hahn krähte.

Die Geistertochter konnte sie nicht mehr einholen, denn das Zeichen wurde gegeben, daß das Tamtam beendet war und die Geister an ihre Wohnorte zurückkehren sollten bis zum nächsten Mal, wenn an einem Freitag wieder Vollmond wäre.

Koumba hatte keinen Buckel mehr. Ihr fein geflochtenes Haar schmiegte sich wieder an ihren langen, schlanken Gazellenhals. Momar erblickte sie, als er am Morgen aus dem Haus seiner ersten Frau trat. Er glaubte zu träumen und rieb sich mehrmals die Augen. Koumba erzählte ihm, was geschehen war.

Der Speichel in ihrem Mund wurde zu Galle, als Kharys Blick auf Koumba fiel, die gerade Wasser aus dem Brunnen schöpfte. Kharys Augen wurden blutrot. Sie öffnete ihren Mund, der trocken war wie ein Tonklumpen, der nach dem ersten Regen schmachtet, und bitter wie eine Sindian-Wurzel, doch kein Laut drang über ihre Lippen, und ohnmächtig brach sie zusammen. Momar und Koumba hoben sie auf und trugen sie in ihr Haus. Koumba wachte an ihrem Lager, gab ihr zu trinken, massierte sie und tröstete sie mit sanften Worten.

Als Khary wieder auf den Beinen war – der Neid war ihr vom Bauch in die Kehle gestiegen und hätte sie beinahe erstickt –, erzählte ihr Koumba, noch immer eine treue Gefährtin, wie sie ihren Buckel verloren hatte, und erklärte ihr, was sie tun müßte, um sich ebenfalls ihres Buckels zu entledigen.

Mit Ungeduld wartete Khary auf den Vollmond, der auf einen Freitag fiel und der, so schien es, überhaupt nicht näherrückte. Die Sonne, die den ganzen Tag auf den Feldern verweilte, verspürte scheinbar keinerlei Eile, in ihr Heim zurückzukehren, und die Nacht zögerte lange, bis sie das ihre verließ und sich aufmachte, ihre Sternenherde auf die Weide zu führen.

Endlich war der Freitag gekommen, wie eben alles einmal kommt.

Khary rührte an jenem Abend keine Speise an. Sie ließ sich von Koumba noch einmal die Ratschläge und Belehrungen wiederholen, die ihr die alte Frau von der Tamarinde mit dem langen, Baumwolle gleichenden Haar gegeben hatte. Sie lauschte, wie die Geräusche mit dem Einbruch der Dunkelheit allmählich schwächer wurden und dann ganz verstummten; sie hörte, wie die Geräusche der Nacht sich erhoben und anschwollen. Als sich die Erde abgekühlt hatte, ging Khary den Weg hinauf zum Tonhügel, wo die Geistertöchter tanzten.

Es war eben der Augenblick, da die Tänzerinnen unter dem Geschrei, dem Gesang und Händeklatschen ihrer Gefährtinnen, die einen Kreis um sie bildeten und ungeduldig warteten, im rasenden Rhythmus des dröhnenden Tamtams ihr Talent zeigen zu können, miteinander wetteiferten, wer die meiste Gewandtheit, Geschmeidigkeit und Ausdauer besaß.

Khary trat näher, klatschte in die Hände, wie die zweite Frau ihres Mannes es ihr erklärt hatte, und wandte sich dann, als zwei, drei Geistertöchter im Kreise herumgewirbelt waren und sich atemlos zurückzogen, an ihre Nachbarin: »Da, nimm mir das Kind ab, jetzt bin ich mit Tanzen an der Reihe.«

»O nein«, sprach die Geistertochter, »jetzt bin ich an der Reihe. Hier, paß auf das auf, was man mir vor einem ganzen Mond anvertraut und niemand dann zurückverlangt hat.«

Mit diesen Worten setzte die Geistertochter den Buckel, den Koumba ihr anvertraut hatte, auf Kharys Rücken. Im selben Augenblick ertönte der erste Hahnenschrei. Die Geister verschwanden, und Khary blieb allein auf dem Tonhügel zurück, allein mit ihren beiden Buckeln.

Schon der erste Buckel, ein ganz kleiner, hatte jeden Tag ihres Lebens vergällt, und jetzt stand sie da mit noch einem Buckel, einem sehr großen, viel größer als der erste. Das war wirklich mehr, als sie jemals würde ertragen können.

Sie raffte ihre Tücher und begann zu laufen, immer geradeaus. Sie lief nächtelang, sie lief tagelang, und sie lief so weit, und sie lief so geschwind, bis sie ans Meer kam und sich hineinstürzte.

Aber sie verschwand nicht ganz. Das Meer wollte sie nicht völlig verschlingen.

Es sind die beiden Buckel von Khary-Khougué, die die Spitze von Cap-Vert überragen. Sie sind es, die unter den letzten Strahlen aufleuchten, die die Sonne auf afrikanischen Boden schickt.

So sind die beiden Buckel von Khary zu den Mamellen geworden.

N'Gor-Niébé

N'Gor Sène war ein echter Serer, kohlrabenschwarz, ein Serer aus Diakhaw. Wenn er auch einmal in seinem Leben an der Sandbank von Sangomar, am Ufer des Großen Meeres, gewesen war, hatte sich N'Gor Sène doch niemals nach Norden oder nach Osten gewandt. So war ihm auch niemals das Mißgeschick von Mawdo, dem alten Fulbe, zu Ohren gekommen, der sich eines Abends dort drüben in Massina beim Palaver – viele Jahre sind seitdem vergangen – so weit vergessen hatte, daß er vor allen ein unanständiges Geräusch von sich gab. Jung und alt sah sich einander an. Dann starrten alle auf Mawdo, der sich erhoben hatte und in die Nacht hinauslief, immer gen Süden. Er wanderte Tag und Nacht, er wanderte Monde um Monde, er durchquerte das Land der Marka, das Gebiet der Bambara, die Dörfer der Minianka und die buckligen, in der Trockenzeit riesigen Friedhöfen ähnelnden Felder der Senufo. Er war siebenmal sieben Jahre im Wald geblieben, im Lande der nackten Menschen. Dann hatte er sich schwerfällig, mit dem Schritt eines müden, verbrauchten Alten, wieder nach Massina aufgemacht, denn die Sehnsucht nach den weiten Ebenen verzehrte sein armes Herz. Abermals wanderte er Monde um Monde und gelangte schließlich eines Abends an die Ufer des Niger. Riesige Viehherden hatten an jenem Tag den angeschwollenen, reißenden Fluß durchquert. Erschöpft von den Anstrengungen, plauderten die Schäfer an einem hoch auflodernden Feuer miteinander. Mawdo hatte sich ihnen genähert, um seine vor Kälte steifen, lahmen Glieder zu wärmen, als er hörte: »Ich sage dir, das ist noch nicht so lange her!«

»Ich versichere dir, daß es länger her ist. Hör zu, mein Vater hat mir gesagt, es war im ›Jahr des Furzes‹.«

Der alte Mawdo hörte die Worte, kehrte um und tauchte ein in die Nacht, um tief, tief im Süden seine alten Tage zu beenden.

N'Gor Sène hatte niemals vom Mißgeschick des armen alten Fulbe Mawdo reden hören; gleichwohl, seit er seine rechte Hand von der linken unterscheiden konnte, mochte er keine Bohnen essen.

Auf welche Weise man die Bohnen auch zubereitete, was auch immer für eine Sauce es war, in der man die Bohnen anrichtete, eine Sauce aus gesalzenen Erdnüssen oder aus bitterem Sauerampfer, was auch immer für ein Fleisch es war, das den Bohnen beigegeben wurde, Ziegenkoteletts oder ein Halsstück vom Hammel, Rindfleisch oder Antilope – N'Gor hatte niemals eine Niébé-Bohne angerührt, und nicht die Spur einer Bohne war in seinen Mund gelangt.

Jeder wußte, daß N'Gor ein »Ich-esse-keine-Bohnen« war. Trotzdem, erkläre das, wer kann, nannte ihn niemand mehr bei seinem Namen. Bei allen, sei es im Dorf oder gar im ganzen Land, hieß er N'Gor-Niébé.

Verärgert darüber, stets erleben zu müssen, wie er es ablehnte, sich vor einer Kalebasse niederzuhocken, wenn sich darin auch nur ein Stückchen Schwarz von der Nasenspitze einer Niébé-Bohne zeigte, schworen sich seine Kameraden, ihn davon kosten zu lassen.

N'Dèné war ein hübsches Mädchen mit straffen Brüsten, kräftigen, prallen Pobacken und einem Körper, biegsam wie eine Liane, und N'Dèné war die Freundin von N'Gor Sène. So kam es, daß die Kameraden ihres Freundes sie eines Tages aufsuchten und zu ihr sprachen: »N'Dèné, wir geben dir alles, was du begehrst: Bubus, Wickeltücher, Silber und Halsketten, wenn es dir gelingt, N'Gor dazu zu bringen, daß er Niébé-Bohnen ißt. Wir, seine Brüder, wundern uns langsam über ihn, weil er uns nicht einmal die Gründe für seinen Widerwillen nennt. Seine Familie ist von keinem Gebot betroffen, das den Genuß von Bohnen untersagt.«

Einer jungen, hübschen und koketten Frau Tücher und Schmuck zu versprechen! Was täte sie nicht alles, um das zu besitzen? Wie weit würde sie nicht dafür gehen? Jemanden dazu zu bringen, eine Mahlzeit zu verzehren, die keine Tradition verbietet, noch dazu jemandem, der beteuert, einen zu lieben und der es jeden Abend von neuem beweist? Nichts leichter als das. N'Dèné erklärte sich dazu bereit.

Drei Nächte lang, nachdem Grioten, Musiker und Sänger die jungen Liebenden erheitert und sich verabschiedet hatten, war N'Dèné liebenswürdiger und zärtlicher denn je. Sie schlief nicht eine Minute, statt dessen massierte sie N'Gor, fächelte ihm Luft zu und liebkoste ihn, wobei sie ihm einschmeichelnde Lieder vorsang und zärtliche Worte sagte. Am Morgen nach der dritten Nacht fragte N'Gor sie: »N'Dèné, meine Schwester und mein Liebling, was wünschst du von mir?«

»N'Gor, mein Beschützer«, erwiderte die junge Frau, »alle behaupten, daß du keine Bohnen magst, selbst dann nicht, wenn sie von deiner Mutter zubereitet wären. Ich wünsche mir, daß du welche ißt, die ich gekocht habe, und sei es nur eine Handvoll. Wenn du mich wirklich liebst, so wie du sagst, wirst du es tun, und nur ich werde davon wissen.«

»Das ist dein größter Wunsch und sonst nichts? Nun gut, meine Geliebte, koche mir morgen Bohnen, und wenn die Erde sich abgekühlt hat, werde ich sie essen, wenn du das als Beweis meiner großen Liebe verlangst.«

Am Abend kochte N'Dèné die Bohnen, bereitete sie mit Erdnußsauce zu, würzte sie mit Piment, gab Gewürznelken und so viele andere Gewürze hinzu, daß sowohl vom Duft als auch vom Geschmack der Bohnen nichts mehr übrigblieb.

N'Gor war in tiefen Schlaf gesunken, als N'Dèné ihn sanft, indem sie ihm den Kopf kraulte, weckte und die so appetitanregende Kalebasse vor ihn hinstellte.

N'Gor erhob sich, wusch sich die rechte Hand, setzte sich auf die Matte neben die Kalebasse und sprach zu seiner Geliebten: »N'Dèné, gibt es in Diakhaw eine Person, der du deine Nase schenken würdest, damit sie am Leben bleibt, wenn sie ihre verloren hat, eine Person, deren Herz und das deine eins sind, eine Freundin, vor der du keine Geheimnisse hast, gibt es eine einzige Person, der du dich wirklich anvertrauen kannst?«

»Ja«, antwortete N'Dèné.

»Wer ist sie?«

»Thioro.«

»Hol sie her!«

N'Dèné holte ihre Busenfreundin herbei. Als Thioro ankam, fragte N'Gor sie: »Thioro, hast du eine Freundin, die dir nahesteht, die einzige Person auf der Welt, der du dein Herz öffnest?«

»Ja«, erwiderte Thioro, »N'Goné.«

»Sag N'Goné, sie möge herkommen.«

Thioro holte N'Goné, die ihr mehr als eine Schwester war. Als N'Goné eintrat, befragte N'Gor sie: »N'Goné, hast du eine Person auf der Welt, der deine Zunge kein Geheimnis verbirgt, für die dein Herz so klar ist wie der Tag?«

»Ja, Djégane«, sagte die junge Frau.

Djégane kam und antwortete auf N'Gors Frage, daß es Sira sei, die ihre Geheimnisse teile. N'Gor bat sie, Sira, ihre Busenfreundin, herbeizuholen. Sira erschien und ließ die einzige Vertraute in ihrem Leben, Khary, herbeirufen. Khary eilte davon und holte diejenige, mit der sie die tiefsten Geheimnisse austauschte. Und so geschah es, daß N'Gor, der vor seiner Kalebasse mit Bohnen hockte, sich im Haus von zwölf Frauen umgeben sah, die sich nacheinander, die eine dem Ruf der anderen folgend, eingefunden hatten.

»N'Dèné, meine Schwester«, sprach er, »ich werde niemals Bohnen essen. Wenn es mir nun eingefallen wäre, die heute abend von dir zubereiteten Niébé-Bohnen zu verzehren, hätten es morgen alle diese Frauen gewußt, und, von einer Busenfreundin zur anderen, von den Frauen zu den Ehemännern, von den Ehemännern zu den Verwandten, von den Verwandten zu den Nachbarn, von den Nachbarn zu den Bekannten, hätten es das ganze Dorf und schließlich das ganze Land erfahren.«

In der Nacht kehrte N'Gor Sène in sein Haus zurück. Er mußte daran denken, wie recht Kotj Barma hatte, wenn er sagte: »Schenk der Frau deine Liebe, niemals aber dein Vertrauen.«

Mama Kaiman

Die törichtsten Tore von allen Tieren, die fliegen, laufen und schwimmen, die törichtsten Tore von allen Tieren, die unter der Erde, im Wasser und in der Luft leben, sind ohne jeden Zweifel die Kaimane, jene Kreaturen, die zu Land kriechen und auf dem Grund des Wassers laufen.

»Diese Auffassung ist nicht die meine«, sagte Amadou Koumba, »sondern Golo, der Affe, vertritt sie. Mögen alle auch mit mir darin übereinstimmen, daß Golo das gröbste der Geschöpfe ist, doch als unser Griot sagt er, wie die einen meinen, sehr vernünftige Sachen, oder er tut wenigstens so, meinen die anderen, als rede er vernünftig.«

So verkündete Golo jedem, der es hören wollte, die Kaimane seien von allen Tieren die törichtsten, und zwar, weil sie das beste Gedächtnis der Welt besäßen.

Man weiß nicht, ob dies von Golo als Lob oder als Tadel gemeint war, ob er das Urteil aus Neid oder aus Verachtung fällte. Was das Gedächtnis anging, so war Golo an dem Tag, als der liebe Gott es verteilt hatte, ganz sicherlich mit Verspätung eingetroffen. Sein leichter Sinn steckte voller Bosheiten, doch vergaß er schnell die bösen Streiche, die er jedem jederzeit spielte, was auf Kosten seiner Schenkel und seiner nackten Hinterbacken ging. So hatte er es fertiggebracht, seine Meinung über die Kaimane an einem Tag zu äußern, an dem einer der Seinen mit Diassigue, der Mutter der Kaimane, aneinandergeraten war, die, daran besteht nicht der geringste Zweifel, für eine ganz geringfügige Hänselei allzu rüde Rache nahm.

Diassigue hatte ein gutes Gedächtnis. Es mag sogar sein, daß sie das beste Gedächtnis der Erde besaß, denn sie tat nichts anderes, als von ihrem schlammigen Schlupfwinkel oder von den sonnigen Flußufern aus die Tiere, die Dinge und die Menschen zu betrachten, die Gerüchte und Neuigkeiten aufzufangen, welche die Paddel den schwatzhaften Fischen von den Bergen des Futa-Djalon bis zum Großen Meer anvertrauten, dort, wo die Sonne badet, wenn ihr Tagewerk beschlossen ist. Dort lauschte Diassigue dem Geschwätz der Frauen, die Wäsche wuschen, Kalebassen reinigten oder Wasser aus dem Fluß schöpften. Sie hörte den Eseln und den Kamelen zu, die von weither gekommen waren, vom Norden in den Süden, für einen Augenblick ihre Hirsesäcke und Gummilasten ablegten und ausgiebig ihren Durst löschten. Die Vögel erzählten Diassigue, was die Enten ihnen zuschnatterten, wenn sie sich wieder auf den Weg in die sandigen Gegenden machten.

Diassigue hatte also ein gutes Gedächtnis, was Golo im Grunde seines Herzens, so sehr er es auch bedauerte, anerkennen mußte. Was Diassigues Torheit anging, so hatte Golo übertrieben, als er das behauptete, ja sogar gelogen wie ein Possenreißer, der er nun einmal war. Aber das Allertraurigste an der Angelegenheit ist, daß Diassigues Kinder, die kleinen Kaimane, begannen, die Meinung der Affen von ihrer Mutter zu teilen. Dabei eiferten sie Leuk nach, dem gerissenen, schalkhaften Hasen, dessen Gewissen so biegsam war wie die zwei Schlappen, die er am Kopf befestigt trägt seit dem Tag, als er sie auszog, um schneller laufen zu können, und die ihm seitdem als Ohren dienen. Thile, der Schakal, den die Angst vor einem unvermuteten Schlag stets, selbst auf bloßem Sand, nach rechts und nach links laufen läßt, war in der Sache einer Meinung mit Golo, ebenso wie Leuk und Buki, die feige, diebische Hyäne, deren Hinterteil sich immer vor einer Tracht Prügel zu ducken scheint, ebenso wie Thioye, der Papagei, dessen runde Zunge ohne Unterlaß gegen den Schnabel hämmert – ein Angelhaken, der sämtlichen in alle Winde verstreuten Klatsch und Tratsch anzieht. Ségue, der Panther, hätte, arglistig wie er war, vermutlich gern die Ansicht all dieser Badolo niederen Standes geteilt, aber er hegte immer noch heftigen Groll wegen der Stockschläge, von denen ihm noch jetzt das Maul schmerzte und die ihm Golo jedesmal dann verpaßt hatte, wenn er bei dem Versuch, ihn zu fangen, auf die hintersten Äste der Bäume gesprungen war.

Auch Diassigues Kinder begannen also zu glauben, daß Golo die Wahrheit sprach. Sie fanden, daß ihre Mutter bisweilen ein wenig zu viel schwatzte.

Das war zu der Zeit, da Diassigue, der Liebkosungen der Sonne überdrüssig oder müde, dem Mond länger als die halbe Nacht beim Trinken im Fluß zuzusehen, vielleicht auch angeekelt von den stumpfsinnigen Pirogen, die, mit den Bäuchen himmelwärts, auf dem Fluß schwammen, der ebenso schnell vorwärtstrieb wie sie, ihre Nachkommenschaft um sich versammelte und ihr Geschichten erzählte. Geschichten von Menschen, keine Kaimanengeschichten, denn Kaimane haben keine Geschichten. Und das war es wohl auch, was die armen kleinen Kaimane kränkte, statt sie zu unterhalten.

Mama Kaiman rief also ihre Kinder zusammen und erzählte ihnen, was sie gesehen hatte, was ihre Mutter gesehen und ihr erzählt hatte und was die Mutter ihrer Mutter ihrer Mutter erzählt hatte.

Die kleinen Kaimane gähnten häufig, als Diassigue ihnen von Kriegern und Kaufleuten aus dem Reich Gana berichtete, die ihre Urgroßmutter die Wasser des Flusses herunter und herauf hatte fahren sehen, um Sklaven gefangenzunehmen und nach dem Gold von N'Galam zu suchen. Sie gähnten, als Diassigue ihnen von Soumangourou, von Sundjata Keita und dem Reich von Mali berichtete. Als sie ihnen von den ersten Menschen mit weißer Haut berichtete, die ihre Großmutter erblickte und die sich nach der Waschung ihrer Arme und Gesichter, ihrer Hände und Füße in Richtung der aufgehenden Sonne niederwarfen. Als sie ihnen berichtete, wie sich der Fluß rot färbte nach der Ankunft der weißen Menschen, die die schwarzen Menschen lehrten, es ihnen gleichzutun und sich in Richtung der aufsteigenden Sonne niederzuwerfen. Die tiefrote Farbe des Flusses hatte ihre Großmutter über den Bafing und den Tinkisso vom Senegalfluß in den König der Flüsse getrieben, den Djoliba oder Niger, wo sie wieder auf Menschen mit weißen Ohren traf, die so wie sie aus den Ländern der Sandmeere gekommen waren. Auch dort hatte die Großmutter noch Kriege und Kadaver gesehen, so viele Kadaver, daß selbst die gefräßigste Kaimanenfamilie davon für siebenmal sieben Monde eine Magenverstimmung bekommen hätte. Sie hatte dort Reiche entstehen und Königreiche untergehen sehen.

Die kleinen Kaimane gähnten, als Diassigue ihnen erzählte, was ihre Mutter gesehen und gehört hatte: Wie Kouloubali den König von Manding absetzte. Und da war N'Golo Diara, der dreimal dreißig Jahre lebte und am Vorabend seines Todes die Mossi schlug. Sie gähnten, als Diassigue ihnen von Samba Lame, dem Tukulor, berichtete, der Herr über den Fluß gewesen war, Gebieter von Brack-Walo, Gebieter von Damel, König von Cayor und Herr der Mauren, was die Fischer vom Volk der Tukulor noch heute so mit Stolz erfüllt, daß sie seinen Ruhm über den Köpfen der kleinen Kaimane besingen und ihre langen Angelruten oft deren wildes Spiel stören.

Während Diassigue erzählte, gähnten die kleinen Kaimane oder träumten von den Heldentaten der Kaimane, von fernen Niederungen, dort, wo der Fluß Goldklumpen und goldenen Sand an das Ufer schwemmt, dort, wo den Kaimanen jedes Jahr eine heiratsfähige Jungfrau in der Blüte ihres Fleisches als Geschenk dargeboten wird.

Ihre Gedanken hingen fernen Ländern nach, dem Pinkou*, wo die Sonne geboren wird, Ländern, in denen die Kaimane Götter sind, wie ihnen Ibis, der Wanderfalke, der weiseste aller Vögel, eines schönen Tages erzählt hatte.

Sie träumten davon, zu den weit entfernten, endlosen Seen von Massina aufzubrechen, den Gesängen der Ruderer vom Volk der Bozo zu lauschen und in Erfahrung zu bringen, ob es denn wahr sei, was ihnen Dugudugu, die kleine Ente, anvertraut hatte, daß jene Gesänge nämlich dem Gesang der Frauen von Walo glichen, die ihre Wäsche unweit ihrer Höhlen wuschen, und nichts mit den Liedern der Somono gemein hatten, die mit ihren Pirogen den Fluß befuhren und deren Vorfahren von den Bergen des Südens an die Ufer des Niger gekommen waren, zu einer Zeit ... zu einer Zeit, als auch Diassigues Mutter den großen Fluß hinaufgezogen war.

Sie träumten vom Bafing und vom Bakoy, von dem blauen und dem weißen Fluß, die sich dort in Bafoulabé treffen und zusammen den Fluß bilden, der ihr Zuhause war. Sie träumten von jenem Ort der Vermählung, wo, nach den Erzählungen der Hundsfische, nichts die Wasser beider Flüsse trennte, die doch ein jeder, eine lange, lange Zeit noch, ihre Farbe behielten. Gern wären sie, so der Traum der kleinen Kaimane, gleichzeitig in den Wassern beider Flüsse geschwommen, mit einer Seite im blauen Fluß und mit der anderen im weißen, den Kamm der brennenden Sonne zugewandt.

Sie träumten oft davon, sich auf den gleichen Weg zu begeben wie ihre Urgroßmutter, vom Senegal bis zum Niger zu schwimmen, durch den Bafing und den Tinkisso. Ganz wie die Zähne ihrer Eltern, so wuchsen die Träume der kleinen Kaimane ins Uferlose ... Sie träumten von den denkwürdigen Taten der Kaimane, und Diassigue, die Mama Kaiman, konnte ihnen nur Geschichten von Menschen erzählen. Sie wußte ihnen nur

* Mali

von Kriegen zu berichten, von Massakern, die Menschen anderen Menschen angetan hatten.

So kam es, daß die kleinen Kaimane bereitwillig Golos Meinung von ihrer Mutter teilten, eine Meinung, die ihnen Thioker, das Rebhuhn, zugetragen hatte, die größte Klatschbase unter den Vögeln.

Eines Morgens kreisten die Raben hoch über dem Fluß und krächzten:

Eine Sonne, so gelb, eine Sonne, so bloß,
Eine Sonne, erstrahlend aus dem Licht eines flüchtigen Morgens,
Gießt goldene Fluten in den Fluß,
In den goldgelben Fluß …

Diassigue kroch aus ihrem Loch am Flußufer und sah den davonfliegenden Raben nach.

In der Mittagszeit tauchten wieder Raben auf, die tiefere Kreise zogen und krächzten:

Eine Sonne, so weiß, eine Sonne, so bloß,
Eine Sonne, weiß und strahlend,
Gießt silberne Fluten in den Fluß,
In den silberhellen Fluß …

Diassigue hob ihre Schnauze und sah den davonfliegenden Raben nach.

In der Dämmerung flogen wieder Raben herbei, setzten auf der Uferböschung auf und krächzten:

Eine Sonne, so rot, eine Sonne, so bloß,
Eine Sonne, leuchtend und rot,
Gießt blutrote Fluten in den Fluß,
In den blutroten Fluß …

Diassigue näherte sich den schwarzen Vögeln mit breitbeinigen, bedächtigen Schritten. Ihr flacher Bauch schleifte über den Sand. Sie fragte sie, was sie bewogen hatte, sich an einen anderen Ort zu begeben, und was ihr Lied bedeutete.

»Brahim Salum hat Yeli den Krieg erklärt«, gaben ihr die Raben zur Antwort.

In heller Aufregung eilte Diassigue nach Hause.

»Meine Kinder«, rief sie. »Der Emir von Trarza hat Walo den Krieg erklärt. Wir müssen von hier verschwinden.«

Da fiel ihr der jüngste der Kaimanensöhne ins Wort: »Mutter, was geht uns das an, uns Kaimane, daß die Wolof aus Walo den Mauren von Trarza den Krieg erklärt haben?«

»Mein Kind«, antwortete Mama Kaiman, »ein trockenes Blatt vermag ein grünes in Brand zu setzen. Laßt uns von hier fortgehen!«

Doch die kleinen Kaimane wollten ihrer Mutter nicht folgen.

Sobald Yeli mit seiner Armee den Fluß überquert und einen Fuß auf das nördliche Ufer im Land von Ghânar gesetzt hatte, durchschaute er die Absicht des Emirs von Trarza, seines Feindes, die Wolof so weit wie möglich vom Strom zu entfernen. Tatsächlich hatte es den Anschein, als würden die Mauren, die bis an den Fluß vorgestoßen waren, um den Männern von Walo die Stirn zu bieten, nun vor den Wolof die Flucht ergreifen. Sie wollten sich dem Kampf erst weit, sehr weit vom Fluß stellen, ganz oben im Norden, in den großen Sandmeeren, dort, wo die Schwarzen den Strom nicht mehr sehen konnten, der sie unbesiegbar machte, wenn sie vor den Kämpfen in ihn eintauchten und von seinem Wasser tranken. Bevor Yeli den Männern von Trarza nachsetzte, gebot er seinen Kriegern, ihre Lederschläuche, die sie auf den Rücken der Kamele und Esel geladen hatten, mit Wasser aufzufüllen, und untersagte ihnen, sie anzurühren, bevor er ihnen nicht den Befehl dazu erteilt hätte.

Sieben Tage lang verfolgte die Armee von Walo die Mauren, bis schließlich Brahim Salum seine Krieger anhalten ließ, da er glaubte, die Wolof seien weit genug vom Fluß entfernt und müßten Durst leiden, sobald die ersten Gefechte begännen und die Schlacht ihren Lauf nähme.

Die schrecklichen Kämpfe dauerten sieben lange Tage, in deren Verlauf jeder Wolof einem Mauren gegenüberstand und jeder Maure mit einem Schwarzen zu kämpfen gezwungen war. Yeli mußte sich allein gegen Brahim Salum und seine fünf Brüder behaupten. Er tötete den Emir gleich am ersten Tag der Schlacht. Während der folgenden fünf Tage tötete er jeden Tag einen der Brüder. Am siebten Tag nahm er auf dem Schlachtplatz den Sohn des Brahim Salum gefangen, den die Armee von Trarza im Stich gelassen hatte. Der Erbe des maurischen Königreiches hatte eine Verletzung an seiner rechten Körperseite. Yeli nahm ihn mit in seine Hauptstadt.

An sämtliche Marabuts und Heiler erging der Ruf, den jungen Prinzen in Gefangenschaft gesundzupflegen. Doch all die Pflege, die man ihm angedeihen ließ, schien seine Verletzung nur zu verschlimmern.

Eines Tages kam eine alte, eine sehr alte Frau an den Hof von Brack-Walo. Sie verordnete ein wirksames Heilmittel.

Es bestand darin, dreimal täglich auf die Wunde das Hirn junger Kaimane aufzulegen.

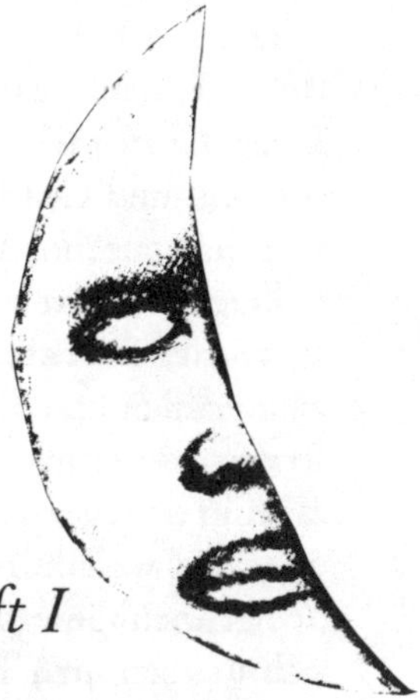

Schlechte Gesellschaft I

Allein leben und über andere spotten, über ihre Sorgen und über ihre Erfolge, das ist zweifellos ein weiser und vernünftiger Entschluß. Die Gerüchte, den Tratsch und Klatsch jedoch überhaupt nicht beachten, das kann den Einsiedler bisweilen teuer zu stehen kommen.

Hätte Kakatar, das Chamäleon, weise und umsichtig bis zu seinem folgenschweren Schritt, öfter Umgang mit den Bewohnern des Busches oder gar mit den Dörflern gepflegt, wäre ihm zu Ohren gekommen, was ein jeder über Golo, den Affen, dachte. Ihm wäre bekannt gewesen, welche Meinung die Menschen und welchen Eindruck die Tiere von diesem boshaften, schlecht erzogenen, groben, zänkischen und heimtückischen, verlogenen und liederlichen Wesen hatten, das nur daran dachte, seinem Nächsten einen üblen Streich zu spielen. Kakatar hätte gewußt, daß Golos Handflächen deshalb so schwarz waren, weil er seine Hände überall hatte, und daß seine Hinterbacken deshalb so nackt und rot waren, weil sie so viele Schläge hatten hinnehmen müssen. Leuk, der Hase, hätte ihm gewiß verraten, weshalb Golo alles andere als ein begehrter Gefährte war. Thile, der Schakal, Buki, die Hyäne, und sogar Bakhogne, der Rabe, hätten ihm anvertraut, weshalb man mit Golo nicht ständig verkehren konnte. M'Bott, die Kröte, hätte ihm bekannt, daß, was sie betraf, niemand aus ihrer Familie Bagg, die Eidechse, zu seiner Weggefährtin erkoren hatte – denn es gab solche Gefährten und solche – und Golo, der Affe, ganz sicher nicht die richtige Gesellschaft für ihn, das Chamäleon, war.

Doch Kakatar trieb sich nicht an denselben Orten herum wie sie alle, und wenn es zufällig einmal geschah, daß er auf seinem zaudernden und schwankenden Weg einen von ihnen erblickte, so verstand er es, die Farbe seiner Umgebung anzunehmen, und zwar in dem Maße, daß er der Rinde eines alten Baobab ähnelte oder den welken Blättern, die ihm als Schlafstatt dienten, oder den grünen Gewächsen, auf die er sich stützte.

Eines schönen Tages jedoch, als Golo, der Affe, mit Riesensprüngen am Rande eines Pfades entlanghüpfte, bemerkte er Kakatar, der sich an einen Termitenhügel anlehnte.

»Onkel Kakatar, as-salâm aleikum?« grüßte Golo mit zuckersüßer Stimme.

Der schweigsame Einsiedler, dessen Laune weniger wechselhaft war als die Farbe seiner Haut, sah sich gezwungen, auf den höflichen Gruß zu reagieren. Denn das »As-salâm aleikum« ist nicht kostspieliger als das »Wa aleikum as-salâm«, und man soll, man kann diesen Tribut zollen, ohne gleich in Armut zu geraten. Und überhaupt, beim Grüßen hat sich noch niemand den Mund ausgefranst.

»Wa aleikum as-salâm!« antwortete Kakatar also, wenn auch widerwillig. Doch er kannte Golo zu wenig, wenn er glaubte, so billig davongekommen zu sein.

»Wohin lenkt Ihr Eure weisen Schritte, mein Onkel?« erkundigte sich der neugierige Golo.

»Ich gehe nach N'Djoum-Sakhe*«, erklärte Kakatar, dem der Affe so nahekam, daß er die Farbe des Fells seines Gesprächs-

* Speicher, d. h.: nicht sehr weit

partners annahm. Als Golo das sah, glaubte er, sich mehr Vertraulichkeiten erlauben zu können – worin er zweifellos dadurch bestärkt wurde, daß ihnen beiden der Schwanz bisweilen als fünfte Hand diente: »Nun, Onkel, ich werde dich begleiten. Deiner Gangart kann ich mich leicht anpassen.«

So wanderten denn beide nach N'Djoum-Sakhe. Doch vom ersten Schritt an versuchte Golo vergebens, sich nach dem schwankenden und zögernden Gang seines Gefährten zu richten, der immer erst in der Luft herumschnüffelte und alle Augenblicke prüfend um sich blickte, ob auch ja kein Dorn auf dem Wege liege. Der Sache überdrüssig, begann Golo ungeduldig hin und her zu laufen, mal nach rechts, mal nach links, mal vor, mal zurück, um von Zeit zu Zeit wiederzukommen und mit seinem Gefährten ein Schwätzchen zu halten.

Der Pfad, der nach N'Djoum-Sakhe führte, war nicht lang, doch die Schritte der beiden Wanderer, von denen der eine aussah, als laufe er über glühende Kohlen, und dauernd herumsprang und der andere gegen eine Igelherde vorzurücken schien, die Schritte dieser beiden Wanderer waren nicht die schnellsten. Die Sonne brannte bereits erbarmungslos auf sie herab, als sie noch nicht einmal die Hälfte des halben Weges nach N'Djoum-Sakhe zurückgelegt hatten. Golo und Kakatar machten Rast im kümmerlichen Schatten einer Palme, an der eine Kalebassenflasche hing.

»Sieh an«, sagte Golo, der über alles Bescheid wußte, »N'Gor erhofft sich heute abend eine reiche Palmweinernte. Wir werden uns aber vor ihm die Kehle anfeuchten, denn die Hitze ist wirklich unerträglich.«

»Aber der Palmwein gehört uns doch gar nicht«, erwiderte das Chamäleon verdutzt.

»Na und, was ist schon dabei?«

»Dinge, die anderen gehören, heißen stets: Finger weg!«

Golo ging mit keinem Wort darauf ein; er war bereits oben auf die Palme geklettert, hatte die Flasche abgenommen und trank in langen Zügen. Als er die Kalebasse mit dem erfrischenden, schäumenden, prickelnden Trank bis auf den Grund geleert hatte, ließ er sie fallen, wobei sie beinahe seinen Gefährten erschlagen hätte. Er kletterte wieder herunter und verkündete: »N'Gors Palmwein war wirklich köstlich. Jetzt können wir unseren Weg fortsetzen, mein Onkel.«

Und so zogen sie weiter. Sie hatten sich noch nicht allzu weit von der Palme entfernt, als sie hinter sich Schritte vernahmen, fester und schwerer als ihre eigenen. Es war N'Gor, der seine Flasche, in tausend Stücke zersprungen, am Fuße der Palme gefunden hatte und nicht, wie er ganz zu Recht erwartete, oben am Palmstamm und mit Palmwein gefüllt. Als Golo sich umdrehte und N'Gor erblickte, war sein erster Gedanke, sich in Sicherheit zu bringen und es seinem Gefährten zu überlassen, sich mit dem Mann auseinanderzusetzen. Aber es wäre seines Volkes unwürdig gewesen, wenn er sich so einfach aus der Affäre gezogen hätte. Man stelle sich vor, wenn Kakatar sich N'Gor erklärte und ihn beschuldigte, ihn, Golo, der einfach geflohen war, mit Sicherheit aber nicht weit genug und auch nicht lange genug, um nicht eines Tages dem Palmweinzapfer in die Hände zu fallen. So blieb er denn stehen und hieß seinen Gefährten dasselbe tun, was diesem nicht allzu viel Mühe bereitete.

»Jemand hat meinen Palmwein geraubt und meine Flasche zerschlagen. Kennt ihr den Übeltäter, oder ist es etwa einer von euch beiden gewesen?«

Das Chamäleon schwieg. Es hütete sich gar wohl, seinen Weggefährten zu beschuldigen.

»Ich kenne ihn«, gab der Affe zur Antwort.

Kakatar bewegte ein Auge in Richtung Golo und sah ihn an.

»Der da war's«, sagte Golo, indem er mit dem Finger auf das Chamäleon zeigte.

»Wie, ich?« Kakatar verschlug es den Atem. »Du, du hast ihn ausgetrunken!«

»N'Gor«, sagte der Affe, »wir beide, dieser Lügner und ich, wir gehen jetzt ein paar Schritte, und da wirst du sehen, daß derjenige, der deinen Palmwein getrunken hat, beim Laufen schwankt.«

Kaum hatte er das gesagt, da ging er auch schon los, blieb dann aufrecht stehen.

»Na, bin ich etwa betrunken?« fragte er und befahl: »Jetzt bist du an der Reihe, du, Chamäleon, der du behauptest, nicht betrunken zu sein.«

Kakatar lief vorwärts, blieb dann stehen, schwankend, wie alle Chamäleons auf der Welt.

»Siehst du, N'Gor«, sprach Golo, »einen Trinker erkennt man immer.«

N'Gor packte Kakatar, das Chamäleon, walkte es kräftig durch und entließ es dann mit den Worten: »Wenn ich dich diesmal nicht totgeschlagen habe, hast du es dem lieben Gott und deinem Gefährten zu verdanken.«

N'Gor ging zu seiner Palme zurück, und die beiden Wanderer setzten ihren Weg fort. Gegen Abend langten sie bei den Feldern von N'Djoum-Sakhe an.

»Mir ist kalt«, sagte Kakatar, »wir wollen das Feld anzünden, damit ich mich aufwärmen kann.«

»Nein, nein, auf gar keinen Fall!« rief der Affe.

»Und ich sage dir, wir zünden das Feld an«, beharrte das Chamäleon, suchte ein noch glühendes Holzscheit und setzte das Feld in Brand.

Es brannte aber nur ein Stückchen ab, und das Feuer erlosch rasch. Die Leute von N'Djoum-Sakhe hatten jedoch die auflodernden Flammen bemerkt. Sie kamen angerannt und erkundigten sich: »Wer hat das Feld in Brand gesetzt?«

»Ich weiß nicht, ich habe das Feuer gesehen und bin herbeigeeilt.«

»Wie?« fragte der Affe erstaunt. »Du willst doch nicht etwa behaupten, ich hätte das Feld angezündet?«

»Da er nicht eingestehen will, daß er der Schuldige ist, solltet ihr unsere Hände betrachten.«

Kaum hatte es das gesagt, streckte das Chamäleon seine Hände hin. Seine Handflächen waren weiß und sauber.

»Zeig nun die deinen her, du, Golo, der du behauptest, nicht der Brandstifter zu sein!« befahl Kakatar.

Golo streckte seine Hände hin. Seine Handflächen waren schwarz wie die Hände aller Affen auf der Welt.

»Seht ihr«, triumphierte das Chamäleon, »einen Brandstifter erkennt man immer.«

Man schnappte sich Golo. Gewiß erinnert er sich der Prügel, die er einstecken mußte, denn seitdem verkehrt er nicht mehr mit Kakatar, dem Chamäleon.

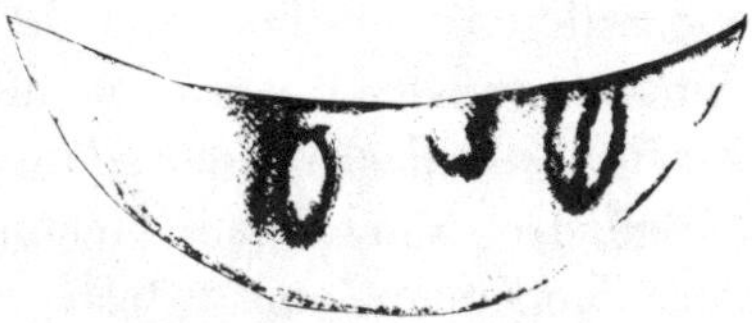

Schlechte Gesellschaft II

Koupou-Kala, der Krebs mit den Stielaugen, die mal nach rechts, mal nach links schwenken, jene Gattung, die nicht mehr als zwei Finger an jeder Hand, aber an jeder Körperseite vier Füße besitzt, verließ seine Behausung nicht bei Tag und lebte, solange die Sonne am Himmel stand, in seinem düsteren, in den Lehm gegrabenen Domizil. Erst wenn die Nacht gekommen war und die Sternenschar auf die Himmelsweiden ausschwärmte, streckte er die Fühler ins Freie. Mit Vorliebe wählte er, um auszugehen, jene Nächte, in denen der müde Mond es Buki, der Hyäne, anvertraute, die Sternenschar zu hüten, und nicht Khand-n'dere, einem Abkömmling der Familie der Kanarien. Schließlich wußte der Krebs, daß Buki Myriaden von Sternen verspeiste und die Nacht so noch schwärzer werden ließ, während der Kanarienabkömmling, ein wachsamer Hirte, seine Schäflein vor aller Welt beschützte, vor Buki, der Hyäne, vor Sègue, dem Panther, vor Gayndé, dem Löwen, und Thile, dem Schakal. So schien das Firmament für den Geschmack von Koupou-Kala viel zu hell, auch wenn Vère, der Mond, sich verzogen hatte.

Damals hatte Krebs noch einen runden Rücken und seine Augen, um besser zu sehen, was hinter ihm geschah, auf zwei Stiele gesetzt. Wie alle auf der Erde, so pflegte auch er damals noch im Vorwärtsgang zu laufen und zurückzuweichen wie ein jeder, den in der schwarzen Nacht etwas erschreckt hat.

Auf seinen nächtlichen Ausflügen sah er, und das auch nur undeutlich, niemand anderen als N'Djugupe, die Fledermaus, mit ihrer Hundeschnauze und den Flughäuten, hörte nichts als das Schreien von Mutter Eule, der größten Zauberin unter den Tieren der Nacht. Er lief also keinesfalls Gefahr, auf seinem dunklen Weg Kakatar, dem Chamäleon, zu begegnen, dem weisen Tier mit dem behutsamen Schritt, das nur in der gleißenden Sonne spazierenging. Und hätte der bedächtige Bummelant Lust verspürt, im Sternenlicht und Mondschein einen Spaziergang zu wagen, Krebs hätte ihn nicht einmal bemerkt, war er doch immerzu mit der Suche nach etwas Eßbarem befaßt. Und wäre Krebs das Chamäleon doch aufgefallen, was nicht anzunehmen ist, so hätte sich Kakatar höchstwahrscheinlich nicht dazu herabgelassen, ihm zu erzählen, was ihm an jenem Tag widerfahren war, da er in Begleitung Golos, des Affen, den Pfad nach N'Djoum-Sakhe entlanggewandert war. Und hätte Kakatar Koupou-Kala erzählt, was geschehen war, so hätte dieser dem zweifellos keinerlei Beachtung geschenkt, ja, er hätte sich sogar darüber lustig gemacht. Denn als Vertrauter der Nacht hielt sich Krebs für außerordentlich erfahren und glaubte mehr zu wissen als viele andere, die nichts als den Tag kannten.

Es kam der Tag, da es schwerer und schwerer wurde, unter der Sonne etwas Eßbares zu finden, und schier unmöglich im Dunkel der Nacht. Heimkehren, bevor der Morgen graute, konnte Koupou-Kala nun nicht mehr. Statt dessen mußte er seine Runde ausdehnen, um etwas aufzutreiben, mit dem er seinen Bauch füllen konnte. So traf er auf Kantioli, die Ratte.

Kantioli wohnte ebenfalls unter der Erde, doch sie verließ ihr Domizil bei Nacht wie bei Tag. Sie lief aber immer so schnell, daß es schien, als nehme sie Reißaus vor ihrem langen Schwanz, ja, sie lief so schnell, daß sie nicht einmal Zeit fand, den Leuten, die sie auf ihrem Weg traf, ein guten Tag zuzurufen. Noch viel weniger hatte sie Zeit, sich bei einem Schwätzchen aufzuhalten, dem Getratsche und Geklatsche zuzuhören, diesem oder jenem ihr spitzes Ohr zu leihen. Wohl traf sie jeden Tag, den Gott geschaffen hatte, unterwegs auf M'Bott, die Kröte, Leuk, den Hasen, und viele andere, darunter auch Golo, den Affen. An keinen von ihnen hatte sie jemals das Wort gerichtet und auch nie einen Rat von jemandem erhalten, was die Beziehungen zu anderen anbelangte. Golo hatte sie nicht gebeten, im weiten Schatten einer Tamarinde oder am Fuße eines Termitenbaus eine Rast einzulegen, um ihr zu erzählen, wie es ihm ergangen war an jenem Tag, als er – aus Barmherzigkeit, hätte der Schamlose sicherlich behauptet – dem langsamen, zögernden und unentschlossenen Schritt Kakatars auf dem Pfad nach N'Djoum-Sakhe gefolgt war.

Aus den Ratschlägen der einen und dem Klatsch der anderen hätte Kantioli, die Ratte, vielleicht eine Lehre gezogen, und zwar der Art: Wähle deine Freunde besser unter deinesgleichen, von gleicher Herkunft und aus gleichen Verhältnissen. Aber Ratte war bei ihren Besorgungen immer viel zu sehr in Eile, als daß sie jemandem zugehört hätte oder einem Rat gefolgt wäre, wußte sie doch meistens besser als andere, wohin sie sich wenden mußte, um etwas Eßbares aufzutreiben.

An jenem Tag aber, da die Suche nach Nahrung so beschwerlich geworden war, war ihr Schritt weitaus langsamer und längst nicht so sicher und entschlossen wie sonst, und so blieb sie stehen, als Koupou-Kala, der Krebs, ihren Weg kreuzte, und entbot ihm einen überaus höflichen Gruß: »Djâma n'ga fanane? Hast du die Nacht in Frieden verbracht, Onkel Krebs?«

»Djâma rek! In völligem Frieden!«

Mit so einer Erwiderung auf ihren Gruß sprach Krebs, wie man sich denken kann, nicht ganz die Wahrheit. Doch wer würde sich schon einer anderen Höflichkeitsformel bedienen als jener, die sein Vater und der Vater seines Vaters seit ewigen

Zeiten benutzt hat! Wenn jemand gut erzogen ist, antwortet er dann, daß es ihm schlecht geht, falls sich ein anderer nach seinem Wohlbefinden erkundigt? Dafür hat man noch nie Verständnis aufgebracht und wird es, solange es Leute gibt, die so etwas wie Erziehung erfahren haben, auch niemals tun. Und läge man selbst im Sterben, so müßte man, wenn man das Leben nur ein klein wenig genossen hat, antworten, daß man sich wohl befinde, den Tag in völligem Frieden verbracht hat: »Djâma rek!« Der Körper befindet sich wohl, sehr wohl, »Djâma rek!«, litte er auch an sieben oder zehn Leiden. Zu Hause verbringen alle den Tag in Frieden, in völligem Frieden, »Djâma rek!«, selbst wenn es nichts zu essen gibt, die Frauen sich vom frühen Morgen bis zum späten Abend streiten und von der Abenddämmerung bis zum Morgengrauen schlechte Laune haben.

Da Koupou-Kalas fruchtlose Suche und vergebliche Vorstöße ergebnislos geblieben waren, gab er sich keine Mühe, so, wie es sich gehört, auf Kantiolis Gruß zu antworten. Sie fragte ihn weiter: »Wohin führen dich deine zahlreichen, bewanderten Beine?«

So normal und selbstverständlich diese Frage jedem höflichen Reisenden auf seiner Route erschienen wäre, Krebs muß sie für überflüssig gehalten haben, denn seine Antwort war mehr als kurzangebunden: »Vermutlich auf denselben Weg, wohin dich deine vier Pfoten führen. Auf den Weg, der meinen Bauch zu füllen vermag.«

An dem wenig freundlichen Ton des Fragestellers störte sich Ratte jedoch nicht im geringsten. Mit großer Liebenswürdigkeit schlug sie statt dessen vor: »Nun gut! Dann werden wir den Weg gemeinsam gehen.«

Krebs willigte ein, indem er mit beiden Augen zwinkerte, und sie brachen auf.

Gegen Mittag kamen sie an eine Palme. Immer in Erwartung, daß der Himmel sie flechten möge, umspielten ihre Haare fleischige Früchte.

»Hol ein Büschel Datteln, du, die du so gut kletterst und so spitze Zähne hast«, sagte Koupou-Kala zu Ratte.

Ratte kletterte hinauf, nagte ein Büschel ab und rief: »Fang, Krebs, fang!«

»Warte«, gab Krebs zur Antwort, »ich will mir etwas suchen, wovon ich mir ein Tragekissen für den Kopf machen kann, um die Last zu schleppen.«

Und er lief fort.

Er lief fort, um Fêtt, den Pfeil, aufzusuchen, der zu jener Zeit schon seine spitze Nase hatte, aber noch nicht zu Teug, dem Schmied, gegangen war, um sich ein Stück Eisen daraufsetzen zu lassen. Damit er weiter und höher fliegen konnte, setzte sich Fêtt so manches Mal zwei Federn auf sein Hinterteil.

»Fêtt«, fragte ihn Krebs, »wenn du Kantioli, die Ratte, erspähst, könntest du sie selbst in der Spitze einer sehr hohen Palme treffen?«

»Ganz gewiß doch«, antwortete Fêtt, der Pfeil, den diese Frage, in der ein Zweifel an seiner Zielsicherheit mitschwang, zu entrüsten schien. »Wenn mein Vater Khâla, der Bogen, mich losschickt, wirst du es sehen!«

»Wir werden es sehen«, meinte Krebs. »Wir werden es sehen, wenn ich dir sage: ›Los!‹«

Er lief weiter und begegnete Makhe, der Termite.

»Mutter Makhe, du große Vertilgerin trockenen Holzes«, hub er an, »wenn du Fêtt pfeilschnell vorbeifliegen sähst, selbst ohne Flügel, und du sähst seinen Vater Khâla, könntest du ihnen einen Bubu aus Lehm anziehen, bevor du sie verschlingst?«

»Ganz gewiß könnte ich das«, versicherte Mutter Termite.

»Wir werden es sehen, wenn ich dir sage: ›Los!‹«

Krebs setzte seinen Weg fort und traf Sékheu, den Hahn. Er fragte ihn: »Sékheu, du, der du alle Welt weckst und Melinte, der Ameise, der furchterregenden Ameise, so großen Schrecken einjagst, Sékheu, wenn du auf Makhe, die Termite, stößt, hättest du beim Anblick dieser Verschlingerin trockenen Holzes nicht Angst um deinen Schnabel? Würdest du es wagen, sie aufzupicken?«

»Zeige mir eine Termite, und du wirst schon sehen«, entgegnete der Hahn nur.

»Das werden wir sehen, wenn ich dir sage: ›Los!‹ Warte hier auf mich«, meinte Krebs und machte sich auf den Weg zu Thile, dem Schakal.

»Thile«, sprach er zu ihm, »wenn dir auf deinem Weg Sékheu, der so eitle Gockel, begegnet, der soviel Lärm macht und alle Welt am Schlafen hindert, könntest du ihn dir dann packen?«

»Mit Sicherheit«, erklärte Thile, der Schakal.

»Das werden wir sehen, wenn ich dir sage: ›Los!‹«

Und Krebs machte sich auf zu Khatj, dem Hund.

»Khatj, könntest du Thile, den Schakal, fangen, der weder gerade geht noch gerade läuft?«

»Wawaw, wawaw! Ja, ja!« antwortete der Hund.

»Das werden wir sehen, wenn ich dir sage: ›Los!‹ Komm nun mit mir!«

Und Krebs trat den Rückweg an, in Begleitung von Khatj, dem Hund. Unterwegs bat er Thile, den Schakal, Makhe, die Termite, und Sékheu, den Hahn, ihm zu folgen. Er nahm Fêtt, den Pfeil, und dessen Vater Khâla, den Bogen, mit sich.

Als sie alle am Fuß der Palme eintrafen, in deren Wipfel Kantioli, die Ratte, immer noch wartete, das Büschel Datteln festhaltend, rief Koupou-Kala der Krebs: »Los!«

Da stürzte sich Khatj, der Hund, auf Thile, den Schakal, Thile verbiß sich in Sékheu, den Hahn, Sékheu pickte Makhe, die Termite, Makhe wickelte Khâla, den Bogen, in einen Bubu aus Lehm, Khâla schickte Fêtt, den Pfeil, los, der Kantioli, die Ratte, traf, und Kantioli ließ das Büschel Datteln auf Koupou-Kala, den Krebs, fallen, der seit jenem Tag einen platten Rücken hat und seither in Richtung seiner rechten oder linken Hand kriecht, sich jedoch nie mehr geradeaus vorwärtsbewegt.

Schlechte Gesellschaft III

Koupou-Kala, der Krebs, der einmal in seinem Leben am hellichten Tage ausgegangen war, hatte sich geschworen, niemals wieder mit Tieren im Fellkleid oder dem gefiederten Volk Umgang zu pflegen. Er hatte mit keinem Wort jemals auf das Mißgeschick angespielt, das ihm für ewig einen platten Rücken verschaffte, an jenem Tage, da er sich in Gesellschaft von Kantioli, der Ratte, befunden und dieser einen bösen Streich hatte spielen wollen, einen wahren Krebsstreich. Nicht nur Kantioli, sondern auch anderen, wie Fêtt, dem Pfeil, und dessen Vater Khâla, dem Bogen, Mutter Makhe, der Termite, Sékheu, dem Hahn, und Thile, dem Schakal. Nur Khatj, der Hund, hatte dieses Abenteuer überstanden, ohne Schaden zu nehmen. Denn Khatj, der Hund, erweist sich, wenn er einmal an Alter gewonnen und in seiner Jugend so manchen Schlag eingesteckt hat, als das weiseste aller weisen Tiere. Ja, Khatj konnte seine Aufwartung machen, wem er wollte, nie litt er Schaden. Das versicherte zumindest Leuk, der Hase, und wenn Leuk, der Hase, so etwas behauptete, konnte man ihm getrost glauben, denn er kannte seine Leute.

Weder Kantioli, die Ratte, noch Khâla, der Bogen, weder Makhe, die Termite, noch Sékheu, der Hahn, oder Thile, der Schakal, hatten auch nur ein einziges Wort darüber verlauten lassen, was ihnen widerfahren war.

Und selbst wenn sie es lauthals in alle vier Himmelsrichtungen ausposaunt hätten, von Ganar, der Henne, wäre es doch nicht gehört worden, obwohl sie oft den Kopf senkt, wobei sie die Ohren spitzt. Die Suche nach Körnern um die Mörser herum ist ein zu mühseliges Geschäft, als daß man seine Zeit damit verlieren könnte, auf andere Geräusche zu achten als den Flügelschlag von Sotjènete, der Heuschrecke mit den spitzen Ellenbogen, auf andere Geräusche als das Zirpen von Sochète, der einzigen, verwaisten Tochter Sotjènetes und Kusine von N'Djérère, der Grille, sowie zahlloser weiterer Familienmitglieder, ein zu mühseliges Geschäft, als daß man seine Zeit damit verlieren könnte, auf andere Laute zu achten als das Kèt! Kèt! Kèt! der malmenden Unterkiefer von Makhe, der Termite, die gerade dabei ist, das Stroh der Hausdächer oder der Einfriedungen zu zernagen.

Ratte hatte sich geschworen, fortan niemals mehr die Gesellschaft der Langschnäuzer und des wühlenden Volkes zu suchen. Fêtt, der Pfeil, blieb auf dem Rücken seines Vaters Khâla, des Bogens, und führte für niemanden mehr einen Auftrag aus.

Selbst wenn sie angenommen hätte, daß Ganar, die Henne, ihr zuhörte, hätte sich Mutter Makhe, die Termite, niemals darauf eingelassen, Ganar ihr Herz auszuschütten, denn sie hatte alles andere als blindes Vertrauen in deren Sehschärfe. Ganar hätte sie vielleicht – man weiß ja nie! – mit einem schlecht geschälten Reiskorn verwechselt.

Sékheu, der Hahn, ganz und gar durchdrungen von seinen Pflichten als Ehemann und sich sehr darüber im klaren, was man sagt und was nicht und was man den Frauen nicht anvertrauen darf, Sékheu hätte sich niemals so gedemütigt, Ganar, der Henne, eine Geschichte zu erzählen, bei der er sich nicht gerade mit Ruhm bedeckt hatte.

Es war sicher nicht die Furcht vor Ganar, der Henne – wie man sich denken kann –, noch vor Sékheu, dem Hahn – woran nicht zu zweifeln ist –, die Thile, den Schakal, dazu bewog, andere Gefilde aufzusuchen als dieses Federvolk, das weder weit noch hoch fliegen konnte und sich zu Fuß fortbewegte. Sékheu, der Hahn, und seine Frau verbrachten vielmehr die meiste Zeit bei den Menschen und nicht im Busch, und die Menschen hatten Knüppel, Spieße und manchmal auch Stöcke, die Feuer spuckten. So hatte Thile, der Schakal, keine Gelegenheit gehabt, Ganar, der Henne, von seinem Unglück zu erzählen.

Nur Khatj, der Hund, hätte ihr berichten können, wie sich die Sache abgespielt hatte. Zum einen, weil er sich ehrenhaft und zu seinem Vorteil aus der Affäre gezogen hatte, zum anderen pflegte er Ganar, der Henne, ab und zu seine Aufwartung zu machen. Sicher nicht so fleißig wie Sékheu, der Hahn, das bestimmt nicht und aus gutem Grund nicht, doch immerhin häufig genug, um ihr den Dorfklatsch und sogar das Getratsche aus dem Busch zuzutragen. Denn Khatj, der Hund, ist der Maure unter den Tieren, der Indiskreteste aller Indiskreten.

Mag Khatj auch das größte aller Klatschmäuler sein, mag er auch die längste Zunge der Welt besitzen, so erzählt er nur das, was ihm beliebt, und nur denen, die ihm behagen. Und Ganar, die Henne, hielt Khatj, den Hund, seiner vertraulichen Mitteilungen oft nicht für würdig, glaubte er doch, daß sie unter allen Tieren, selbst den gefiederten, das törichtste war. Er verstand nur zu gut, warum die Mütter im Dorf den kleinen Kindern verboten, Hühnerhirn zu essen, eine Speise, die das Denken durcheinanderwirbelt wie der Klumpen Ton eine Kalebasse Wasser. Khatj, der Hund, hatte selbst Verständnis für Megären und, wie er bisweilen zugab, er entschuldigte sie sogar. Jene Megären warteten nur darauf, Hennen wie Ganar fortzujagen, wenn sie sich in das Haus oder in die Küche verirrt hatten, um so durch Anspielungen oder böse Bemerkungen, die an die Adresse ihrer Nachbarinnen gerichtet waren, loszuwerden, was ihnen auf ihrer schwarzen, mit Galle durchtränkten Seele lag. Niemand ließ sich davon täuschen, nur Ganar, die Henne, bezog diese Beleidigungen auf sich persönlich.

Wenn Ganar, die Henne, also dumm war, dann darum, weil sie sich niemals dazu verstanden hatte, Nène, das Ei, um Rat zu fragen, denn der Gedanke, es könne älter sein als sie, lag ihr fern.

Eines Tages hatte man herausfinden wollen, wer der älteste von beiden sei: Nène, das Ei, oder Ganar, die Henne. Kotj Barma, der weise Kotj, hatte geantwortet: Nène, das Ei. Schließlich wußte Nène weit mehr als die Henne, und das recht lange vor ihr. Wenn Nène, das Ei, zum Beispiel nicht von Anbeginn der Schöpfung gewußt hätte, daß Dodje, der Kiesel, ihm kein guter Weggefährte war, so wäre Ganar, die Henne, gar nicht erst zur Welt gekommen. Denn Nène, das Ei, hätte sich sonst niemals dazu hergegeben, mit Dodje, dem Kiesel, zu verkehren, und so erblickte Ganar, die Henne, termingerecht das Licht der Welt.

Die Henne schlüpfte aus dem Ei und wuchs heran, doch trotz ihres Alters gelang es ihr nicht, sich den Weg zu merken, der zum Markt führte. Zum Markt und wieder zurück war sie ihn immer nur verkehrt herum gegangen, mit gefesselten Füßen und dem Kopf zuunterst, am Ende eines Armes oder eines geschulterten Stockes, während alle Welt, Tiere und Menschen, sich auf zwei Beinen oder vier Pfoten zum Markt und auf den Rückweg begab.

Hätte Ganar, die Henne, Nène, das Ei, das ihr Vater und ihr Sohn ist und viel wußte, um Rat gefragt, so hätte Nène sie unter anderem davon in Kenntnis gesetzt, daß, wer gute Gefährten sucht, sich bei seinen Altersgenossen umsehen muß; daß einem gemeinsamen Mahl nichts zuträglicher ist als eine gleich große Rechte, eine rechte Hand, die beim Griff in die Kalebasse Kusklöße herausholt, die gleich groß sind, unabhängig davon, wie groß Mund und Magen eines jeden sind.

Diese Lektion, sie wurde Ganar, der Henne, eines Tages von Khatj, dem Hund, erteilt. Es ist der einzige Denkzettel, den sie nicht vergessen hat, wobei aber noch nicht einmal feststeht, ob sie ihn vollständig behalten hat.

Die Männer waren noch nicht von den Feldern zurückgekehrt. Die Frauen standen am Brunnen, und die Kinder vergnügten sich beim Spiel. An der Feuerstelle, zwischen den drei Steinen, war Safara, das Feuer, aus Mangel an Nahrung eingeschlummert und Tjine, der Topf, erkaltet, als sich Khatj, der Hund, näherte. Ganar, die Henne, folgte ihm. Der Topf quoll über von Reis, doch die Körner oben waren schon trocken, da sich das ganze Öl auf dem Boden des Topfes gesammelt hatte.

Khatj, der sich auskannte, steckte, sobald er an der Feuerstelle angelangt war, seine Schnauze tief in den Topf und ließ sich die fetten, von Öl triefenden Körner schmecken. Ganar, die Henne, pickte dagegen nichts als die trockenen Körner von oben auf.

Als die beiden sich die Bäuche vollgeschlagen hatten, reckte Khatj, der Hund, seine Schnauze, die so fettig war wie ein Stück Butter, und sagte zu seiner Gefährtin: »Liebe Freundin, du mußt wirklich noch viel lernen. Nimm zuerst einmal zur Kenntnis, daß man eine Speise erst dann verzehrt, wenn man weiß, was auf dem Boden der Schüssel ist.«

Seit jenem Tag kratzt und scharrt Ganar, die Henne, in allem herum, was sie findet, bevor sie es in den Schnabel steckt.

Schlechte Gesellschaft IV

In den Augen ihrer Eltern war M'Bott, die Kröte, zweifellos noch viel zu jung. Bisher hatten sie es für angebracht gehalten, ihr nur weniges von dem beizubringen, was die Grundlage der Weisheit des Krötenvolkes darstellte. Wenn sie ihr auch den Rat gegeben hatten, keinesfalls mit Bagg, der Eidechse, zu verkehren, die nichts anderes tat, als hin und her zu laufen wie eine Sklavin, die für ihren Herrn einen Auftrag ausführt; wenn sie ihr so manches Mal ans Herz gelegt hatten, Djanné, der Schlange, zu mißtrauen, die stets im rechten Augenblick Farbe und Gestalt einer Liane anzunehmen vermochte; wenn sie ihr auch empfohlen hatten, der Schlange aus dem Weg zu gehen, selbst wenn sie ihren Bubu auszog und ihn an irgendwelchen Astgabeln zurückließ, so glaubten die Eltern doch, daß M'Bott noch zu grün hinter den Ohren war, um ihr von dem Mißgeschick zu erzählen, daß den Vorfahren durch die Schuld eines der Ihren, der zuviel Ehrgeiz besaß, widerfahren war, von dem Unglück, bei dem beinahe das ganze Krötenvolk umgekommen wäre.

Seit damals waren Monde und Monde vergangen, Tümpel hatten sich wer weiß wie oft mit den Wassern des Himmels gefüllt und waren unter der Sonnenglut wieder ausgetrocknet; Generationen über Generationen der Kröten hatten seither die Erde bevölkert, zahllose Nächte mit ihren Stimmen erfüllt und waren dann ihren Vorfahren gefolgt, als der Ururgroßvater des Ururgroßonkels von Mamou-Mamatt-M'Bott, der Urgroßvater der Großeltern von M'Bott, der Kröte, auf seinem Weg der Tochter des alten Calao, dem Schrecken des Schlangenvolkes, begegnete und sich in sie verliebte. Er hielt um die Hand der Schlangentochter an, und man gab sie ihm zur Frau.

Als der alte Calao, dessen Augenlicht sehr nachgelassen hatte, eines Tages trägen und schwankenden Schrittes daherschlenderte, traf er unterwegs auf eine Kröte. Hatte sie keine Zeit gehabt oder vielleicht gar nicht die Absicht, ihn zu grüßen? Schließlich sollte man nicht glauben, daß alle Kröten immer so ausnehmend höflich waren oder es heutzutage geworden sind.

Der hopsende Landstreicher blieb die Erklärung schuldig. Vermutlich hatte er sich äußern wollen, doch der alte Calao gab ihm keine Gelegenheit dazu. Sein langer Hals richtete sich auf das, was dort vor seinen Augen, die nicht mehr die besten waren, herumhüpfte. Sein Maul klappte über der Kröte zusammen, die, gleich einem kräftig in einer sämigen Gombo-Sauce gewälzten Kloß aus Hirseteig, gehorsam dem Weg folgte, der in den Bauch führt.

Sieh einer an, dachte der alte Calao, da hätte ich beinahe meine alten Tage beendet, ohne dieses köstliche Fleisch, ohne den Geschmack von Krötenfleisch kennengelernt zu haben.

Er ging ins Dorf zurück und erzählte die Sache seinem Grioten.

»Herr«, sprach dieser zu ihm, »es hängt nur von Euch ab, ob ihr, du, deine Kinder und deine Freunde, euch einmal alle daran gütlich tun wollt.«

»Aber wie soll ich das anstellen?« fragte der alte Schlangenmann.

»Herr, wird ein Schwiegersohn es seinem Schwiegervater jemals abschlagen, einen Tag für ihn auf dem Feld zu arbeiten?«

»Nicht bei uns.«

»Und anderswo auch nicht, Herr! So bitte doch deinen Schwiegersohn darum, seine Schuld als der Mann deiner Tochter zu begleichen und deinen Acker umzugraben. Er ist in seinem Dorf ein guter Sohn und wird mit seinen Freunden und den Freunden seiner Freunde kommen.«

So geschah es denn, daß der alte Calao dem Mann seiner Tochter ausrichten ließ, es sei an der Zeit, ihm, dem Schwiegervater, unter die Arme zu greifen, denn die Aussaat stehe vor der Tür.

Grioten und Tamtams an der Spitze, brach der Schwiegersohn mit seinen Freunden, den Freunden seiner Freunde und deren Freunden, als der Hahn zum ersten Mal krähte, in Keur-M'Bott, ihrem Dorf, auf, um noch vor Sonnenaufgang in Keur-Calao zu sein. In den frühen Morgenstunden langten sie an. Entschlossen, tüchtig zu arbeiten, wie es ihrer würdig war, gingen sie geradewegs auf das Feld des alten Calao. Die Tamtams dröhnten, und die Gesänge, von den Tamtams rhythmisch untermalt, machten die Arbeit angenehm. Tamtams und Gesang weckten die Leute im Dorf, und als erster kam der Griot des alten Calao und sagte zu seinem Herrn: »Herr, ich glaube, Euer Festmahl ist bereit.«

Der alte Calao, seine Kinder, seine Freunde und deren Kinder schlichen vorsichtig zum Feld, das sie umzingelten. Dann stürzten sie sich auf die arbeitsamen Kröten, die dabei waren, das Unkraut auszureißen und die Erde umzugraben. Da die Grioten, Musiker und Sänger als erste geschnappt wurden, verstummten Tamtams und Stimmen, und lange Zeit vernahm man nur noch das Klappklapp der Schlangenmäuler, die sich schlossen, öffneten und wieder schlossen.

Hüpfend, springend und hinkend versuchten die armen Kröten zu entkommen und endeten doch in der schwarzen Nacht der Calaobäuche.

Nur drei von ihnen, darunter der Ururgroßvater des Ururgroßvaters von Mamou-Mamatt-M'Bott, dem Urgroßvater der Großeltern von M'Bott, der Kröte, konnten sich retten und brachten die Nachricht von diesem traurigen und tragischen Unterfangen nach Keur-M'Bott.

Diese Geschichte des Clans war Teil der Unterweisung, die die jungen Kröten erhielten, allerdings erst, wenn sie der frühen Kindheit entwachsen waren. Und das war der Grund, weshalb M'Bott, die in den Augen ihrer Eltern zu junge Kröte, sie noch nicht kannte.

Das war sicherlich auch der Grund, weshalb sie gern mit jedem x-beliebigen – abgesehen von Bagg, der Eidechse, und Djanné, der Schlange – ein Gespräch anknüpfte, mit jedem, den sie auf dem Weg zum Tümpel traf oder einholte, und dort begegneten ihr viele oder kreuzten ihren Weg.

Denn alles, was da fliegt, kriecht und läuft, begibt sich zum Tümpel, sei es am frühen Morgen, sei es spät in der Nacht. Unter denen, die sie traf oder die ihren Weg kreuzten, waren Höfliche, Liebenswürdige, Mürrische und Brummige. M'Bott, die Kröte, grüßte jeden und unterhielt sich mit einigen.

So geschah es, daß Yambe, die Biene, eines Tages, als sie sich von ihr verabschiedete, zu ihr sagte: »M'Bott, besuche mich doch mal zu Hause und teile mein Essen mit mir.«

M'Bott ließ sich nicht zweimal bitten, denn sie hatte sagen hören, daß Yambe, die Biene, wie niemand anders auf der Welt ein Mahl zuzubereiten wüßte.

»Morgen, wenn es dir recht ist und ich dir nicht zur Last falle«, willigte sie ein.

»Einverstanden, bis morgen!«

Am nächsten Tag, als M'Bott, die Kröte, vom Tümpel zurückkam, lenkte sie ihre Schritte nicht zu dem alten Tongefäß, das ihre Eltern ihr überlassen hatten und das ihr nun als Wohnung diente. Voller Vorfreude und mit kräftigem Appetit hüpfte sie zum Haus von Yambe, der Biene.

»Yambe, sa Yaram Djam? Biene, ist Friede mit dir?« grüßte sie.

»Djâma ma rek. Immer nur Friede«, erhielt sie zur Antwort.

»Hier bin ich«, fuhr M'Bott höflich fort.

»Komm näher«, lud Yambe, die Biene, sie ein.

M'Bott, die Kröte, näherte sich der mit Honig gefüllten Kalebasse und stützte den Zeigefinger der linken Hand auf den Rand, so wie es wohlerzogene Kinder tun sollen. Sie streckte die rechte Hand nach der so verlockenden Mahlzeit aus, aber Yambe, die Biene, hielt sie zurück: »O! Aber meine Liebe, mit einer so schmutzigen Hand kannst du wirklich nicht essen. Geh sie dir waschen!«

M'Bott, die Kröte, hüpfte geschwind zum Tümpel – plitsch, platsch, plitsch, platsch! –, kehrte ebenso geschwind zurück – platsch, plitsch, platsch, plitsch! – und setzte sich vor die Kalebasse.

Yambe, die Biene, die zu essen angefangen hatte, ohne auf die Kröte zu warten, sagte, als diese in die Kalebasse langen wollte: »Aber deine Hand ist ja noch schmutziger als zuvor!«

M'Bott, die Kröte, machte sich erneut auf den Weg zum Tümpel, etwas weniger geschwind diesmal – plitsch, platsch! Als sie wieder bei Yambe, der Biene, anlangte, wurde sie mit der gleichen Bemerkung empfangen.

Sie kehrte zum Tümpel zurück, weit weniger geschwind – plitsch, platsch … platsch … plitsch, platsch. Als sie so siebenmal hin- und hergelaufen war, die Hände stets von neuem von dem schlammigen Pfad verschmutzt und verschwitzt von der Hitze, war die Kalebasse leer und blankgeputzt. Endlich begriff M'Bott, die Kröte, daß Yambe, die Biene, sie an der Nase herumgeführt hatte. Nicht minder höflich verabschiedete sie sich von ihrer Gastgeberin.

»Verbring den Tag in Frieden, Yambe«, sagte sie und zog sich in den Schatten ihres alten Tongefäßes zurück.

Die Tage vergingen. M'Bott, die Kröte, hatte bei den Unterweisungen der Großen und Alten vieles gelernt. Auf dem Pfad zum Tümpel grüßte sie immer noch jeden und sprach immer noch mit einigen, darunter auch mit Yambe, der Biene, zu der sie eines Tages sagte: »Yambe, besuch mich doch mal zu Hause, wir essen zusammen.«

Yambe, die Biene, nahm die Einladung an. Am übernächsten Tag machte sie sich auf zu M'Bott, der Kröte, von der sie glaubte, sie sei liebenswürdig und trage ihr nichts nach. Sie ließ sich auf der Schwelle nieder und grüßte: »M'Bott, ist Friede mit dir?«

»Immer nur Friede«, erwiderte M'Bott, die Kröte, die vor einer Kalebasse voller leckerer Sachen hockte. »Tritt doch ein, meine Liebe!«

Yambe, die Biene, kam herein, wobei ihre Flügel die Luft mit einem Summen – summ, summ, summ! – erfüllte.

»O nein, o nein!« rief M'Bott, die Kröte, »Yambe, meine Liebe, bei Musik kann ich nicht essen. Ich flehe dich an, laß dein Tamtam draußen.«

Yambe, die Biene, flog hinaus und wieder hinein, wobei das Summen noch mehr anschwoll – summ, summ, summ, summ!

»Aber ich habe dir doch gesagt, du sollst dieses Tamtam draußen lassen«, entrüstete sich M'Bott, die Kröte.

Yambe, die Biene, flog wieder hinaus und hinein, und wieder ertönte das Geräusch – summ, summ!

Als sie zum siebenten Mal zurückkam und dabei das alte Tongefäß immer wieder mit dem Summen ihrer Flügel erfüllte, hatte M'Bott, die Kröte, alles verspeist und sogar die Kalebasse ausgewaschen.

Yambe, die Biene, flog nach Hause, wobei sie immer noch auf dem Tamtam spielte. Seither erwidert sie den Gruß von M'Bott, der Kröte, nicht mehr.

Die Lanze der Hyäne

In der unermeßlichen Weite des Ferlo mit seinen verstreuten, tiefen Brunnen waren die Pfade nicht sicher, doch Malal Poulo, der Schäfer, kannte keine Angst. Gegen Gayndé, den Löwen, wußte er Verse aus dem Koran, und wenn es sich um einen ungläubigen Löwen handelte, hatte er seinen Stock. Selbst wenn man es sich erlaubt, die heiligen Worte zu mißachten, bleibt man doch ein großer Herrscher, und der Stock, eigentlich bestimmt für M'Bam, den Esel, tötet den stolzen Gayndé mit den roten Augen und dem sandfarbenen Fell besser als eine Lanze. Die Schmach tötet langsamer, dafür aber sicherer als die Eisenspitze einer Lanze oder eine Gewehrkugel, und welch eine Schmach für den König des Busches, sich von einem Stock, und sei es von einem Lanzenschaft, anrühren zu lassen!

Gayndé, der Löwe, war also nicht der Grund dafür, daß Malal Poulo sich eine so schöne Lanze hatte anfertigen lassen. Auch nicht wegen Buki, der Hyäne, denn in diesem verfluchten Land mit dem kargen Boden und den paar kümmerlichen Brunnen krepierten dem Schäfer so viele Tiere aus seiner Herde, daß Buki und ihre Artgenossen nur den im Staub hinterlassenen Spuren seiner Schritte zu folgen brauchten, um sich ihre zwei Mahlzeiten täglich zu verschaffen.

Der eigentliche Grund war der, sich und seine Herde gegen Sègue zu verteidigen, den hinterlistigen, ehrlosen Panther, der den Blick eines Herrn und die Seele eines Sklaven hat, den graziösen Gang einer Frau und ein stumpfes Fell.

Ein Grund war auch, das muß gesagt werden, daß der Schäfer die Lanze brauchte, um den getrockneten Kuskus zuzubereiten, den er in einem Sack auf der linken Schulter trug, oder eine Gazellen- oder Antilopenkeule, und zwar immer dann, wenn er gegen frische, schäumende oder dicke, saure Kuh- oder Schafmilch Widerwillen empfand.

Auf seine Lanze gestützt, stand Malal Poulo vor sich hin träumend auf einem Bein wie Pèlerin, der Ibis, den rechten Fuß auf das linke Knie gestützt. Vielleicht dachte er an seine weißhäutigen Vorfahren, die aus dem Land der aufgehenden Sonne bis nach Termiss, Touat, bis nach Massina und in den Futa gekommen waren zu einer Zeit, da der so kahle Ferlo noch von Bäumen und Gräsern bedeckt war. Vielleicht dachte er an seine kohlrabenschwarzen Vorfahren, die aus noch ferneren Ländern weiter bis hin zum Meer gezogen waren. Vielleicht träumte er gar von riesigen Herden, die am großen Fluß ihren Durst löschten. Er träumte noch immer, als Buki, die Hyäne, vorbeikam – zweifellos, weil an diesem Tag nicht ein einziges Gerippe die Spuren der Herde säumte –, sich höflich gab, ehrerbietigst grüßte und fragte: »Warum schläfst du im Stehen, auf einem Bein, Malal? Brauchst du so einen langen Stock, um dich abzustützen? Warum streckst du dich nicht einfach im Sand aus? Das ist doch bequemer als auf diesem schmalen Bett!«

»Das ist kein Bett, sondern eine Lanze.«

»Eine Lanze? Was ist das, eine Lanze? Wozu dient sie?«

»Zum Töten.«

»Was denn töten? Warum töten, wenn doch alles eines natürlichen Todes stirbt – Schafe, Rinder und die Bewohner der Savanne.« In ihrem tiefsten Innern fragte sich die Hyäne, ob sie sich nicht ein wenig zu weit vorwagte, wenn sie behauptete – nicht ohne einen gewissen Zweifel, das ist wahr –, alles stürbe eines natürlichen Todes, denn die Sonne traf bereits Anstalten, in ihr Himmelsbett zu sinken, und sie hatte noch immer einen leeren Magen.

Da kam eine Gazelle vorbei. Malal Poulo warf seine Lanze, die die Gazelle nicht verfehlte. Malal Poulo gab seinem Opfer den Gnadenstoß, zerlegte es, und Buki, die Hyäne, erhielt ihren Teil. Das frische, blutige Fleisch war köstlich. Buki schlug sich den Bauch voll.

Dazu also diente eine Lanze?

Wenn man eine Lanze besaß, war man also nicht darauf angewiesen zu warten, daß ein Tier Not, Krankheit oder Alter tagelang willfährig mit sich herumschleppt, bis es krepiert und in der Sonne verwest, bis einen die Füße glücklich dorthin tragen, sofern nicht Tann, der Aasgeier mit dem nackten Hals, alles weggeputzt hat.

»Wie bist du in den Besitz einer Lanze gekommen, Malal?« fragte Buki.

»Du brauchst nur Teug, dem Schmied, ein Stück Eisen zu bringen, und er schmiedet dir eine.«

»Und wo findet man ein Stück Eisen?«

»Dort, in Pinkou«, sagte Malal Poulo, indem er mit seiner Lanze in die Richtung wies, in der das Land der aufgehenden Sonne lag.

Buki machte sich auf den Weg in das Land der aufgehenden Sonne, in das Land der Berge und des Tons, um nach Öfen Ausschau zu halten, die von den Schmelzern verlassen worden waren.

Unterwegs fand Buki einen Beutel aus Ziegenhaut. Darin war getrocknetes Fleisch; ein maurischer Schäfer oder Sklave, der seine Ziegen oder Schafe auf die Weiden getrieben hatte, mußte ihn verloren oder – was wahrscheinlicher war – bei einer überstürzten Flucht zurückgelassen haben. Buki ahnte nicht, was der Lederbeutel in sich barg, da die Öffnung mit Baumwolle zugestopft war.

Weit, weit dem Land der aufgehenden Sonne entgegen stieß Buki schließlich auf alte, seit vielen Monden erkaltete Öfen. Sie wühlte und wühlte, bis sie ein Stück Eisen zu Tage förderte, mit dem sie sich auf den Rückweg machte.

Kaum merklich zunächst, dann immer stärker kitzelte der Duft von getrocknetem Fleisch Bukis Nasenlöcher. Sie reckte die Nase mehrmals zum Himmel, schnupperte rechts, schnupperte links. Der Duft hielt an, hüllte sie von allen Seiten ein. Sie setzte Lederbeutel und Eisenstück ab, lief nach rechts, lief nach links, schnüffelte rechts, schnüffelte links, kehrte um, fand aber weder Fleisch noch Gerippe und nahm ihre Last wieder auf.

Endlich langte sie bei Teug, dem Schmied, an.

»Hier ist ein Stück Eisen, schmiede mir eine Lanze, so prächtig wie die von Malal Poulo.«

»Und was gibst du mir für meine Mühe?«

»Deine Hose besteht eher aus Löchern als aus Stoff. Hier ist ein Lederbeutel voll Baumwolle. Einige dich mit Rabbe, dem Weber.«

»Einverstanden. Stell dich an den Blasebalg und entfache das Feuer.«

Buki, die Hyäne, trat an den Blasebalg, blies immer abwechselnd die beiden Bälge auf, ließ die Luft ab und sang dazu im Takt ein Lied, das sie gerade erdacht hatte und das, offen gestanden, an Eintönigkeit nichts zu wünschen übrigließ. Einmal auf den rechten Balg drückend, dann wieder auf den linken, sang Buki immerzu:

Ni khédj-ou Malal! Ni khédj-ou Malal!
Wie der Speer von Malal! Wie der Speer von Malal!

Teug, der Schmied, schlug in schnellerem Takt auf das Eisen und schmiedete die Lanze, die er Buki mit den Worten reichte: »Da hast du deine Lanze. Zeig mir jetzt deine Baumwolle, damit ich sehe, ob sie gut und schön weiß ist.«

Buki gab ihm den Lederbeutel. Der Schmied entfernte den Baumwollstopfen, und das getrocknete Fleisch kam zum Vorschein.

Als sie dieses Geschenk des Himmels erblickte, dem sie Tag für Tag in jeder Ecke nachgespürt hatte, derweil es ihren Rücken krumm bog, rief Buki aus: »Teug, leg das Fleisch wieder an seinen Platz, ich muß mit dir reden, mein Freund.«

Als das Fleisch wieder in der Ziegenhaut verstaut war, stellte Buki den Beutel neben sich und gab dem Schmied die Lanze mit den Worten zurück: »Die Lanze ist nicht so, wie ich sie wollte.«

»Wie wolltest du sie denn?«

»Kannst du sie mir so anfertigen, wie ich sie dir beschreibe?«

»Selbstverständlich. Wie soll sie denn aussehen?«

»Ich will eine Lanze, die sieben Ellen und drei Finger breit ist.«

»Gut.«

»Warte noch. Zugleich soll sie die Länge von nur einer Handbreit haben. Du mußt sie so scharf machen, daß sie schon schneidet, wenn man nur ihren Namen nennt, denn ich habe viele Feinde im Land. Zugleich mußt du sie so stumpf machen, daß sie nicht schneidet, denn die Kinder im Haus sind ungestüm und könnten sich beim Spielen an der scharfen Klinge verletzen.«

»Das kann ich nicht«, antwortete Teug, der Schmied. »Wie auch? Du verlangst, daß ich dir eine Lanze schmiede, die lang und zugleich kurz, die scharf und zugleich stumpf ist. Warum bittest du nicht den lieben Gott, daß er zur selben Zeit Tag und Nacht werden läßt? Ich gebe es auf, dich zufriedenzustellen.«

»Wenn es so ist, wenn du unfähig bist, etwas Ordentliches herzustellen, nehme ich meinen Lederbeutel wieder mit.«

Und Buki, die Hyäne, zog mit ihrem getrockneten Fleisch davon.

Seitdem sagt man zu Leuten, denen man nichts recht machen kann oder die unaufrichtig sind – das sind dieselben –, nicht die Lanze einer Hyäne zu verlangen.

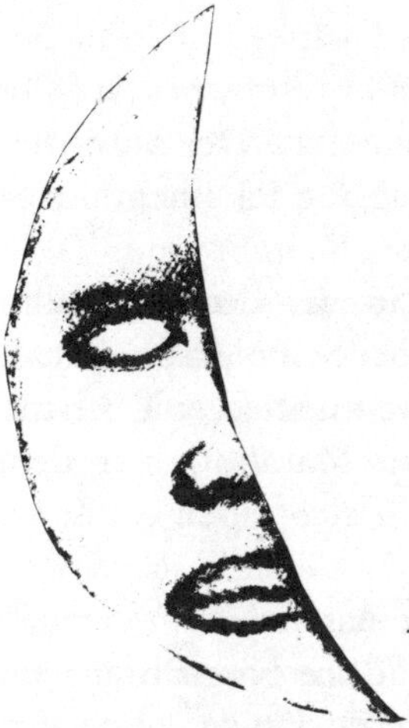

Ein Auftrag

Wenn die Henne allein bei den Mörsern ist, pflegt sie nur mit einem Fuß zu scharren.

Denn sie hat, so denkt sie, reichlich Zeit, ihre Körner auszuwählen.

Gewiß, Penda war nicht das einzige Mädchen in M'Badane, aber in ihrer Gegenwart erschienen selbst die hübschesten jungen Mädchen fast häßlich. Von den jungen Mädchen des Dorfs war Penda das schönste, und weit davon entfernt, wählerisch zu sein – wie jeder hätte annehmen können –, trachtete sie nur danach, einen Mann zu ergattern, denn sie hatte bereits das sechzehnte Lebensjahr überschritten und fürchtete daher, alt zu werden ohne Ehemann. An Freiern mangelte es indessen nicht: Brüder und Väter ihrer Freundinnen, junge Burschen und alte Männer aus anderen Dörfen entsandten jeden Tag, den Gott werden ließ, ihre Grioten und Diali, um mit Geschenken und schönen Worten um Pendas Hand anzuhalten.

Wäre es nur nach Penda gegangen, so hätte sie sicherlich schon längst ein artiges oder ein wehleidiges, weinendes Baby auf dem Rücken getragen. Aber in Heiratsdingen – wie bei allen anderen Angelegenheiten – hat ein junges Mädchen nur einem einzigen Willen zu folgen, dem ihres Vaters. Der Vater hat darüber zu entscheiden, wer seine Tochter zur Frau bekommt, ein Prinz, ein reicher Diola oder ein einfacher Badolo, der auf dem Feld in der Sonnenglut schwitzt. Der Vater bestimmt, ob er sie einem mächtigen Marabut oder einem unbedeutenden Talibé als Almosen gibt.

Nun hatte aber Mor, Pendas Vater, weder den immensen Brautpreis, den ein Reicher zahlen würde, ins Auge gefaßt, noch die dürftige Habe eines Badolo, und noch weniger hatte er daran gedacht, seine Tochter einem Marabut oder dem Schüler eines Marabuts anzutragen, um sich einen größeren Platz im Paradies zu sichern.

Mor hatte ganz einfach zu allen, die entweder im eigenen Namen oder im Auftrag ihrer Herren, Söhne oder Brüder um seine Tochter warben, gesagt: »Ich werde Penda, ohne den Brautpreis oder irgendwelche Geschenke zu verlangen, dem Manne zur Frau geben, der ein Rind tötet und mir das Fleisch durch eine Hyäne überbringen läßt. Wenn sie bei mir eintrifft, darf von dem geschlachteten Tier aber nicht das kleinste Stück fehlen.«

Einer Hyäne Fleisch anvertrauen – und sei es getrocknetes – und sie hindern, es anzurühren?

Das war schwieriger, als Narr, den Mauren mit den roten Ohren, dazu zu bringen, ein Geheimnis zu bewahren. Das war schwieriger, als einem Kind eine Kalebasse voll Honig anzuvertrauen und zu verhindern, daß es auch nur den kleinen Finger hineintaucht. Ebensogut könnte man versuchen, die Sonne daran zu hindern, sich morgens von ihrem Himmelsbett zu erheben oder nach vollbrachtem Tagewerk dorthin zurückzukehren. Ebensogut könnte man dem dürstenden Sand verbieten, die ersten Tropfen des ersten Regens aufzusaugen.

Buki, der Hyäne, Fleisch anvertrauen? Genausogut könnte man dem lodernden Feuer einen Klumpen Butter anvertrauen. Buki Fleisch anvertrauen und sie hindern, es anzurühren?

Das war ein Ding der Unmöglichkeit, sagten auf dem Heimweg die Grioten, die im Namen ihrer Herren gekommen waren, sagten die Mütter, die im Namen ihrer Söhne gekommen waren, sagten die Alten, die im eigenen Namen gekommen waren, um die Hand der schönen Penda zu erbitten.

Einen Tagesmarsch von M'Badane entfernt lag das Dorf N'Diour.

Die Einwohner von N'Diour waren keine gewöhnlichen Leute. Seit grauer Vorzeit, seit N'Diadiane N'Diaye, dünkten sich die Männer und Frauen die einzigen, die die Hinterlist der Hyänen bezwungen hatten, mit denen sie tätsachlich in völliger Eintracht und gutem Einvernehmen lebten. Allerdings hatten die Einwohner von N'Diour das Ihre dazu beigetragen, was sie noch immer taten, und zwar in nicht unerheblichem Maße. Jeden Freitag schlachteten sie einen Stier, den sie Buki, der Hyäne, und ihrem Clan als Geschenk darboten.

Von den jungen Leuten aus N'Diour war Birane der tapferste, sowohl im Kampf als auch auf den Feldern; und er war auch der schönste. Als ihm sein Griot zusammen mit den zurückgewiesenen Geschenken die Bedingungen von Mor, Pendas Vater, überbrachte, sagte Birane zu sich: »Ich bin es, der Penda auf sein Lager holt.«

Er tötete ein Rind. Er trocknete das Fleisch und füllte es in einen Beutel aus Ziegenleder; den Beutel packte er in einen Sack aus grober Baumwolle, und das alles steckte er mitten in ein Bund Stroh.

Am Freitag, als Buki mit ihren Artgenossen erschien, um das Almosen der Einwohner von N'Diour genüßlich zu verspeisen, suchte Birane sie auf und sagte zu ihr: »Mein Griot, der nicht schlauer ist als ein Kind an der Brust und ebenso einfältig wie ein Ochse, hat mir die schönen Geschenke zurückgebracht, die ich Penda, der Tochter Mors aus M'Badane, geschickt hatte. Wenn du, die du von so großer Weisheit bist, wenn du, deren Sprache wie Honig ist, wenn du dieses einfache Strohbündel zu Mor nach M'Badane bringen würdest – du brauchtest ihm nur zu sagen, ›Birane bittet dich um die Hand seiner Tochter‹, und er würde dir die Bitte gewähren, davon bin ich überzeugt.«

»Ich bin schon alt, Birane, und mein Rücken ist nicht mehr so robust wie früher. Aber M'Bar, das älteste meiner Kinder, strotzt vor Kraft, und er hat sogar ein wenig von meiner Weisheit geerbt. Er wird für dich nach M'Badane gehen, und ich bin sicher, daß er den Auftrag zu deiner vollsten Zufriedenheit ausführt.«

M'Bar brach in aller Herrgottsfrühe auf, das Bund Stroh, das alsbald vom Tau benetzt wurde, auf dem Rücken. Ein angenehmer Fleischduft begann sich auszubreiten. M'Bar blieb stehen, hob die Nase, schnupperte rechts, schnupperte links. Nach einer Weile setzte er seinen Weg fort, jedoch mit weniger Eile, wie es schien. Der Duft wurde stärker, M'Bar blieb wiederum stehen, spitzte die Lefzen, richtete die Nase nach rechts, nach links, in die Höhe, wandte sich dann um und schnupperte in alle vier Himmelsrichtungen.

Schließlich nahm er seinen Weg wieder auf, diesmal jedoch nur sehr zögernd, als hindere ihn der schwere, durchdringende Geruch, der von allen Seiten kam, ständig am Weitergehen.

Als er es nicht mehr aushielt, wich M'Bar vom Weg ab, der von N'Diour nach M'Badane führt, machte gewaltige Umwege durch die Savanne, schnüffelte dabei unentwegt nach rechts, nach links, kehrte dann wieder um und brauchte so drei lange Tage – anstelle eines einzigen –, bis er in M'Badane ankam.

M'Bar war, versteht sich, nicht gerade guter Laune, als er Mors Anwesen betrat. Er gab sich ganz und gar nicht so zuvorkommend, wie man es von einem Boten erwartet, der jemanden um eine große Gunst bitten will. Der Fleischgeruch, der allen Gräsern im Busch, allen Sträuchern angehaftet hatte und auch noch den Häusern von M'Badane und dem Hof in Mors Anwesen anhing, hatte ihn unterwegs alle Weisheit, die die alte Buki ihm eingehämmert hatte, vergessen lassen und erstickte in ihm die liebenswürdigen Worte, die man von einem Bittsteller eigentlich gewohnt ist. Nur mit Mühe bekam er die Zähne zu einem »As-salâm aleikum« auseinander, aber niemand vernahm seinen Gruß. Er warf das Strohbündel von seinem Rücken ab, der von der Last krumm gebogen war, und sagte in einem mehr als unangenehmen Tonfall zu Mor: »Birane aus N'Diour schickt dir dieses Strohbündel und hält um deine Tochter an.«

Unter M'Bars zunächst erstaunten, dann empörten und schließlich gierigen Blicken zerschnitt Mor die Lianen, nahm das Bund Stroh auseinander und zog den Sack aus grober Baumwolle hervor. Aus dem Baumwollsack holte er den Beutel aus Ziegenleder, aus dem Ziegenlederbeutel die getrockneten Fleischstücke.

»Geh«, sagte Mor zu M'Bar, der vor Wut beinahe geplatzt wäre, als er das viele Fleisch sah, das er drei volle Tage ahnungslos herumgeschleppt hatte und das nun dort aufgehäuft lag, ohne daß er auch nur daran denken konnte, es anzurühren. Denn die Einwohner von M'Badane waren nicht mit denen von N'Diour zu vergleichen; in M'Badane lagen in jedem Winkel Jagdspieße herum.

»Geh«, sagte Mor, »bestelle Birane, daß ich ihm meine Tochter gebe. Sag ihm, daß er nicht nur der tapferste und stärkste von allen jungen Leuten aus N'Diour ist, sondern auch der schlaueste. Wenn er dir, der Hyäne, Fleisch anvertrauen konnte, dann wird er auch seine Frau zu schützen und alle Intrigen zu vereiteln wissen.«

Aber M'Bar hatte Mors letzte Worte mit Sicherheit nicht mehr gehört, so schmeichelhaft sie für den, der ihn mit diesem Auftrag betraut hatte, auch waren. Er hatte längst das Haus, längst das Dorf hinter sich gelassen, denn er entsann sich, auf seinem langen, verschlungenen Weg wer weiß wie viele Strohbündel gesehen zu haben.

Und wirklich stieß M'Bar schon auf den vordersten Feldern von M'Badane auf Bunde Stroh. Er zerbiß die Stricke, durchwühlte das Stroh, zerstreute es, ohne auch nur das Geringste zu finden, was nach Fleisch oder gar Knochen aussah. Er lief nach rechts, er lief nach links, beschnüffelte, durchwühlte und zerstreute alle Strohbündel, die er auf den Feldern fand, so lange und so gründlich, daß noch einmal drei Tage verstrichen, ehe er in N'Dour anlangte.

»Nun, M'Bar«, fragte Birane, als er ihn schwitzend und keuchend ankommen sah, »du hast meinen Auftrag wohl nicht ausgeführt? Was hast du denn in den sechs Tagen getrieben, wo du doch, um nach M'Badane zu gehen und wieder zurück, nicht einmal zwei Tage gebraucht hättest?«

»Was ich unterwegs gemacht habe, geht dich überhaupt nichts an«, entgegnete M'Bar schroff. »Es reicht dir ja wohl zu erfahren, wenn dich das freut, daß Mor dir seine Tochter gibt.«

Und ohne die Dankesworte abzuwarten, die Birane ihm zweifellos gesagt hätte, lief M'Bar, die Hyäne, fort, um in weiteren Strohbündel herumzuwühlen.

Seitdem führen die Hyänen für niemanden auf der Welt mehr einen Auftrag aus.

Der Lohn

Diassigue, der Kaiman, hatte den ganzen Tag in der glühenden Sonne geschlafen, kratzte sich nun den Sand von seinem schlaffen Bauch und war gerade auf dem Weg zurück zum Sumpf, als er die Frauen hörte, die vom Wasserholen kamen, ihre Kalebassen gesäubert und ihre Wäsche gewaschen hatten. Die Frauen, die sich ganz gewiß mehr mit dem Mundwerk als mit den Händen abgemüht hatten, schwatzten und schwatzten, ohne ein Ende zu finden. Sie wehklagten, daß die Tochter des Königs ins Wasser gefallen und ertrunken sei und daß Bour, der König, höchstwahrscheinlich, nein, ganz bestimmt sogar – wie eine Sklavin bestätigt hatte –, sobald der Morgen graute, den Sumpf würde trockenlegen lassen, um die Leiche seiner heißgeliebten Tochter zu bergen. Daraufhin hatte Diassigue, dessen Schlammloch sich am zum Dorf hin gelegenen Ufer des Sumpfes befand, umgehend kehrtgemacht und war in stockfinsterer Nacht weit ins Landesinnere gelaufen. Am nächsten Tag hatte man tatsächlich den Sumpf trockengelegt und zudem noch alle Kaimane, die dort lebten, getötet. Im Schlammloch des Ältesten hatte man die tote Königstochter gefunden.

Um die Mittagszeit traf ein Junge, der Reisig sammelte, im Busch auf Diassigue.

»Was tust du hier, Diassigue?« erkundigte sich der Junge.

»Ich habe mich verirrt«, antwortete der Kaiman. »Willst du mich wieder nach Hause bringen, Goné?«

»Es gibt aber keinen Sumpf mehr«, erwiderte ihm das Kind.

»Dann bring mich zum Fluß«, bat Diassigue, der Kaiman.

Goné, das Kind, holte eine Matte und Lianen herbei, rollte Diassigue in die Matte und verschnürte sie mit den Lianen. Dann lud er sich das Bündel auf den Kopf und ging los, bis er am Abend den Fluß erreichte. Am Ufer angekommen, legte er seine Last ab, zerschnitt die Lianen und rollte die Matte auseinander.

»Goné«, sprach Diassigue, »von der langen Reise habe ich ganz steife Glieder. Willst du so gut sein und mich ins Wasser tragen?«

Goné, das Kind, stieg bis zu den Knien ins Wasser und wollte Diassigue gerade absetzen, als der ihn bat: »Geh doch so weit hinein, bis das Wasser dir an die Gürtellinie reicht, denn hier kann ich nicht sehr gut schwimmen.«

Goné tat, wie ihm befohlen, und stieg ins Wasser, bis es ihm an die Taille reichte.

»Geh weiter, bis zur Brust«, bat der Kaiman.

Der Junge ging weiter, bis ihm das Wasser an die Brust reichte.

»Jetzt kannst du auch noch bis zu den Schultern gehen.«

Goné ging weiter, bis ihm das Wasser an die Schultern reichte, da sagte Diassigue: »Setz mich jetzt ab.«

Goné gehorchte. Er wollte gerade ans Ufer zurückkehren, als ihn der Kaiman am Arm packte.

»Wouye yayô! O, meine Mutter!« schrie der Junge. »Was willst du? Laß mich los!«

»Ich lasse dich nicht los, denn ich habe großen Hunger.«

»Laß mich los!«

»Ich lasse dich nicht los. Seit zwei Tagen habe ich nichts gegessen, ich habe einen Mordshunger.«

»Sag, Diassigue, wird Gutherzigkeit durch Bosheit entgolten oder durch Freundlichkeit?«

»Eine gute Tat wird stets mit einer schlechten belohnt und nicht mit einer guten.«

»Ich bin jetzt zwar in deiner Gewalt, trotzdem ist das nicht wahr. Du bist der einzige auf der ganzen Welt, der so etwas behauptet.«

»So! Glaubst du?«

»Nun, fragen wir die Leute, dann werden wir ja sehen, was sie dazu meinen.«

»Einverstanden«, stimmte Diassague zu. »Aber sollten sich drei finden, die meiner Meinung sind, dann endest du in meinem Bauch, das versichere ich dir.«

Kaum hatte er seine Drohung ausgesprochen, als eine alte, eine sehr alte Kuh erschien, um ihren Durst zu löschen. Als sie sich satt getrunken hatte, rief der Kaiman sie herbei und fragte: »Nagg, du bist so alt und im Besitz der Weisheit, kannst du uns sagen, ob eine gute Tat mit einer guten oder einer schlechten Tat belohnt wird?«

»Der Lohn für eine gute Tat«, erklärte Nagg, die Kuh, »ist eine schlechte Tat; glaubt mir, ich spreche aus Erfahrung. Zu der Zeit, da ich jung, stark und kräftig war, fütterte man mich, wenn ich von der Weide kam, mit Kleie und einem Klumpen Salz, man gab mir Hirse, man wusch mich und rieb mich ab. Und wenn es Poulo, dem kleinen Hirten, etwa einfiel, den Stock gegen mich zu erheben, konnte er sicher sein, von seinem Herrn eine gehörige Tracht Prügel zu bekommen. In jener Zeit gab ich viel Milch, und alle Kühe und Stiere meines Herrn sind aus meinem Blut hervorgegangen. Jetzt bin ich alt, gebe weder Milch, noch bringe ich Kälber zur Welt. Infolgedessen kümmert man sich nicht mehr um mich, niemand führt mich mehr auf die Weide. Im Morgengrauen werde ich mit dem Knüppel aus dem Pferch getrieben, und mein Futter muß ich mir ganz allein suchen. Deshalb sage ich, daß eine gute Tat stets mit einer schlechten belohnt wird.«

»Goné, hast du das gehört?« fragte Diassigue.

»Ja«, antwortete der Junge, »ich habe es wohl gehört.«

Nagg, die Kuh, setzte ihren Weg fort, wobei ihr abgezehrtes Hinterteil, das so spitz war wie eine Säbelklinge, hin und her schaukelte und ihr betagter, von Zecken zerfressener Schwanz gegen das kümmerliche Buschgras schlug.

Da tauchte Fass auf, das Pferd, alt und dürr. Es wollte soeben, bevor es trank, mit zitternden Lippen über das Wasser streichen, als der Kaiman ihm zurief: »Fass, du bist so alt und weise, kannst du uns, diesem Kind und mir, sagen, ob eine gute Tat mit einer guten oder mit einer schlechten Tat belohnt wird?«

»Gewiß kann ich das«, versicherte das alte Pferd, »eine gute Tat wird immer mit einer schlechten belohnt, ich kann ein Lied davon singen. Hört mir nur beide gut zu! Zu der Zeit, da ich jung, feurig und stark war, hatte ich drei Stallknechte für mich ganz allein. Morgens wie abends fand ich meine Futterkrippe mit Hirse gefüllt vor, während des Tages versorgte man mich oftmals und reichlich mit einem Honigtrank. Jeden Morgen wurde ich zum Baden geführt und danach abgerieben. Ich besaß Zaumzeug und Sattel, beides von einem maurischen Sattler gefertigt und von einem maurischen Goldschmied verziert. Ich war auf den Schlachtfeldern, und die fünfhundert Kriegsgefangenen meines Herrn trug ich auf meiner Kruppe. Neun Jahre lang habe ich meinen Herrn und seine Beute auf meinem Rücken getragen. Jetzt, da ich alt geworden bin, besteht das einzige, was man für mich tut, darin, daß man mir vor Tau und Tag eine Fessel anlegt und mich unter Stockschlägen in den Busch jagt, damit ich mir mein Futter suche.«

So sprach Fass, das Pferd, zerteilte den Wasserschaum, trank in langen Zügen und lief dann, durch seine Fessel behindert, hinkend und stolpernd davon.

»Hast du das gehört, Goné?« fragte der Kaiman. »Ich habe solchen Hunger, ich werde dich jetzt fressen.«

»Nein, Onkel Diassigue«, entgegnete das Kind, »du selbst hast versprochen, drei Personen zu befragen. Wenn die nächste dasselbe antwortet wie die beiden vorherigen, dann kannst du mich fressen, vorher aber nicht.«

»Einverstanden«, sagte der Kaiman, »aber ich sage dir, wir werden nicht viel anderes hören.«

Da hoppelte mit großen Sprüngen Leuk, der Hase, vorbei. Diassigue rief ihn her: »Onkel Leuk, du bist der Älteste. Kannst du uns wohl sagen, wer von uns recht hat? Ich behaupte, daß eine gute Tat mit einer schlechten belohnt wird. Dieser Junge aber meint, daß eine gute Tat stets mit einer guten Tat vergolten wird.«

Leuk rieb sich das Kinn, kratzte sich am Ohr und stellte dann die Frage: »Diassigue, mein Freund, bittet ihr etwa den Blinden, euch zu bestätigen, daß die Baumwolle weiß oder der Rabe schwarz ist?«

»Natürlich nicht«, antwortete der Kaiman.

»Kannst du mir sagen, welchen Weg ein Kind einschlägt, dessen Eltern du nicht kennst?«

»Sicher nicht.«

»Nun, dann erkläre mir einmal den Zusammenhang. Vielleicht kann ich daraufhin eure Frage beantworten, ohne das Risiko einzugehen, mich groß zu irren.«

»Wohlan, Onkel Leuk, das ist die Geschichte: Dieses Kind ist tief im Landesinnern auf mich getroffen, es hat mich in eine Matte gewickelt und hierher getragen. Jetzt habe ich Hunger, und da ich unbedingt essen muß – denn ich habe nicht die geringste Lust zu sterben –, wäre es töricht, den Jungen laufen zu lassen und einer ungewissen Beute nachzujagen.«

»Unbestreitbar«, gab Leuk zu, »aber wenn die Worte krank sind, sollten wenigstens die Ohren gesund sein, und meine Ohren – davon bin ich stets überzeugt gewesen – sind vollkommen gesund, wofür ich dem lieben Gott danke. In deinen Worten, Bruder Diassigue, steckt nämlich etwas, was mir nicht gesund erscheint.«

»Was denn?« fragte der Kaiman.

»Nun, du behauptest, daß dieser kleine Junge dich in einer Matte bis hierher gebracht hat. Das kann ich einfach nicht glauben.«

»Und doch ist es wahr«, versicherte Goné, das Kind.

»Du bist ein Lügner wie alle deinesgleichen.«

»Er hat die Wahrheit gesagt«, bestätigte Diassigue.

»Das glaube ich erst, wenn ich es sehe«, sagte Leuk mißtrauisch. »Kommt doch mal beide aus dem Wasser heraus.«

Der Junge und der Kaiman stiegen aus dem Wasser.

»Du behauptest also, daß du diesen dicken Kaiman in dieser Matte getragen hast? Wie hast du das fertiggebracht?«

»Ich habe ihn darin eingerollt und die Matte fest verschnürt.«

»Nun, da möchte ich sehen, wie.«

Diassigue streckte sich auf der Matte aus, und der Junge rollte sie auf.

»Und du hast sie verschnürt, sagst du?«

»Ja.«

»Verschnür sie, damit ich es sehe.«

Der Junge verschnürte die Matte sorgfältig.

»Und du hast sie auf dem Kopf getragen?«

»Ja, ich habe sie auf dem Kopf getragen.«

»Gut, hebe sie auf den Kopf, damit ich es sehe.«

Als der Junge die Matte mit dem Kaiman hochgehoben und sie sich auf den Kopf geladen hatte, fragte ihn Leuk, der Hase: »Goné, sind deine Eltern Schmiede?«

»O nein!«

»Diassigue ist also kein Verwandter von dir? Und nicht dein Totem?«

»Nein, keinesfalls.«

»Dann bring deine Last nach Hause. Dein Vater und deine Mutter und all deine Verwandten und ihre Freunde werden dir dankbar sein, denn ihr bereitet davon ein Festmahl. So sollen all diejenigen belohnt werden, die gute Taten vergessen.«

Hasenstreiche

Iltis, Ratte, Zibetkatze, Palmratte und andere, die auch noch zur Familie der Nagetiere gehören, waren nicht wenig erstaunt, als ihnen Leuk, der Hase, eines schönen Tages im frühen Morgengrauen einen Besuch abstattete. Das winzige Langohr hatte jedem etwas zugeflüstert und war dann rasch zum nächsten weitergehoppelt.

Die Sonne brannte erbarmungslos vom Himmel, als Leuk wieder zu seinem Gebüsch hoppelte, um dort im kühlen Schatten das Ende des Tages abzuwarten.

Die Nacht brach herein, als das Volk der Langschnauzen sich in geschlossener Reihe dem Dorf der Menschen näherte, wo mehr als einer seiner Vorfahren wegen eines Hühnerflügels, einiger Hirsekörner und anderen Diebesguts minderer Bedeutung seine Haut hatte lassen müssen. Die Kinder aus dem Dorf, ebenso gewandt wie Golo, der Affe, und schnell wie M'Bile, die Gazelle, wußten von jeher geschickt mit Knüppeln aus Kailzedratholz und mit Spießen aus dem Holz des Lingué-Baumes umzugehen.

Zibetkatze, Iltis, Ratte, Palmratte und die anderen zogen über die Hirse- und Erdnußfelder und näherten sich also dem

Dorf N'Dioum, denn die Erinnerung an die tödlichen Schläge, denen die Väter ihrer Väter zum Opfer gefallen waren, war an jenem Abend verdrängt worden von der reichen Beute, die Leuk, der Hase, ihnen in Aussicht gestellt hatte: Hirse, Hühner, Erdnüsse, Maniok und sogar Honig, das alles hatte – wie er ihnen versicherte – Bour, der König, in einem mitten im Dorf erbauten »Haus ohne Ausgang« angehäuft.

Als Leuk ihnen das erzählte, wußte er sehr gut, daß mehr als die Hälfte erlogen war, genauer gesagt, er ließ ein ganz kleines Detail unerwähnt. Er wußte, was sich noch in dem Haus befand, hütete sich aber, es zu verraten. Thioye, der Papagei, hatte es ihm erzählt. Dieser hatte die Palaver zwischen Bour und seinen Ratgebern belauscht, Palaver, die dem Bau des »Hauses ohne Ausgang« vorausgegangen waren. Das Haus war nur zu erreichen, wenn man vom Dorfrand aus unter der Erde bis in die Dorfmitte drang, wo die Häuser auf einer Fläche von siebenmal siebenhundert Ellen dem Erdboden gleichgemacht waren; nur das »Haus ohne Ausgang« war, von sieben Umfriedungen umgeben, stehengeblieben.

Von Kindheit an verwöhnt, hatte Bour, der König, der nichts anderes kannte, als seine Launen auszuleben, beschlossen, Anta, die jüngste seiner Töchter, in das »Haus ohne Ausgang« einzusperren, um herauszufinden, wie er sagte, ob eine Frau, die niemals einem Mann begegnet ist, ein Kind bekommen kann.

Thioye hatte mitangehört, was der König befohlen, und es nachgeplappert, ohne besonderen Grund, einfach aus Freude am Erzählen und weil Leuk der erste gewesen war, den er getroffen hatte, als er vom Palaverbaum fortfliegen wollte. Leuk jedoch, der sein Leben lang weder Vater noch Mutter geehrt hatte, wollte Bour, dem König, einen Streich spielen. Zuerst hatte er das Völkchen der Langschnauzen überlistet, um sich seiner zu bedienen.

Ratte, Palmratte, Zibetkatze, Iltis und die anderen gruben die ganze Nacht hindurch, bis sie ins »Haus ohne Ausgang« gelangten, ergriffen aber die Flucht, als sie sahen, daß ein junges Mädchen die vom Hasen versprochenen Reichtümer hütete. Plötzlich erinnerten sie sich wieder des Unheils, das ihren Vorvätern widerfahren war. Gerade noch rechtzeitig war ihnen eingefallen, daß die Mädchen in N'Dioum ebenso geschickt wie die Jungen Knüppel und Spieße handhabten. Als sie sich alle im Buschland in Sicherheit gebracht hatten, schworen sie, sich an Leuk zu rächen, der, unweit des Tunneleingangs verborgen, zusah, wie sie Reißaus nahmen. Als alle verschwunden waren, folgte Leuk dem Gang, den sie ihm gegraben hatten, und kam so zu Anta.

»Bour, dein Vater«, sagte er zu dem jungen Mädchen, »hält sich für schlauer als nur irgend jemand auf der Welt, dabei könnte ich ihm noch manches beibringen, was er nicht weiß. Er glaubt, daß er dich hindern kann, einen Ehemann zu finden. Willst du mich?«

»Wer bist du? Wie heißt du?« fragte Anta.

»Ich heiße Mana*. Willst du mich zum Mann?«

»Ja!« sagte das Mädchen.

Leuk kam nun Tag für Tag auf demselben Weg wieder, um der Tochter des Königs Gesellschaft zu leisten, so lange und so gut, daß das junge Mädchen eines Tages schwanger wurde und neun Monate später einen Jungen zur Welt brachte.

Drei Jahre gingen ins Land. Leuk besuchte weiterhin – obgleich nicht mehr ganz so eifrig – seine Familie und spielte mit dem Kind.

Eines Tages glaubte Narr, Bours Maure, auf seinem frühmorgendlichen Spaziergang, bei dem er Koranverse rezitierte, nahe der siebenfachen Umfriedung Kindergeschrei zu hören. Er lief so schnell zum König, daß er dabei seine Babuschen verlor.

»Bour! Billâhi! Wallâhi! So wahr Gott lebt! Ich habe, glaube ich, im ›Haus ohne Ausgang‹ Geschrei gehört.«

* »Das bin ich« auf Wolof

Ein Sklave wurde losgeschickt. Er stieg über die sieben Umfriedungen und horchte am »Haus ohne Ausgang«.

»Das ist Kindergeschrei«, erklärte er, als er zurückkam.

»Dieser Hundesohn soll sterben«, schrie Bour wütend, »und sein Kadaver den Geiern vorgeworfen werden!«

Der Sklave wurde getötet.

Ein anderer ging los, horchte, kam zurück und bestätigte, daß es wirklich ein Kind war, das dort schrie.

»Man töte diesen Sohn eines unverschämten Vaters«, ordnete der König an, und der zweite Sklave mußte sterben. So erging es noch drei weiteren, die bei ihrer Rückkehr gesagt hatten, sie hätten ein Kind schreien hören.

»Das ist unmöglich«, rief der König. »Wer hätte denn in ein dermaßen verschlossenes Haus eindringen können?«

Er ließ durch die sieben Umfriedungen einen Durchgang schaffen und entsandte einen Alten, der, als er zurückkam, sagte: »Ja, man hört eine Stimme, die schreit, ich weiß aber nicht, ob das Anta ist oder ein Kind.«

»Reißt das Haus nieder!« ordnete Bour an, »dann werden wir ja sehen.«

Es geschah wie befohlen, und man fand Anta und ihren Sohn.

»Wer ist der Vater deines Kindes?« fragte der König.

»Mana«, antwortete Anta. »›Das bin ich‹.«

»Wieso du? Wer ist dein Vater, mein Kleiner?«

»Mana«, erwiderte der kleine Junge.

Der königliche Vater und Großvater wurde nicht klug aus alldem: seine Tochter, die ganz allein schwanger geworden war, und ein Kind, das behauptete, sein eigener Vater zu sein.

»Man möge alles herbeirufen«, befahl Bour auf den Rat der ältesten Notabeln hin, »alles, was kreucht und fleucht in diesem Land.«

An einem Freitag waren alle versammelt, und Bour reichte Antas Sohn drei Kolanüsse mit den Worten: »Bring diese Kolanüsse deinem Vater zurück!«

Das Kind lief die Reihe entlang, musterte Menschen und Tiere, zögerte, blieb stehen, lief weiter. Als es sich Leuk, dem Hasen, näherte, begann der sich heftig zu kratzen, hoppelte hin und her, klagte: »Hier sind zu viele Ameisen und Termiten«, und wechselte den Platz. Das Kind setzte seine Suche fort.

»O, hier sind wirklich zu viele Ameisen«, jammerte Leuk, als er das Kind näherkommen sah, und mit einem Satz war er hinter seinem Nachbarn verschwunden, der größer war als er.

Einer der Ältesten aus dem Gefolge des Königs hatte Leuks Manöver aber bemerkt.

»Wieso regt sich Leuk denn so über Ameisen und Termiten auf und wechselt ständig seinen Platz?« fragte er.

»Sorgt dafür, daß er sich nicht von der Stelle rührt«, ordnete der König an.

Also breitete man drei Matten aus und legte sieben Tücher und ein Schaffell darüber.

»Setz dich hierher, Bruder Leuk«, sagte ein Griot, »hier bist du vor Ameisen und Termiten sicher.«

Langohr mußte auf dem weichen Lager ausharren, es war ihm unmöglich, seinen Platz zu wechseln, sich zu verstecken und dem Kind aus dem Wege zu gehen, das ihm jetzt die drei Kolanüsse reichte.

»Aha, du bist es!« rief Bour, noch immer wütend. »Du bist es also, der sich Mana nennt. Wie hast du es nur geschafft, bis zu meiner Tochter vorzudringen?«

»Iltis, Marder, Palmratte, Zibetkatze und andere, ihre Brüder und Schwestern, haben mir einen unterirdischen Gang gegraben.«

»Einerlei, ich werde dich töten. Ihr anderen macht, daß ihr fortkommt!« fuhr Bour die Menschen und Tiere an, die noch immer vor seinem Zorn zitterten. »Ich werde dich töten, Leuk!«

»Bour«, erwiderte Leuk, »du kannst doch den Vater deines Enkels nicht töten!«

»Was gibst du mir, um deinen Kopf zu retten?«

»Was du willst.«

»Also gut. Noch vor Ablauf von sechs Monden mußt du mir ein Pantherfell, zwei Elefantenstoßzähne, ein Löwenfell und Haare von Kouss, dem bärtigen Kobold, bringen«, befahl der König.

»Wie soll ihm das gelingen?« fragten sich die Ältesten aus seinem Gefolge.

Leuk lief, auf den Hinterpfoten hoppelnd, davon, seine langen Ohren klatschten – klapp, klapp – wie die Sandalen einer Fulbefrau.

Am Fluß traf er Sègue, den Panther, und fragte ihn: »Mein Onkel, warum läufst du mit einem Fell herum, das so schmutzig und voller Flecken ist? Warum badest du nicht im Fluß?«

»Weil ich nicht weiß, ob ich schwimmen kann«, gab der Panther zur Antwort.

»Na, dann leg doch dein Fell ab, Onkel, ich werde es dir waschen. Bleib du währenddessen in der Grube sitzen, damit du dich nicht erkältest.«

Sègue streifte sein Fell ab, und während er in der Grube kauerte, bestreute Leuk, nachdem er das Fell ins Wasser getaucht hatte, die Innenseite mit Piment. Dann rief er Sègue zu: »Onkel, Onkel! Zieh schnell dein Fell wieder über, es fängt gleich an zu regnen.«

In der Tat, ein Wetter braute sich zusammen. Sègue, der Panther, zog sein Fell über. Als er aber mit seiner linken Hinterpfote hineingeschlüpft war, zog er sie hastig zurück. Die Pfote brannte ihm, als habe er sie in eine Feuersglut gehalten.

»Leuk, Leuk! Wie das brennt! Mein Fell verbrennt mich!«

»Das muß am Flußwasser liegen«, sagte Leuk. »Flußaufwärts, in Höhe der Dörfer, wird am ganzen Ufer nur Tabak angepflanzt. Lassen wir das Fell draußen, der Regen wird es schon abspülen.«

Während der Panther wieder in die Grube kletterte, versteckte Leuk rasch das Fell im Dickicht, kam zurück und erkundigte sich: »Onkel Sègue, hast du das Fell schon an dich genommen?«

»Wo denkst du hin?«

»Es ist aber nicht mehr da. Der viele Regen muß es in den Fluß gespült haben«, meinte der Hase und suchte das Weite.

In der Morgenfrühe hatte sich Leuk zum Ufer des Tümpels begeben. Nièye, der Elefant, und seine Familie kamen, noch etwas müde und schweren Schrittes, um ihren Durst zu löschen.

»Der liebe Gott«, sagte Leuk mit trauriger Miene, »der liebe Gott verbietet uns, heute aus dem Tümpel zu trinken.«

»Was ist da zu tun?« fragte der Alte mit der langen Nase und den kleinen Augen. »Gib uns einen Rat, Leuk, du bist doch der Älteste.«

»Wir müssen zu Gott emporsteigen und ihn um Gnade anflehen; vielleicht läßt er sich erweichen.«

»Und wie sollen wir zu ihm gelangen?«

Leuk rief M'Bott, die Kröte, herbei, die nicht weit von ihm entfernt vorüberhinkte, und Mutter M'Bonatte, die Schildkröte, die ihre Nasenspitze vorstreckte. Er legte M'Bonatte mit dem Bauch nach oben auf den glitschigen Rücken von M'Bott und hieß den Jüngsten aus der Elefantenfamilie auf Mutter M'Bonatte steigen, auf diesen dann den nächstälteren, auf dessen Rücken wieder der nächste und so weiter und so fort. Als das alte Oberhaupt emporgeklettert war und fast an den Himmel reichte – ein Hieb mit der Pfote, den Leuk der Schildkröte versetzte, und plumps, plumps, die Elefanten fielen herunter, ein einziges Knäuel aus Beinen, Rüsseln und Stoßzähnen. Eifrig machten sie sich daran, die abgebrochenen Stoßzähne zusammenzusuchen.

»Verliert jetzt keine Zeit damit«, sagte Leuk. »Nachher könnt ihr alles zusammensuchen. Der liebe Gott gestattet euch, euren Durst zu löschen. Aber beeilt euch mit dem Trinken.«

Nachdem sie in langen Zügen getrunken und sich ausgiebig mit Wasser bespritzt hatten, kehrten sie zurück und mußten feststellen, daß die beiden schönsten Stoßzähne fehlten.

»Such nicht danach«, sagte Leuk zu dem Eigentümer, »der liebe Gott hat sie als Preis für seine Barmherzigkeit zu sich genommen.«

Gegen Mittag fand Leuk im Schatten einer Tamarinde Kouss, den bärtigen Kobold, der sich neben seinem Knüppel, der doppelt so lang war wie er selbst, und seinem Keul, seiner freigebigen Kalebasse, die sich mit dem füllt, was man von ihr verlangt, ausruhte.

»Onkel Kouss«, sagte Leuk, »warum läßt du dir Haar und Bart so lang wachsen? Wie häßlich du dadurch aussiehst!«

»Ich verstehe mich nicht aufs Rasieren, und ich habe auch gar kein Messer«, erklärte Kouss, der bärtige Kobold.

»Ich habe eins, das schneidet ausgezeichnet«, sagte Leuk. »Ich rasiere dich, Onkel, wenn es dir recht ist.«

Als Leuk fertig war, sagte er: »Ich werfe das alles unterwegs weg. Ruhe dich weiter aus, in der Sonne ist es sehr heiß.«

Und Leuk machte sich auf den Weg, Bart und Haare von Kouss, dem Kobold, in seinem Beutel.

Gayndé, der Löwe, stand am Ufer des Flusses und blickte mit einem zornigen und einem neidischen Auge zu den Gazellen, Antilopen und Wasserböcken, die am anderen Ufer grasten, herumtollten, Luftsprünge vollführten, sich auf dem Erdboden wälzten und ihn zu verhöhnen schienen. Leuk tauchte plötzlich vor ihm auf und fragte ihn: »Könntest du dir nicht einen dieser Frechdachse greifen und ihn bestrafen, wie er es verdient?«

»Ich will aber auf gar keinen Fall, daß mein Fell naß wird.«

»Leg es doch ab! Ich bleibe hier und passe darauf auf. Nach der Jagd ziehst du es wieder an.«

Der Löwe zog sein Fell aus und schwamm zum anderen Ufer. Leuk bemächtigte sich des Fells und versteckte es. Er ging wieder zu der Stelle, wo Gayndé sein Fell zurückgelassen hatte, bespritzte sie mit Wasser und zog mit seinem Hinterteil, das er zuvor ins Wasser getaucht hatte, eine Spur bis zum Fluß. Dann schrie er aus Leibeskräften: »Onkel Löwe, Onkel Löwe! Komm schnell zurück, das Wasser schwemmt dein Fell weg!« Und er sprang ins Wasser. Als der Löwe zurückkehrte, sagte Leuk zu ihm: »Ich bin getaucht, habe aber nichts gefunden. Da heißt es warten, bis der Fluß sinkt.«

Und er hoppelte auf und davon.

Es waren noch keine drei Monde vergangen, als Leuk mit dem geforderten Preis vor den König trat.

»Wie hat er das nur geschafft?« fragte sich das Gefolge des Königs.

»Wie hast du es fertiggebracht, das alles in deinen Besitz zu bringen?« forschte Bour.

»Ruf alle zusammen, dann wirst du es erfahren«, antwortete Leuk.

Kouss, der Kobold, kam nicht zu der Versammlung, denn als er im stehenden Wasser des Tümpels sein Spiegelbild erblickte, fand er sich ohne Bart und vor allem ohne Haare auf seinem Schädel, der dem nackten Hinterteil von Golo, dem Affen, glich, unsagbar häßlich. Unterdessen hatte er auch von den Bewohnern des Busches erfahren, daß seine Wut auf Leuk in nichts der von Nièye, dem Elefanten, von Sègue, dem Panther, und Gayndé, dem Löwen, nachstand, die der Aufforderung des Königs gefolgt waren. Sie alle erzählten, wie der Hase sie gefoppt und ausgeraubt hatte.

»Ach, dieser Leuk! Nein, dieser Leuk!« so sagte ein jeder.

»Trotzdem«, meinte Golo, der Affe, der niemals den Mut sinken ließ, »trotzdem stecke ich lieber in meiner Haut als in seiner, auch wenn ich mich mit nackten Hinterbacken abfinden muß.«

»Er täte gut daran, sich eine Zeitlang nicht allzuweit in den Busch hineinzuwagen«, riet einer der Alten.

Als man daran dachte, ihn zu suchen, war Leuk schon über alle Berge. Er hatte sich davongemacht, ohne auf Wiedersehen zu sagen.

Auf einem abgelegenen Pfad hatte er das Fell einer Gazelle gefunden, halb abgewetzt, voller Löcher und von Würmern zerfressen, die wie die Termiten gehaust hatten. Leuk hüllte sich darin ein. Auffallend hinkend, den Kopf gesenkt, begegnete er Buki, der Hyäne, die Mitleid empfand.

»Meine arme Gazelle, was ist dir denn zugestoßen?«

»Ach«, erwiderte die falsche Gazelle, »ich bin soeben am Tümpel in einen Streit mit Leuk, dem Hasen, geraten. Er hat seine linke Pfote gegen mich erhoben und zu mir gesagt: ›Diesmal war es nur die linke Pfote, denn ich will nicht deinen Tod, aber du sollst dich an mich erinnern!‹ Nun weißt du, warum ich so aussehe.«

Buki hat Golo, dem Affen, von M'Biles Mißgeschick berichtet. Golo hat die Geschichte überall herumerzählt. Der ganze Busch hat sie gekannt.

Leuk ist immer noch auf freiem Fuß und wird sogar ein wenig gefürchtet.

Kleiner Mann

Es war einmal eine Zeit, da konnte man in Rippène nicht das Meeresrauschen hören. Damals brachen die Fischer im Morgengrauen auf, kamen erst in der Abenddämmerung oder tief in der Nacht wieder zurück an Land und um die Mittagszeit dann nach Hause. Der feine, weiße Sandstrand reichte so weit, daß ein schneller Reiter einen halben Tag brauchte, um sein Pferd im Meer zu baden und ins Dorf zurückzureiten. Der Fluß machte noch keine Biegung, um dann nach Süden zu fließen, sondern ergoß sich weiter oben, im Norden, in das große Meer. Gen Osten erstreckten sich Felder über Felder, so weit das Auge der Dorfbewohner reichte. Hinter den Feldern begann der Busch, dort lebten die wilden Tiere. Alle Männer im Dorf waren Bauern, doch neben ihrer Feldarbeit gingen die einen noch auf Fischfang, die anderen zur Jagd. Samba gehörte zu den Jägern.

Eines Abends kam Samba nicht nach Hause, nicht am nächsten Tag, nicht am übernächsten Tag, niemals mehr. Sie fanden nur seine gebleichten Knochen im Busch. Ein Löwe hatte ihn getötet, und die Aasgeier, die Hyänen und Ameisen hatten, erst die einen, dann die anderen, seine Überreste blankgeputzt.

Samba hinterließ zwei kleine Kinder: einen Jungen mit Namen N'Diongane und eine Tochter, die Khary hieß.

Solange ein Kind noch seine Mutter hat, kann kein Kummer ihm das Herz brechen. N'Diongane und Khary, die ihren Vater zu seinen Lebzeiten nicht oft gesehen hatten, führten ihr gewohntes Leben fort, als sei nichts geschehen. Khary verbrachte ihre Zeit nach wie vor an der Seite der Mutter. Der Bruder steckte mit den Jungen aus dem Dorf zusammen, auf den Feldern oder unter dem Palaverbaum. Er kam nur zu den Mahlzeiten nach Hause, und selbst dann mußte man ihn meist erst suchen. Es war Khary, die ihn holen ging.

Koumba, Sambas Witwe, weinte oft. Eines Tages fragte Khary sie: »Mutter, warum weinst du nur immer?«

»Weil uns der Mann im Hause fehlt.«

»Aber Mutter, N'Diongane ist doch ein Mann!«

»Ach, er ist aber noch viel zu klein!«

»Nun, dann ist er eben unser ›Kleiner Mann‹.«

Von jenem Tag an nannte Khary ihren Bruder nur noch »Kleiner Mann«.

Wenn sie ihn unter dem Palaverbaum, am Brunnen oder auf den Feldern suchte, sagte sie immer: »Kleiner Mann, Mutter ruft dich.«

Zunächst erwiderte N'Diongane nichts, doch seine kleinen Kameraden begannen ihn bald zu verspotten, wenn seine Schwester ihn »Kleiner Mann« rief. Da sagte er zu seiner Mutter: »Mutter, verbiete Khary, mich ›Kleiner Mann‹ zu rufen. Meine Kameraden, die ...«

Khary unterbrach ihn und stimmte ein Lied an:

Ich sage es, so oft ich kann:
Kleiner Mann, Kleiner Mann!

Weinend lief N'Diongane von dannen.

Monde und Monde vergingen, Jahre verstrichen, doch Khary nannte ihren Bruder immer noch »Kleiner Mann«.

Für Kinder, die wie N'Diongane das zwölfte Lebensjahr erreichten, hieß es Abschied nehmen von der Zeit der Unbekümmertheit. Die Stunde der Beschneidung war gekommen, der Augenblick, an dem sie in das Haus der Männer eintraten und die Erziehung und Ausbildung zum Mann ihren Anfang nahm. Ein Mann sollten sie werden in allen Lebensumständen und Prüfungen und schließlich – das war das höchste Ziel der Erziehung – ein Familienvater und somit der Stellvertreter ihrer Vorfahren.

In der Morgenfrühe vermischte eine Schar Jungen auf einem alten umgestülpten, halb in den Boden versenkten Mörser ihr Blut, was sie für ihr ganzes Leben zu »Brüdern« machte. Hier erfuhren sie einer nach dem anderen, zum ersten Mal und aus freien Stücken, was Schmerz ist. N'Diongane, der als erster an der Reihe war, setzte sich rittlings auf den Mörser und hob seinen Bubu aus grobem, gelbbraunem Leinen bis zum Gürtel hoch. Der Botal – »der, der auf seinem Rücken trägt« –, der Meister der Jungen, ergriff N'Dionganes Glied, zog die Vorhaut lang, umwickelte sie mit einem dünnen Faden, fester als Draht, und zerrte so lange daran, bis der Faden in der Haut verschwand. Dann trennte er mit einem einzigen Schnitt seines Messers, das schärfer war als eine Schusterahle und dessen Klinge beim Schneiden surrte, das unreine Teil des Mannes ab. Das Kind stieß weder einen Schrei aus, noch zuckte es mit der Wimper. Es atmete nicht einmal heftiger als gewöhnlich. Koumba, seine Mutter, konnte stolz sein. Ihr Sohn würde ein Mann werden.

Das Blut, das den alten Mörser herunterlief, war noch nicht geronnen, da saß das nächste Kind schon rittlings auf dem ausgehöhlten Klotz, dann wieder eines und wieder eines. Keiner der Jungen machte seiner Familie Schande. Verbände wurden angelegt. Nun begann die Erziehung im Haus der Männer und im Busch, die den Geist der Jungen formen, ihren Körper abhärten und ihren Charakter festigen sollte.

Am Tag begaben sie sich auf die Suche nach trockenem Holz, das in der Nacht Licht und Wärme spendete, und gingen zur Jagd, wobei sie Schleudern und Speere gebrauchten sowie lange, gegabelte Stöcke, wovon jeder Beschnittene zwei mit sich trug. Sie machten auch vor dem Stibitzen nicht halt, denn man konnte, ja man durfte ihnen nichts streitig machen, was sie auf diesem Wege erbeuteten, ob Hühner, Enten oder andere Dinge.

Am Abend und am frühen Morgen kam die Stunde der Kassak, der Initiationsgesänge, Grundstock der Weisheit der Vorfahren, Gedächtnisübungen, die häufig aus Worten oder Sätzen ohne offenkundigen Sinn bestanden oder deren Bedeutung in den fernen Zeiten, da sich die schwarzen Männer in alle Winde zerstreut hatten, verlorengegangen war. Die Kassak stellten doppeldeutige Rätsel dar, sogenannte Passinen, die den Jungen von den Selbé, den Rezitatoren, mittels Stockschlägen auf den Rücken oder rotglühender Holzkohle auf die Hand eingetrichtert wurden. Die Selbé, die Ältesten, waren es auch, die sich um die Wundpflege ihrer Schüler kümmerten – ohne große Rücksichtnahme, und so geschah es oft, daß

Die Ziege, die nicht weint,
Wenn man ihr den Hals umdreht,
Schreit, wenn man sie häutet.

Das heißt, die Beschnittenen, die bei der Beschneidung keinen Ton verlauten ließen, weinten, wenn man ihre Wunden verband.

Fern von den Bewohnern des Dorfes, vor allem von den Frauen, nahm der harte Monat seinen Lauf. Manchmal erhielten sie gute Mahlzeiten; doch meistens erlaubte sich ein Selbé einen Scherz mit ihnen, und sie fanden Kuskus oder gepfefferten Reis in ihrer mit Honigmilch gesüßten Hirsespeise. Zuweilen kam es auch vor, daß einer der hartgesottenen Ältesten, um die Sauce zu verlängern, in die Kalebasse spuckte, die die

Jungen so leer und rein übergeben mußten, als sei sie mit Brunnen- oder Flußwasser gespült worden. Denn wer ein Mann werden will, der muß jeden Ekel bezwingen.

Aus den Kindern waren junge Männer geworden, die Hosen trugen. N'Diongane in seinem indigofarbenen Bubu war der Schönste von allen. Als er wieder nach Hause kam, empfing ihn seine Schwester mit dem Satz: »Mutter, da ist der ›Kleine Mann‹!«

»Mutter«, entgegnete N'Diongane, »sag Khary, sie soll mich nicht mehr ›Kleiner Mann‹ nennen.«

Ich sage es, so oft ich kann:
Kleiner Mann, Kleiner Mann!

erklang Kharys Lied. Doch ihre Stimme hatte nicht mehr den ausgelassenen Ton eines übermütigen und ungezogenen kleinen Mädchens. In ihrem Lied klang verhaltene Leidenschaft an, es war die Stimme einer Verliebten, denn Khary liebte ihren Bruder, ihren Bruder, der von allen jungen Männern im Dorf der schönste war.

Und genauso wie früher suchte sie ihn Tag für Tag auf den Feldern und unter dem Palaverbaum und sprach: »›Kleiner Mann‹, Mutter ruft dich.«

Alle, die im Schatten des Baobab saßen, junge wie alte, lachten, als N'Diongane seiner Schwester antwortete: »Khary, sage der Mutter, daß ich nicht nach Hause komme, daß ich nie wieder heimkehre. Ich gehe fort.«

Er erhob sich und machte sich auf den Weg zum Meer. Wieder zu Hause, teilte Khary ihrer Mutter mit: »Mutter, der ›Kleine Mann‹ ist fortgegangen.«

»Wohin?« fragte Koumba.

»In Richtung Meer. Er hat gesagt, daß er niemals mehr zurückkommt.«

Sie traten beide aus dem Haus und hielten Ausschau nach N'Diongane, der, schon in weiter Ferne, im Laufschritt davoneilte. Die alte Frau rief ihn mit ihrem Gesang:

N'Diongane, komm zurück,
Liebster N'Diongane, komm doch wieder!
N'Diongane, komm zurück,
Deine Schwester vertreibt dich niemals wieder!

Der Wind trug ihr die Antwort ihres Sohnes zu: »Mutter, sage Khary, sie soll mich nicht mehr ›Kleiner Mann‹ nennen.«

Ich sage es, so oft ich kann:
Kleiner Mann, Kleiner Mann!

sang die Schwester.

Durch den glühendheißen Treibsand, in dem ihre Füße tief einsanken, stapften die beiden hinter N'Diongane her. Und immer noch rief die alte Frau ihren Sohn:

N'Diongane, komm zurück,
Liebster N'Diongane, komm doch wieder!

Und Khary sang immer noch:

Ich sage es, so oft ich kann:
Kleiner Mann, Kleiner Mann!

Die Sonne hatte sie eingeholt und bald allen dreien gegenüber einen Vorsprung gewonnen. Sie tauchte ins Meer. Ein kühler Wind wehte den Frauen nun die Stimme von N'Diongane zu, der noch immer in Richtung Meer wanderte, das seine Stimme mit seinem fernen Rauschen mehr und mehr aufsog.

Die Nacht fiel ein, und nun mischte sich unter den Gesang der alten Frau und ihrer Tochter das Lied der Brandung, das die Stimme des jungen Mannes übertönte:

N'Diongane, komm zurück,
Deine Schwester vertreibt dich niemals wieder!

Als der Morgen graute, langten die beiden Frauen dort an, wo der Sand feucht ist, und erblickten N'Diongane, dessen Knöchel vom Schaum der brechenden Wellen umspült wurden.

N'Diongane, komm zurück,
Liebster N'Diongane, komm doch wieder!

flehte die alte Frau.

»Mutter, sage Khary, sie soll mich nicht mehr ›Kleiner Mann‹ nennen«, verlangte der Sohn.

Ich sage es, so oft ich kann:
Kleiner Mann, Kleiner Mann!

beharrte seine Schwester.

N'Diongane ging weiter, bis die Wellen, die sich vor und hinter ihm brachen, ihm an die Knie reichten.

N'Diongane, komm zurück,
Deine Schwester vertreibt dich niemals wieder!

weinte die Mutter. Er ging weiter ins Wasser, das ihm jetzt bis zur Brust reichte.

»Mutter«, rief er, »sage Khary, sie soll mich nicht mehr ›Kleiner Mann‹ nennen!« Das Wasser reichte ihm nun bis zum Hals.

Ich sage es, so oft ich kann:
Kleiner Mann, Kleiner Mann!

sang Khary noch immer. Und Koumba, in Tränen aufgelöst, bat noch immer:

N'Diongane, komm zurück!

Aber N'Diongane antwortete nicht mehr, er war im Meer verschwunden.

Da ergriff Koumba Khary bei der Kehle, warf sie auf den Boden und drückte ihren Kopf in den feuchten Sand, so lange, bis der Körper des jungen Mädchens so schlaff war wie die Quallen, die die Wellen am Strand zurückgelassen hatten.

Koumba sang immer weiter ihr Lied, das ihren Sohn rief, doch ihre Augen waren nun trocken und schienen das Meer nicht mehr zu sehen, auch nicht die Wellen, die sich mit lautem Tosen auftürmten, zusammenrollten und barsten. Die Wellen brausten, türmten sich auf und rissen Koumba, die immerzu sang, und den Leichnam ihrer Tochter in die Tiefe und spülten sie bis nach Rippène. Seither, ja, seither ist das Meer nie wieder dahin zurückgekehrt, dorthin, wo die Sonne untergeht.

Wenn man sein Ohr in den Abendstunden an eine der Muscheln hält, die am Strand liegen, so kann man das Weinen und die Lieder der wahnsinnigen Koumba hören, die ihren Sohn immer noch ruft:

N'Diongane, komm zurück,
Liebster N'Diongane, komm doch wieder!

Trug und Wahrheit

Fène, der Trug, war groß geworden und hatte vieles gelernt. Aber vieles gab es, was er noch nicht wußte, besonders, daß der Mann und noch viel weniger die Frau keinerlei Ähnlichkeit mit dem lieben Gott hat. Und so ärgerte er sich jedesmal und glaubte sich schlecht behandelt, wenn jemand sagte: »Gott liebt die Wahrheit«, und das hörte er sehr oft. Sicherlich, manche sagten, daß nichts so sehr nach Wahrheit aussehe wie der Trug, die meisten behaupteten aber, Trug und Wahrheit seien wie Tag und Nacht. Deshalb sagte er eines Tages, als er sich mit Deug, der Wahrheit, auf Reisen begab, zu seiner Weggefährtin: »Dich liebt Gott, dich haben die Menschen ohne Zweifel lieber, deshalb mußt du überall, wohin wir kommen, die Unterhaltung führen, denn wenn sie mich erkennen, würde uns ein schlechter Empfang zuteil.«

Sie brachen am frühen Morgen auf und wanderten eine lange Zeit. Gegen Mittag erreichten sie ein Dorf und betraten das erste Haus. Nach der Begrüßung mußten sie erst bitten, bevor sie etwas zu trinken erhielten. In einer Kalebasse von zweifelhafter Sauberkeit gab ihnen die Frau des Hauses lauwarmes

Wasser, das selbst einen Strauß zum Erbrechen gebracht hätte. Ihnen etwas zu essen anzubieten wurde gar nicht in Erwägung gezogen, obwohl ein Topf voll Reis am Hauseingang kochte. Die Reisenden streckten sich im Schatten eines Baobab aus, der in der Mitte des Hofes stand, und warteten auf den lieben Gott, das heißt, das Glück, und auf die Rückkehr des Herrn des Hauses. Der kam in der Dämmerung und bat um Essen für sich und die Fremden.

»Ich habe noch nichts fertig«, sagte die Frau, die den ganzen Inhaltes des Topfes nicht gut allein verschlungen haben konnte.

Der Ehemann geriet in große Wut, nicht nur seinetwegen, obwohl er, nachdem er den ganzen Tag in der sengenden Sonne auf dem Feld gearbeitet hatte, einen Riesenhunger verspürte, sondern vor allem auch wegen seiner unbekannten Gäste, die er nicht ehren konnte – wie jeder Hausherr, der dieses Namens würdig sein will, es tun sollte – und die seine Frau mit leerem Bauch sitzengelassen hatte. Er fragte: »Handelt so eine gute Frau? Handelt so eine großzügige Frau? Ist das eine gute Hausfrau?«

Wie vereinbart, sagte Fène, der Trug, klugerweise nichts, aber Deug, die Wahrheit, konnte dazu nicht schweigen.

Sie sagte offen, daß eine Frau, die den Namen Frau des Hauses verdient, wohl gastfreundlicher zu Fremden sein könnte und immer etwas für die Heimkehr ihres Gatten vorbereitet haben müßte.

Darüber geriet die Frau in eine wahnsinnige Wut, und mit der Drohung, das ganze Dorf zu mobilisieren, gab sie ihrem Mann den Befehl, die frechen Fremden hinauszuwerfen, die ihr in ihre Haushaltsführung hineinredeten und es wagten, ihr Ratschläge zu erteilen. Andernfalls würde sie auf der Stelle zu ihren Eltern zurückkehren. So mußte der arme Mann, der nicht wußte, wie er ohne Frau, selbst wenn sie eine schlechte Hausfrau war, und ohne ihre Küche auskommen sollte, wegen zweier Fremder, zweier Durchreisender, die er nie gesehen hatte und wahrscheinlich nie wieder in seinem Leben sehen würde, so mußte dieser arme Mann den Reisenden sagen, sie sollten sich auf den Weg machen. Ob sie vergessen hätten, sie, diese flegelhaften Fremden, daß das Leben nicht immer wie Kuskus sei, sondern daß man bisweilen etwas feinfühliger sein müsse? Sei es denn notwendig gewesen, alles so grob zu sagen?

Also setzten Fène und Deug ihre Reise fort, die so schlecht begonnen hatte. Lange wanderten sie, bis sie am Eingang eines Dorfes Kinder trafen, die einen fetten Stier, den sie geschlachtet hatten, zerlegten. Als sie in das Haus des Dorfoberhauptes traten, sahen sie dort ein paar Kinder, die zu ihm sagten: »Hier ist dein Anteil.« Und sie gaben ihm Kopf und Füße des Tieres.

Nun ist es aber seit N'Diadiane N'Diaye, seit grauer Vorzeit, in allen menschlichen Ansiedlungen so üblich, daß das Oberhaupt jedem seinen Anteil gibt und sich selbst das Beste aussucht.

»Was glaubt ihr wohl, wer in diesem Dorf befiehlt?« fragte das Dorfoberhaupt die Reisenden.

Fène, der Trug, blieb klugerweise still und öffnete seinen Mund nicht. Deug, die Wahrheit, war also verpflichtet, wie vereinbart ihre Meinung zu äußern. »Allem Anschein nach«, sagte sie, »sind es diese Kinder.«

»Respektloses Gesindel«, schrie der Alte wütend, »verlaßt dieses Dorf, verschwindet, aber schnell, sonst werdet ihr es nie mehr verlassen. Macht, daß ihr wegkommt, schleunigst!«

Und die unglücklichen Reisenden setzten ihren Weg fort.

Unterwegs sagte Fène zu Deug: »Bis jetzt waren die Resultate nicht gerade glänzend, und ich zweifle, daß sie besser werden, wenn ich dir noch länger die Regelung unserer Angelegenheiten überlasse. Von jetzt an werde ich mich um uns beide kümmern. Ich beginne zu glauben, daß, selbst wenn der liebe Gott dich gern hat, die Menschen dich nicht unbedingt sehr schätzen.«

Da sie nicht wußten, wie man sie in dem Dorf, dem sie sich nun näherten und aus dem Geschrei und Gejammer herüberklang, empfangen würde, blieben Deug und Fène beim Brunnen stehen, ehe sie in ein Haus traten. Gerade löschten sie ihren Durst, als eine ganz in Tränen aufgelöste Frau auftauchte.

»Was bedeuten die Schreie und die Tränen?« fragte Deug, die Wahrheit.

»Wehe«, sagte die Frau, die eine Sklavin war, »unsere Lieblingskönigin, die jüngste der Frauen des Königs, ist gestern gestorben, und der König empfindet so großen Kummer, daß er sich selbst töten will, um sich wieder mit derjenigen zu vereinigen, die die schönste und anmutigste seiner Frauen war.«

»Das ist der einzige Grund für das Riesengeschrei?« fragte Fène, der Trug. »Geh und melde dem König, daß ein Fremder am Brunnen ist, der Tote, und seien sie seit langer Zeit verstorben, wieder zum Leben erwecken kann.«

Die Sklavin tat, wie ihr geheißen, und kam eine Minute später in Begleitung eines alten Mannes zurück, der die Reisenden in ein schönes Haus führte, wo sie ein ganzes gebratenes Schaf vorfanden und zwei Kalebassen voll Kuskus.

»Mein Herr läßt euch hierherbringen und bittet euch, von eurer langen Reise auszuruhen«, sagte der Alte. »Er ersucht euch zu warten und wird bald nach euch senden.«

Am nächsten Tage brachte man den Fremden ein noch üppigeres Mahl, dasselbe geschah am übernächsten Tag. Aber Fène tat so, als sei er zornig und ungeduldig, und sagte zu dem Boten: »Geht und sagt eurem König, daß ich keine Zeit zu verschwenden habe und meinen Weg fortsetzen werde, wenn er mich nicht braucht.«

Der alte Mann kehrte zurück und richtete ihm aus: »Der König läßt bitten.« Und Fène folgte ihm. Deug, die Wahrheit, ließ er in dem Haus zurück.

»Zunächst möchte ich wissen, welchen Preis du forderst für das, was du tun willst«, sagte der König, als Fène vor ihn trat.

»Was kannst du mir anbieten?« entgegnete Fène, der Trug.

»Ich gebe dir hundert Stück von allem, was ich hier besitze.«

»Das genügt mir nicht.«

»Sag also selbst, was du wünschst«, schlug der König vor.

»Ich will die Hälfte von alledem, was du besitzt!«

»Ich bin einverstanden«, stimmte der König zu.

Fène ließ über dem Grab der Lieblingsfrau ein Haus errichten und ging, mit einer Hacke bewaffnet, hinein. Man hörte ihn eine Weile keuchen und ächzen, dann, nach einer sehr langen Zeit, begann er zu sprechen, erst leise, dann mit sehr lauter Stimme, so, als spräche er mit verschiedenen Personen. Endlich kam er aus dem Haus und stellte sich mit dem Rücken zur Tür.

»Die Sache wird sehr kompliziert«, erklärte er dem König. »Ich habe das Grab geöffnet, ich habe deine Frau erweckt, aber kaum war sie ins Leben zurückgekehrt und wollte aus der Tiefe emporsteigen, da wachte auch dein Vater auf, hielt sie an den Füßen fest und sagte zu mir: ›Laß diese Frau, wo sie ist. Was kann sie dir schon geben? Wenn ich aber auf die Erde zurückkehre, gebe ich dir das gesamte Vermögen meines Sohnes.‹ Er hatte diesen Vorschlag noch nicht ganz ausgesprochen, als auch sein Vater erwachte und mir den gesamten Besitz und das halbe Vermögen seines Sohnes anbot. Dein Großvater wurde vom Großvater deines Vaters zur Seite gestoßen, der mir deinen Besitz, den Besitz deines Vaters, den Besitz seines Sohnes und die Hälfte seines eigenen Vermögens anbot. Kaum hatte er zu Ende gesprochen, da erschien sein Vater, so daß nunmehr deine Vorfahren und die Ahnen ihrer Vorfahren am Ausgang des Grabes deiner Frau versammelt sind.«

Bour, der König, sah seine Ratgeber an, und die Notabeln sahen den König an. Der Fremde hatte ganz recht, wenn er sagte, daß die Dinge aus der Bahn gerieten. Bour starrte Fène, den Trug, an, und die Alten starrten ihn an. Was war zu tun?

»Um dir aus der Klemme zu helfen, um dir angesichts der großen Auswahl die Entscheidung zu erleichtern«, sagte Fène, der Trug, »sage mir einfach, wen ich zurückbringen soll, deine Frau oder deinen Vater?«

»Meine Frau«, sagte der König, der seine Lieblingsfrau mehr denn je liebte und immer Angst vor dem alten König gehabt hatte, dessen Tod er mit Hilfe seiner Notabeln beschleunigt hatte.

»Selbstverständlich, selbstverständlich«, antwortete Fène, der Trug. »Nur, vergiß nicht, daß dein Vater mir doppelt soviel anbietet, wie du mir vorher versprochen hast.«

Bour wandte sich seinen Ratgebern zu. Die Ratgeber sahen ihn an und sahen den Fremden an. Der Preis war hoch, und was würde es dem König nützen, wenn er seine heißgeliebte Frau wiederbekäme, aber all seines Guts beraubt wäre? Würde er dann noch König sein?

Fène erriet die Gedanken des Königs und seiner Notabeln: »Außer«, sagte er, »außer, du gibst mir das, was du mir versprochen hast, wenn ich deine Frau zurückbringe, dafür, daß ich sie dort lasse, wo sie momentan ist.«

»Das ist sicher das Beste und Vernünftigste, was man tun kann«, riefen wie aus einem Munde die alten Notabeln, die das Ihre zum Verschwinden des alten Königs beigetragen hatten.

»Was meinst du, Bour?« fragte Fène, der Trug.

»Nun gut, laß meinen Vater, den Vater meines Vaters und die Väter ihrer Väter dort, wo sie sind – und meine Frau auch«, sagte der König.

Und so erhielt Fène, der Trug, dafür, daß er niemanden aus der anderen Welt hatte zurückkommen lassen, den halben Besitz des Königs, der außerdem bald seine Lieblingsfrau vergaß und eine andere nahm.

Die Gazelle und die beiden Jäger

Obwohl des Kopfes Sklave, befiehlt der Mund doch der übrigen Welt, spricht und schreibt er in des Kopfes Namen, oft zu Unrecht, manchmal zu Recht. Er fragt weder den Bauch, der zuweilen gern noch äße, während der Mund sich bereits gesättigt erklärt, noch die Beine, die nicht mehr laufen möchten, wenn er glaubt, noch weitergehen zu können.

Am Tag, da er sich seiner Unentbehrlichkeit bewußt wurde, übernahm der Mund die Befehlsgewalt über den ganzen Körper. Manchmal rettet er den Menschen, doch öfter stürzt er ihn ins Verderben, denn es fällt ihm schwer, sich mit einem »Ich weiß nicht« zu begnügen.

Zuviel reden ist immer schlecht; sich gar nicht vernehmen lassen oder nicht verstehen, was ein anderer Mund sagt, verursacht oft Unannehmlichkeiten. Das hätte sich Serigne, der Marabut, sagen müssen, als er auf der Rückreise von Mekka in Kayes Station machte, um einen seiner Schüler zu besuchen. Kaum hatte er sich in das schönste Haus dort eingeschlossen, da begann er auch schon, Koranverse und Litaneien vor sich hin zu sprechen. Die Essenszeit kam, man schickte einen kleinen Jungen, den Marabut zu holen. Das Kind betrat das Haus und sagte zu Serigne: »Ki ka na*.«

Serigne antwortete ihm auf Wolof: »Mana! Ich bin es!«

Das Kind ging zu seinen Eltern zurück und richtete ihnen aus: »Er sagt, er käme nicht.«

Und man speiste ohne den Gast.

Am nächsten Morgen war das Kind wiedergekommen, hatte in seiner Sprache den Marabut aufgefordert zu kommen, und Serigne hatte in seiner Sprache geantwortet. Ebenso am Mittag und am Abend. Drei Tage lang und dreimal am Tage gab der fromme Pilger dem jungen Boten auf die gleiche Aufforderung die gleiche Antwort.

Erst kürzlich bekehrt, konnten die Gastgeber des Marabuts eine derartige Inbrunst nicht begreifen. Wenn es um die Frage geht, ob vor dem Essen gebetet oder vor dem Gebet gegessen werden soll, macht das die Mahlzeit mit Sicherheit nicht überflüssig. Zu essen ohne zu beten ziemt dem Gläubigen nicht, selbst wenn er niemals nach Mekka gepilgert sein sollte. Aber beten ohne zu essen? Welche Kraft dem göttlichen Wort auch innewohnen mag, diese jüngst noch ungläubigen Bambara hatten noch nie sagen hören, daß der Koran eine Kalebasse Reis und erst recht nicht eine Kalebasse To ersetzen könne, To aus Maismehlteig mit einer dicken Sauce aus frischem Gombo, dazu ein trefflich gebratenes Huhn, ein wahrhaft meisterliches To zu Ehren des großen Lehrers. Und dann weigert sich der große Lehrer ständig, mit ihnen Reis, To, das Maisgericht, oder Kuskus zu teilen.

Serigne fragte sich seinerseits zwischen einer Sure und einer Litanei, ob seit seiner Ankunft nicht ein Heuschreckenschwarm das Land heimgesucht hatte, ob nicht Termiten über die Kornspeicher hergefallen waren, ob nicht der Senegalfluß über Nacht ausgetrocknet war oder ob gar alle Fischvölker, die in ihm lebten, Karpfen, Kapitäns- und Hundsfische, selbst die ab-

* »Man ruft dich« auf Bambara

scheulichen Welse, die sich vom Kot nähren, Kayes und Médine verlassen hatten, um in den Futa-Djalon hinaufzusteigen oder nach Saint-Louis und zum Meer hinabzuschwimmen. Er fragte sich, ob die zahlreich am anderen Ufer weidenden Rinder nicht alle in einer Nacht von der Pest dahingerafft, ob die Schafe, die die Mauren und Fulbe vom Norden mitführten und die oft von Tierseuchen heimgesucht wurden, sich nicht in aufgeregtem Zustand niedergelegt hatten und im Handumdrehen verstorben waren. Und er fragte sich auch, wie viele Male während eines Mondes man in diesem Lande eigentlich aß.

Seine Würde als großer Marabut ließ es jedoch nicht zu, daß er Nahrung einforderte.

Beunruhigt hatte der Schüler schließlich selbst den Meister aufgesucht, und alles klärte sich auf.

Serigne, des Schriftarabischen kundiger als irgendein Gelehrter von Timbuktu, war keines einzigen Wortes Bambara mächtig, und das Kind, welches man geschickt hatte, verstand kein Wolof, denn es war niemals aus Kayes herausgekommen und hatte niemals den Falémé überschritten, der den Sudan von Senegal trennt.

Als der Junge auf Bambara zum Marabut sagte »Ki ka na – Man ruft dich«, verstand Serigne »Ki ka na? – Wer ist da?« auf Wolof. Und als der Marabut auf Wolof antwortete: »Mana – Ich bin es«, verstand das Kind »Man na – Ich komme nicht« auf Bambara.

So erfuhr Serigne, zum Leidwesen seines Magens, die Gewalt des Mundes und die Kraft des Wortes, selbst des profanen.

Immerhin, da das Unglück stets zu etwas gut ist und selbst aus den Ketten, die dich fesseln, das Glück erwachsen kann, wurde Serigne durch sein erzwungenes Fasten, währenddessen keine unreine Speise seine Lippen befleckte, mehr als ein Marabut, fast ein Wali, nahezu ein Heiliger.

»Jetzt«, sagte Amadou Koumba, »will ich dir erzählen, wie M'Bile, die Gazelle, ihr Wissen erwarb und wie sie es gegen zwei Jäger verwandte.«

Wie Honig im Wasser, so lösen sich die Worte, die guten wie die schlechten, im Speichel, der einen Teil ihrer Kraft bewahrt.

Serigne nahm Abschied von seinen Gastgebern, nachdem er lange für sie gebetet und die ihm entgegengestreckten Hände und geschorenen Köpfe der kleinen Kinder mit Unmengen Speichel eingesprengt hatte.

Er machte sich weiter auf den Heimweg.

Nun hatte aber M'Bile, die Gazelle, seinen Weg gekreuzt und dort geweidet, wo Serigne auf das Gras gespuckt hatte. So erwarb sie mit einem Schlag und in einem Augenblick all sein Wissen, wohingegen Buki, die Hyäne, zwanzig Jahre lang die Koranschule besucht hatte, ohne mehr davonzutragen als einen krummen Rücken und hängende Hinterbacken, was sie den schweren Reisigbündeln verdankte, die sie täglich für das Feuer herantragen mußte, das beim Abendunterricht Licht spendete.

So wurde M'Bile zwar kein Marabut und auch keine Zauberin des Waldes und der Savanne, sondern »Die Wissende«. Nun wußte sie nämlich Dinge, die anderen Tieren verborgen sind, Dinge, die selbst den Menschen, sie seien denn Marabuts oder Zauberer, unbekannt bleiben.

Der erste, der diese Erfahrung machen mußte, war Koli, der Jäger. Koli hatte M'Bile am Ufer gesehen. Was tat sie dort zu so früher Stunde? Oblag sie ihrer Waschung, oder trank sie ganz einfach wie jeder andere gewöhnliche Bewohner des Busches? Koli hatte keine Zeit, danach zu fragen. M'Bile hat es niemals verraten, und niemand wird es je erfahren. Koli hatte also M'Bile erspäht, und sie hatte zu ihm gesagt: »Töte mich nicht, und ich werde dir kundtun, wo du Elefanten und Wildschweine findest.«

»Das ist mir egal«, hatte Koli erwidert, »heute will ich dich.« Und er hatte geschossen.

»Noch hast du mich nicht«, rief M'Bile, die von der Kugel unberührt blieb.

Wütend hatte Koli eine im Feuer von N'Guer geröstete und in Tamarindenpulver zerstoßene Termitenkönigin in den Gewehrlauf gestopft und M'Bile niedergestreckt. Als er näherkam, um die Beute zu holen, sagte M'Bile zu ihm: »Sotegul! Es ist noch nicht aus!«

Er schnitt ihr den Hals durch, doch das Messer knirschte auf dem Knochen und rief: »Sotegul!« Koli lud sich M'Bile auf die Schultern und ging zurück ins Dorf. Zu Hause angekommen, erfuhr er, daß sein Sohn gerade in den Brunnen gefallen war. »Sotegul!« sagte die erlegte Gazelle, als er sie auf den Boden warf. Er häutete sie ab, und die Haut rief dabei: »Es ist noch nicht aus!« Er zerteilte sie, und das Messer ließ unter dem Schneiden des Fleisches vernehmen: »Es ist noch nicht aus!« Koli legte die Stücke in den Topf, und der Topf auf dem Feuer sagte: »Es ist noch nicht aus! Es ist noch nicht aus! Es ist noch nicht aus!« Das Fleisch wollte aber nicht gar werden. Sieben Tage lang schleppte Koli trockenes Holz heran. Seiner Frau, die ins Feuer blies, flog ein Funke ins linke Auge, und sie wurde einäugig. »Es ist noch nicht aus!« riefen das Feuer, der Topf und die Fleischstücke. Der Topf kochte immerzu, aber das Fleisch wurde und wurde nicht gar. Schließlich kostete Koli ein Stück, und das blieb ihm in der Kehle stecken, wo es quoll, bis es ihm den Kopf sprengte.

»Sotina! Jetzt ist es aus!« rief M'Bile, die heil aus dem Topf sprang und in den Busch zurücklief.

Unter den Bewohnern des Busches wurde Kolis Mißgeschick durch Thioye, den Papagei, verbreitet, der es von Golo, dem Affen, hatte, welcher sich häufiger als jeder andere nahe den Feldern und Dörfern der Menschen umhertrieb. Das Ansehen M'Biles, der Gazelle, wuchs dermaßen, daß eines Tages alle Tiere zu ihr kamen, um sich über N'Dioumane, den Jäger, zu beschweren, den sie gern auf ähnliche Weise losgeworden wären.

»Nur du kannst uns den Frieden und die Tage des Glücks wiederbringen«, sagte Nièye, der Elefant, der König mit der langen Nase und den kleinen Augen.

»Nur du kannst uns die Ruhe zurückgeben, indem du uns N'Dioumane vom Hals schaffst«, sagte Sègue, der Panther, der geschmeidige, tückische Panther, dessen Fell schmutzig und stumpf ist wie sein Herz.

»Du allein kannst uns wieder Stille bescheren in unserem Busch und Wald und die Angst von uns nehmen, die unter jedem Baum und in jedem Büschel Gras auf uns lauert«, sagte Buki, die Hinterlistige, die Hyäne mit dem krummen Rücken und hängenden Hinterbacken.

Und sie alle, Gayndé, der Löwe mit den roten Augen, der seine Farbe vom Sand geliehen hatte, einst, um sich zu verbergen und seine Opfer überraschend zu überfallen, jetzt, um N'Dioumane zu entfliehen; Leuk, der Hase, der seine Läufe bis zum Hals heraufgezogen hatte, um besser rennen zu können; Thile, der Schakal, der mal nach rechts, mal nach links lief, um Schlägen und Kugeln auszuweichen, sie alle kamen, M'Bile, die Gazelle, zu bitten, mit N'Dioumane und mit seinen Hunden ein Ende zu machen. M'Bile versprach ihnen den Untergang des Jägers.

So groß M'Biles Wissen auch war, es war doch zu frisch. Und wenn sie auch wußte, daß die Erde alt, sehr alt war, daß die Bäume alt, sehr alt waren und daß das Gras seit jeher sproß, so wußte sie doch nicht, daß der zwischen der Erde und den Bäumen, dem Gras und N'Dioumanes Vorfahren geschlossene Pakt so alt war wie der Stand der Jäger.

M'Bile wußte wohl, daß Khatj, der Hund, ein Meister des Wissens war wie sie selbst, da er seine Kenntnisse vom Mond hatte. Was sie aber nicht wußte, war, daß der Pakt, der Khatj mit N'Dioumanes Volk verband, seit dem Tag galt, da der Hund die Wohnstatt der Menschen betreten hatte, um die bösen Geister zu vertreiben.

N'Dioumane, N'Dioumanes Vater, der Vater von N'Dioumanes Vater, alle seine Vorfahren bis zum Urahn, tränkten die Erde mit heißem Blut, besprengten mit dem Blut des ersten bei Vollmond getöteten Tieres die Baumwurzeln und das Gras; und die Erde, die Bäume und das Gras durften das Tier, das sie jagen wollten, ihren Blicken nicht mehr entziehen. Seit den Zeiten des Urahns überließen N'Dioumanes Volk, der Vater von N'Dioumanes Vater, Dioumanes Vaters und Dioumane selbst den Hunden den Kadaver des ersten bei Neumond getöteten

Tieres; und dafür mußten die Hunde die Witterung des ausersehenen Tieres aufnehmen und es aufspüren. War das Tier entdeckt, nahm N'Dioumane es ins Visier, und der Gewehrlauf wies der Kugel wie ein ausgestreckter Finger ihren Weg. Und die Kugel erreichte das Tier wie ein gewissenhafter Bote, der unterwegs niemals innehält, der niemals seinen Auftrag vergißt und stets an seinem Bestimmungsort eintrifft.

Soweit sich das Wild erinnerte, war kein Bewohner des Waldes oder der Savanne, den N'Dioumanes Hunde witterten, den N'Dioumane erblickt hatte, auf den der Lauf von N'Dioumanes Gewehr gerichtet gewesen war, der ihm zugedachten Kugel entronnen.

N'Dioumanes Hunde, in seinem Hause geboren, hatten von seinem Vater die Namen Worma, Wor-ma, Digg und Dig – Treue, Verrate mich, Verprechen und Grenzhecke – erhalten. N'Dioumanes Vater meinte, daß in diesen Namen genügend Weisheit für den Menschen enthalten sei, der in seinem Leben keine Enttäuschung erleben wolle. Denn, pflegte er zu sagen, wie Worma und Wor-ma das gleiche Wort seien, so bildeten auch Treue und Verrat ein Ganzes. Ja, so meinte er, wenn die Treue ewig währte, würde kein Wasser jemals den Fisch kochen, der in ihm geboren wurde und den es aufgezogen hatte. Er sagte auch, daß das Versprechen ein ziemlich dickes Fell abgebe, daß aber, wer sich damit bedecke, bei großer Kälte zittern werde. Und er sagte auch, daß eine gleich lange Grenzhecke noch niemals gleich große Felder ergeben hätte, ebenso wie zwei gleich lange Hilaire* es nicht fertigbrächten, zwei Kornspeicher gleichen Fassungsvermögens zu füllen. Was er nicht sagte, aber gewißlich dachte, war, daß es solche und solche Jäger gibt, was M'Bile, die Gazelle, trotz ihrer umfangreichen Kenntnisse eben nicht wußte.

* Ackergerät in Form einer langstieligen Sichel. Benannt nach Hilaire Prom, dem Händler, der es als erster in Senegal verkaufte. Auf Wolof: *Gop*

Er sprach noch andere weise Worte, die sein Sohn vergessen zu haben schien, als eines Tages eine fröhliche Schar junger Frauen, eine schöner als die andere, singend und zum Klang des Tamtams tanzend, vor der Schwelle seines Hauses haltmachte.

Nachdem sie einen Mond lang nachgedacht hatte, hatte M'Bile herausgefunden oder glaubte doch herausgefunden zu haben, wie sie N'Dioumane und seine Hunde zugrunderichten könnte. Sie hatte Golo, den Affen, und Thioye, den Papagei, ausgeschickt, das Volk des Busches zu versammeln.

»Wir verwandeln uns«, sagte sie zu den anderen Tieren, »in Frauen und statten N'Dioumane, dem Jäger, einen Besuch ab.« Und so geschah es.

As-salâm aleikum,
Wir grüßen dich,
N'Dioumane und deine Familie,
Hohe Gäste hast du,
Speisen mußt du sie.

Singend, Tamtam spielend und tanzend, angetan mit den schönsten Bubus und den hübschesten Tüchern, die jemals gesehen wurden, mit Schmuck behängt, so betraten, auf N'Dioumanes Aufforderung hin, die Frauen sein Haus.

As-salâm aleikum,
Wir grüßen dich.

Eine nach der anderen beugten sie vor dem Jäger das Knie, sie klatschten in die Hände, die Tamtams erklangen.

N'Dioumane und deine Familie,
Hohe Gäste hast du,
Speisen mußt du sie.

N'Dioumane wußte nicht, welche der Frauen die schönste von allen war, noch, auf welcher er seine Augen am längsten verweilen lassen sollte.

Schließlich hörten die Tamtams auf zu schlagen und die Frauen auf zu tanzen. Alle setzten sich, und sie erzählten von ihrer Reise und nannten den Grund ihres Besuchs, während draußen Stiere und Widder geschlachtet wurden und die Stößel im Bauch der Mörser Hirse stampften.

»Wir kommen von weit her«, sagte eine große Frau mit runden Formen und sehr dunklem Teint.

»Aber doch nicht von so weit, daß dein Ruhm nicht dorthin gedrungen wäre, N'Dioumane, König der Jäger«, warf eine andere Frau ein, zierlich, hellhäutig, mit schlankem Hals.

Ihre Stimme war sanft und zärtlich, und der Jäger war so hingerissen, daß er erst beim dritten Mal den Ruf des Kindes vernahm, das gekommen war, ihm auszurichten, daß seine Mutter ihn zu sprechen wünschte.

»N'Dioumane«, sagte seine Mutter, »das alles macht mir angst. Sieh dir doch diese dicke Frau an mit dem schwarzen Teint und der großen Nase! Sie ähnelt Nièye, dem Elefanten.«

»Wo nimmst du bloß solche Gedanken her, Mutter?« hatte N'Dioumane lachend gefragt.

»Sieh dir die da an, die schlanke, hellhäutige, mit dem so langen, schmalen Hals! Ist das nicht M'Bile, die Gazelle?«

»Was redest du da nur, Mutter?«

»N'Dioumane, mein Sohn, sei auf der Hut«, hatte die alte Frau gesagt, und der Jäger hatte sich wieder zu seiner fröhlichen, lärmenden Gesellschaft begeben.

Als die Kalebassen voller Kuskus gebracht wurden, in denen die saftigsten Fleischstücke schwammen, verzogen die jungen Frauen den Mund.

»Nein, wirklich, wir haben gar keinen Hunger«, sagte eine von ihnen.

Und eine andere erklärte: »Wir haben schon soviel Rindfleisch, Hammel und Ziege gegessen, daß wir von N'Dioumane, dem König der Jäger, wirklich etwas anderes erwartet hätten.«

In seinem Stolz gekränkt, fragte der Jäger: »Nennt mir nur alles, was ihr essen wollt, ich beschaffe es euch augenblicklich. Wollt ihr Fleisch von der Gazelle? Wollt ihr Wasserbock? Wildschwein? Flußpferd?«

»Nein, nein«, riefen die Frauen, und einige von ihnen begannen zu zittern.

»Wir haben Appetit«, sagte die Frau mit dem hellen Teint, »wir haben Appetit auf Hundefleisch.«

Dem Rat seiner Mutter zum Trotz gab N'Dioumane Befehl, die Hunde zu töten. Und so geschah es.

»Gib wenigstens acht«, sagte die alte Frau, »daß keiner der Knochen verlorengeht. Sammle sie alle ein und bring sie mir, wenn deine Besucherinnen ihr Mahl beendet haben.«

Der Kuskus mit Hundefleisch wurde den jungen und hübschen Frauen serviert, die sich glücklich und zufrieden zeigten ob der großzügigen Gastfreundschaft des berühmten Jägers, dem sie nun von neuem ein Loblied sangen. Die Sklaven und die Kinder, die das Mahl aufgetragen hatten, lasen alle Knochen auf und brachten sie der Mutter, welche sie in vier Wassergefäße legte. Darin hatte sie bereits das Blut der Hunde aufgefangen, denen die Kehle durchgeschnitten worden war.

»Wir brechen nun auf, denn es wird schon spät«, sagte die schlanke Frau mit dem hellen Teint, die, ihres niedrigen Wuchses zum Trotz, die größte Autorität zu besitzen schien und die, N'Dioumane gestand es sich mittlerweile ein, die anziehendste von allen war. Ergriff sie das Wort, dann lauschten ihr die Gefährtinnen mit Respekt und Ehrerbietung, als wenn sie so etwas wie eine Königin wäre.

»Wir brechen auf, N'Dioumane«, sagten auch die anderen Frauen.

»Ihr wollt uns schon verlassen?« fragte der Jäger betrübt, der den Blick nicht von der schlanken, hellhäutigen Frau abwenden konnte.

»Nun«, entgegnete ihm diese, »begleite uns doch, dann kannst du noch ein Weilchen in unserer Gesellschaft verbringen.«

Der Jäger suchte seine Mutter auf, um ihr zu sagen, daß er die Frauen auf ihrem Nachhauseweg begleiten werde.

»Nimm dein Gewehr mit«, riet die alte Frau.

Als die Frauen ihn mit seinem Gewehr kommen sahen, schrien sie empört auf: »Wozu ein Gewehr, wenn du Frauen begleitest?«

N'Dioumane kehrte um und legte sein Gewehr, sein Pulverhorn und seinen Kugelbeutel ab.

»Dann nimm deinen Bogen«, sagte seine Mutter.

Die jungen Frauen zürnten, als sie ihn, den Bogen über der Schulter, kommen sahen.

»Mißfällt dir unsere Gesellschaft so sehr, daß du dich bewaffnest, als zögst du in den Krieg?«

Er kehrte um und legte seinen Bogen und seine Pfeile ab.

Da gab ihm seine Mutter die Hand und sagte: »Nimm diese Palmnüsse. Wenn du in Gefahr gerätst, so wirf sie auf die Erde und rufe mich.«

Unter Geschrei, Gesängen und dem Dröhnen der Tamtams brach die fröhliche Schar auf, N'Dioumane in ihrer Mitte.

Eine lange Zeit zogen sie unter Jauchzen und Singen, tanzend, dahin, dann erstarben die Schreie, der Gesang verebbte, die Tamtams verstummten. Dumpfes Schweigen lastete auf der Savanne. N'Dioumane sah unverwandt die schlanke Frau mit dem hellen Teint an. Auf ein Zeichen von ihr blieben plötzlich alle Frauen stehen.

»N'Dioumane«, sagte sie zu dem Jäger, »warte hier auf uns, wir kommen gleich wieder.«

Sie entfernten sich und ließen ihn mutterseelenallein zurück. Als sie weit, ganz weit weg waren, riefen sie: »N'Dioumane, siehst du uns?«

»Ich sehe eure indigoblauen Bubus und eure gestreiften Wickeltücher«, schrie N'Dioumane.

Und weiter wanderten sie, viel weiter, und riefen: »N'Dioumane, siehst du uns immer noch?«

»Ich sehe den Staub, den ihr aufgewirbelt habt.«

Und weiter gingen sie, viel weiter, und riefen: »N'Dioumane, siehst du uns immer noch?«

»Ich sehe nur noch Himmel und Erde«, schrie N'Dioumane.

Da hielten sie an, warfen Schmuck und Gewänder ab und legten sich zu Boden. Als sie sich erhoben, waren sie wieder das Volk des Busches geworden. M'Bile, die Gazelle, stand inmitten der Tiere.

Alle – Nièye, der Elefant mit der großen Nase, Gayndé, der Löwe mit den roten Augen, Sègue, der Panther mit dem schmutzigen Fell, Koba, der Wasserbock mit den gewundenen Hörnern, Thile, der Schakal, der seine Nachbarn zur Rechten und zur Linken zur Seite stieß, M'Bam Hal, das Warzenschwein, Leuk, der Hase, der unter dem Bauch der andern hindurchschlüpfte, Ba'ndioli, der Strauß, der mit seinen zu kurzen Flügeln Buki, die Hyäne mit den hängenden Hinterbacken, bedeckte – sie alle stürzten auf den Jäger los.

N'Dioumane sah erst nur den Staub, den sie aufwirbelten, dann die schwarze Masse Nièyes, Gayndés und M'Biles falbes Fell, Sègues und Bukis Flecken. Er warf eine Palmnuß auf die Erde und rief: »N'Dèye yô! Meine Mutter!«

Dem Boden entsproß eine Palme, deren Wipfel fast den Himmel berührten. N'Dioumane erkletterte sie eben in dem Moment, da die Tiere bei ihm anlangten.

Voller Wut, die Nasen emporgestreckt, umkreisten sie die Palme. Dann scharrte M'Bile im Erdreich zu Füßen des Baumes und grub eine Axt aus, die sie dem Elefanten reichte. Nièye, der riesenhafte Holzhacker, schlug gegen den Riesenbaum, und im Rhythmus seiner Schläge ertönte das Lied, das die Gazelle den anderen Tieren vorsang:

Wêng si wélèng!
Sa wélèng wèng!
N'Dioumane tey nga dè!

Es nimmt seinen Lauf!
Seinen Lauf nimmt es!
N'Dioumane, du mußt sterben!

Die Palme erzitterte bis in ihre äußersten Spitzen, die sie dem Himmel darbot, und begann zu wanken. Nièye schlug weiter.

Wêng si wélèng!
Sa wélèng wèng!

Der Baum ächzte, wiegte sich dreimal hin und her und neigte sich. Er fiel bereits, als N'Dioumane die zweite Nuß herabwarf und schrie: »N'Dèye yô!« Aus dem Boden wuchs eine Palme gen Himmel, eine Palme dreimal so hoch wie jene, die nun am Boden lag und von der N'Dioumane abgesprungen war, um die zweite zu erklimmen. Nièye stürzte sich auf sie, sein Zerstörungswerk wieder aufzunehmen.

Wêng si wélèng!
Sa wélèng wèng!
N'Dioumane, du mußt sterben!

In seinen Armen, zwischen seinen Beinen, an seinem Körper spürte N'Dioumane, wie die Palme erbebte. Da gedachte er seiner Hunde, die er geopfert hatte, erinnerte sich des zwischen seinen Vorfahren und dem Hundevolk geschlossenen Paktes, den er als erster gebrochen hatte, und er dachte daran, daß die Hunde Dinge wußten und sahen, die die Menschen nicht sehen, die die Menschen nicht wissen. Er begann zu rufen:

O Worma, Wor-ma,
Meines Vaters Hunde,
Die ich verraten hab,
Verratet mich nicht!

O Dig, o Digg,
N'Dioumane geht zugrunde,
Eilt ihm zu Hilfe!

Wie M'Bile aus Kolis Topf, so erstanden die vier Hunde aus den Wassergefäßen, die ihr Blut und ihre Knochen enthalten hatten. Worma ergriff das Gewehr seines Herrn, Wor-ma das Pulverhorn, Dig den Kugelbeutel, Digg gab Laut, und sie folgten N'Dioumanes Spuren.

Es nimmt seinen Lauf!
Seinen Lauf nimmt es!

Nièye hatte weiterhin mit mächtigen Hieben zugeschlagen. Die zweite Palme splitterte, schwankte hin und her, neigte sich endlich, um zu Boden zu stürzen. Aber zuvor hatte N'Dioumane, der immer noch rief:

O Worma, Wor-ma,
O Dig, o Digg!

die letzte Palmnuß geworfen und den dritten Baum erklommen, der siebenmal so hoch war wie der eben gefallene, so daß seine Wipfel durch das Himmelszelt stießen.

Nièye schlug immer noch zu, die Tiere sangen immer noch:

Wêng si wélèng!

Immer tiefer drang die Axt in den Stamm.

Es nimmt seinen Lauf!
N'Dioumane tey nga dè!

N'Dioumane rief noch immer:

Meines Vaters Hunde,
N'Dioumane geht zugrunde,
Eilt ihm zu Hilfe!

Auch die letzte Palme wankte, bog sich und drohte umzufallen, als Diggs Stimme erscholl, das Geräusch der Axtschläge übertönend, lauter als der Ruf des Jägers: »Wau! Wau! Wau!« Und die zu Boden sinkende Palme setzte N'Dioumane inmitten seiner Hunde nieder.

Als der unvorsichtige Jäger sein Gewehr, sein Pulverhorn und seinen Kugelbeutel aus der Schnauze seiner Freunde, die treuer waren als er, genommen hatte, waren die Tiere, M'Bile, die Gazelle, an der Spitze, längst tief in den Busch geflohen.

»Seit N'Dioumane«, sagte Amadou Koumba, »nimmt jeder Jäger, auch wenn er nur trockenes Holz sammeln geht, stets sein Gewehr mit.«

Die Kalebassen des Kouss

Wer sein Hab und Gut hochhängt, verachtet den, der nach oben blickt.

Wenn von der Schönheit die Rede war, wandte sich niemand an die Frau von Buki, der Hyäne, oder gar an die von Leuk, dem Hasen. Indes fühlten sich diese beiden Damen jedesmal getroffen und betrübt, wenn von häßlichen Frauen die Rede war. Schließlich ertrugen sie es nicht länger und baten ihre Ehegatten, ihnen doch Halsketten, Armbänder und Reifen zu verschaffen, damit sie sich herausputzen könnten. Da Buki und Leuk gute Ehemänner waren, machten sie sich beide auf die Suche nach Schmuck.

An der erstbesten Lehmgrube, an die sie gelangten, blieb Buki stehen, nahm feuchten Ton, knetete ihn und formte daraus Kügelchen unterschiedlicher Größe, die er durchbohrte und in der Sonne trocknen ließ. Als der Abend kam, fädelte er die Kügelchen auf mehrere Schnüre und kehrte zu seiner Frau zurück.

»Da hast du deine Kette. Da sind deine Reifen. Leg dir das eine um die Handgelenke und das andere um die Fußknöchel.«

Unterdessen streifte Leuk, der Hase, durch Busch und Savanne. Erschöpft vom vielen Herumlaufen – sieben Tage lang von morgens bis abends, mal nach rechts, mal nach links –, hatte Leuk sich, da die Sonne unbarmherzig herabbrannte, am Fuße eines Baobab ausgestreckt.

»Wie angenehm erfrischend ist es doch im Schatten dieses Baumes!« rief er aus, als er sich nach einem wohltuenden Schläfchen reckte.

»Wenn du von meinen Blättern kostest, wirst du feststellen, daß sie noch erfrischender sind«, sagte der Baobab.

Leuk riß drei Blätter ab und verspeiste sie. »Wirklich köstlich«, lobte er.

»Meine Früchte sind noch köstlicher«, sagte der Baobab.

Leuk kletterte auf den Baum, pflückte eines der gurkenähnlichen Gebilde, die an einem dünnen Stiel hängen und die mehlige, süße Frucht umschließen. Sie wird Affenbrot genannt, denn bislang war es nur Golo, dem Affen, gelungen, sie zu pflücken und sich daran zu laben, und als eingefleischter Egoist kam es ihm nicht in den Sinn, jemand anderen daran teilhaben zu lassen. Leuk zerschlug die Schale und kostete von dem schmackhaften Inneren.

»Wenn ich mir größere Mengen davon verschaffen könnte, würde ich es verkaufen und reich werden«, sagte er.

»Dann suchst du also Reichtum?« fragte der Baobab. »Wirf einen Blick in das Innere meines Stammes.«

Leuk steckte seinen Kopf durch das Loch und sah Gold, Schmuck, Bubus und Tücher, die wie Sonne und Sterne glitzerten. Er streckte die Pfote nach all den Schätzen aus, von denen er niemals zu träumen gewagt hätte.

»Halt«, sagte der Baobab, »all das gehört nicht mir, ich kann dir nichts davon geben. Aber auf dem Gombofeld findest du jemanden, der es dir verschaffen kann.«

Der Hase eilte zum Gombofeld und traf dort auf Kouss. Der Kobold war noch jung, denn, obwohl ihm die Haare bis über das Hinterteil reichten, sproß ihm noch kein Bart, und man muß wirklich ein junger Kobold sein, wenn man sich in der prallen Sonne mitten auf ein Gombofeld vorwagt.

»Kouss«, sagte Leuk, nachdem er den kleinen, etwas ängstlichen Kobold begrüßt hatte, »Gouye, der Baobab, schickt mich zu dir ...«

»Ich weiß schon, warum«, unterbrach ihn der Kobold, durch Leuks liebenswürdige Stimme beruhigt. »Klettere mit mir durch das Loch in dieser Tamarinde, aber hüte dich, über irgend etwas, das du bei mir zu Hause siehst, zu lachen. Wenn mein Vater heute abend heimkommt, will er seinen Knüppel gegen den Zaun lehnen, statt dessen wird aber der Knüppel ihn packen und ihn gegen den Zaun aus Stroh lehnen. Wenn meine Mutter, ein Reisigbündel auf dem Kopf, nach Hause kommt, will sie es auf den Boden werfen, statt dessen wird aber das Bündel sie hochheben und auf den Boden werfen. Meine Mutter wird dir zu Ehren ein Huhn schlachten, dir aber gebratene Federn vorsetzen statt Fleisch, denn das wirft sie weg. Du ißt die Federn, ohne auch nur ein Wörtchen zu sagen oder Verwunderung zu zeigen.«

Leuk versprach, die Ratschläge des Kobolds zu befolgen, der ihn nun durch das Loch in das Innere der Tamarinde eintreten ließ.

In der Wohnung der Kobolde geschah alles so, wie es der kleine Kouss dem Hasen vorausgesagt hatte. Der zeigte keinerlei Verwunderung über das, was er sah und hörte, und blieb dort drei Tage. Am vierten Tag sprach der kleine Kobold zu ihm: »Wenn mein Vater heute abend nach Hause kommt, wird er dir zwei Kalebassen hinstellen. Du nimmst die kleinere.«

Der Alte kam heim, rief Leuk zu sich und reichte ihm zwei Kalebassen, eine große und eine kleine. Leuk griff nach der kleineren, und der alte Kobold sagte zu ihm: »Geh jetzt nach Hause. Wenn du allein in deiner Wohnung bist, sagst du zu der Kalebasse: ›Keul, halte dein Versprechen.‹ Geh nun, und gute Reise.«

Leuk dankte den großen und kleinen Kobolden, verabschiedete sich höflich und kehrte nach Hause zurück.

»Keul, halte dein Versprechen«, rief er, sobald er sein Haus betreten hatte.

Die Kalebasse füllte sich mit allem möglichen Schmuck: Halsketten, Armbänder, Perlenschnüre, indigogefärbte Bubus – von schwarzblau bis himmelblau –, Tücher aus N'Galam. Er schenkte alles seiner Frau.

Als Leuks Frau am nächsten Tag am Brunnen erschien, mit in der Sonne funkelndem Schmuck behängt, wäre die Frau von Buki, der Hyäne, fast vor Neid gestorben. Sie riß Augen und Mund weit auf und stürzte ohnmächtig zu Boden, wobei ihre Reifen, Halsketten und Armbänder aus getrocknetem Ton zu Bruch gingen. Als sie wieder zu sich kam, bis auf die Haut durchnäßt – man hatte sie mit Wasser übergossen, damit sie aus ihrer Ohnmacht erwachte –, eilte sie nach Hause und fuhr ihren Mann hart an. Der reckte sich und gähnte, denn er war soeben aus tiefem Schlaf erwacht.

»Faulenzer, Nichtsnutz!« heulte sie voller Wut. »Leuks Frau hat sich mit Schmuck behängt, mit Gold und Perlen ist sie geschmückt, und du hast für deine Frau nichts weiter als getrockneten Ton gefunden. Wenn du mir nicht den gleichen Schmuck schenkst, wie sie ihn hat, dann kehre ich auf der Stelle zu meinem Vater zurück.«

Buki überlegte den ganzen Tag, wie er sich Schmuck verschaffen könnte. Bei Einbruch der Dämmerung glaubte er, einen Weg gefunden zu haben. Er füllte sich die linke Backentasche mit einer gut zerkauten rohen Erdnuß und suchte Leuk, den Hasen, auf.

»Onkel Hase«, rief er jammernd, »ich habe einen kranken Zahn, der plagt mich furchtbar. Um der Liebe Gottes willen, befrei mich von ihm.«

»Und wenn du mich beißt?« fragte der Hase beunruhigt.

»Dich beißen? Wo ich nicht einmal meinen Speichel herunterschlucken kann?«

»Hm! Na, dann mach mal deinen Mund auf. Welcher ist es denn? Der hier?« fragte Leuk und fühlte an einem Eckzahn.

»Nnnein, weiter hinten!«

»Der hier?«

»Nnnein, weiter hinten.«

Als Leuk seine Pfote ganz tief hineingesteckt hatte, schloß Buki das Maul und preßte die Kiefer fest zusammen.

»Vouye, yayô! Ach, Mutter, hilf mir!« schrie Leuk.

»Ich lasse dich erst los, wenn du mir gesagt hast, wo du deine Reichtümer herhast.«

»Laß mich los! Beim ersten Hahnenschrei führe ich dich hin.«

»Schwörst du's?« zischte Buki durch die Zähne, die die Pfoten seines Opfers festhielten.

»Beim Gurte meines Vaters!«

Die Erde hatte sich noch nicht abgekühlt, als Buki, der seit Einbruch der Dämmerung kein Auge zugetan hatte, sich erhob und seinem Hahn einen Hieb versetzte. Dann ging er zu dem Hasen und sagte: »Der Hahn hat gekräht.«

»Gut möglich«, erwiderte Leuk, »aber von den alten Leuten hat noch niemand gehustet.«

Buki verschwand für einen Augenblick. Er würgte seine alte Mutter, die zu husten anfing.

»Die Alten haben gehustet«, sagte er, als er zurückkam.

»Gut«, sagte Leuk, der nicht darauf hereinfiel, sich aber sagte, daß es klüger sei, noch vor dem Morgengrauen die Angelegenheit mit diesem unmöglichen Nachbarn zu erledigen, der ihm, wenn er ihn nicht zufriedenstellte, die ganze Nacht keine Ruhe gönnen würde.

Und so zogen die beiden los. Leuk gab Buki unterwegs gute Ratschläge und erklärte ihm, was er zu tun und zu sagen habe, was er nicht sagen und nicht tun dürfe. Dann ließ er Buki am Fuße des Baobab zurück und kehrte heim, um seinen Schlaf fortzusetzen.

Buki setzte sich einen Moment, legte sich einen Augenblick hin, erhob sich dann wieder und wandte sich an den Baum:

»Wie mir scheint, ist dein Schatten erfrischend, sind deine Blätter wohlschmeckend und deine Früchte köstlich, aber ich habe keinen Hunger und auch keine Zeit, hier zu warten, bis die Sonne niederbrennt. Ich habe Wichtigeres zu tun. Sage mir nur, wo der ist, der mir Schätze geben soll ähnlich denen, die du in deinem Stamm verschließt und die dir, wie du behauptest, nicht gehören.«

Der Baobab deutete auf das Gombofeld. Buki eilte hin und wartete bis zur Mittagsstunde auf den jungen Kobold. Als dieser erschien, packte er ihn und behandelte ihn ziemlich grob. Der kleine Kouss führte ihn durch das Loch in den Tamarindenstamm, nicht, ohne ihm vorher den Rat gegeben zu haben, sich über das, was er bei seinen Eltern sähe, nicht zu wundern und auch nicht darüber zu lachen.

Während der drei Tage, die Buki bei den Kobolden zubrachte, machte er sich über alles lustig, was er sah, wobei er mehrmals betonte, er habe noch nie erlebt, daß man das Fleisch wegwerfe und die Federn esse.

»Also wirklich«, wunderte er sich unentwegt, »seit ich auf der Welt bin, habe ich so etwas weder gesehen noch gehört!«

Der kleine Kouss, der die Schläge nicht vergaß, die Buki ihm auf dem Gombofeld verabreicht hatte, hütete sich wohl, diesen Rüpel darauf hinzuweisen, welche Kalebasse er zu wählen habe. Und im übrigen, hätte er es ihm verraten, Buki wäre seinem Ratschlag mit Sicherheit nicht gefolgt. Buki hielt sich für weit weniger dumm als Leuk. Warum denn die kleine Kalebasse nehmen, wie der Hase ihn geheißen hatte, wenn man doch mit der großen, aller Logik zufolge, mehr Reichtümer erwerben konnte?

Als der alte Kobold ihm am vierten Tag die beiden Kalebassen zeigte und ihn aufforderte, eine davon zu nehmen, griff Buki nach der größeren und bat um die Erlaubnis, nach Hause zurückzukehren.

»Wenn du zu Hause bist«, sagte ihm der alte Kobold, »sagst du zu der Kalebasse: ›Keul, halte dein Versprechen!‹«

Buki dankte kaum, verabschiedete sich nicht einmal und eilte davon.

Zu Hause angekommen, schloß er das Tor der Umfriedung und wälzte einen dicken Baumstamm davor. Nachdem er seiner Frau, die Hirse zerstieß, und seinen Kindern befohlen hatte, Stößel, Mörser, Töpfe und was sie sonst noch auftreiben konnten, gegen die Tür zu stellen, ging er ins Haus.

»Keiner soll mich stören, aus welchem Grund auch immer!« schrie er hinter der fest verschlossenen Tür, stellte die Kalebasse auf die Erde und sprach: »Keul, halte dein Versprechen!«

Aus der Kalebasse fuhr ein Knüppel, armdick und drei Ellen lang, und begann Buki kräftig durchzuwalken. Schreiend rannte er hin und her, stieß gegen die Strohwände und suchte lange vergeblich die Tür, während der Knüppel ohne Unterlaß auf seinem Rücken und seinen Hinterbacken tanzte. Die Tür gab schließlich nach, Stößel, Töpfe und Mörser kippten mit Getöse um, und Buki stürzte zum Tor, Frau und Kinder über den Haufen rennend, während der erbarmungslose Knüppel pausenlos auf ihn einschlug. Endlich gelang es ihm, den schweren Baumstamm wegzurollen, das Tor zu durchbrechen und sich in den Busch zu retten.

Seitdem will Buki, die Hyäne, nichts mehr von Schmuck oder von Bubus hören.

Die Erbschaft

Der milde Tag, der sich dem Ende zuneigte, glich dem Leben des alten Samba: still und heiter, angefüllt mit mühevoller Arbeit, mit Weisheit und guten Stunden.

Der Lufthauch, der die Nacht herbeitrug, verharrte im Wipfel der Tamarinde. Er wartete, daß der gebrechliche Körper die Seele freigebe, um sie fortzuführen zur Wohnstätte der Väter. In den Häusern, die sich wie ängstliche Küken um das Haus des Ältesten scharten, lastete dumpfes Schweigen auf den Frauen und Kindern. Nur das Knistern brennenden Reisigs antwortete auf die letzten Geräusche des Tages. In den Nachbarhöfen ruhten die Stößel stumm am Fuße der Mörser.

Am Feuer, das allmählich erstarb, verlöschte das Leben des alten Samba, eines rechtschaffenen Menschen. Die Glut vermochte seine Glieder, die so viele Tage in der Sonne geschwitzt und so viele Nächte vor Kälte gezittert hatten, nicht mehr zu erwärmen. Momar, Moussa und Birame, seine Söhne, standen an seinem Lager, dem letzten, bevor er dem Schoß der Erde anvertraut würde, der nährenden Erde, Mutter aller Menschen, die noch nie, weder durch ihr Verhalten noch durch ihre Worte, jemanden gekränkt oder erzürnt hatte.

Mit erhobenem Arm deutete der Sterbende auf drei Lederbeutel, die unter dem Strohdach hingen. Nachdem jeder Sohn einen an sich genommen hatte, fiel der Arm zurück. Samba hatte das Haus der Lebenden verlassen, um in das Schattenreich einzugehen.

Samba wurde so bestattet, wie er gelebt hatte, in Reichtum und in Würde. Am Ende der Trauerzeit, die einen Mond lang dauerte und in der allmorgendlich drei Stiere geopfert wurden, beschlossen Momar, Moussa und Birame, nachzusehen, was die Beutel enthielten, die ihr Vater ihnen hinterlassen hatte.

Birames Beutel, leichter als der der anderen, enthielt Strick-Enden, Moussas Beutel, der schwerste von allen, war mit Goldkörnern und Goldstaub gefüllt; und in dem dritten Beutel, den Momar genommen hatte, war Sand.

»Vater liebte uns alle gleich«, sagte Moussa, »deshalb verstehe ich nicht, warum er all das Gold mir, dem Jüngsten von uns, hinterlassen wollte.«

»Und ich verstehe nicht, warum er mir, dem Ältesten, nur einen Lederbeutel voll Sand hinterlassen hat«, sagte Momar, »und dir, Birame, nur Strick-Enden.«

»Vater hat weder dem einen oder anderen dieses oder jenes hinterlassen«, erklärte Birame. »Er hat uns die Beutel gezeigt, wir haben aufs Geratewohl zugegriffen. Wir müssen in Erfahrung bringen, was er uns sagen wollte, bevor er zu den Vorvätern einging, die ihn zu sich gerufen hatten. Laßt uns die Ältesten des Dorfes aufsuchen, sie werden es uns vielleicht sagen.«

Sie begaben sich zum Palaverbaum, in dessen Schatten die Alten des Dorfes plauderten. Doch trotz ihrer großen Weisheit vermochten sie ihnen nicht zu erklären, was der sterbende Samba ihnen nicht mehr hatte sagen können. Sie schickten sie zu den Ältesten von M'Gagne, die ihnen den Rat gaben, die Ältesten von Niane zu befragen.

Der älteste der Alten von Niane erklärte ihnen: »Ich weiß nicht, welche Botschaft euer Vater euch durch die drei Lederbeutel zukommen lassen wollte, und ich weiß nicht, wer euch das in diesem Lande sagen könnte, in dem ich derjenige bin, der die meisten Tage anbrechen und die meisten Monde zu- und abnehmen gesehen hat. Aber zu der Zeit, da ich noch ein kleiner Junge war, hörte ich die Großmutter meiner Großmutter von Kém Tanne erzählen, einem Menschen, der alles wußte. Geht und sucht ihn! Und angenehme Reise!«

An einem Freitag, dem günstigen Tag für eine Reise, sprengten Moussa, Momar und Birame auf ihren Schimmeln zum Dorf hinaus und machten sich auf die Suche nach Kém Tanne.

Sieben Tage durchquerten sie Haine und Sümpfe, Wälder und Flüsse. In der Morgenfrühe des achten Tages begegneten sie auf einem Pfad M'Bam Hal, dem Warzenschwein. Gewiß, sie kannten ihn schon seit langem. Mehr als einmal waren sie mit ihm in Streit geraten. Sah M'Bam Hal ihre Mais- oder Süßkartoffelfelder nicht als sein Privateigentum an? Doch es war das erste Mal in ihrem Leben und vielleicht sogar das erste Mal seit N'Diadiane N'Diaye, seit grauer Vorzeit, es war das erste Mal, daß ein Sohn von Adama N'Diaye, dem Urvater der Menschen, M'Bam Hal Auge in Auge gegenüberstand.

Aber der Mensch soll sich nicht wundern, noch soll er seine Verwunderung dem gegenüber zum Ausdruck bringen, der ihm eine Auskunft geben könnte. So sagten sich die drei Brüder einfach: Kou yague dème, yague guisse – Wer lange reist, sieht viel –, als sie sahen, in welchem Aufputz M'Bam Hal daherkam: in einen weiten roten Bubu gehüllt, auf dem Kopf eine Mütze mit zwei Zipfeln, gelbe Babuschen an den Füßen. In der Hand hielt er eine Gebetsschnur aus Perlen, größer als eine Kolanuß, die er herunterbetete.

Sie setzten ihren Weg fort. Siebenmal sieben Tage durchquerten sie Wälder und Savannen, Pfühle und Ebenen, immer der aufgehenden Sonne entgegen.

Die Sonne stand senkrecht über ihren Köpfen, der Schatten suchte Schutz am Fuße der Bäume und unter den Bäuchen ihrer Reittiere, als sie Diakhalor, dem Ziegenbock, begegneten. Sabbernd und meckernd machte er sich an einem Tamarindenstumpf zu schaffen, der zur Hälfte unter einem Termitenhügel begraben lag. »Kou yague dème, yague guisse«, sagten die drei Brüder und setzten ihren Weg fort.

Viele Tage waren verstrichen, seit sie den großen Fluß überquert hatten. Mit jedem Morgen verloren die Bäume mehr an Stattlichkeit, mit jedem Morgen wurde das Gras kümmerlicher und gelber, da stießen sie an einer schmutzigen Wasserlache auf einen Stier. Dieser war so fett, daß der schönste Stier aus der Herde ihres Vaters, derjenige, der am ersten Tag der Trauer geopfert worden war, sich im Vergleich dazu wie ein zwei Monate altes Kalb ausgenommen hätte. Nur war er am ganzen Körper über und über mit eiternden Geschwüren bedeckt.

»Wer lange reist, sieht viel«, sagten die drei Brüder und setzten ihren Weg fort.

Der Himmel wusch bereits sein Antlitz, und in den Gegenden, wo Menschen wohnten, hatte der Hahn schon zweimal gekräht. Wie eine riesige Wassermelone, von ungeduldigen, besorgten Händen heraufgeholt, um den neuen Tag anzukündigen, liebkoste die Sonne für einen kurzen Augenblick den Horizont und stieg dann rasch empor, gerade als die drei an eine Wiese gelangten, die sich vor ihnen, so weit das Auge reichte, erstreckte. Unter der Last des Taus beugten die Gräser noch ihr Haupt. Schon hellwach, sprudelten junge Bächlein und spielten miteinander Verstecken. Die Sonne brachte Ordnung in ihren Haushalt, fegte den Tau mit ihren Strahlen fort. Die Pferde der drei verspürten Hunger und Durst. Doch das Wasser im klarsten Bach war bitter wie Galle, und das grünste Gras schmeckte wie Asche. Mitten auf der Wiese stand eine Kuh, so mager, daß man durch ihren Bauch hindurchsehen konnte. Das Gras streifte sacht ihre eingefallenen Flanken.

»Wer lange reist, sieht viel«, sagten die drei Brüder und setzten ihren Weg fort.

Nach des Tages Arbeit strebte die Sonne ihrem Heim entgegen. Ihre Schatten, die ihr vorauseilten, wurden von Minute zu Minute länger und wiesen ihr den Weg auf dem noch glühendheißen Sand, der das sattgrüne, bittere Weideland ablöste. Und inmitten dieser nackten, öden Landschaft erblickten die drei eine Kuh und nicht weit von ihr ein Grasbüschel, das hätte ein Kind in den Armen halten können, und eine Wasserlache, die ein Mann mit einer Hand hätte bedecken können. Die Pferde fraßen sich satt und löschten ihren Durst, ohne daß sich das Wasser, das süß war wie Honig, und das Gras, das köstlich schmeckte, erschöpften. Die Kuh war so fett, daß ihr Körper unter den letzten Strahlen der Sonne wie Gold glänzte.

»Wer lange reist, sieht viel«, sagten die drei Brüder und setzten ihren Weg fort.

Sie wanderten noch dreimal drei Tage. Als sie am zehnten Tag erwachten, erblickten sie eine Gazelle, die nur drei Beine hatte und entfloh, als sie sich ihr näherten, dann in einiger Entfernung, als wollte sie die Brüder verhöhnen, stehenblieb. Sie schwangen sich auf ihre Pferde, jagten der Gazelle nach und verfolgten sie so lange, bis leuchtendes Abendrot die flüchtige Dämmerung ankündigte. Da verloren sie sie aus den Augen, und plötzlich tauchten am Horizont spitze Hausdächer auf, die ein Dorf verhießen.

»Wohin führt euch euer Weg?« erkundigte sich eine alte, sehr alte Frau, der sie am Dorfeingang begegneten.

»Wir sind auf der Suche nach Kém Tanne«, antworteten sie.

»Dann ist euer Weg hier zu Ende«, sagte die Alte. »Kém Tanne, mein Großvater, wohnt hier. Geht zu der Tamarinde im Dorf, dort werdet ihr ihn antreffen.«

In der Dämmerung kamen die Kinder zu der Tamarinde, um dort zu spielen. In den Dörfern, wo Menschen wohnen, holen die Eltern dagegen in der Dämmerung, der Vorbotin der Nacht, ihre Sprößlinge ins Haus, um die Kinder nicht einer Begegnung mit den bösen Geistern und unheilbringenden Seelen auszusetzen, die zu dieser düsteren Stunde umherirren. Des Nachts belebt sich die Natur: Die Tiere gehen auf Jagd, die Toten gehen ihren Obliegenheiten nach. Durch ihren Glanz verbirgt die Sonne das wahre Leben vor den Lebenden, die sich bisweilen im Traum befreien und die andere Welt erblicken und erleben.

Die Brüder fragten nach Kém Tanne. Das jüngste der Kinder unterbrach sein Spiel und sagte: »Das bin ich.«

»Eure Vorfahren und die Vorfahren eurer Vorfahren sind hier vorbeigekommen. Sie haben euren Vater mitsamt seiner Last guter Taten, die die Sonne im Laufe seines schönen Lebens Tag für Tag angesammelt hat, mit sich geführt«, berichtete ihnen Kém Tanne. »Ich weiß also, weshalb ihr zu mir kommt. Bevor ich alles erkläre, sagt mir aber, was euch auf eurem langen Weg an Sonderbarem aufgefallen ist.«

»Wir sind M'Bam Hal, dem Warzenschwein, begegnet. Es trug Kleider und betete seine Gebetsschnur herunter«, sagte Momar.

»Das ist der König ohne Thron. Der abgesetzte König wird zum Marabut. In tiefe Andacht versunken, sucht er in der Religion seine verlorene Würde wiederzufinden. Seine dicke Gebetsschnur, seine große Kopfbedeckung, sein in greller Farbe gehaltener Bubu beeindrucken nur den Gewöhnlichen. Seine einstige Herrlichkeit, so glaubt er, ist nicht gänzlich entschwunden, da man noch von ihm spricht und ihn verehrt. Seine Frömmigkeit ist nur äußerlich. Gebt ihm seinen Thron zurück, und er vergißt seine Gebete. Ein König kann nicht religiös sein.«

»Wir haben«, fuhr Moussa fort, »in der prallen Sonne Diakhalor, den Ziegenbock gesehen, wie er sich an einem Baumstumpf zu schaffen machte.«

»So«, erklärte Kém Tanne, »verhält sich der junge Mann, der eine Frau geheiratet hat, die älter ist als er. Er vergeudet seine Zeit mit einer unfruchtbaren, lächerlichen Paarung. Bei einer so untauglichen Ehe kommt nichts Vernünftiges heraus. Der Mann tötet seine Kinder, denn die Frau wird immer Heuk, dem Baumstumpf, gleichen und niemals Leben gebären.«

»In einer öden Gegend haben wir einen ganz fetten Stier gesehen, dessen Körper allerdings über und über mit Geschwüren bedeckt war«, sagte Birame.

»Dieser Stier, der vierzig Tage von seiner schmutzigen Wasserlache bis zu seiner mageren Weide benötigte und nochmals vierzig Tage, um zu der Wasserlache zurückzugelangen und seinen Durst zu löschen, und der trotzdem sein Fett bewahrte, dieser Stier ist der Mann mit großem Herzen, der ehrenhafte und anständige Mann, der sich von Arbeit, Sorgen und Leid nicht einschüchtern oder gar entmutigen läßt. Stets bleibt er seinem Charakter treu, trotz Bosheit und Niedertracht, die nur äußere Spuren hinterlassen, vergleichbar Geschwüren auf der Haut.«

»Auf der schönsten Wiese, die ein menschliches Auge je erblickte, haben wir die magerste aller mageren Kühe gesehen.«

»Das ist«, erklärte Kém Tanne, »die schlechte Ehefrau, die böse Frau inmitten der Reichtümer ihres Mannes. Ihr zänkischer Charakter, ihr Egoismus hindern sie daran, sich ihres Besitzes zu freuen; sie gibt nichts bereitwillig her. Daher konnten sich auch eure Pferde weder am Wasser, das zwar ausreichend, doch bitter, noch am Gras, das mit Galle getränkt war, laben. Niemand ißt mit Genuß eine lieblos zubereitete Speise. Wer nicht zu geben versteht, wird auch kein Glück erfahren.«

»Dann haben wir eine sehr fette Kuh gesehen, in deren Nähe es kaum Gras und Wasser gab, das aber unerschöpflich schien.«

»Das ist die großherzige Frau, die gute Gattin, die freigebige Mutter. Und sind ihre Besitztümer noch so gering, sie ist immer voller Zufriedenheit und teilt mit dem, der über die Schwelle ihres Hauses tritt.«

»Wir sind vergebens einer Gazelle nachgejagt, die nur drei Beine hatte.«

»Diese Gazelle, das ist unsere Welt, unser Leben, so wie der Mensch es vorüberziehen läßt und ihm nachjagt. Unser Leben, unvollkommen, vergänglich und unerbittlich. Nichts hält es auf, nichts holt es ein. Tage voller Unannehmlichkeiten schleichen dahin – man kann sie nicht schneller verstreichen lassen; Tage voller Freuden vergehen wie im Flug – man kann sie nicht aufhalten. Der Mensch läuft der dreibeinigen Gazelle nach, bis der Ruf der Vorfahren ertönt.

Samba, euer Vater, ist von euch gegangen und hat euch eine Erbschaft hinterlassen, deren Bedeutung ihr erfahren möchtet. Wie ihr gesehen habt, enthalten die Beutel nichts Geheimnisvolles.

Moussa, dein Vater, oder besser, das Schicksal, hinterläßt dir sein ganzes Gold. Was machst du aber mit dem Gold, das man ja nicht essen kann? Was könntest du begehren, was sich nicht ohnehin schon im Hause deines Vaters befindet – wenn deine Brüder bereit sind, das Erbe mit dir zu teilen? Denn du, Momar, kannst, wenn du willst, alles nehmen, was auf eurem Grund und Boden erbaut worden ist und was auf euren Feldern wächst, du, Birame, alles, was mit einem Strick angebunden werden kann – die ganze Viehherde, Rinder, Esel, Pferde.

Warum also anderswo suchen, wenn ein jeder von euch bei den anderen alles finden kann?

Kehrt nach Hause zurück, hängt die Beutel wieder unter das Dach. Sie sind nur ein Symbol des wahren Reichtums. Dein Gold, Moussar, ist nicht mehr und nicht weniger wert als Momars Sand und Birames Stricke. So wie man sagt: Deine Frauen sind nicht besser, weil sie Ketten und Armbänder tragen, so wie auch ein Zaumzeug noch kein Pferd macht.

Kehrt nach Hause zurück. Hängt die Beutel unter das Dach, vergeßt nicht, was eure Augen gesehen, was eure Ohren vernommen haben, und setzt das Werk eures Vaters fort.«

Das hat mir Amadou Koumba eines Abends erzählt. Wir waren einem jungen Mann begegnet, der hatte eine Frau geheiratet, die älter war als er.

Sarzan

Schemenhaft ragten die Ruinen inmitten der Termitenhügel empor, und nur die zerbrochene Schale eines in den Unbilden der Witterung vergilbten Straußeneis auf der Spitze eines hohen Pfeilers ließ noch erahnen, wo der Mihrab der Moschee gewesen war, die El Hadji Omars Krieger erbaut hatten. Der Eroberer vom Volk der Tukulor hatte den Vätern derjenigen, die heute die Ältesten im Dorf sind, die Haarflechten abschneiden und die Köpfe rasieren lassen. Er hatte jenen den Hals durchtrennen lassen, die sich nicht den Gesetzen des Koran unterworfen hatten. Heute tragen die Alten im Dorf wieder ihre Haarflechten. Der heilige Hain, den die fanatischen Talibé niedergebrannt hatten, ist längst wieder nachgewachsen und beherbergt immer noch die Kultgegenstände, Tongefäße, die von der Hirsespeise gebleicht oder vom geronnenen Blut geopferter Hühner und Hunde nachgedunkelt sind.

Wie die Ähren, die unter der Willkür des Dreschflegels fallen, oder die reifen, saftigen Früchte von den Astspitzen, so hatten manche Familien sich von Duguba getrennt, um etwas weiter entfernt neue, kleine Dörfer zu gründen, die Dugubani genannt wurden. Die jungen Leute waren fortgegangen, um in Segu, Bamako, Kayes und Dakar Arbeit zu suchen; andere machten sich auf, auf den Erdnußfeldern von Senegal zu arbeiten, und kamen erst nach eingeholter Ernte und Vertragsende wieder nach Hause. Ihnen allen war bewußt, daß ihre Wurzeln immer noch in Duguba lagen, wo die Spuren der islamischen Horden ausgelöscht worden und die Menschen zu der Vorstellungswelt der Vorfahren zurückgekehrt waren.

Ein Sohn Dugubas war weiter und länger herumgekommen als die anderen: Thiémokho Kéita.

Von Duguba war er zum Hauptort des Kreises aufgebrochen, von dort führte ihn sein Weg nach Kati, von Kati nach Dakar, von Dakar nach Casablanca, von Casablanca nach Fréjus und schließlich nach Damaskus. Soldat geworden in Französisch-Sudan, hatte Thiémokho Kéita in Senegal gedient, am Krieg von Marokko teilgenommen, hatte in Frankreich Wache gehalten und in Syrien patrouilliert. Als Sergeant kam er nach Duguba zurück; ich begleitete ihn.

Auf meiner Dienstreise in jenem Kreis, der im Herzen des Sudan liegt, hatte ich im Büro des Administrators den Sergeanten Kéita getroffen, der gerade seinen Abschied aus der Armee genommen hatte und bestrebt war, in das Wachbataillon oder aber in das Korps der Dolmetscher einzutreten.

»Nein«, hatte ihm der Kreiskommandant gesagt, »du leistest der Verwaltung bessere Dienste, wenn du in dein Heimatdorf zurückgehst. Du, der du soviel in der Welt herumgekommen bist und viel gesehen hast, du kannst den anderen ein wenig darüber beibringen, wie die Weißen leben. Du kannst sie ein bißchen ›zivilisieren‹.«

»Hören Sie«, fuhr er, an mich gewandt, fort, »da Sie ohnehin zu diesem Ort fahren wollen, nehmen Sie Kéita doch mit. Sie ersparen ihm so die Strapazen der Reise, und er gewinnt dabei Zeit. Fünfzehn Jahre ist es nun her, daß er dieses Kaff hinter sich gelassen hat.«

Und wir fuhren los.

Unterwegs im Kleinlaster, wo wir, der Fahrer, er und ich, die vordere Bank in Beschlag nahmen, während sich hinten zwischen Verpflegungskiste, strohgefüllter Matratze und den Kisten mit Serum und Impfstoffen Köche, Krankenpfleger, Hilfsfahrer und Wachposten die Plätze streitig machten, erzählte mir Sergeant Kéita von seinen Erlebnissen als Soldat, als ein Soldat im unteren Dienstgrad. Er schilderte mir den Rif-Krieg aus der Sicht eines schwarzen Schützen, erzählte von seiner Zeit in Marseille, Toulon, in Fréjus und Beirut. Nicht im geringsten wahrzunehmen schien er die »Wellblechpiste« vor uns, eine Straße aus abgeschlagenen Zweigen, die man mit einer Lehmschicht festgestampft hatte, welche sich unter der brütenden Hitze und infolge der großen Trockenheit in feinen, haftenden Staub auflöste. Nicht wahrzunehmen schien er, daß der Straßenstaub auf unseren Gesichtern klebte wie eine gelbliche Maske, zwischen unseren Zähnen knirschte und die heulenden Paviane und die ängstlich ausbrechenden Gazellen einhüllte, die unserer Spur folgten. Kéita schien es, als sähe er in dem dichten, stickigen Staubschleier die Minarette von Fez, das Menschengewimmel von Marseille, die riesigen, hohen Wohnhäuser in Frankreich, das viel zu blaue Meer.

Am Mittag langten wir im Dorf Madugu an. Eine Straße gab es nicht mehr, und so nahmen wir Pferde und Träger, um Duguba bei Einbruch der Nacht zu erreichen.

»Wenn du das nächste Mal herkommst«, sagte Kéita zu mir, »kannst du mit dem Auto bis Duguba fahren, denn ich lasse die Straße weiterbauen, morgen fange ich damit an.«

Der dumpfe Klang eines Tamtams kündete davon, daß wir uns dem Dorf näherten. Dann zeichnete sich die graue Silhouette der Häuser ab, worüber sich vor einem hellgrauen Himmel tiefgrau die Wipfel dreier Palmen erhoben. Das Tamtam schlug nun im Dreierklang und verstärkte die schrille Stimme einer Flöte. Lichter schimmerten durch die Palmwipfel. Wir waren in Duguba. Ich stieg als erster ab und wandte mich an das Dorfoberhaupt: »Dugu-tigui, Dorfvorsteher, ich bringe dir deinen Sohn, den Sergeanten Kéita.«

Thiémokho Kéita sprang von seinem Pferd. Als ob damit ein Zeichen gegeben worden wäre, verstummten beim dumpfen Aufprall seiner Schuhe auf dem Boden Tamtam und Flöte. Das Dorfoberhaupt ergriff seine beiden Hände, während andere Alte ihn an Armen und Schultern faßten und seine militärischen Auszeichnungen berührten. Alte Frauen waren herbeigeströmt, knieten nun vor ihm nieder und befühlten seine Waden. Tränen, die über Falten und Hiebwunden liefen, glänzten auf den grauen Gesichtern, und alle riefen: »Kéita! Kéita! Kéita!«

»Diejenigen«, sagte schließlich der alte Dorfvorsteher mit zittriger Stimme, »diejenigen, die deine Schritte heute zurück ins Dorf gelenkt haben, sie sind gut und haben ein großes Herz.«

In der Tat war es ein Tag, wie ihn Duguba nur selten erlebte – der Tag des Kotéba, der Tag der großen Prüfung.

Inzwischen hatte das Tamtam wieder mit seinen Schlägen begonnen, in die der helle Ton der Flöte einfiel. In einem Kreis aus Frauen, Kindern und erwachsenen Männern drehten sich junge Leute mit nackten Oberkörpern zum Rhythmus der Trommelschläge, lange, blattlose Balazan-Zweige in Händen, die biegsam waren wie Peitschen. Inmitten des tanzenden Kreises ließ der Flötenspieler, Ellbogen und Knie auf dem Boden, seine drei Töne hören, immer die gleichen. Über ihm richtete sich ein junger Mann mit gespreizten Beinen und gekreuzten Armen auf, während andere nah an ihm vorbeitanzten und ihre Gerten durch die Luft sausen ließen. Ihre Hiebe trafen seinen Oberkörper und rissen rote, faustgroße Fleischwunden und manchmal ein Stück Haut mit. Der schrille Ton der Flöte wurde noch schriller, das Tamtam dröhnte noch dumpfer, die Gerten surrten, Blut rann und glitzerte auf dem braunschwarzen Körper im Widerschein der Reisigfeuer und dürren Hirsehalme, in einem Widerschein, der sich bis in die Wipfel der Palmen erstreckte, durch die leise ein Windhauch streifte. Kotéba – Prüfung der Ausdauer und Unempfindlichkeit gegen Schmerzen!

Das Kind, das weint, wenn es sich wehtut, ist nur ein Kind; das Kind, das weint, wenn man ihm wehtut, wird nie ein Mann.

Kotéba! Halt den Rücken hin, empfange den Hieb, dreh dich um und gib ihn zurück, Kotéba!

»Das sind ja noch barbarische Sitten!«

Ich wandte mich um. Es war Sergeant Kéita, der sich beim Tamtam zu mir gesellt hatte.

Barbarische Sitten? Diese Prüfung, aus der, unter anderem, hartgesottene Männer hervorgingen, handfeste Männer! Wie sonst war es möglich, daß die Vorväter dieser jungen Männer tagelang marschieren konnten, mit schweren Lasten auf dem Kopf? Wie sonst war es möglich, daß er, Thiémokho Kéita, und seinesgleichen sich dort unter dem grauen Himmel tapfer geschlagen hatten, unter einem Himmel, wo selbst die Sonne oft krank ist, daß sie sich geplagt hatten, den Rucksack auf den Schultern, daß sie Kälte, Durst und Hunger ertragen hatten?

Barbarische Sitten? Schon möglich. Doch ich mußte daran denken, daß es anderswo – bei uns war die erste Initiation, außer für die jungen Beschnittenen, schon Vergangenheit – kein Haus der Männer mehr gab, wo man den Körper, den Geist und den Charakter abhärtete, wo man die Passinen, die doppeldeutigen Rätsel, mittels Stockschlägen auf den gebeugten Rücken und auf die ausgestreckten Finger lernte, wo die Kassak, die Gesänge und Gedächtnisübungen, deren Worte und Redensarten, die uns dunkle Nächte zuraunten, sich einbrannten in unsere Köpfe wie die heiße Glut, die die Handfläche versengt? Ich mußte daran denken, daß wir allem Anschein nach noch nichts gewonnen hatten, daß wir vielleicht über die einen hinausgewachsen waren, ohne uns den anderen angeschlossen zu haben.

Das Tamtam schlug noch immer, verstärkte die durchdringende Stimme der Flöte. Feuer erloschen und flammten wieder auf. Ich suchte das Haus auf, das man mir zugedacht hatte. Dort roch es unverkennbar nach Banco, dem mit gehacktem, fauligem Stroh vermischten Lehm, der, einmal getrocknet, dem Regen standhielt, und auch ein noch eigenartigerer Geruch hing im Raum, der Geruch der Toten, deren Zahl – drei – durch in Mannshöhe in die Wand geschlagene Hörner angezeigt wurde. Da in Duguba auch der Friedhof verschwunden war, die Toten aber weiterhin mit den Lebenden lebten, hatte man sie in den Häusern begraben.

Die Sonne wärmte schon mit ihren Strahlen, doch Duguba lag noch im Schlaf, trunken vor Müdigkeit und vom Dolo – die Kalebassen voller Hirsebier waren die ganze Nacht von Hand zu Hand und von Mund zu Mund gegangen –, als ich mich auf den Rückweg machte.

»Auf Wiedersehen«, hatte Kéita mir gesagt, »wenn du das nächste Mal herkommst, ist die Straße fertig, das verspreche ich dir.«

Die Arbeit in anderen Bezirken und Kreisen erlaubte mir erst ein Jahr später, wieder nach Duguba zu fahren.

Es war in den späten Nachmittagsstunden eines schwülen Tages. Die Luft erschien wie eine dichte Masse, zäh und heiß, durch die wir nur schwer unseren Weg bahnten.

Sergeant Kéita hatte Wort gehalten, die Straße führte bis nach Duguba. Sobald das Motorengeräusch zu hören war, lief uns, wie in allen anderen Dörfern auch, eine nackte Kinderschar entgegen, die kleinen Körper von weißgrauem Staub bedeckt, gefolgt von rotgelben Hunden mit gestutzten Ohren und hervorspringenden Rippen. Inmitten der Kinder stand ein Mann. Er wedelte wild mit einem Kuhschwanz, der an seinem rechten Handgelenk hing. Als der Wagen hielt, erkannte ich den Sergeanten Kéita, von Kindern und Hunden umgeben. Unter seiner verschlissenen Uniformjacke, der die Knöpfe und Winkel fehlten, trug er einen Bubu und eine Hose aus gelbbraunen Baumwollstreifen, wie die Alten des Dorfes. Die Hose reichte ihm gerade bis über die Knie und wurde durch Bindfäden gehalten. Er hatte noch immer seine Gamaschen, die aber in Fetzen hingen. Er war barfuß und trug seinen Fes.

Ich streckte ihm die Hand entgegen und sagte: »Kéita!«

Wie ein Schwarm hirsevertilgender Spatzen stob die Kinderschar unter Schreien auseinander: »Ayi, ayi! Nein, nein!«

Thiémokho Kéita hatte meine Hand nicht ergriffen. Er sah mich an, schien mich aber nicht wahrzunehmen. Seine Augen sahen so starr in die Ferne, daß ich mich unwillkürlich umdrehte, um zu sehen, worauf sein Blick gerichtet war. Da begann er plötzlich mit dem Kuhschwanz zu wedeln, wobei er mit heiserer Stimme rief:

Lausche lieber
Den Dingen als den Lebewesen,
Höre auf die Stimme des Feuers,
Lausche dem Raunen des Wassers,
Horche auf das Schluchzen im Strauch,
Das der Wind dir schickt.
Es ist der Vorfahren Seele.

»Er ist fato, völlig verrückt«, gab mir mein Fahrer zu verstehen, dem ich zu schweigen gebot. Sergeant Kéita schrie weiter:

Die Toten sind nicht von uns gegangen,
Sie leben im sich aufhellenden Schatten,
Sie leben im sich verdichtenden Schatten,
Die Toten weilen nicht unter der Erde,
Sie leben in rauschenden Bäumen,
Im knisternden Gehölz,
Sie leben im Wasser, das dem Meer zuströmt,
In stillen Seen,
Sie leben in den Häusern, in der Menschenmenge.
Die Toten sind nicht tot.
Lausche lieber
Den Dingen als den Lebewesen,
Höre auf die Stimme des Feuers,
Lausche dem Raunen des Wassers,

Horche auf das Schluchzen im Strauch,
Das der Wind dir schickt.
Es ist der Vorfahren Seele,
Die Seelen der verstorbenen Ahnen,
Die nicht von uns gegangen sind,
Die nicht unter der Erde sind,
Die nicht gestorben sind.
Die Toten sind nicht von uns gegangen,
Sie leben in den Brüsten der Frauen,
Sie leben in den schreienden Kindern
Und im Reisig, das Feuer fängt.

Die Toten weilen nicht unter der Erde,
Sie leben im Feuer, das erlischt,
Sie leben im Fels, der ächzt,
Sie leben in den weinenden Blättern,
Sie leben im Wald, in den Wohnstätten.
Die Toten sind nicht tot.

Lausche lieber
Den Dingen als den Lebewesen,
Höre auf die Stimme des Feuers,
Lausche dem Raunen des Wassers,
Horche auf das Schluchzen im Strauch,
Das der Wind dir schickt.
Es ist der Vorfahren Seele.

Die schließt Tag für Tag einen Pakt,
Den großen Pakt, der bindet
Unser Schicksal an das ewige Gesetz,
Das Schicksal unserer Toten, die nicht gestorben sind,
An das Wirken mächtigerer Seelen.
Ein schwerer Pakt ist der, der uns ans Leben bindet,
Ein hartes Gesetz, das uns an ihr Wirken bindet,
An das, was die bewirken, die vergehen.

Im Flußbett und an den Ufern des Stroms
Die Seelen derer, die vergehen,
Im Felsen, der ächzt, und in den weinenden Blättern
Die Seelen derer, die verweilen,
Im sich aufhellenden, im sich verdichtenden Schatten,
In säuselnden Wipfeln der Bäume, im klagenden Wald,
Im Wasser, das dem Meer zuströmt, und in stillen Seen
Mächtigere Seelen, die hinweggenommen haben
Die Seele der Toten, die nicht gestorben sind,
Der Toten, die nicht von uns gegangen sind,
Der Toten, die nicht mehr unter der Erde weilen.

Lausche lieber
Den Dingen als den Lebewesen.

Die Kinder waren zurückgekommen und scharten sich um das Dorfoberhaupt und seine Notabeln. Nach der Begrüßung fragte ich, was mit Sergeant Kéita geschehen sei.

»Ayi, ayi!« riefen die Alten aus. »Ayi, Ayi!« schrien die Kinder.

»Nein, das ist nicht Kéita«, erklärte mir der alte Mann, »sondern Sarzan – Sergeant –, niemand anders als Sarzan. Man soll nicht den Zorn derer wecken, die von uns gegangen sind. Sarzan ist nicht mehr Kéita. Die Toten und die Geister haben sich für seine Beleidigungen gerächt.«

Alles hatte gleich am Tag nach seiner Ankunft begonnen, dem Tag, an dem ich Duguba verließ.

Sergeant Thiémokho Kéita hatte seinen Vater daran hindern wollen, den Geistern seiner Vorfahren ein weißes Huhn zu opfern als Dank dafür, daß sie ihn gesund und wohlbehalten in die Heimat zurückgeführt hatten. Kéita hatte erklärt, daß er zurückgekommen sei, weil es nun einmal so sein sollte, und daß die Vorfahren damit nichts zu schaffen hätten. Laßt doch die Toten ruhen, hatte er gesagt, sie können nichts mehr für die Lebenden tun. Der alte Dorfvorsteher hatte sich aber darüber hinweggesetzt, und so wurde das Huhn geopfert.

Als mit der Feldarbeit begonnen werden sollte, behauptete Thiémokho, es sei überflüssig, ja sogar idiotisch, schwarze Hühner zu schlachten und ihr Blut auf das Feld tropfen zu lassen. Die Arbeit auf den Feldern reicht aus, so sagte er, und der Regen fällt, wenn er fallen soll. Hirse, Mais, Erdnüsse, Süßkartoffeln, Bohnen, alles wächst von allein, und es wächst besser, wenn man sich der Pflüge bedient, die der Kreiskommandant ihm geschickt hatte. Kéita hatte die Äste des Dassiri abgeschnitten und verbrannt, des geheiligten Baumes, Beschützer des Dorfes und der Felder, an dessen Stamm Hundeopfer dargebracht wurden.

Am Tag, da die Beschneidung der kleinen Jungen und die Exzision der kleinen Mädchen stattfand, hatte sich Kéita auf den Gangourang gestürzt, den Meister der Kinder, während dieser tanzte und sang. Er riß ihm das Bündel Stachelschweinborsten vom Kopf, zusammen mit dem Netz, das seinen Körper verhüllte. Er zerriß auch die kegelförmige Kopfbedeckung aus gelbem Stoff, die von einem Büschel Gris-Gris und Bändern gekrönt und von dem Mama Djombo getragen wurde, dem »Großen Vater der Blume« und Meister der jungfräulichen Mädchen. Dabei handle es sich um »barbarische Sitten«, erklärte Sergeant Kéita – obwohl er doch den Karneval in Nizza mit seinen heiteren oder grauenhaften Masken gesehen hatte. Gewiß, die Toubab, die Weißen, trugen Masken, um sich zu amüsieren, und nicht, um ihren Kindern die Grundbegriffe der Weisheit ihrer Vorfahren beizubringen.

Sergeant Kéita nahm auch den Beutel ab, der in seinem Haus hing und der Nyanaboli, den Geist der Familie des alten Kéita, beherbergte. Er warf ihn in den Hof, wo die ausgemergelten Hunde ihn beinahe den kleinen Kindern entrissen hätten, wäre nicht der alte Vorsteher dazugekommen.

Eines Morgens betrat er den heiligen Wald und zerbrach die Gefäße mit der Hirsespeise und der Sauermilch. Er stieß die

Statuetten und die gegabelten Pfähle um, auf die man mit geronnenem Blut Hühnerfedern geklebt hatte. »Barbarische Sitten«, hatte er entschieden. Dabei war Sergeant Kéita doch in den Kirchen gewesen, hatte dort die Statuen der Heiligen und der Heiligen Jungfrau gesehen, vor denen Wachskerzen brannten. Gewiß, diese Statuetten waren mit Goldverzierungen und bunten Farben wie blau, rot, gelb überzogen, und bestimmt waren sie auch schöner als die finsteren Zwerge mit den langen Armen, kurzen Beinen und Oberkörpern, die aus Zedern-, Kailzedrat- und Ebenholz geschnitzt wurden und den heiligen Wald bevölkerten.

Der Kreiskommandant hatte gesagt: »Du kannst sie ein bißchen zivilisieren«, und so war Sergeant Thiémokho Kéita darangegangen, die Seinen zu »zivilisieren«. Dazu mußte mit der Tradition gebrochen, mußten die Glaubensvorstellungen zerstört werden, auf denen das Leben des Dorfes, die Existenz der Familien, das menschliche Handeln seit jeher gefußt hatte. Dazu mußte der Aberglaube ausgerottet werden. Die barbarischen Sitten ... Ja, barbarische Sitten waren das, die jungen, beschnittenen Männern einer so harten Behandlung zu unterziehen, um ihren Geist heranreifen zu lassen, ihren Charakter zu bilden und ihnen begreiflich zu machen, daß sie nirgendwo und keinen Augenblick in ihrem Leben allein sein würden, daß sie nicht allein sein dürfen. Eine barbarische Sitte war das, der Kotéba, der aus jenen wahre Männer schmiedete, über die der Schmerz keine Macht hatte. Barbarische Sitten, die Opfer, das Blut, das man den Vorfahren und der Erde darbrachte. Barbarische Sitten, die Hirsespeise und die Sauermilch, die man irrenden und beschützenden Geistern opferte.

Dies erklärte Sergeant Kéita im Schatten des Palaverbaumes, wobei er zu den alten und den jungen Dorfbewohnern sprach.

Als die Abenddämmerung nahte, verwirrten sich Sergeant Thiémokho Kéitas Sinne. Gegen den Palaverbaum gelehnt, redete und redete er, sprach gegen den Zauberer, der noch am Morgen Hunde geopfert hatte, gegen die Alten, die nicht auf ihn hören wollten, gegen die Jungen, die noch auf die Alten hörten. Er redete und redete, da spürte er mit einem Mal in seiner linken Schulter so etwas wie einen Einstich. Er drehte sich um. Als er sich wieder seinen Zuhörern zuwandte, waren seine Augen nicht mehr dieselben wie zuvor. Weißlicher Schaum stand in seinen Mundwinkeln. Er redete, aber es waren nicht mehr dieselben Worte, die aus seinem Mund kamen. Die Seelen hatten von seinem Verstand Besitz ergriffen und schrien ihre Angst heraus:

Schwarze Nacht! Schwarze Nacht!

So schrie er, als die Nacht einfiel, und die Kinder und Frauen zitterten in ihren Häusern.

Schwarze Nacht! Schwarze Nacht!

So schrie er bei Tagesanbruch.

Schwarze Nacht! Schwarze Nacht!

So heulte er zur Mittagsstunde. Die Seelen, die Geister und die Vorfahren ließen ihn Tag und Nacht reden, schreien und singen.

Erst im Morgengrauen fand ich Schlaf in dem Haus, in dem die Toten lebten. Die ganze Nacht hindurch hatte ich Sergeant Kéita kommen und gehen, heulen, singen und weinen gehört:

Im finstern Wald
Heult das Horn, bläst ohne Erbarmen
Zu den verfluchten Tamtams.
Schwarze Nacht! Schwarze Nacht!

Die Milch in den Kalebassen
Ist versauert,
Die Speise in den Schüsseln
Ist trocken und hart,
In den Häusern
Ist die Angst zu Gast, wieder und wieder.
Schwarze Nacht! Schwarze Nacht!

Fackeln zündet man an,
Mit ihrem Flammentanz,
Lichtwesen ohne Gestalt,
Ohne Schimmer, ohne Glanz.
Die Fackeln rauchen kalt.
Schwarze Nacht! Schwarze Nacht!

Aufgeschreckte Seelen
Gehen um und krakeelen,
Murmeln Worte vergangener Zeiten,
Worte, die kalte Schauer bereiten.
Schwarze Nacht! Schwarze Nacht!

Aus kalten Hühnerleichen
Oder warmen Kadavern, die sich noch regen,
Sah man keinen Tropfen Blut entweichen,
Kein schwarzes Blut und kein rotes Blut.
Schwarze Nacht! Schwarze Nacht!
Das Horn heult, bläst ohne Erbarmen
Zu den verfluchten Tamtams.

Verwaist ist der Fluß, der sich furchtsam windet.
Er beweint sein Volk,
Das an erloschenen Ufern
Ziellos irrt, die Heimat nicht findet.
Schwarze Nacht! Schwarze Nacht!
In der Savanne, die seelenlos,

Verlassen ist von den Geistern ihrer Ahnen,
Heult das Horn, bläst ohne Erbarmen,
Zu den verfluchten Tamtams.
Schwarze Nacht! Schwarze Nacht!

Die Bäume, die in Sorge sich verzehren,
Um frischen Saft,
Den Blätter, Stengel, Zweige längst entbehren,
Können nicht mehr für die Ahnen beten,
Die einst vor ihren Stamm getreten.
Schwarze Nacht! Schwarze Nacht!

In den Häusern, wo die Angst umgeht,
Im Lufthauch, der die Fackel verweht,
Auf dem Fluß, der sich selbst überlassen
Im Wald, der Lebenssaft und Kraft gelassen,
Unter rastlosen Bäumen, die verknorren,
In unwegsamem Gehölz verdorren,
Heult das Horn, bläst ohne Erbarmen
Zu den verfluchten Tamtams.
Schwarze Nacht! Schwarze Nacht!

Keiner wagte jemals wieder, ihn bei seinem richtigen Namen zu nennen, denn die Geister und die Vorfahren hatten einen anderen Menschen aus ihm gemacht. Für die Dorfbewohner war Thiémokho Kéita gestorben; es gab nur noch Sarzan – Sarzan, den Verrückten.

Die Haxe

»Wenn er den Bauch hinten hätte«, sagt man von einem unverbesserlichen Schleckmaul, »dann scheuchte ihn dieser Bauch in ein Mauseloch.« Und auf Mor Lame bezogen, fügte man noch hinzu: »Und wenn dich deine Gier noch nicht völlig zerfressen hat, dann bist du gar nicht richtig gierig.«

In vielen Dörfern im Land hatte sich der Viehbestand allmählich wieder von der mörderischen Seuche erholt, von der die Greise zu erzählen wußten. Nur in Lamène wußte noch immer kein Mann unter zwanzig, wie Hornvieh eigentlich aussah.

Gewiß war Lamène noch nicht so alt wie das Dorf Niangal, wo der Reisende einst nichts anderes angetroffen hatte, als was er später besang:

Frischen Fisch bei den einen,
Trockenen Fisch bei den andern.
Das Huhn war noch nicht in Mode!

Die Strohdächer der Häuser waren weniger oft erneuert, die Felder waren weniger oft bestellt worden als in Niangal. Aber wenn auch das Huhn seit langem in Mode war, kannte man dort seit zwei Menschengenerationen doch kein Rind.

In jenem Jahr fiel der Regen reichlich, die Erde war freigebig, und die Heuschrecken blieben aus. Die Kinder hatten sich durch ihre Spiele nicht allzusehr davon ablenken lassen, die Ähren vor den dreisten Räubern, den Hirsefressern, zu schützen.

Kräftige Knüppel hatten Golo, dem Affen, und seinem Volk beigebracht, die Erdnußfelder zu respektieren.

Da die Mitglieder seiner Familie in den Fallen der Lamèner mehr als eine Pfote hatten zurücklassen müssen, hielt es Thile, der Schakal, für weiser, anderswo, mit geringerem Risiko, nach vielleicht nicht so saftigen, dafür aber leichter erreichbaren Melonen zu suchen.

Kurz, die Ernte fiel für die Lamèner unerwartet großartig aus.

So hatten sie sich entschlossen, mit Hirse, Mais und Erdnüssen beladene Esel hinunter ins Ferlo zu schicken, durch das die gewaltigen Herden der Fulbe zogen, die fast nie Fleisch essen, denn wer es im Überfluß hat, den ekelt es an, und wenn das Auflesen zu leicht ist, dann bückt man sich nicht mehr gern. Ein Fulbe lebt aber nicht nur von Milch, und doch fehlt es ihm an nichts, obwohl er sein Leben lang weder Gop noch Daba, weder Sichel noch Hacke, anrührt, um zu Hirse zu kommen und daraus Kuskus zu bereiten, den er mit der Milch seiner Kühe verrührt, mit frischer Milch, abgestandener Milch, Dickmilch oder Sauermilch.

Seit drei Monden waren die Esel schon unterwegs auf den Pfaden, die in das Ferlo führten, unter der Führung der stärksten jungen Leute von Lamène, die den Auftrag hatten, nicht zurückzukehren, ohne einen schönen siebenjährigen Stier vor sich herzutreiben.

Die Aufteilung dieses Tieres, des Tong-Tong, unter den Familienoberhäuptern sollte den Ältesten im Dorf, den alten und reifen Leuten, von denen die meisten, ach, keine Zähne mehr hatten, die Erinnerung an den Geschmack roten Fleisches ins Gedächtnis rufen. Die Jungen und Jüngsten, die vielleicht am Ende nur Knochen abzunagen bekämen, aber sollten wenn schon nicht den Geschmack, so doch wenigstens den Duft von genau richtig gekochtem und gebratenem Fleisch kennenlernen.

Schon am Tag, als die Esel und ihre Begleiter loszogen, hatte sich Mor Lame im stillen das Stück ausgesucht, das er sich von Tong-Tong nehmen wollte – einen Knochen, eine Haxe, wohl mit Fleisch versehen und mit saftigem Mark gefüllt.

»Du wirst sie leise, langsam und lange kochen lassen«, hatte er seitdem Tag für Tag seiner Frau Awa eingeschärft, »damit sie weich wird und im Munde zergeht wie Butter. Und daß mir an jenem Tag ja keiner diesem Haus zu nahe kommt!«

Es kam der Tag, an dem die jungen Leute von Lamène, die ins Ferlo gereist waren, ins Dorf zurückkehrten, zwischen sich einen prächtigen Stier mit einem Strick am rechten Hinterhuf, einen Stier mit gewaltigen Hörnern und falbem Fell, das in der untergehenden Sonne leuchtete. Von seinem Nacken, der fest war wie der Stamm eines Baobab, reichte die Wamme bis auf die Erde.

Auf das Risiko hin, einen Tritt versetzt zu bekommen, den er gerade noch vermied, kam Mor Lame herbei, um seinen Knochen, seine Haxe, zu betasten. Und nachdem er denjenigen, die das Tier beim ersten Hahnenschrei töten und aufteilen sollten, in Erinnerung gebracht hatte, daß dies der Teil sei, den er sich ausgesucht habe und unbedingt haben wolle, war er wieder zu seiner Frau gegangen, um ihr einzuschärfen, die Haxe leise, langsam und lange kochen zu lassen.

Die Verteilung wurde vorgenommen, sobald das As-salâm aleikum des Fidjir-Gebetes gesprochen war.

Die Kinder hatten noch nicht angefangen, die Fleischreste von den Überbleibseln abzunagen, als Mor Lame schon in seinem Haus war und, nachdem er die Tür verschlossen und verbarrikadiert hatte, seiner Frau seinen Anteil überreichte: »Koche sie leise, langsam und lange.«

Awa tat in den Topf alles hinein, was eine Haxe braucht, damit sie, wenn sie gar ist, zart im Munde zergeht, damit sie eine fette und schmackhafte Brühe abgibt, damit sie die Kalebasse mit Kuskus ölig durchzieht. Einen gerade im rechten Maße gedämpften Kuskus, mit der gerade richtigen Menge Lalo, dem Baobabpulver, durchgeknetet, was dazu beiträgt, daß er wohlig vom Mund in den Bauch gleitet.

Sie stellte den Topf aufs Feuer und legte den Deckel darauf.

Mor Lame lag ausgestreckt auf seiner Tara, seinem Bett aus Zweigen und Rindenfasern. Awa hockte vor dem Feuer, das das ganze Haus mit Rauch füllte. Der Duft der Brühe stieg langsam empor und vertrieb nach und nach den Rauchgeruch, füllte das ganze Haus aus und kitzelte Mor Lames Nasenlöcher.

Mor Lame richtete sich ein wenig empor, stützte sich auf den Ellenbogen und fragte seine Frau: »Wo ist die Haxe?«

»Da«, antwortete Awa, nachdem sie den Deckel hochgehoben und in das Fleisch hineingestochen hatte.

»Wird sie weich?«

»Sie wird weich.«

»Leg den Deckel wieder drauf und fache das Feuer an«, befahl Mor Lame.

In Lamène waren alle tief gläubig, und kein Erwachsener versäumte je ein Gebet. So erstaunte es Moussa sehr, daß er an jenem Tage beim Yor-Yor-Gebet nicht seinen Bok-m'bar, Mor Lame, seinen Hausbruder, erblickte.

Moussa schwor sich, daß er ein Stück von Mor Lames Fleisch essen werde, und begab sich zur Wohnung dessen, der ihm mehr als ein Bruder war.

Stärker als die brüderliche Liebe und gebieterischer als die väterliche Liebe unterwirft die Hausbruderschaft den Mann, der dieses Namens würdig ist, bestimmten Regeln, Verpflichtungen und Gesetzen, die er nicht überschreiten darf, ohne in den Augen aller seine Ehre einzubüßen.

Wenn man mit zwölf Jahren das Blut seines Penis mit dem eines anderen Knaben gemischt hat, und zwar mit einem frischen Zweig in einem alten, auf den Boden gestellten Mörser, wenn man mit ihm die gleichen Initiationsgesänge angestimmt, die gleichen Schläge erhalten hat, wenn man die gleichen Kalebassen mit den gleichen köstlichen oder verdorbenen Mahlzeiten mit ihm geteilt hat, kurz, wenn man zur gleichen Zeit wie er in der gleichen M'bar, dem gleichen Haus, zum Mann gemacht worden ist, so stempelt einen das für das ganze Leben zum Sklaven seiner Wünsche, zum Diener seiner Bedürfnisse, zum Leibeigenen seiner Besorgnisse allem und allen gegenüber: dem Vater und der Mutter, dem Onkel und den Brüdern.

Dieses Recht, das Sitte und Überlieferung ihm Mor Lame gegenüber zubilligten, gedachte Moussa an jenem Tag des Tong-Tong zu gebrauchen, ja sogar zu mißbrauchen.

Er soll diese Haxe nicht allein essen. Er soll sie nicht ohne mich essen, sagte sich Moussa, während er an Mor Lames Tür pochte und seinen Hausbruder anrief: »Ich bin's, Mor! Ich bin's, Moussa, dein Bok-m'bar, dein Mehr-als-Bruder, mach mir auf!«

Als Mor Lame das Klopfen und Rufen hörte, setzte er sich rasch auf und fragte: »Wo ist die Haxe?«

»Die Haxe ist da.«

»Wird sie weich?«

Awa hatte den Deckel hochgehoben und ins Fleisch gestochen: »Sie wird weich.«

»Leg den Deckel wieder auf, schüre das Feuer, geh hinaus und schließe die Tür«, befahl der Ehemann und ergriff eine Matte.

Er legte die Matte in den Schatten des Flammenbaumes, der mitten im Hof stand, dann ließ er Moussa öffnen.

Herzliche und freundliche Begrüßung auf der einen Seite, Geknurre und ein mürrisches Gesicht auf der anderen, ein Gesicht wie ein der frischen Morgenluft ausgesetzter Hintern.

Einem, der anklopft, schlägt man nicht die Tür zu, und erst recht nicht einem Hausbruder. Moussa trat also ein und streckte sich neben Mor Lame aus, dessen Kopf auf Awas Schenkel ruhte.

Man hätte vielleicht das Geschwätz der Vögel, besonders die rauhe und zänkische Stimme der Papageien vernehmen können, wenn der unermüdliche Moussa die Konversation nicht ganz allein bestritten hätte.

Er erzählte von zu Hause, von diesem und jenem, von den guten Zeiten in ihrer Jugend, er frischte die Erinnerung an ihr Haus der Männer wieder auf, um Mor Lame diskret an seine Pflicht und Schuldigkeit zu erinnern, als ob jener sie zufällig vergessen hätte oder dazu neige, sie zu vernachlässigen.

Mor Lame, der an jenem Tage ohne Zweifel nicht gerade redseliger Laune war, antwortete nur mit »ja« oder »nein«, mit »vielleicht« oder »inschâllâh« und meistens sogar nur mit jenem Gebrummel, das schon den größten Teil seiner Begrüßung ausgemacht hatte.

Der Schatten des Flammenbaums zog sich mehr und mehr zusammen und lieferte schon die Füße der beiden Hausbrüder der Sonnenglut aus.

Mor Lame machte seiner Frau ein Zeichen, daß sie sich zu ihm hinbeugen solle, und murmelte ihr ins Ohr: »Wo ist die Haxe?«

»Da drin.«

»Ist sie weich?«

Awa stand auf und trat ins Haus. Sie hob den Deckel vom Topf, stach in das Fleisch, schloß den Deckel und setzte sich wieder zu ihrem Mann, dem sie anvertraute: »Sie ist weich.«

Nachdem die Sonne im Zenit gezögert hatte, um herauszufinden, ob sie wieder zurückkehren oder ihren Weg fortsetzen sollte, senkte sie sich allmählich dem Westen zu.

Der Schatten des Flammenbaumes streckte sich nach Osten.

Der Muezzin rief zum Tesbar-Gebet. Mor Lame und Moussa – Awa weit hinter ihnen – kamen ihren religiösen Pflichten nach, grüßten ihre Schutzengel, erflehten von Gott, dem

Herrn, Verzeihung und Gnade für ihre Sünden. Dann streckten sie sich von neuem im Schatten des Flammenbaumes aus, der sich immer mehr nach Osten neigte.

Ein weiteres Gebet. Dann das Isân Gebet, nachdem die Sonne, müde von ihrer Tagesreise, sich niedergelegt hatte.

Gleich nach dem letzten Kniefall nahm Mor Lame seine Frau beiseite und fragte: »Wo ist die Haxe?«

»Da drin.«

»Ist sie weich?«

Awa ging ins Haus und kam zurück.

»Sie ist weich.«

»Dieser Moussa!« flüsterte ihr Mann leise, aber mit Wut im Herzen. »Dieser Hund will nicht fortgehen. Awa, ich werde krank.«

Gesagt, getan.

Zitternd und mit steifen Gliedern fing er an zu schwitzen wie ein mit Wasser gefüllter und im Schatten einer Tamarinde aufgehängter Tonkrug, und er schlotterte wie die Milch, die zu kochen beginnt.

Von Moussa unterstützt, der als wahrer Hausbruder den Schmerzen Mor Lames das größte Mitleid entgegenbrachte, schleppte Awa ihren Mann in ein Haus – jedoch nicht in jenes, in dem der Topf kochte. Seine Frau am Kopfende, seinen Hausbruder zu Füßen, wimmerte, schlotterte und schwitzte Mor Lame vor sich hin. Er lauschte, wie die Zeit verging, und um Mitternacht fragte er seine Frau mit schwacher Stimme: »Wo ist die Haxe?«

»Da drüben.«

»Ist sie weich?«

»Sie ist weich.«

»Laß sie da drüben. Dieser Hund will sich nicht verziehen. Frau, ich werde sterben! Dann wird er wohl gezwungen sein wegzugehen.«

Nachdem er das gesagt hatte, spielte er den Toten, einen Kadaver, der schon ganz steif, schon ganz trocken ist.

Seine Frau stieß ein Geheul aus, zerkratzte sich das Gesicht und sagte schließlich zu Moussa: »Moussa, dein Hausbruder ist tot. Hol Serigne, den Marabut, und die Leute aus dem Dorf.«

»Niemals im Leben«, beteuerte Moussa, »niemals werde ich in dieser Stunde meinen Mehr-als-Bruder verlassen noch dich allein lassen vor seiner Leiche. Der Boden ist noch nicht kalt, der erste Hahn hat noch nicht gekräht. Ich werde nicht das ganze Dorf in Unruhe bringen. Wir zwei halten ganz allein die Totenwache, wie sich's gebührt, wir, die wir die beiden Menschen sind, die ihm am teuersten waren. Wenn die Sonne aufgeht, kommen Frauen vorbei, um am Brunnen Wasser zu holen. Sie werden gern die Last auf sich nehmen, die Leute aus dem Dorf zu verständigen.«

Und Moussa nahm wieder zu Füßen des Leichnams Platz und Awa zu Kopf.

Der Boden wurde kalt, der erste Hahn krähte. Die Sonne trat aus ihrer Wohnstatt.

Die Frauen, die zum Brunnen wollten, gingen an Mor Lames Haus vorbei. Die ungewohnte Stille machte sie besorgt. Sie traten ein und wurden vom Hinscheiden Mor Lames in Kenntnis gesetzt. Wie ein Wirbelwind verbreitete sich die Nachricht in Lamène. Serigne, der Marabut, und die Notabeln des Ortes fielen ins Haus ein.

Awa beugte sich über das Ohr ihres Mannes und flüsterte: »Mor, die Sache wird doch zu ernst. Da ist das ganze Dorf im Haus, um dich zu waschen, dich einzuhüllen und dich zu beerdigen.«

»Wo ist Moussa?« hauchte der Leichnam von Mor Lame.

»Moussa ist da.«

»Wo ist die Haxe?«

»Da drin.«

»Ist sie weich?«

»Sie ist weich.«

»Dann soll man mich waschen«, befahl Mor Lame.

Den Riten gemäß und unter dem Absingen von Suren wusch man den Leichnam von Mor Lame.

In dem Augenblick, als Serigne, der Marabut, daranging, ihn in das sieben Ellen lange Leichentuch einzuwickeln, trat Awa vor. »Serigne«, sagte sie, »mein Mann hat mir eingeschärft, an seiner Leiche eine Sure zu rezitieren, die er mir beigebracht hat, damit Gott Mitleid mit ihm habe.«

Der Marabut und sein Gefolge zogen sich rasch zurück. Da beugte sich Awa über das Ohr ihres Gatten: »Mor, steh auf. Man wird dich einhüllen und begraben, wenn du nicht aufhörst, den Toten zu spielen.«

»Wo ist die Haxe?« fragte der Leichnam von Mor Lame.

»Da drinnen.«

»Ist sie weich?«

»Sie ist weich.«

»Und Moussa, wo ist der?«

»Er ist immer noch da.«

»Dann soll man mich in das Leichentuch hüllen«, entschied Mor Lame.

Und so geschah es.

Als sein Körper auf das Brett gelegt und mit dem Tuch bedeckt worden war, das allen Toten diente, sprach man die heiligen Worte und trug ihn zum Friedhof.

Sowenig wie zur Moschee, sowenig gehen Frauen am Tage einer Beerdigung auf den Friedhof. Aber Awa hatte sich plötzlich erinnert, daß sie über dem Leichnam ihres Gatten am Rande des Grabes noch eine Sure rezitieren mußte. Sie lief also herbei. Und als jedermann sich entfernt hatte, kniete sie am Haupte des Leichnams nieder und flehte: »Mor Lame, steh auf! Das geht doch wirklich zu weit. Man wird dich jetzt begraben.«

»Wo ist die Haxe?« fragte Mor Lame durch das Leichentuch hindurch.

»Zu Hause.«

»Ist sie schön weich?«

»Sie ist schön weich.«

»Und Moussa?«

»Moussa ist immer noch da.«

»Laß mich beerdigen. Dann wird er ja wohl endlich gehen.«

Man sprach die letzten Gebete. Man senkte den Leichnam Mor Lames in die Tiefe des Grabes, legte ihn auf die rechte Seite.

Die ersten Erdklumpen bedeckten schon halb den Dahingeschiedenen, als Awa noch einmal bat, ein letztes Gebet sprechen, eine letzte Sure rezitieren zu dürfen.

»Mor Lame«, hauchte sie ins Grab hinein, »Mor, steh auf! Man wirft das Grab zu.«

»Wo ist die Haxe?« fragte Mor Lame durch Leichentuch und Sand hindurch.

»Zu Hause«, antwortete Awa unter Tränen.

»Ist sie weich?«

»Sie ist weich.«

»Wo ist Moussa?«

»Er ist immer noch da.«

»Laß mein Grab zuschütten!«

Und man schüttete das Grab zu.

Und Mor Lame, das Leckermaul, Mor Lame, der Habgierige, hatte noch nicht aufgehört, sich mit dem Engel des Todes herumzustreiten, der gekommen war, um ihn einzufordern, und dem er begreiflich machen wollte: »Unsinn, ich bin ja gar nicht tot, mich hat nur eine Haxe hierhergebracht«, als Serigne, der Marabut, bereits entschied: »Moussa, du warst der Hausbruder, der Mehr-als-Bruder des dahingeschiedenen Mor Lame. Awa kann nicht in bessere Hände kommen als in die deinen. Sobald ihre Witwenzeit vorbei ist, nimmst du sie zur Frau. Sie wird dir eine gute Ehefrau sein.«

Und die Menge zerstreute sich nach einem kräftigen »Inschâllâh«.

Moussa, der schon als Herr im Hause des verblichenen Mor Lame regierte, fragte Awa: »Wo ist die Haxe?«

»Da drin«, sagte die folgsame Witwe.

»Bring sie her, damit wir sie aufessen.«

Der Vorwand

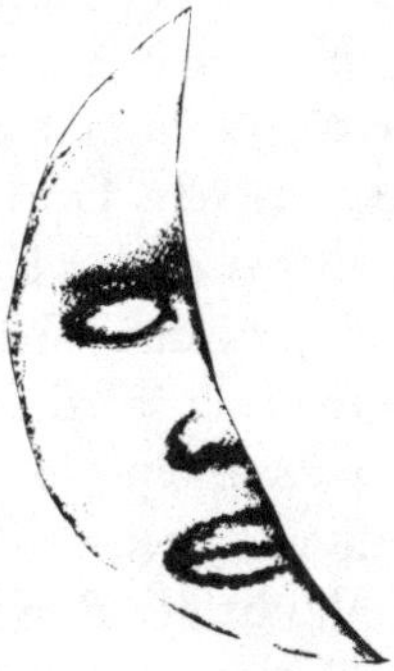

Was hatte man gesagt? Wer hatte gesprochen? Worüber wurde gesprochen, und wovon war gesprochen worden? Ich hatte nicht zugehört. Ich spitzte die Ohren, als ich vernahm: »Nein!«

Und die Stimme von Amadou Koumba fuhr fort: »Nein, es ist kein großer Köder nötig, um ein großes Tier in die Falle zu locken. Vorwände? Wer will, findet immer welche. Freilich, es muß sich eine Gelegenheit bieten. In der Hitze holt sich der Knabe den Wasserkrug, und Guéwel M'Baye, der Griot, bewundert noch im Alter seinen Herrn Mar N'Diaye, der sich eines Abends einen zu lästigen Gast vom Halse schaffte.«

Damals kannten wir weder Krankenkasse noch Versicherungen. Wir hatten nur einen Kommandanten pro Kreis. Man lieh dir nicht zwei Sous, um sieben zurückzuverlangen. Es gab nicht überall Libanesen, auch nicht so viele Syrier und nur ganz wenige Nor-ou-Gamar, Mauren aus Mauretanien, die einen Laden führten. Die weißen Geschäftsinhaber verstanden mitunter besser die Sprache der Wolof oder der Serer als ihre schwarzen Angestellten, von denen wiederum viele ein reineres

Französisch sprachen als ihr Toubab, der geradewegs aus seinen Bergen gekommen war, ohne daß er jemals in der Umgebung von Paris gewesen wäre.

Der Bauer borgte in den Übergangsmonaten von seinem Kaufmann, damit er etwas zum Leben und zum Anziehen hatte, damit er seine Familie ernähren und kleiden konnte. Er brachte seinem Kaufmann die Ernte, zahlte seine Schulden, zog sein Geld ein und kehrte, nachdem er seine Einkäufe getätigt hatte, in sein Dorf zurück, bis zu den nächsten schlechten Tagen, bis zu den Übergangsmonaten.

Dieser Kaufmann, der von Zeit zu Zeit von seinem Toubab kontrolliert wurde, war manchmal ein Kind des Landes, häufiger jedoch ein Doumoun'dar, einer aus Saint-Louis. Wohlhabend, geachtet, war er die Rettung der Vorüberziehenden, der Wohltäter der Reisenden und der kleinen Talibé aus den Koranschulen, die am Morgen um ihr Frühstück, zu Mittag um eine Mahlzeit, am Abend um eine Kleinigkeit zu essen bettelten.

Der Angesehenste unter den Kaufleuten von Bawol war Mar N'Diaye, der in jenen Jahren aus Saint-Louis gekommen war, da die Eisenbahnlinie durch Diander gebaut wurde und Djéri-Djor, der Kühne, verschwunden war. Es gab keinen Baol-Baol, keinen Einwohner von Bawol, der nicht von seiner Redlichkeit in Geschäftsdingen, seiner Großzügigkeit gegenüber den Armen und von seiner Freundlichkeit gegenüber jedermann zu berichten wußte. Seine Gastfreundschaft war in ganz Bawol, in Cayor, von Walo bis Sine-Saloum bekannt.

Deshalb beschloß Serigne Fall eines Tages, ihn zu besuchen, und brach von Tivaouane nach N'Diémène auf.

Serigne Fall gehörte zu jenen ewigen Talibé, die nie die Nähe unserer echten Marabuts, unserer großen Marabuts, suchen. Sie kennen weder khala noch kassirane, weder wenig noch viel, und neben der Fâtiha oftmals kaum mehr als fünf oder sieben Suren; den Kopf voller falscher Lehren, geben sie sich vor den leichtgläubigen Laien gern als Marabuts aus und wollen, ohne auch nur den kleinen Finger zu rühren, auf großem Fuß leben. Nachtlager, Kleidung, Essen und Trinken bezahlen sie mit Gebeten, mit Gebeten, die sie – aus gutem Grund – unverständlich vor sich hin murmeln, und mit Speichel, mit dem sie die ausgestreckten Hände der Erwachsenen und die geschorenen, schorfigen Köpfe der Kinder einsprengen. Wir nannten sie »kleine Serigne«, ihr bezeichnet sie heute als »große Tagediebe«. Sie sind immer von der gleichen Sorte: Parasiten, unbeständig und vagabundenhaft, voll von falschem, schmeichlerischem Pathos.

Wenn du dich ihrer annimmst, lassen sie dich aller Mittel entblößt zurück.

Serigne Fall hatte also beschlossen, von Tivaouane aus nach N'Diénène zu gehen und Mar N'Diaye, den reichen und hochherzigen Kaufmann, zu besuchen, um in den Genuß jener Gastfreundschaft zu kommen, deren Ruf bis an die Gestade des Meeres gedrungen war, die Ufer des Flusses überflogen und die Berge des Futa überquert hatte.

Mit seinem Gefäß für die Waschungen versehen, mit seinem Lederbeutel beladen, die Gebetsschnur meist, anstatt sie in den Händen zu halten, um den Hals geschlungen oder in der Tasche verborgen, lief er die Pfade entlang, rastete in den Dörfern, pries den Namen des Herrn der Schöpfung, betete, aß und schlief bei den Gläubigen, die sich um die Ehre und das Glück stritten, ihn zu beherbigen, um Gottes Segnungen auf sich und ihre Nächsten zu lenken.

Schließlich kam er eines Abends in N'Diénène an. Mar N'Diaye empfing ihn, wie er jeden, der auf der Durchreise war, zu empfangen pflegte – liebenswürdig, edelmütig, als echter Muslim, als echter Wolof, als echter Sohn der Stadt Saint-Louis.

Täglich wurde ein Hammel geschlachtet, wurden Hühner und Enten getötet, Mayonnaise und Sahne und alle möglichen guten Dinge ihm zu Ehren und für sein leibliches Wohl zubereitet, so daß sein Magen binnen kurzer Zeit nicht mehr an M'Boum*-Kuskus, an Sauerampfer oder Niébé-Bohnen gewöhnt war.

Einer, dem all das überhaupt nicht paßte, obwohl er nichts von seinen Vorrechten und Vorteilen einbüßte, war Guéwel M'Baye, der Griot von Mar N'Diaye.

Guéwel M'Baye nahm jetzt die Kinder – die ihren Ohren nicht trauten – in Schutz, als die Frauen sie ausschimpften und aus dem Hof um Serigne Falls Unterkunft verjagten, mit der Begründung, sie störten den Marabut bei seinen Meditationen und Gebeten.

Ohne sie darum weniger zu lieben, verteilte Guéwel M'Baye nämlich, aus Gründen der Erziehung und zum Nutzen der Kinder, meist mehr Ohrfeigen als Zärtlichkeiten. Und jetzt verteidigte er sie gegen die Frauen des Hauses! Er machte sich die ganze Zeit über die Frauen lustig, über ihre Leichtgläubigkeit, über ihre einfältige Bewunderung für Serigne Fall.

»Wenn ihr nur auf ihn zählt, um ins Paradies zu kommen, werdet ihr dort nicht viel Platz erhalten«, wiederholte er bei jeder Gelegenheit.

Umsonst drohten sie ihm: »Hehe! Guéwel M'Baye, warte nur, bis Gott dich straft.«

»Mit dem rede ich ganz allein. Niemand sollte versuchen, uns zu trennen. Er ist nicht so naiv wie ihr, der Schöpfer.«

Doch vor Serigne Fall war Guéwel Baye gezwungen, seine spitze und scharfe Zunge im Zaum zu halten, auch wenn er unbändige Lust verspürte, ihm all das entgegenzuschleudern, was ihm im Magen lag, und ihm gründlich die Meinung zu sagen.

Nicht, daß ihm sein Herr verboten hätte, auch nur ein einziges unpassendes Wort zu sagen – das war übrigens auch nicht nötig, denn er hatte andere Mittel, um seine Umwelt zu beleidigen, und sein Herr wußte das wohl –, sondern er durfte nicht einmal die leiseste boshafte Anspielung auf den Marabut machen.

* Gericht aus Kohlblättern und zerstampften Erdnüssen

Und das hatte ihn am schwersten getroffen. Guéwel M'Baye tobte also im stillen. Da er – zur großen Freude der Kinder – seine Wut nur an den Frauen auslassen konnte, hing er seinen Gedanken über Serigne Fall im geheimen nach. Große Männer wollen nur die Kritik hören, die ihnen genehm ist, und Mar N'Diaye hielt es nicht für richtig, daß man seinen Gast damit bedachte. Guéwel M'Baye schwieg also, obwohl …

Obwohl Serigne Fall, dessen Erziehung nicht gründlicher war als seine Bildung – und diese war äußerst lückenhaft, die Tinte auf seiner Tafel war niemals getrocknet –, nicht einmal wußte, wie man sich bei der gemeinsamen Mahlzeit beträgt, und auch nicht, wie man anständig ißt.

Er griff mit voller Hand in die Mayonnaise, nahm sich ein ganzes Hähnchen, kratzte sich, hüstelte, hustete, spuckte, spritzte, schneuzte sich den ganzen Tag und überall.

Die Zeit verging, und Serigne Fall sprach noch immer nicht davon, Abschied zu nehmen.

Der Markttag kam. N'Diénène war den ganzen Tag und fast die ganze Nacht auf den Beinen und immer voller Bauern, die ihre Esel und Kamele mit Feldfrüchten beladen hatten. Der Markt zog sich bis kurz nach Mitternacht hin.

Zweifellos gelangweilt an jenem Tag, weil er ausschließlich von Hirse und Erdnüssen hatte sprechen, über Gewicht und Waage hatte diskutieren hören, war Serigne Fall nach dem Abendessen – ein Kuskus mit zweierlei Saucen, zum Schluß in frische, schaumige Milch getaucht – auf den Markt gegangen. Er schlenderte zwischen den von Kerzen und Windlichtern erhellten Auslagen umher, bis er vor einem Keksverkäufer stehenblieb.

Mitunter schleicht sich Seytané, der Dämon, in einen Menschen ein und gibt ihm unversehens einen Stoß. Diesen kommt dann die Lust an, ohne jeden vernünftigen Grund dieses oder jenes zu tun oder zu sagen, dies und jenes zu begehren, ohne es überhaupt zu brauchen. So erging es Serigne Fall an jenem Abend. Obwohl sein Magen mit gutem Kuskus, mit Hammel und frischer Milch bis zum Platzen gefüllt war, verspürte er Appetit auf Kekse. Er kaufte sich also welche und kehrte zum Haus von Mar N'Diaye zurück.

Natürlich hatte er sein Abendgebet nicht vergessen. Er hatte es am Fuße eines Baobab verrichtet. Doch seine Gebetsschnur, die ganz unten in seiner Tasche steckte, hatte er nicht hervorziehen können, denn jedesmal, wenn er die Hand in die Tasche schob, berührten seine Finger die Kekse.

Als Mar N'Diaye aller Sorgen des Tages ledig war und seine Angelegenheiten geordnet hatte, sprach er sein Abendgebet und betete die Gebetsschnur ab, um all die Gebete zu »bezahlen«, die er im Eifer der täglichen Geschäfte versäumt hatte. Guéwel M'Baye hatte, während die Sonne vom Himmel herabbrannte, nicht mehr Gebete verrichtet als der Herr des Hauses, obwohl er weder Angelegenheiten zu ordnen noch große oder kleine Sorgen zu bewältigen hatte. Und doch verrichtete er ohne jeden Zweifel nicht mehr Gebete als jener, denn er hatte sein Schaffell zusammengelegt und schlief. Ein Griot hat es weniger nötig als sein Herr, die Vergebung seiner Sünden zu erbitten, um sich Gehör beim lieben Gott zu verschaffen und ihn milde zu stimmen.

Mar N'Diaye betete und Guéwel M'Baye schlief, als Serigne Fall das Zimmer betrat.

Serigne Fall war eingetreten, hatte sich hinter den alten Kaufmann gesetzt und langte immerzu in seine Tasche, wo das Gewicht der Kekse weniger und weniger auf den Perlen seiner Gebetsschnur lastete. Seine rechte Hand ging fortwährend von seinem Mund zu seiner Tasche, von seiner Tasche zu seinem Mund. Die Kekse knackten unaufhörlich zwischen seinen Kiefern: Khadjoum, Khadjoum!

Störte Mar N'Diaye dieses regelmäßige »Khadjoum, Khadjoum« bei seinen Meditationen, während er über den Schlaf seines Grioten wachte? Hinderte es ihn daran, mit Eifer dem so harten und beschwerlichen Weg des Heils zu folgen? Jedenfalls wandte sich der alte Kaufmann um und fragte mit einer Stimme, in der nichts Liebenswürdiges lag: »Wer macht denn dieses ›Khadjoum, Khadjoum‹?«

Mit einer trotz vollem Mund sanften Stimme bekannte Serigne Fall: »Das bin ich.«

Und fügte erklärend hinzu: »Nach dem Essen bin ich über den Markt geschlendert. Ich habe Kekse gesehen und welche gekauft, um mich zu zerstreuen.«

»Kekse zur Nacht?« Mar N'Diaye war völlig verblüfft. »Zur-Nacht-Kekse? Bissmi Lahi! Mein Gott! Zur-Nacht-Kekse? Nicht möglich! Serigne Fall, pack deine Sachen zusammen und verlaß mein Haus. Hinaus und verschwinde!«

Guéwel M'Baye hatte ein Auge geöffnet und dann beide Ohren.

»Über vieles«, fuhr sein Herr fort, »über sehr vieles, Serigne Fall, habe ich hinweggesehen, eigentlich über alles. Aber Kekse zur Nacht? Ich habe darüber hinweggesehen, daß du mit voller Hand in die Mayonnaise gegriffen hast. Ich habe entschuldigt, daß du das Hähnchen mehr als gefräßig verschlungen und den Kuskus gierig in dich hineingeschaufelt hast. Ich habe die Spucke rings um deinen Teller ignoriert und auch, wie du dich mit der linken Hand gekratzt hast, wenn deine rechte den Mund vollstopfte. Ich habe deine Hustenanfälle überhört und deine feuchte Aussprache nicht beachtet. Ich habe nicht zugehört, wenn du die Nase hochzogst, noch habe ich dem Rotz auf meinen Matten Beachtung geschenkt. Doch Kekse zur Nacht? Niemand hat das je erlebt in meinem Haus, und niemand wird das je erleben. Kekse zur Nacht! Serigne Fall, raus!«

So entledigte sich Mar N'Diaye Serigne Falls, der noch in der Nacht davonging. Guéwel M'Baye schlief wieder ein, wobei er murmelte: »Um ein großes Tier zu fangen, braucht man keinen großen Köder.«

Der Flughund

Die Dinge sollen so getan werden, wie es sein muß.

Seit N'Diadiane N'Diaye und seit Medjembe, dem ersten Ackerbauern, ist dies der elementare Grundsatz, und kein Familienoberhaupt hat je versäumt, ihn seiner Nachkommenschaft – männlich oder weiblich – wieder und wieder zu Gehör zu bringen, ein Befehl, den selbst das kleinste Kind, das gerade den Wickeltüchern seiner Mutter, Tanten und Schwestern entronnen ist, immer beachtet und niemals zu übertreten wagt.

Von den einfachsten Dingen ist das allereinfachste immer gewesen, Feuer an das Unkraut und an die abgestorbenen Baumstümpfe zu legen.

»Lou heup tourou«, hat es stets geheißen, »zuviel schadet.« Ein Mann des Bodens, ein Mann der Felder muß Sorge tragen, daß das Feuer keinen Schaden anrichtet, daß es nicht auf die Wohnungen oder auf den Busch übergreift. Nur Poulo, der Hirte, unbekümmert und auf Wanderschaft, ungebunden und nachlässig, vergaß manchmal, bevor er in der Morgenfrische sein Lager abbrach, das Feuer zu löschen, welches er angezündet hatte, um die Raubtiere fernzuhalten. Aber Poulo wußte sich zu helfen und hing zu sehr an seiner hellen Haut, die seine von der schlechten Ernährung mageren Knochen umspannte, als daß er diese oder jene den Knüppeln der Leute aus dem Dorf ausgesetzt hätte.

Dennoch war Keur-Samba, das arbeitsamste der Dörfer, in Flammen aufgegangen: Häuser und Speicher, Palaverraum und Moschee.

Und niemand hätte sagen können, ob der Funke aus dem Busch, von einem Schuppen oder von einem Feuer unter einem Topf übergesprungen war.

Alles hatte gebrannt. Alles oder fast alles: Der Busch war schwarz und tot. Die Felder reckten die verkohlten Reste ihrer ausgebrannten Stummel gen Himmel. Die Häuser und die Zäune um die Anwesen boten den glutheißen Winden nur noch Stümpfe dar, die beim geringsten Hauch in sich zusammenfielen.

Golo, der Affe, der seit Monden in Keur-Samba Zuflucht und etwas zu essen gefunden hatte, war mit versengtem Rückgrat und schmerzhaft verbranntem Hinterteil entflohen; er zitterte noch am ganzen Körper. Er war in den Busch zurückgekehrt.

Da Golo, der Affe, eine Zeitlang in Keur-Samba gewohnt hatte, litt auch er, wie alle andern aus Keur-Samba – vielleicht sogar noch stärker –, unter dem Buschbrand, den er ganz zu Recht als ein Unglück bezeichnete.

In der Tat hatte Golo, der Affe, den Bewohnern des Busches soviel angetan, daß er es mit gutem Grund für angebracht und klüger gehalten hatte, sich ins Dorf zu flüchten, auf das Anwesen der Familie des alten Samba, die die zahlreichste und darum gastfreundlichste im ganzen Land war. Die Ernährung war gesichert, die Kinder nicht ungezogener und kaum spottlustiger als anderswo, und so hatte Golo sich darauf eingelassen, an einen alten Stößel angebunden zu werden, den die Frauen mitten im Hof eingerammt hatten; sie wollten ungestört ihre Hirse mahlen, in Frieden ihren Kuskus bereiten, gemächlich den Reis für den Tag und den Bassi* für den Abend kochen, ohne daß Golo seine Nase oder seine Pfoten – was er unweigerlich getan hätte – in die Mörser, die Kochtöpfe oder Kalebassen steckte. Nur die Kinder hörten die Beschimpfungen, die Grobheiten, die Ungehörigkeiten, die Golo an die Adresse der Erwachsenen richtete, wobei er Grimassen schnitt, Verrenkungen, Sprünge und Pirouetten am Ende der Kette vollführte, die ihm die Hüften zusammenpreßte und ihn an den abgenutzten Stößel fesselte. Sie riefen ihn bei seinem Vornamen und begleiteten seine Kapriolen mit Händeklatschen:

Boubou! Sa wayang! Wayang!
Boubou! Sa wayang! Wayang!

Und ... Alles in Busch und Feld hatte gebrannt! Alles ging in Flammen auf: das Dorf, das Anwesen des alten Samba! Man hatte gerettet, was zu retten war. Von dem großen Platz aus, der an das Haus des alten Samba grenzte, sahen alle zu, wie die Flammen zuerst die Umzäunungen, dann die Strohdächer und die Grundmauern der Häuser verschlangen. Da hatte das kleinste Mädchen des jüngsten Sohnes von Samba zu schreien begonnen und zu weinen: »Wir haben Boubou vergessen! Wir haben Boubou vergessen!« Und die Frauen waren eingefallen: »Wir haben Boubou vergessen! Waye! Boubou, armer Boubou!«

Mor, der Älteste des alten Samba, hatte eine Axt genommen, hatte sich den Weg zum fast völlig verbrannten Hof freigeschlagen und mit drei Schlägen die Kette zertrümmert, die die Hüften von Boubou, dem Affen, umschloß. Mit drei Sprüngen war Boubou mitten auf dem großen Platz, sein Rückgrat war versengt, das Hinterteil schmerzhaft verbrannt, seine Augen aus den Höhlen getreten. Alle Hausbewohner und das ganze Dorf bemitleideten ihn: »Armer Boubou! Waye Boubou!«

* Hirsesorte

Zum ersten und einzigen Mal sprach Golo mit den Erwachsenen. Er vertraute ihnen etwas an, oh, sehr wenig, nichts Besonderes; drei Worte nur, wirklich, drei Worte, die aus seinem tiefsten Innern kamen:

Khaw-nâ-dê!
Beinahe wäre ich krepiert!

Golo war in den Busch zurückgekehrt.

Alles war verwüstet, verlassen!

Die Suche nach etwas Eßbarem war für alle das Hauptproblem. Und niemand, außer Buki, der Hyäne, hatte die Rückkehr des ehemaligen Gastes von Keur-Samba bemerkt.

Neugierig und gehässig bestand Buki, die Hyäne, darauf, Golo, dem Affen, verfängliche Fragen zu stellen: Was sein Rückgrat versenkt und sein Hinterteil gerötet hätte, wollte sie wissen. Golo erklärte Buki schließlich: »Ich wollte diese Schwerhörigen aus Keur-Samba davon überzeugen, daß ich es war, der ihre Felder in Brand gesetzt hat, um all das getrocknete Fleisch zu ergattern. Sie hatten es dem versprochen, der ein Feuer anzünden und ihnen damit einen großen Dienst erweisen würde, denn er erspare ihnen eine so schwere Arbeit.«

»Was? Wie?« näselte Buki. »Was sagst du da?«

»Ja! Ich habe mich auf ein noch qualmendes Stück Holz gesetzt und meinen Rücken an einer Tamarinde gerieben, die gestern noch brannte, doch umsonst, sie wollten mir nicht glauben. Sie wollten nichts davon wissen. Die aus Keur-Samba haben behauptet, ich sei nicht gerissen genug, um eine so gute Arbeit zu leisten.«

»Sie wollten dir nicht glauben?«

»Sie wollten mir nicht mal das winzigste Stück Fleisch geben, und dabei haben sie drei Speicher voll.«

Und Buki machte sich auf den Weg nach Keur-Samba, nachdem sie sich von Leuk, dem Hasen, der mit einem Lächeln um die Augen zuhörte, dessen Tama – eine ganz kleine Trommel, für Schwätzer jedoch die größte – geliehen hatte.

Männer, Frauen und Kinder ruhten von der harten Arbeit aus, die der Wiederaufbau der Häuser und das Wiedererstehen des Dorfes mit sich brachte.

Lianen, Pflöcke und dünnes Stroh lagen am Rande des großen Platzes, den der Baobab, der Palaverbaum, mit seinen harten Blättern beherrschte.

Fünf Laute waren in der Sonnenglut von den Feldern emporgestiegen und hallten im kümmerlichen Schatten des Baobab wieder:

Ndong! Ndong! Ndong! Ndong! Ndong!

Frauen und Kinder waren hochgeschreckt.

Ndong! Ndong! Ndong! Ndong! Ndong!

Die Männer hatten aufgehorcht.

Ndong! Ndong! Ndong! Ndong! Ndong!

Die Kinder waren in Richtung dieser ungewöhnlichen Geräusche gestürzt. Doch schon tauchte Buki, die Hyäne, auf, ihre Tama unter dem Arm, und verkündete von weitem:

Daye ghi! Mâ ko lak!
Den Busch habe ich in Brand gesteckt!
Ndong! Ndong! Ndong! Ndong! Ndong!

Daye ou dâw it mâ ko lak!
Mâ dôné khoumba!
Bé lak ho
Dabe ghi mâ ko lak!
Und auch im letzten Jahr

Habe ich den Busch in Brand gesteckt!
Ich hatte keine Ruhe,
Bis er brannte!
Den Busch habe ich in Brand gesteckt!

Sie ließen die Sängerin und Trommlerin mit ihrer Tama herankommen und sie ihre Worte und Musik wiederholen. Ein fröhlicher Kreis umgab sie, und Buki bekräftigte immer wieder ganz stolz:

Den Busch habe ich in Brand gesteckt!
In diesem Jahr
habe ich den Busch in Brand gesteckt!
Ich hatte keine Ruhe,
bis er brannte!
Den Busch habe ich in Brand gesteckt!

Und die übermütige Tama pflichtete bei:

Ndong! Ndong! Ndong! Ndong! Ndong!

Endlich hielt Buki inne und fragte vorwurfsvoll: »Wo ist also das getrocknete Fleisch, das ihr dem Brandstifter versprochen habt?«

»Das Fleisch für den Brandst…?« wunderten sich die Kinder, doch die Männer ließen sie nicht aussprechen.

Schon fielen die Pflöcke, in Knüppel verwandelt, auf den Rücken des Tamakatts, der Tamaspielerin, hernieder, die niemals erzählte, wie sie Keur-Samba entronnen ist, und niemals sagen wollte, warum sie seit damals einen krummen Rücken hat.

Als Buki, das Hinterteil am Boden schleifend, die Tama verloren, mit völlig lahmem Rücken, doch dem getrockneten Fleisch nachtrauernd, in den Busch zurückkam, hatte Leuk, der Hase, auf Befehl von Bour Gayndé N'Diaye, des Löwen, dem König der Tiere, das vierbeinige Volk zusammengetrommelt.

Die Auswirkungen des Brandes waren noch spürbar, und die Jagd wurde täglich schwieriger und für alle unergiebiger.

Nur das Volk der Lüfte hatte unter den Verheerungen des Feuers weniger gelitten als die anderen.

Bour Gayndé hatte also all seine Untertanen, große und kleine, kommen lassen und ordnete an: »Von heute an darf niemand mehr allein jagen.«

Und alle Untertanen willigten ein: »Deu leu N'Diaye! Deu leu! So ist es recht!«

»Bis auf Widerruf habe ich entschieden, daß wir, die vierbeinigen Tiere, uns gegenseitig nicht mehr angreifen.«

»Deu leu N'Diaye! So ist es recht!«

»Wir jagen nur noch das gefiederte Volk, die Bewohner der Lüfte, die uns zum Trotz diesem Unglücksbrand entronnen sind.«

»So ist es recht, N'Diaye! So ist es recht!«

»Jeder legt mir das zu Füßen, was er gefangen hat. Ich werde es dann gerecht verteilen.«

»So ist es recht, N'Diaye! So ist es recht!«

»Und ich dulde beim Verteilen kein Murren und keine Beschwerden, weder Seufzer noch traurige Gesichter!«

»Deu leu Ndiaye! Deu leu!«

Buki, die niemals in ihrem Leben gejagt, sondern sich stets damit begnügt hatte, den Spuren von Gayndé, dem Löwen, Sègue, dem Panther, und anderen weniger bedeutenderen Herren zu folgen, um sich an den Resten ihrer Mahlzeiten gütlich zu tun, oder noch öfter der Spur von Poulo, dem Hirten, denn der Weg, den er zu den Weideplätzen nahm, war vom Aas alter Tiere gesäumt, Buki also, die es seit langem nicht mehr wagte, Laobé, den Mörser- und Kalebassenschnitzer, auch nur von Ferne zu begleiten, dessen Knüppel wegen eines gestohlenen Stücks Fleisch so oft auf ihrem Rücken getanzt hatte, statt die alte trödelnde Eselin zu strafen, Buki hatte sich nicht getraut, vor Gayndé, dem Löwen, ihre in Keur-Samba erhaltenen Schläge und ihre Bewegungsunfähigkeit als Grund dafür anzuführen, sich von der Arbeit mit dem Wild, dem geflügelten Wild vor allem, beurlauben zu lassen und an der gemeinsamen Nahrungssuche nicht teilnehmen zu müssen.

Davor hatte sie sich sehr wohl gehütet, denn sie hoffte, die Arbeit aller könnte zu ihrem alleinigen Nutzen sein.

»Macht euch auf!« befahl Bour Gayndé.

Und alle machten sich auf.

Der Tag war lang, denn die Sonne, neugierig, wie sie nun einmal war, hatte sich nicht beeilt, vom Himmel herabzusteigen, nachdem sie soviel Zeit darauf verwandt hatte, den Zenit zu erreichen. Sie hatte sich amüsiert und langweilte sich nun beim Anblick der vierbeinigen Jäger, die liefen, krochen, herumschnüffelten und -stöberten, kletterten, schwammen, um das geflügelte Wild zu verfolgen, das Thioye, der Papagei, vor Tagesanbruch gewarnt hatte.

Buki, die nicht weit fort gewesen war und sich im Schatten einer alten Tamarinde ausgestreckt hatte, schloß sich einer heimkehrenden Gruppe Jäger an, um vor den Thron von Bour Gayndé zu treten, wo sich ein großer Haufen Flügel auftürmte. Jeder hatte, schwitzend und schnaufend, eine Beute mitgebracht.

Und Gayndé begann mit der Verteilung der gemeinsamen Jagdbeute.

»Diesen Strauß behalte ich für mich«, sagte Gayndé.

Der Chor der Jäger stimmte wie aus einem Munde zu: »Bâkhe na, N'Diaye! Bâkhe na! Einverstanden, N'Diaye! Einverstanden!«

»Sègue, nimm diese Trappe«, sagte Gayndé.

»Dardjeff, N'Diaye! Dardjeff!«

»Téné, nimm diese prachtvolle Ente!«

Téné, der Leopard, dankte: »Danke, N'Diaye! Dardjeff!«

Die Verteilung ging weiter, anscheinend zu aller Zufriedenheit. Rebhühner, Wachteln und Perlhühner, Frankolinen, Enten und Sumpfschnepfen wurden unter Iltis, Zibetkatze, Hyänenhund und anderen Vasallen niederer Abkunft verteilt.

Thile, der Schakal, dankte: »Dardjeff, N'Diaye! Dardjeff!«

»Hier, Buki«, sagte Bour, der Löwe, und hielt ihr in seiner Pfote einen kümmerlichen Flughund hin, dessen Augen sich in der herabsinkenden Dämmerung langsam öffneten.

Buki tat zwei Schritte und blieb dann jäh stehen, den Blick auf das geheftet, was der König der Tiere ihr anbot.

Zwar verkörperte Buki seit eh und je, seit Adama N'Diaye, Dummheit und Einfalt, aber sie stammte doch immerhin aus Saloum, aus Saloum, wo, was die Natur angeht, nichts oder fast nichts unbekannt ist. So hat man in Saloum immer gewußt, daß alles, was Flügel hat, auch Federn hat und aus einem Ei schlüpft und daß alles, was aus einem Ei schlüpft, noch niemals sichtbare Ohren gehabt hat. Ja, alles, was aus einem Ei schlüpft, hat keine Ohren, ob das nun Ganar, die Henne, Djanné, die Schlange, oder auch Diassigue, der Kaiman, ist!

Und nun reichte Gayndé, der Löwe, Bour Gayndé, Buki einen Flughund. Der Flughund, der große Bruder von N'Djugupe, der Fledermaus, die, wie Mutter Eule, die Zauberin, tagsüber schläft und sich erst bei Einbruch der Nacht bewegt. Doch Gayndé, der Löwe, wurde schon ungeduldig. Seine Augen röteten sich noch mehr.

»Buki, was habe ich heute morgen gesagt?« stieß Gayndé, der Löwe, unter seinen Schnurrbarthaaren hervor.

Buki starrte weiter auf den Flughund in der königlichen Pfote. Ein Flughund mit gebleckten Zähnen!

»Buki«, brüllte Bour, der Löwe. »Ich gebe dir deinen Anteil, und du verschmähst ihn!«

Buki beteuerte schließlich:

Khêbou mo ko, N'Diaye!
Khêbou mo ko!
Ich verschmähe ihn nicht, N'Diaye!
Ich verschmähe ihn nicht!

»Wie?« tobte Bour Gayndé. »Was sagst du?«

Und Buki:

Khêbou mo ko, N'Diaye!
Khêbou mo ko!
Daf ma yème!
Ich verschmähe ihn nicht, N'Diaye!
Ich verschmähe ihn nicht!
Er verblüfft mich!

»Was?« fragte Gayndé mit fast heiserer Stimme.

Und Buki: »Diesen hier, der Flügel hat, aber auch ein Fell, der Ohren hat, die gen Himmel ragen, der mich mit seinen hervorstehenden Augen anstarrt und mich so augenfällig angrinst ...

Den verschmähe ich nicht, N'Diaye!
Der verblüfft mich!!!«

Boli

Den Beinen des alten Noumouké, des Schmieds, mangelte es nicht an gutem Willen, aber sie hatten nicht mehr die Kraft, den gebrechlichen, gebeugten Körper, den knotigen Hals, das runzlige Gesicht und den ausgetrockneten Schädel zu tragen, der von seinem Haar, das entkernter Baumwolle ähnelte, und von seinem kümmerlichen Bart weiß umrahmt wurde.

Der alte Noumouké konnte nur schwerlich noch in den heiligen Hain gehen, um die Sauermilch und das Hühnerblut über die Pfähle und die Statuetten zu gießen, die den Vorfahren Schutz bieten.

Tiéni, der Sohn des alten Schmieds, war noch zu jung, um in die Riten des Clans und die Opferungen eingeweiht zu werden. Er war noch nicht einmal im Haus der Männer gewesen.

Daher hatte der alte Noumouké, als er sich das letzte Mal in den heiligen Hain geschleppt hatte, Boli mitgebracht, die älteste Statuette. Sie war aus einem unbekannten Holz geschnitzt, hatte krumme Beine, knotige Arme, einen vorspringenden Nabel, spitze, gen Himmel gerichtete Ohren so groß wie Kalebassen. Er hatte sie gegen den dicken Balken gelehnt, der das

Strohdach seiner Werkstatt stützte. Doch Boli hatte schon vor Sonnenaufgang ihren Schatten auf die Schwelle der Schmiede geworfen.

Jeden Morgen, bevor der alte Noumouké sein Schmiedefeuer anzündete, goß er eine Kalebasse Sauermilch zu Füßen der Statuette aus und grüßte sie lange:

Boli, bring denen da unten meinen Gruß
Und sag ihnen, daß ich stets nur das getan,
Was sie befohlen haben.

Am siebenten Tag, als der alte Noumouké gerade Daba, die Hacken, geschmiedet hatte, wobei der kleine Tiéni, der am nächsten Tag ins Haus der Männer aufgenommen werden sollte, den Blasebalg bediente, verwandelte sich Bolis Schatten in einen kräftigen jungen Mann, der in das Haus trat und um Arbeit bat. Rasch wurde er eingestellt, und noch rascher machte er sich daran, den Blasebalg zu bedienen.

Und aus der Schmiede des alten Noumouké hörte man nur noch, wie in seinen besten Tagen, Gesang, der das Schnaufen des Blasebalgs und das Schlagen der Hämmer rhythmisch begleitete.

Der junge Mann sang von morgens bis abends, und seine Lieder gaben dem alten Schmied und seinem Werkzeug ihre Kraft zurück.

Und es sinkt! Es sinkt!
Und warum sollte es nicht sinken?
Es sinkt!
Was?
Na, alles!
Alles sinkt!

Die Schläuche des Blasebalgs seufzten tief und blähten sich gierig wieder auf.

Alles sinkt!
Wohin sollte das Blatt?
Wohin sollte die Sonne?
Alles sinkt!

Und die Schläuche des Blasebalgs fragten:

Wohin?
Wohin?
Wohin?

Und der junge Mann antwortete:

Alles sinkt!
Alles!
Es sinkt!

Wohin? Wohin? Wohin?

fragten die Schläuche des Blasebalgs.

Und der junge Mann:

Ins Grab!!!

Jeden Morgen goß der alte Noumouké seine kleine Kalebasse Sauermilch zu Füßen der Statuette aus und dankte den Vorfahren:

Boli, bring denen da unten meinen Gruß
Und sag ihnen, daß Noumouké
Stets nur das getan,
Was sie befohlen haben.

Und den ganzen Tag über hallte die Schmiede vom Gesang und Geschwätz der Hämmer, des Ambosses, der Zangen und des junges Mannes wider.

Die Vorfahren riefen endlich den alten Schmied zu sich. Er brach auf in die andere Welt, und die Last seiner guten Taten, die die Sonne Tag für Tag gesammelt hatte, ging ihm voran.

Und Tiéni, der, als er das Haus der Männer verließ, weit gen Osten gewandert war, um Länder und andere Menschen kennenzulernen, kehrte in die väterliche Schmiede zurück und griff zu Hammer und Zange.

Das Feuer färbte sich rot und knisterte und versprühte seine wilden Funken, und die Schläuche des Blasebalgs brummten wie jeden Morgen zu dem Gesang des jungen Mannes, der noch immer jung war, als Tiéni in die Schmiede trat.

Tiéni kam mit leeren Händen und ergriff den Hammer. Jedoch, bevor er morgens eine Eisen- oder Kupferplatte bearbeitete oder einen Gold- oder Silberdraht zog, näherte er sich dem wuchtigen Balken und der Statuette und schlug Boli mit dem Hammer heftig auf den Kopf.

Da, Boli, da!
Große Ohren und krumme Beine,
Dicker Bauch und lange Arme!
Da, Boli, da!

Danach machte er sich nur mit noch größerem Eifer an die Arbeit. Meistens ließ er sich nicht einmal am Amboß sehen.

Der junge Mann – immer noch jung – stellte ganz allein die gesamte Kundschaft zufrieden: die aus dem Dorf, die aus anderen Dörfern oder von noch weiter her. Schmuck und Werkzeug, Steigbügel und Dolche, Säbel und Pfeile, alles fertigte er im Handumdrehen und sang dabei:

Alles sinkt!
Ja, alles sinkt!

Der Blasebalg fragte neugierig:

Wohin?
Wohin?
Wohin?

Ins Grab!

Hirten und Dorfbewohner vertragen sich oftmals nicht.

Das Wasser der Brunnen ist zu kostbar, und die Felder sind schwer zu bewachen, denn für die Kinder ist das Spielen zu verlockend. Und die Hirten – Fulbe, Mauren und die »Pourogne« genannten schwarzen Mauretanier – sind zu unerzogen, um sich darum zu kümmern, was einfache Ackerbauern sagen oder denken, die niemals über den Misthaufen hinausgeblickt haben, der ihre in die Erde festgerammten Häuser und ihr Dorf begrenzt, das sich niemals von der Stelle rühren wird.

In Korodugu indessen, dem Dorf des verstorbenen Noumouké, waren die Anführer der Herden immer gern gesehen, ob Mauren, Pourogne oder Fulbe. Freilich taten sie, was sie konnten, und kamen immer nur zu einem günstigen Zeitpunkt. In der Zeit, da die Ernte eingebracht war und ihre Tiere, indem sie auf den Stoppelfeldern weideten, die ausgelaugten Böden für die kommende Aussaat düngten, wurden sie von Fama, dem König, überall geduldet, und alle waren glücklich, daß sie die Karitébutter für eine Weile sowohl in der Küche als auch bei den Zöpfen der Frauen durch Kuhbutter ersetzen konnten.

Die alte Débo war auf dem Ochsen, der sie immer trug, allein weitergeritten; Aïda, ihre kleine Dienerin, trottete bis zum Dorf hinter ihr her. Sie hatte den alten Mawdo, ihren Mann, auf dem salzhaltigen Weideland zurückgelassen, wo die Herde neue Kraft und Stärke sammelte. Débo war alt sehr alt! Mawdo, der noch älter war, dachte, wenn das salzhaltige Land so wie seinen Tieren auch ihm Kraft und Stärke gäbe, wäre die alte Frau nicht die einzige, die ihm Gesellschaft leistete und ihm die kärgliche Abendmahlzeit zubereitete, die einzige, die echte

Fulbe zu sich nehmen: Geht es nur darum, euch zu ernähren, genügt eine einzige Frau.

Débo war also mit ihrem Ochsen in Korodugu. Sie ritt zum Markt, um ihre Sauermilch zu verkaufen und etwas Salz und Baobabpulver für das Kuskus zu erstehen – da hörte sie, als sie an der Schmiede des alten Noumouké vorüberkam, die Hämmer, die Zangen, den Amboß und den jungen Mann – er war noch immer jung – singen und die Schläuche des Blasebalgs fragen:

Alles sinkt hinab!
Und es sinkt hinab!
Wohin?
Wohin?
Wohin?
Alles sinkt hinab!
Ins Grab!

Sie zog an dem Strick, der an dem Ring zog, und der zog am Maul des Ochsen. Sie stieg ab und reichte ihrer kleinen Dienerin den Strick. Sie ging auf die Schmiede zu.

»Tretet ein, gute Frau! Tretet ein, Großmutter! Hier wird den alten Leuten und den noch älteren die Jugend zurückgegeben«, sagte der junge Mann, der allein in der Schmiede war.

Die alte Débo trat ein.

»Sagst du die Wahrheit, Schmied? Sagst du die Wahrheit?«

»Wir wollen keine Zeit verlieren! Gib mir deinen Lederbeutel mit Sauermilch, der an der Flanke deines Ochsen hängt.«

Die kleine Dienerin band den Beutel mit der Sauermilch los und trug ihn in die Schmiede.

»Was nimmst du denn dafür, wenn es dir gelingt, mich zu verjüngen?«

»Du gibst mir das erste Kalb deiner jüngsten Färse.«

Die Schläuche des Blasebalgs blähten sich ganz von selbst auf und fielen wieder in sich zusammen. So entfachten sie das Feuer.

Der junge Mann – er war immer noch jung – hob die alte Débo empor und setzte sie ins Feuer. Mit seinen Zangen drehte und wendete er den Körper, der bis auf die Knochen verbrannte. Er legte die Knochen in die Kalebasse aus Kailzedratholz, in der das glühende Metall, Gold, Silber, Kupfer oder Eisen, abgekühlt wurde. Dann goß er die saure Milch aus dem Lederbeutel darüber. Er zählte dreimal bis sieben, und da stieg Débo aus der Kalebasse, jünger und schöner als an jenem weit zurückliegenden Tag ihrer Hochzeit mit Mawdo – es waren seitdem wer weiß wie viele Jahre vergangen, in denen sie zwischen den ausgedehnten Sandmeeren und dem großen Fluß umhergezogen waren …

Als Débo zu den salzhaltigen Weiden zurückkam, trauten weder der alte Mawdo noch die erwachsenen Männer, die anderen Frauen und die jungen Hirten ihren Augen.

»Ich bin wieder jung und schön geworden«, sagte Débo, »ich brauche wohl nicht zu betonen, mein Lieber, daß ich einen so alten Mann wie dich, der mein Urgroßvater sein könnte, nicht will. Wenn du möchtest, daß ich bei dir bleibe, dann geh in das Dorf Korodugu und suche den Schmied auf, der mich so verwandelt hat. Das kostet dich nur ein Kalb, das erst in drei Jahren geboren wird.«

Und Mawdo ging nach Korodugu. Begleitet wurde er von den erwachsenen Männern, einigen jungen Hirten, den Frauen und Débo, der ihre kleine Dienerin folgte.

In der Schmiede war es still, der Blasebalg verstummt, das Feuer erloschen, als die Fulbe im Dorf ankamen. Vor der Schwelle zur Werkstatt breitete sich Bolis Schatten aus; Boli selbst lehnte noch immer an dem Balken, der das Strohdach stützte.

Tiéni, der Schmied, tauchte erst auf, als die Sonne vom Himmel herabzubrennen begann. Mawdo ließ ihm keine Zeit, sich über diese Ansammlung von Hirten vor seiner Werkstatt zu wundern.

»Mach mit mir, was du mit der hier, die noch meine Frau ist, gemacht hast. Verjünge mich!«

»Das war nicht er«, stellte Débo richtig. »Es war ein junger Mann. Sein Gehilfe zweifellos.«

»Dich verjüngen? Wo du schon mit mehr als einem Bein im Grabe stehst?« fragte Tiéni verblüfft.

»Ja, gib mir meine Jugend zurück. Ich gebe dir dafür meinen ganzen Anteil an unserer Herde und nicht nur ein einziges Kalb.«

»Und wie sollte ich das machen?«

»So wie dein Gehilfe, der junge Mann, der die hier, die noch meine Frau ist, verwandelt hat. Was der Lehrling getan hat, kann doch dem Meister nicht unmöglich sein.«

»Und was hat der Lehrling getan?«

»Er hat von mir den Lederbeutel mit Sauermilch verlangt«, antwortete Débo. »Er hat mich gepackt und ins Feuer geworfen. Dann habe ich mich so, wie ich jetzt bin, aufrecht in der Kalebasse aus Kailzedratholz wiedergefunden.«

»Ich weiß, was der schöne junge Mann gemacht hat, der die ganze Zeit über sang«, sagte Aïda, Débos kleine Dienerin.

»Was denn?« erkundigten sich, wie aus einem Mund, Mawdo, der alte Fulbe, die erwachsenen Männer, die jungen Hirten, die Frauen, Tiéni und sogar Débo.

»Mit diesen Zangen«, sagte die kleine Dienerin, »hat er den schmächtigen Körper meiner alten Herrin in dem Feuer, das von den Schläuchen des Blasebalgs angefacht wurde, gedreht und gewendet, bis nur noch die verkohlten Knochen übrig waren. Er hat die Knochen genommen und sie in diese Kalebasse geworfen. Da hinein hat er die Sauermilch aus dem Lederbeutel, den ich ihm gebracht hatte, gegossen. Er hat dreimal bis sieben gezählt. Und meine Herrin ist aus der Kalebasse gestiegen, so, wie ihr sie jetzt seht.«

»Wenn es weiter nichts ist«, sagte Tiéni, »ich glaube, das kann ich auch.«

Er zündete das Feuer an. Ein junger Hirte bediente den Blasebalg, nicht ohne vorher gemurrt und eine saftige Ohrfeige erhalten zu haben, denn das war keine Arbeit für einen Fulbe, selbst nicht für einen jungen. Doch wann und wo kann man sich den Befehlen der Großen widersetzen, vor allem, wenn es darum geht, dem Clanältesten seine Jugend zurückzugeben?

Das Feuer indessen knisterte und wunderte sich, daß es nicht den Gesang hörte, der auf die Fragen des Blasebalgs und seiner Schläuche antwortete.

Wohin?
Wohin?
Wohin?

Tiéni hatte die Zangen ergriffen und, als er sich umwandte, Boli auf den Kopf geschlagen.

Da, Boli, da!
Große Ohren und krumme Beine,
Dicker Bauch und lange Arme!
Da, Boli, da!

Dann hob er den alten Mawdo empor und warf ihn ins Feuer. Er drehte ihn, wendete ihn mit den Zangen. Von dem alten Körper blieben nur die verkohlten Knochen übrig, die er in die Kalebasse aus Kailzedratholz legte. Sie war mit Sauermilch gefüllt, wovon die Hirten zwei Lederbeutel voll gebracht hatten.

Tiéni, der Schmied, zählte nun dreimal bis sieben. Nichts tauchte aus der Milch in der Kalebasse empor; auf der weißen Oberfläche schwammen nur die verkohlten Knochen, die wie Kohlestückchen aussahen.

Tiéni zählte wieder dreimal bis sieben, dann dreimal dreimal bis sieben. Immer noch nichts!

Die Sonne ging unter. Das Feuer erlosch. Die Schläuche des Blasebalgs verstummten. Die Fulbe, im Gegensatz zu anderen Leuten daran gewöhnt, auf eine Mahlzeit zu verzichten, warteten geduldig.

Tiéni zählte dreimal bis sieben, dann dreimal dreimal bis sieben. Doch auf der Sauermilch in der Kalebasse aus Kailzedratholz schwammen immer noch die verkohlten Knochen.

Als der Morgen dämmerte, begann Débo zu schreien und zu weinen. Die erwachsenen Männer und die jungen Hirten begannen zu murren.

Fama, der König des Landes, der auf dem Weg zum heiligen Hain mit seinem Gefolge vorüberkam, blieb stehen und erkundigte sich nach der Ursache des Lärms, der aus der Schmiede drang.

Débo warf sich schreiend und weinend vor die Füße des königlichen Pferdes: »Der Schmied hat meinen Mann verbrannt, meinen geliebten, zärtlichen Mann!«

Alle Fulbe, die reifen Männer, die jungen Hirten, die Frauen und Dienerinnen, bestätigten es: »Er hat ihn verbrannt und dann die Knochen in die mit Sauermilch gefüllte Kalebasse aus Kailzedratholz geworfen.«

»Er sollte ihn in einen jungen Mann verwandeln, und seht, was er mir angetan hat!« heulte Débo weiter.

König Famas Gefolgsleute ergriffen Tiéni, fesselten ihn und führten ihn mit sich fort zum heiligen Hain.

Die Sonne erhob sich aus ihrem Himmelsbett, und Bolis Schatten löste sich von der Statuette und wurde wieder zu dem jungen, immer noch jungen Mann.

Dieser zählte über der Kalebasse aus Kailzedratholz, in der die verkohlten Knochen schwammen, dreimal bis sieben; dann lief er aus der Schmiede und eilte auf dem Weg, der zum heiligen Hain führte, hinter dem königlichen Zug her.

Als der junge Mann Tiéni, den Schmied, erreichte, der wie ein Bündel dürres Holz gefesselt war, fragte er ihn: »Wohin gehst du, mein Meister?«

»Mir wird im heiligen Hain die Kehle durchgeschnitten«, antwortete Tiéni, weinend und zitternd.

»Wirst du Boli noch einmal mit Worten oder Taten mißachten?«

»Nie wieder, nie wieder!« beteuerte der Schmied.

Der junge Mann lief bis zum Pferd des Königs: »Fama«, sagte er, »der Mann ist nicht schuldig. Der Fulbe ist in der Schmiede und befindet sich wohl.«

Tiéni wurde losgebunden, und alle – der König und sein Gefolge, die Fulbemänner und Fulbefrauen, die jungen Hirten und die Dienerinnen – begaben sich zur Schmiede, wo sie Mawdo, den alten Fulbe, antrafen, jung und schön wie am Vorabend seiner Hochzeit mit Débo.

Nach Tiéni hat kein Schmied jemals wieder gewagt, es gegenüber kultischen Gegenständen, die den Vorfahren Schutz bieten, an Respekt fehlen zu lassen.

Dof-Diop

Der Mensch besteht aus mütterlichem Saft – mêne – und dem Namen des Vaters, sante.

Wenn einer der Vorfahren im Kind auf die Erde zurückkehren muß, hat er eines zu bekämpfen: den mütterlichen Saft. Der Name prägt, und auch die Mutter prägt. Und wenn der Name und die Mutter die gleiche Neigung in euch ausprägen, gibt es kein Entrinnen.

Jeder Wolof weiß, daß zwar nicht alle Diop verrückt sind, andererseits aber alle Verrückten Diop heißen und jeder Walo-Walo, jeder, der an den Ufern des großen Flusses wohnt, eine mehr oder weniger große Last Einfalt mit sich herumschleppt.

Mor Goki Diop, der große Marabut, war klug und weise genug, um sich nicht mit diesen Bida, diesen vorislamischen Religionen, aufzuhalten. Als ihm einer seiner besten Schüler aus Walo seine jüngste Tochter als Gattin angeboten hatte, ohne den Brautpreis zu fordern, einfach als Dank für seinen guten Unterricht und seinen hervorragenden Rat, hatte er die Frau genommen und war mit ihr heimgekehrt nach N'Diobène, das nur noch Keur-Mor-Coki hieß, so außerordentlich war der Ruhm des großen alten Marabuts. Und Anta, die junge Frau, hatte den letzten der Knaben geboren, Moussa, der dumm auf die Welt kam, dumm war und blieb.

Moussas Vorname geriet rasch in Vergessenheit – schon vor seinem Eintritt in das Haus der Männer, wo er, der jüngste der Beschnittenen, der Toko, am häufigsten die Passinen, die doppeldeutigen Rätsel, löste und am besten die Kassak lernte, die Initiationsgesänge, denn zweifellos prägte sich das eine wie das andere wegen seiner scheinbaren Zusammenhangslosigkeit seinem schlichteren Gemüt leichter ein als dem Gehirn eines mit klarerem Verstand begabten Erwachsenen.

Die Erde blutet,
Wie eine Brust blutet,
Aus der Milch fließt
In der Farbe der untergehenden Sonne!

So sang Selbé, der Rezitator, und Moussa, der von den Frauen und Kindern seit langem nur Natakhona, der Dummkopf, und von den Älteren Dof-Diop, Diop, der Verrückte, genannt wurde, Moussa antwortete eher als alle anderen Hausbrüder und sang:

Der Fluß tritt über die Ufer,
Und da werden überschwemmt
Die Niederungen
Und die Landstriche am Meer.

Und, ein weiteres Mal im Land und zum ersten Mal im Dorf und im Haus von Mor Goki trogen diese Sentenzen nicht, denn Moussa-Natakhona-Dof-Diop stammte aus N'Diobène wie aus Walo, war N'Diobène-N'Diobène und Walo-Walo zugleich, also in zwiefacher Hinsicht einfältig und ganz und gar glücklich von dem Augenblick an, da er das schwierige Alter der Kindheit und die aufregenden Jahre der Jugend hinter sich gelassen hatte.

Anta, seine Mutter, war die letzte Frau von Mor Coki, und als der große alte Marabut von dieser in die andere Welt einging, war Moussa-Natakhona nur noch Dof-Diop. Die drei Brüder, die sich schon jeder eine Frau genommen hatten, ließen ihm vom väterlichen Erbe nur eine Färse übrig und gaben ihm überdies zu verstehen, daß er sich glücklich schätzen könne – und das war er, wie über alles, was er bekam, und immer –, nicht ganz einfach die älteste Kuh aus der Herde der Familie erhalten zu haben. Denn die war am Tag der Beerdigung des alten Marabut gestorben.

Die Beerdigung war die Erben, wie es sich gehörte, ziemlich teuer gekommen, und die Brüder gingen fast täglich auf die Märkte des Dorfes und der umliegenden Dörfer, um das eine oder andere zu verkaufen. Dof-Diop wollte es ihnen gleichtun und ebenfalls etwas verkaufen.

Einen Strick um das Maul seiner Färse geschlungen, machte sich Dof-Diop auf den Weg zum Markt, der im Nachbardorf abgehalten wurde.

Die Sonne brannte, als er im Schatten einer Tamarinde haltmachte. Ein Wirbel aus Sand und Asche hatte sich erhoben, auf dem sicherlich eine alte Zauberin ritt. Der Wind, der sich in dem dichten Blätterwerk der Tamarinde verfing, machte: »F... f... f... fouk! Ffffouk!!«

»Fouk? Fouk? Zehn?« fragte Dof-Diop, der glaubte, daß die Tamarinde seine Färse kaufen wollte und ihm einen Preis vorschlug.

»Fouk? Das ist nicht genug! Das ist wirklich nicht genug für ein so schönes Tier. Hör zu«, sagte er zu dem Baum, »ich lasse dir meine Färse bis morgen hier, überleg es dir. Zehn, das ist nicht genug. Mein Tier ist mehr wert.«

Er band die Färse an den Stamm der Tamarinde und ging nach Keur-Mor-Coki zurück.

Seine Brüder fragten ihn, was er mit dem Tier gemacht habe.

»Ich stehe in Verhandlungen und habe es dem künftigen Käufer dagelassen«, erklärte Dof-Diop.

Als er am nächsten Tag zu der Tamarinde kam, waren von seinem Eigentum nur noch der Strick und das Gerippe übrig. Die Hyänen, die Schakale und die Geier waren, die einen des Nachts, die anderen am Morgen, darüber hergefallen.

»Vaye, vaye! Wie das, wie das!« empörte sich Dof-Diop. »Du hast meine Färse getötet und verspeist, ohne zu bezahlen und ohne zu wissen, wieviel ich wirklich dafür haben wollte.«

Der Säbel, den er bei sich trug und der – wie bei jedem klugen und umsichtigen Reisenden – an seiner linken Seite hing, genügte ihm nicht, also lief Dof-Diop ins Dorf zurück, um eine Axt zu holen.

»Du wirst mir diese Färse bezahlen! Du wirst sie mir bezahlen!« rief er bei seiner Rückkehr und hieb mit wütenden Schlägen auf den Fuß der Tamarinde ein.

Ya ko lekkône!
Ya koya fèye!
Léka n'ga ko
Tèye n'ga fèye!

Du, du hast sie gegessen!
Du, du wirst sie bezahlen!
Du hast sie gegessen,
Du wirst sie bezahlen!

Singend und schwitzend schlug Dof-Diop mit wuchtigen Hieben zu.

Tèye n'ga fèye!
Du wirst sie bezahlen!

Als die Tamarinde knarrte und umfiel, kam in dem gewaltigen Loch im Baumstumpf ein Haufen Gold, Silber und Bernstein zum Vorschein.

Dof-Diop ließ Axt, Strick, Schatz und Tamarinde liegen und eilte zu seinen Brüdern, um sie davon zu verständigen, was der Baum tatsächlich barg, der schlechte Zahler, der seine Färse verspeist und seine Schuld erst nach kräftigen Schlägen mit der Axt beglichen hatte.

Obwohl seine Brüder daran gewöhnt waren, daß er immer im ungünstigsten Moment genau das tat und sagte, was man gerade nicht tun oder sagen durfte, begriffen sie zunächst nichts von dem, was er ihnen erzählte.

»Ja«, erklärte er, »ich war in Verhandlungen mit der Tamarinde begriffen, sie feilschte mit mir um meine Färse und bot mir zehn dafür. Ohne die Antwort abzuwarten, die ich ihr heute bringen wollte, hat sie die Färse, die ihr mir gegeben habt, heute nacht getötet und verspeist, so daß nur noch säuberlich abgenagte Knochen von ihr übriggeblieben sind. Als ich ihr die Füße abschlug, fand ich in ihrem Stamm das, was sie mir angeboten hatte. Sie hatte ›zehn‹ vorgeschlagen, doch nicht genau erklärt, zehn was, und ich habe auch nicht gezählt, wie viele Male sie mir Fouk vorgeschlagen hat.«

Die Brüder folgten ihm zu der Tamarinde, bis zu dem unermeßlichen Schatz, der im Baumstumpf angehäuft lag.

Von dort waren sie bei Anbruch der Nacht mit all dem Gold, all dem Silber und all den Bernsteinperlen zurückgekommen. Vergeblich hatten sie versucht, diesen Reichtum, ohne daß Dof-Diop es wußte, zu verstecken. Er überraschte sie dabei, daß sie die Abortgrube in ein Versteck verwandelten.

Bour, der König, war kein fanatischer Anhänger der Religion. Er war, um die Wahrheit zu sagen, nicht einmal gläubig, wie jeder König, der etwas auf sich hält. Doch Serigne Mor Coki Diop war sehr einflußreich und für sein Wissen und seine Weisheit berühmt gewesen. Seine Familie mütterlicherseits stand dem Thron so nahe, daß Bour, der König, ohne daß er von den Notabeln dazu aufgefordert werden mußte, sich unbedingt nach Keur-Mor-Coki begeben und den Söhnen, den Frauen von Serigne Mor Coki Diop und den Frauen von Serigne Mor Coki Diops Söhnen sein Beileid aussprechen wollte.

Außer wenn er in den Krieg zog, reiste Bour, der König, niemals, ohne daß ihn Narr, sein Maure, begleitete, den der Emir von Adrar ihm geschickt hatte als Pfand für den Frieden mit den Leuten aus dem Norden. Aber Narrs sich zu sehr in die Länge ziehender Aufenthalt im schwarzen Land hatte seine Gesundheit geschwächt und ihn gezwungen, die andere Seite des Flusses aufzusuchen, wo er sich einer Guetna, einer Dattel- und Kamelmilchkur, unterzog. Narr war also nicht im Gefolge des Königs, als dieser nach Keur-Mor-Coki kam, um zu kondolieren. Er sollte sich Bour und seinem Gefolge weiter westlich wieder anschließen.

Alle priesen um die Wette die unbestrittenen Verdienste des Toten. Bour und sein Gefolge wunderten sich über die Vielzahl der Rinder, die geschlachtet, und die Menge der Kalebassen voll Kuskus, die ihnen zu Ehren und im Andenken an den teuren Verstorbenen gereicht wurden.

Endlich, nach drei Tagen, nahm Bour Abschied, mit dem Versprechen, in sieben Tagen wieder vorbeizukommen, auf seinem Weg weiter nach Westen, wo er seinen Untertanen einen Besuch abstatten wollte, die ihn seit langer Zeit nicht gesehen hatten.

Narr, der Maure, war aus dem Norden, von den Sandmeeren jenseits des Flusses zurückgekehrt und den Spuren des Königs gefolgt, wobei er zum ersten Mal durch Keur-Mor-Coki kam. Er war empfangen und ebensogut bewirtet worden wie der König, wie das Gefolge des Königs und sogar besser, so sagte er sich, als beim König selbst. Auch er wunderte sich über die Großzügigkeit der Söhne des seligen Mor Coki. Er fragte sich, ob das Erbe eines Marabuts und selbst eines großen Marabuts die Kosten solcher Schlemmermahle decken konnte.

»Nicht das, was unser Vater hinterlassen hat, erlaubt uns, Bour, den König, sein Gefolge und dich, seinen Mauren, so großzügig zu bewirten«, erklärte ihm Dof-Diop, »sondern der

Schatz, den ich im Stamm der Tamarinde gefunden habe und den diese mir für meine Färse schuldete.«

Bira, der jüngste Sohn des seligen Mor Coki, der Narr nicht einen Augenblick aus den Augen gelassen hatte und nicht einen Schritt von der Seite Dof-Diops, des Verrückten, wich, hatte das gehört. Er suchte seine Brüder auf: »Wir müssen Narr, den Mauren, töten, sonst wird Bour, der König, erfahren, was hier vorgefallen ist und uns allen den Kopf abschlagen, um sich des Schatzes zu bemächtigen, über den wir verfügen.«

Bouba, der Älteste, war besorgt: »Narr, den Mauren, töten? Gut und schön, aber wie sollen wir den Leichnam loswerden und wohin dann mit dem Schatz?«

Baba, der dritte Bruder, riet: »Wir legen den Leichnam anstelle des Schatzes in die Abortgrube, und laßt mich nur machen.«

Gesagt, getan.

Als aber Dof-Diop sah, daß seine Brüder Narr, den Mauren, töteten, begann er zu schreien: »Ihr habt Narr, Bours Mauren, getötet! Ihr habe Narr, den Mauren, getötet!«

Er machte sich auf gen Westen, um den König und sein Gefolge von der Ermordung Narrs in Kenntnis zu setzen.

»Narr, mein Maure, von deinen Brüdern getötet?« verwunderte sich Bour. »Narr ist ja niemals bei euch in der Gegend vorbeigekommen!«

»Doch, doch, doch!« beharrte Dof-Diop. »Meine Brüder haben ihn umgebracht und in das Loch gelegt, in dem sich zuvor mein Schatz befunden hat. Den hatte mir die Tamarinde als Preis für meine Färse geboten, die ich ihr verkaufte.«

»Wie sieht er denn aus, Narr, mein Maure, wenn du ihn gesehen hast?«

»Er ist weiß und hat einen Bart«, erklärte Dof-Diop.

Bouba, der älteste Sohn des seligen Mor Coki, hatte lange genug mit seinem Halbbruder, dem Dummkopf, gelebt und sich die größte Mühe gegeben, aus ihm ein normales Kind, wenn nicht gar einen vernünftigen Mann zu machen. Er kannte Dof-Diop also gut genug, um zu erraten, daß dieser, als er nach dem Mord an dem Mauren aus dem Dorf geflohen war, zu Bour eilen und ihm alles berichten würde, was nach dem Aufbruch des Königs geschehen war.

»Holt mir den kräftigsten Bock aus der Herde, und zwar den weißen«, befahl er seinen Brüdern.

Bour ritt auf seinem Pferd zurück, mit seinem Gefolge und Dof-Diop, der dem Zug voranschritt.

Die Begrüßung fiel nicht so lang aus wie beim ersten Besuch des Königs, auch die Ehrenbezeichnungen waren weniger aufwendig. Bour ließ den Söhnen des verstorbenen Mor Coki nicht die Zeit, sich vor ihm zu verbeugen. Er rief M'Bagnick, den Grioten: »M'Bagnick, frage die Söhne von Mor Coki, was sie mit Narr, meinem Mauren, gemacht haben.«

Und M'Bagnick, der Griot, erkundigte sich, was mit Narr, dem Mauren, geschehen war.

»Aber Bour, wir haben den Mauren hier in der Gegend überhaupt nicht gesehen!« riefen Bouba, Baba und Bira gleichzeitig. »Er ist niemals in unser Dorf gekommen!«

»M'Bagnick«, rief der König erzürnt, »nimm meine Leute mit dir, und daß einer der drei mir das, was sich in der Abortgrube befindet, herausholt, sonst gehören sie unverzüglich Tann, dem Geier.«

M'Bagnick, der Griot, und die Leute des Königs folgten Bouba, dem ältesten Sohn des seligen Mor Coki, der eine kleine Hacke bei sich trug. Bouba öffnete die Grube und stieg hinein.

M'Bagnick und die Leute des Königs hörten, wie er aus der Tiefe der Grube fragte: »Wie sieht er aus, Narr, der Maure von Bour?«

»Wie er aussieht?« fragten M'Bagnick, der Griot, und die Leute des Königs verwundert.

»Ja, was für eine Hautfarbe hat er? Weiß, rot oder schwarz?« fragte Bouba, der Älteste, aus der Tiefe der Grube.

»Was für eine Frage!« rief M'Bagnick, der Griot des Königs.

»Er ist doch weiß wie alle echten Mauren, wie jeder reine Maure!«

»Hat Narr, der Maure des Königs, einen Bart?«

»Selbstverständlich hat er einen Bart«, antwortete M'Bagnick, der Griot, und die Getreuen des Königs bestätigten es.

»Dann ist er es sicher, der hier unten in der Grube liegt«, schloß Bouba. »Hier, das ist er!«

Schnaufend und schwitzend kletterte er empor und hielt M'Bagnick, dem Grioten, und den Leuten des Königs den kräftigen Bock hin, der weiß war und einen Bart hatte wie jeder Bock, der auf sich hält.

Bour, der König, sein Griot und sein Gefolge zogen fort von Keur-Mor-Coki, ohne auch nur einen einzigen Blick auf den letzten Sohn des seligen Marabut Serigne Mor Coki Diop zu werfen, auf Dof-Diop, den Dummkopf.

Khary Gaye

Alles, was der kleine Maure sagt, hat er im Zelt gelernt.

Wenn auch die Nachbarn, die Fremden, die Gefährtinnen, die Gefährten und die Spielkameraden die Jungen bis zum Eintritt in das Haus der Männer formen, so sind doch allein die Eltern imstande, sie zu erziehen, sie zu bilden, solange sie noch nicht den Schoß der Familie, das Haus oder das Dorf verlassen haben. Wenn das Kind aber nicht hinausgeht, kommt die Welt zu ihm, kommt die Welt in das Dorf, kommt die Welt in das Haus. Doch die Welt lehrt das Kind nur die Welt kennen und unterrichtet es nur über das, was es nicht weiß. Das Haus indessen bildet: Yarr Fja Keur, heißt es. Stellt euch einmal vor, wie viele Zerwürfnisse, Streitereien, Mißverständnisse das Wort eines Kindes zwischen Erwachsenen, zwischen den Familien und selbst zwischen den Mitgliedern einer Familie verursachen kann. Doch der Verstand irrt selten, wenn das Herz nicht zu nachsichtig ist und ihm nicht zu viele Schlenker erlaubt auf seinem Weg. Bei einem wohlerzogenen Kind bedarf es nicht vieler Worte, daß es begreift, was Vater und Mutter wünschen, und entsprechend handelt. Und vom zartesten Kindesalter an muß der Vater im Sohn, die Mutter in der Tochter wiederzufinden sein.

Aber trotzdem ...

Die Aufgaben, die Verpflichtungen, die Dienstverhältnisse und selbst die Ehrungen, all das, was eure Geburt und euer Rang euch mitunter gebieten und auferlegen, tritt angesichts der Alltagswirklichkeit, der materiellen Sorgen in den Hintergrund.

Es gibt Augenblicke, wo gebotene Nächstenliebe nicht mehr bei den anderen beginnt und wo man, bevor man andere gesundpflegt, sich erst selbst kurieren muß.

Worauf es dann ankommt, ist also nicht die Art und Weise, wie man sich seiner Aufgaben, seiner Verpflichtungen entzieht, sondern sie gar nicht erst zu kennen und keine Ahnung davon zu haben, daß sie zu einem bestimmten Zeitpunkt und an einem bestimmten Ort entstehen, denn schließlich hätten auch sie, Aufgaben und Verpflichtungen, nicht da sein müssen, sich euch nicht aufdrängen müssen an dieser Stelle und zu diesem Augenblick.

Denn jeder, der in den letzten Zügen liegt, wehrt sich. Kou beug dê wékou!

Die Hungersnot traf jeden und das ganze Land. Die Speicher waren seit Monden leer und die Menschen längst in andere, zweifellos glücklichere Länder gezogen, nach Pinkou, gen Osten, auf der Suche nach wenigstens einem Sack Hirse, Reis oder Mais.

Samba hatte die kühle Nacht abgewartet, um mit seinem dürren Esel, der zwei Lederbeutel Bergreis trug, den Heimweg zu seinem Dorf, seinem Haus anzutreten. Koumba, seine Frau, war im Morgengrauen aufgestanden, um Sauerampferblätter zu suchen. Die wuchsen noch kümmerlich mitten auf dem Feld, wo in diesem Unglücksjahr weder Erdnüsse noch Hirse noch Mais noch Bohnen gedeihen wollten.

Wenn ihr euch vornehmt, über eure Zeit zu verfügen, und glaubt, ein bestimmter Tag gehöre euch und ihr könntet eine ganze Stunde lang das tun, wozu ihr euch entschlossen habt, dann seht ihr oft, öfter, als euch lieb ist, daß andere das tun, was ihr euch vorgenommen hattet.

Und so hatte Koumba frühmorgens, als sie mit ihrer Tochter Khary in der Küche war, gerade damit begonnen, den von Samba herbeigeschafften Bergreis mit den auf dem Feld gepflückten kümmerlichen Sauerampferblättern zuzubereiten, als sich eine ganze Gruppe Freundinnen und Griotinnen unter lautem Geschrei und Händeklatschen vor dem Eingang des Hauses einfand. Denn Sambas Esel hatte im Morgengrauen zu iahen begonnen. Er war als einziger von den Eseln zurückgekehrt.

Koumba ließ Khary in der Küche allein und schloß die Tür.

Und in ihrem Haus nahmen die Gespräche, die Klatschereien, das Gelächter kein Ende. Alle hatten etwas zu erzählen, jede einen Rat zu geben. Zwei Freundinnen nutzten einen Moment, da sich die Unterhaltung hinschleppte, um sich von ihren Griotinnen die Frisur wieder in Ordnung bringen zu lassen. Eine andere bat um eine Nadel, um die Stickerei an ihrer Jacke auszubessern.

Kurzum, die Zeit verging, und als gute, pflichtbewußte Gastgeberin konnte Koumba ihre Besucherinnen nicht einen einzigen Augenblick allein lassen.

Dennoch, jeder muß wissen, daß alles eine Grenze hat, auch die Gastfreundschaft. Alles zu geben und aller Mittel entblößt zurückzubleiben, das ist mehr als mangelnde Klugheit, das ist mangelnde Weitsicht. Denn schließlich, bevor man andere gesundpflegt, muß man sich erst selbst kurieren.

Die Stunden vergingen.

Koumbas Freundinnen, ihre Griotinnen saßen in ihrem Haus und schwatzten ohne Unterlaß.

Khary, die Tochter, wendete und wendete den Reis mit Sauerampfer.

Samba, der vom Schatten des Palaverbaums aus die Freundinnen seiner Frau und die Griotinnen seinen Hof hatte betreten, aber keine einzige hatte herauskommen sehen, plauderte weiterhin mit den Alten des Dorfes, denen er von seinen unergiebigen Reisen gen Osten berichtete. Nach Hause ging er nicht.

Die kleine Khary in der Küche begann sich zu sorgen, denn der Reis war schon lange gar, und sie wußte nicht, was sie tun sollte.

Die Stunden vergingen.

Koumbas Freundinnen und die Griotinnen saßen in ihrem Haus und schwatzten ohne Unterlaß.

Khary, die Tochter, schwächte die Glut unter dem Topf, in dem Reis und Sauerampfer weiterkochten, ein wenig ab.

Alles hat seine Grenzen, sicherlich, ausgenommen die Pflicht, die aus dem Sikk, der Sorge, was die Leute über einen reden mögen, erwächst. Und niemals wird eine Hausherrin einer fröhlichen Gefährtin, die ihr einen Besuch abstattet, gegenüber verlauten lassen, daß ihr dieser Besuch ungelegen kommt oder, schlimmer noch, lästig ist und zu lange dauert.

Die Stunden vergingen.

Koumbas Freundinnen und die Griotinnen saßen noch immer in ihrem Haus und schwatzten.

Und Khary, Koumbas Tochter, kam, in Tränen aufgelöst aus der Küche und betrat das Haus ihrer Mutter, wo die Freundinnen und die Griotinnen noch immer schwatzten.

Kindertränen wiegen sehr schwer, vor allem in den Augen dieser Frauen, die alle oder fast alle Familienmütter waren. Sie wunderten sich und hatten Mitleid.

»Vaye, Khary! Vaye, vaye! Lane Lâ? Was denn, Khary! Was denn, was denn! Was ist denn los mit dir?«

Khary weinte herzzerreißend: »Mutter, Mutter! Heute morgen habe ich am Brunnen Worte gehört, die mich getroffen und tief in meinem Innersten verletzt haben.«

»Was hast du denn gehört, das dich in solch einen Zustand versetzt?« fragte Koumba, die Mutter, beunruhigt. »Schnell, sag es mir, mein Kind!«

»Mutter, ich habe Mutter ›Topf-kocht‹ sagen hören, daß sie älter ist als du!«

»O, die freche Lügnerin«, empörte sich Koumba. »Sie hat gewagt, das am Brunnen zu sagen! Frag die eingebildete Person doch, wo sie sich wohl im Jahr des Yéka Deup, im ›Jahr des Dienens und Deckens‹ befunden hat, die Unverschämte!«

Und Khary lief beruhigt in die Küche zurück, ihre Tränen waren versiegt. Ihre Mutter hatte ihr nicht mehr sagen müssen.

Samba und Koumba – stolz darauf, daß ihre Lehren bei dem kleinen Mädchen auf fruchtbaren Boden gefallen waren – und Khary aßen den Reis mit Sauerampfer allein, denn Koumbas Freundinnen und die Griotinnen waren schließlich, als sich die Sonne dem Meer zuneigte, des Schwatzens und Schreiens müde, gegangen.

Die Zeit verging.

Und bessere Tage waren gekommen. Die Zeit war wieder gnädig und die Erde großzügig geworden. In fast allen Häusern, auch in dem von Samba, war Wohlstand eingekehrt.

Die kleine Khary – Khary, die Einsichtige – wurde noch einsichtiger und mit jedem Tag schöner, und Koumba, ihre Mutter, schmückte sie mit ihrem schönsten Geschmeide.

Das Glück braucht sich nicht auszubreiten oder die Straßen entlangzulaufen, um seine beiden großen Feinde, *Bett* und *Tjatt,* das Auge und die Zunge, auf sich aufmerksam zu machen. Diese beiden wissen immer, wo sie es aufstöbern und ihm ihre tödlichen Seitenhiebe versetzen können. Je mehr das Auge bewundert, je mehr die Zunge schmeichelt und rühmt, desto empfindlicher reagiert das Glück auf ihr Gift. Es wird schwach oder fällt plötzlich wie eine schöne reife, heißbegehrte Frucht vom Baum herab.

Und so geschah es, daß Koumba, Kharys Mutter, sich eines Abends niederlegte und nicht mehr aufstand. Und Khary, die Einsichtige, die schöne kleine Khary wurde Waise.

Tochterliebe und die gute Versorgung durch die Tochter, die tadellose Führung des Haushalts genügen einem Witwer in den besten Jahren nicht. Samba, Kharys Vater, sah sich genötigt, wieder eine Frau zu nehmen, um die verstorbene Koumba zu ersetzen.

Für Khary begannen Monde und Tage, die anders waren als die bisher erlebten. Ihre Stiefmutter, Penda, war noch jung und eifersüchtig auf Khary, eifersüchtig auf ihre Schönheit, eifersüchtig auf ihren Verstand und ihre Einsicht, eifersüchtig auf die Zuneigung, die Samba, ihr Ehemann, der Waise entgegenbrachte. Wenn es ihr von ihrem Mann nicht verboten worden wäre, hätte sie einem Verlangen, das vom Abend bis zum Morgen und vom Morgen bis zum Abend in ihr brannte, nicht widerstehen können: das kleine Mädchen zu schlagen. Vor allem an Tagen, da Khary, um sich zu erheitern, den Schmuck anlegte, den ihre Mutter ihr hinterlassen und den Samba, ihr Vater, für sie allein aufbewahrt hatte.

Eines Tages war Samba bei Anbruch der Dämmerung noch nicht von der Jagd heimgekehrt; Khary hatte den Schmuck der toten Koumba angelegt. Penda, die Stiefmutter, kam aus ihrem Haus und befahl dem kleinen Mädchen: »Nimm die Kalebasse und hol mir Wasser!«

Die Kalebasse war außerordentlich groß und mehr als schwer, denn sie war aus dem Holz eines alten Kailzedratbaumes geschnitzt.

Khary erhob sich von ihrem kleinen Schemel und wollte ihren Schmuck ablegen.

»Nicht nötig, diese schönen Schmuckstücke abzulegen, die dir so gut stehen. Du gehst so zum Brunnen«, bestimmte die Stiefmutter.

Khary, die Waise, begab sich zum Brunnen. Sie zog Wasser hoch und versuchte dann mehrere Male vergebens, die große, ganz mit Wasser gefüllte Kalebasse hochzuheben.

Da begann sie unter Tränen zu singen:

Voye vôlô! Voye vôlou!
Wer lädt sie mir auf? O, wer lädt sie mir auf?
Voye vôlô! Voye vôlou!

O, zu Hilfe! O, zu Hilfe!
Kou mâ yénê? Kou mâ yénê?
Voye vôlô! Voye vôlou!

Aus einem feuchten Loch am Brunnenrand kroch M'Bott, die Kröte, hervor. Platsch! – sprang sie vor und erklärte:

Mâ fi né!
Té klou mâ yénê
N'ga yôle ma!
Ich bin die einzige hier!
Und wenn ich dir helfen soll,
Mußt du mich dafür bezahlen!

»Mach, daß du fortkommst, du jämmerliches Geschöpf mit deinem breiten Maul«, sagte die kleine Khary verächtlich, »du kannst ja nicht einmal eine Hühnerfeder hochheben.« Und sie begann wieder zu flehen:

Voye vôlô! Voye vôlou!
Wer lädt sie mir auf? Kou mâ yénê?
O, zu Hilfe! Voye vôlou!

Bagg, die Eidechse, kam herbeigelaufen, brrr... br..., hob und senkte den Kopf, blähte ihren schuppigen Hals und antwortete:

Ich bin die einzige hier!
Und wenn ich dir helfen soll,
Mußt du mich dafür bezahlen!

»Verschwinde, und zwar möglichst weit weg, du mit deinem dicken Hals und deinem schlaffen Bauch«, sagte ihr Khary, die Einsichtige, und begann wieder unter Tränen zu singen:

Voye vôlô! O, zu Hilfe!
Kou mâ yénê? Wer lädt sie mir auf?
Voye vôlô! O, zu Hilfe!

Da kam Mutter M'Bonatt, die Schildkröte, auf ihren steifen Beinen. Sie streckte ihren Kopf so weit vor wie möglich und sagte sanft zu Khary, der Waise:

Ich bin die einzige hier!
Und wenn ich dir helfen soll,
mußt du mich dafür bezahlen!

»Sieh zu, daß du fortkommst«, riet ihr Khary, die Waise, »du fällst auf den Rücken, wenn du versuchst, diese viel zu schwere Kalebasse hochzuheben.«

Die Nacht war längst hereingebrochen, als Khary, die Waise, noch immer sang:

Voye vôlô! Voye vôlou!
Wer lädt sie mir auf? Wer lädt sie mir auf?
O, zu Hilfe! O, zu Hilfe!

Plötzlich richtete sich vor ihr eine riesige Pythonschlange auf, die die schwere Kalebasse aus Kailzedratholz hochgehoben hatte und sie auf dem Kopf trug:

Ich bin die einzige hier!
Und wenn ich dir helfen soll,
Mußt du mich dafür bezahlen!

Sie stellte die Kalebasse auf einen Stoffring, den Khary, die Waise, auf dem Kopf trug.

»Was willst du dafür haben?« erkundigte sich das kleine Mädchen. Das Gewicht der Kalebasse aus Kailzedratholz, die jetzt leichter, viel leichter war als in leerem Zustand, spürte sie nicht. Die Kalebasse wog gerade so viel, daß sie ihren mit Gold- und Bernsteinketten geschmückten Hals unter der Last ganz aufrecht, ganz anmutig halten konnte.

Die Pythonschlange antwortete: »Geh nach Hause. Ich werde dir, wenn du größer bist, sagen, was ich als Preis haben will. Ich werde wiederkommen und dich rufen.«

Und sie entschwand in die schwarze Nacht.

Khary, die Waise, ging nach Hause, wo Penda, die Stiefmutter, sie mit Geschrei empfing und ihr Vorwürfe machte, daß sie so lange gebraucht hatte, um Wasser vom Brunnen zu holen. Sie drohte ihr sogar mit Schlägen, denn Samba war noch nicht von der Jagd wiedergekommen.

Samba kam niemals wieder. Als die Männer am nächsten Tag nach ihm suchten, fanden sie nur seine Knochen im Busch, Knochen, die im Laufe der Nacht und der Morgenstunden, nachdem Löwen, Hyänen und Geier sich ihren Teil genommen hatten, von den Ameisen blankgeputzt worden waren.

Von da an lasteten alle Pflichten im Haushalt, alle schweren Arbeiten auf der armen Waise, der Penda, die Stiefmutter, nicht einen Moment Ruhe und Erholung gönnte, weder am Morgen noch am Abend, weder am Tag noch in der Nacht. Sie nahm ihr alle Schmuckstücke fort, die ihre verstorbene Mutter Koumba ihr hinterlassen hatte.

Die Zeit verging, und Khary, die Waise, wurde zum großen Ärger ihrer Stiefmutter mit jedem Tag schöner. Und nicht zuletzt aufgrund ihres Unglücks wurden ihre Einsicht und Klugheit mit jedem Tag größer. Sie erinnerte sich oft der Lehren ihrer lieben Mutter, denen sie, wie sie glaubte, kein Gehör geschenkt hatte, als Koumba sie ihr erteilte.

Sie ging mit ihren Freundinnen, gleichaltrigen jungen Mädchen, zum Brunnen. Leider ging sie auch sehr oft allein dorthin, zu jeder Tagesstunde und selbst in der Nacht, je nach Laune von Penda, der Stiefmutter.

Ihre Freundinnen fingen alle an, von einem jungen Mann zu sprechen, von einem, der sie am längsten angesehen hatte, der am häufigsten an ihrem Hof vorüberging, der am tatkräftigsten auf dem Feld ihrer Familie arbeitete, wenn die Reihe an ihren Eltern war, bei der Feldarbeit die Hilfe der jungen Männer aus ihrem und anderen Dörfern in Anspruch zu nehmen.

Die Zeit verging.

Eines Tages weilten die jungen Mädchen am Brunnen. Jede sprach von ihrem jungen Mann, der ihr Aufmerksamkeit schenkte.

»Und du Khary, hat dich schon jemand erwählt?« erkundigten sich einige mit einem hämischen Unterton in ihrer freundlichen Frage.

»Wer, meint ihr, könnte mich erwählen, mich, die Schmutzliese, die weder Vater noch Mutter hat. Weder M'Bott, die Kröte, noch Bagg, die Eidechse, oder Djanné, die Schlange, wollen etwas von mir wissen!«

Kaum hatte Khary, die Waise, diese Worte ausgesprochen, als sich mitten im Kreis der jungen Mädchen eine riesige Pythonschlange aufrichtete. Entsetzt ergriffen sie die Flucht, wobei sie volle wie leere Kalebassen zerbrachen, mit Ausnahme von Kharys Kalebasse – die war aus Kailzedratholz. Sie liefen ins Dorf zurück und schlossen sich zitternd zu Hause ein, während aus der Ferne, vom Brunnen her ein Ruf, ein Lied herüberklang:

Khary Gaye!
Tjakh fî, tjakh fâ!
Lambourdé bé batam fess!
Kou ma ghissal Khary Gaye?
Môye sama yôle!
Khary Gaye!
Ketten hier, Ketten dort,
Bernstein um den Hals!
Wer hat Khary Gaye für mich gesehen?
Sie ist mein Lohn!

Der Gesang drang bis mitten ins Dorf, wo alle, groß und klein, Männer und Frauen, sich verkrochen.

Der Gesang erfüllte das Blätterwerk der Bäume im Dorf und die Hausdächer, und alle glaubten, er käme direkt aus dem Boden der Häuser und aus den sie umgebenden Hecken.

Khary Gaye!
Tjakh fî, Ketten dort,
Bernstein um den Hals!

Penda, die Stiefmutter, verbarg ihre Angst, lachte schallend und sagte zu Khary, der Waise: »Du bist es, die da gerufen wird, meine arme Tochter.«

Wer hat Khary Gaye für mich gesehen?
Sie ist mein Lohn!

»Geh«, fuhr die Stiefmutter fort, »geh und antworte!« Sie drängte das junge Mädchen vor die Tür, jagte Khary aus dem Haus.

Und Khary, die Waise, flüchtete sich zum Brunnen, von wo noch immer der Ruf, das Lied herüberklang:

Khary Gaye!
Ketten hier, Ketten dort,
Bernstein um den Hals!
Wer hat Khary Gaye für mich gesehen?
Sie ist mein Lohn!

Sie ging aus dem Dorf heraus. Inmitten der Kalebassenscherben erblickte sie ein großes, ganz weißes, mit Seide und Gold aufgezäumtes Pferd, das aus ihrer Kalebasse trank. Ein junger Mann, schöner als der Tag, groß und kräftig, mit einer Taille so schmal wie eine maurische Trommel und kostbar gekleidet, hielt die Zügel des Pferdes, und mit einer Stimme, wie sie noch kein Mensch gehört hatte, sang er:

Kou ma ghissal Khary Gaye?
Môye sama yôle!
Wer hat Khary Gaye für mich gesehen?

Khary Gaye, die Waise, ging weiter bis zum Brunnen, bis zu dem jungen Mann, der das große weiße Pferd hielt. Da sagte der junge Mann zu ihr: »Ich habe dir geholfen, dir deine schwere Kalebasse auf den Kopf zu setzen; nun komme ich, um meinen Lohn zu fordern. Vorhin hast du zu deinen Freundinnen gesagt, daß niemand dich zur Frau haben will. Willst du mich zum Mann? Du bist mein Lohn! Ich bin der Prinz vom Großen Fluß, der dort unten fließt.«

Und er nahm Khary, die Waise, mit auf seinem großen weißen Pferd. Er nahm sie dahin mit, wo die Wasser des Großen Flusses am tiefsten sind.

An der tiefsten Stelle des Großen Flusses wurden für Khary Gaye alles Glück und alle Träume Wirklichkeit, die sie in ihrer schweren Kindheit sich niemals vorzustellen gewagt hätte. Sie hatte mit dem Prinzen vom Großen Fluß zwei Kinder, einen Jungen und ein Mädchen.

Die Zeit verging.

Der Prinz vom Großen Fluß war immer glücklich, gut und großzügig. Wie ihr Vater waren auch die Kinder, die heranwuchsen, glücklich. Ihre Mutter war es aber immer weniger. So sind wir nun einmal, wir Kinder von Adama N'Diaye, denen mit der Zeit sogar das Fehlen von Sorgen zur Last wird.

Dem Prinzen vom Großen Fluß fiel schließlich auf, daß seine zärtliche Gattin nicht mehr so lebhaft, nicht mehr so glücklich war wie ehedem.

»Was hast du denn, Frau, was macht dich so mißmutig, wenn du ganz allein bist?« fragte der Gatte.

»Ich möchte gern, o mein guter, mein großmütiger Gatte, und sei es nur für eine kurze Zeit, in meine Heimat zurückkehren und unseren Kindern das Dorf zeigen, wo ich geboren bin, wo ich glückliche Lebensjahre verbracht habe, glückliche Tage, die mir, da ihnen traurige Tage folgten, in der Erinnerung an meine Kindheit und Jugend besonders teuer sind. Auch möchte ich meiner bösen Stiefmutter, wenn sie noch lebt – was ich wünsche –, alles zeigen, was du mir gegeben, was du aus mir, Khary Gaye, der armen Waise, gemacht hast.«

»Einverstanden, Frau«, willigte der Prinz vom Großen Fluß ein. »Besuche mit den Kindern dein Dorf, deine Freundinnen und deine böse Stiefmutter – sie lebt noch –, aber sagt niemandem, du nicht, dein Sohn nicht und auch deine Tochter nicht, sagt niemandem, was ihr tut, mit wem ihr lebt und wo ihr gelebt habt.«

Der Prinz vom Großen Fluß brachte sie an das feinsandige Ufer und sagte: »In sieben Tagen kommt ihr zurück, dann sagst du, Khary, dreimal: ›Ferr gou dogg! Zerbrochener Reif!‹, und ich komme und hole euch ab.«

Khary und ihre Kinder brachen auf in Richtung Dorf. Als sie am Brunnen angelangt waren, zeigte sie ihnen eine große Kalebasse, die am Brunnenrand lehnte und zur Hälfte in die Erde versunken war; eine gewaltige Kalebasse aus Kailzedratholz, die als Tränke für die Esel, die Schafe und Ziegen aus dem Dorf diente. In dieser Kalebasse hatte sie auf Befehl von Penda, ihrer Stiefmutter, Wasser holen sollen. Niemand hatte sie ins Dorf zurücktragen können, seit das große weiße Pferd des Prinzen vom Großen Fluß daraus getrunken hatte.

Als Penda, die Stiefmutter, älter und runzliger als die Borke einer Tamarinde, die junge Frau sah, die schöner war als sie selbst jemals gewesen, fiel sie rücklings nieder. Bis zum Ende ihrer Tage blieb sie gelähmt und stumm.

Ihre Freundinnen, alle verheiratet, kamen und wollten wissen, wie es Khary Gaye ergangen war seit dem Tag, da eine riesige Pythonschlange am Brunnen aufgetaucht war und eine Stimme gesungen hatte:

Khary Gaye!
Ketten hier, Ketten dort,
Bernstein um den Hals!

Sie begeisterten sich an den Ketten und Bernsteinperlen, noch schöner und noch größer als die, die Koumba ihrer Tochter hinterlassen hatte.

Khary wich ihren Fragen aus, fragte aber ihrerseits ohne Unterlaß, mal die eine, mal die andere, nach den Verstorbenen, nach den Alten, nach den Ehemännern, nach den Geburten, die es seit ihrem Weggang gegeben hatte. Die große Neugier aber, die ihre Freundinnen verzehrte, befriedigte sie nicht.

Einige von ihnen belegten darum die Kinder mit Beschlag, verwöhnten und umschmeichelten sie. Auf ihre Fragen, auf alle ihre Fragen antwortete der Knabe immer nur: »Kham! Ich weiß nicht!«, denn sein Vater hatte ihn gelehrt, daß »Kham« noch niemals jemanden den Kopf gekostet oder in den Kerker geführt hatte.

Seine Schwester konnte ihre Zunge jedoch nur bis zum sechsten Tage hüten. Dann erzählte sie alles, was sie wußte – und das war schon viel –, den Freundinnen ihrer Mutter, die, versteht sich, auch ihren Mund nicht halten konnten, sobald sie das Lager ihres Ehemannes aufgesucht hatten.

Diese gingen am nächsten Tag zum Ufer des Großen Flusses. Einer von ihnen sang die Worte des Prinzen vom Großen Fluß: »Ferr gou dogg!«

Damit lockte er, gerade in dem Augenblick, da die Familie des Prinzen herbeigeeilt kam, die Pythonschlange aus dem Großen Wasser. Die Männer aus dem Dorf versetzten der Python, die sich in den Prinzen vom Großen Fluß verwandelt hatte, tödliche Schläge. Ehe er starb, sprach er zu Khary Gaye: »Frau, ich bin glücklich gewesen mit dir. Ich bin auch jetzt glücklich, denn ich sterbe nicht durch deine Schuld. Aber du hast es nicht verstanden, deine Tochter so erziehen, wie deine Mutter dich erzogen hat. Dein Herz war zu nachsichtig und hat ihrem Verstand zu viele Schlenker erlaubt auf seinem Weg. Du wirst eine anmutige, aber schwache Turteltaube werden und dein Leben lang in den Baumwipfeln und auf den Hausdächern singen:

Ferr gou dogg,
Keur gou tass!
Zerbrochener Reif,
Zerstörtes Heim!«

Zu seiner Tochter sprach der sterbende Prinz: »Du, die du schon beim geringsten Anlaß die Zunge nicht hüten konntest, du wirst niemals mehr deine Tränen zurückhalten können, denn von jetzt an wirst du ein Wolfsmilchgewächs sein und dein Leben lang weinen, sobald dich jemand anrührt.«

Seinem Sohn riet der Prinz vom Großen Fluß in einem letzten Atemzug: »Tauche unter, mein Sohn, und bleibe dein ganzes Leben auf dem Grund des Großen Wassers.«

Und der Sohn tauchte für immer ein ins Reich der Wasser.

Und die Turteltauben oben in den Baumwipfeln und auf den Hausdächern singen noch immer:

Ferr gou dogg!
Keur gou glass!
Zerbrochener Reif,
Zerstörtes Heim!
Ferr gou dogg!
Keur gou glass!

Und noch immer weint im Busch und am Feldrain das Wolfsmilchgewächs, sobald es jemand anrührt.

Djabou N'Daw

Kaum war die Sonne in ihr Himmelsbett gesunken, da schlief das ganze Land wie tot. Niemand hätte das Dorf verlassen können, und keiner hätte gewagt, es nach Einbruch der Dunkelheit zu betreten.

Keine Tamtams mehr auf dem großen Platz und keine Kämpfe der jungen Leute, auch in den Mondscheinnächten nicht.

Nur der dumpfe Aufprall einer umgestürzten Kalebasse war manchmal noch zu hören oder der verhaltene Gesang der jungen Mädchen aus dem hintersten Winkel eines Hofes.

Wenn die Nacht herniedersank, lag das Dorf wie ausgestorben da, wie im Tiefschlaf. Denn Gharr, der Drache, von dem die Ältesten durch die Väter ihrer Väter hatten reden hören, war zurückgekehrt.

Nacht für Nacht zog Gharr beharrlich seine Runden um das Dorf. In mondlosen Nächten zeigten rote Blitze, die am schwarzen Himmel zuckten, jenen seine Gegenwart an, die es wagten, einen furchtsamen Blick durch die Ritzen der Strohеinfriedung zu werfen.

Sein langer und düsterer Schrei erstickte alle Geräusche, die noch im Dorf nachhallten: das Geschwätz der Frauen und die dumpfen Klänge der Tamtams, die erhabenen Stimmen der Vorväter und die gellenden Schreie der Kinder.

Alles verstummte, alles verkroch sich, wenn der Horizont sich im Westen bei Einbruch der Dämmerung wieder rot färbte und das laute Zischen von Gharr, dem Drachen, zu hören war.

Und da geschah es eines Tages, daß man, als der Abend dämmerte, auf dem Hof des alten Bara alle Häuser bis in den letzten Winkel und jede Ecke nach seinem jüngsten Kind, nach Djabou N'Daw, absuchte, ohne es jedoch zu finden. Der Vater und die Brüder erzitterten, denn der Horizont flammte rot auf vom Feuerschein Gharrs, des Drachen. Sie eilten in die Nachbarhäuser auf der Suche nach Djabou N'Daw, doch dieser war nirgendwo zu entdecken. Djabou stand auf dem Abfallhaufen am Dorfausgang. Und seine Mutter, die ihren Sohn schon zum wiederholten Male in der Abenddämmerung am Fuße der Tamarinde gefunden hatte, unter dem Baum, den alle mieden und dessen heilige Schoten niemand zu berühren wagte, seine Mutter war mehr als jeder andere beunruhigt bei dem Gedanken, daß dieses Kind wohl nicht wie andere Kinder war.

Djabou N'Daw stand hoch oben auf dem Abfallhaufen am Dorfausgang, als die Sonne unterging und die roten Flammen, die aus Gharrs, des Drachen, Nüstern, Schnauze und Augen loderten, die Dunkelheit erhellten.

Das ganze Dorf erzitterte, als Gharr zum ersten Mal aufheulte: »Heuh – h h h h ! ! ! !«

Djabou streckte sich auf seinen dünnen Beinen in die Höhe und sah mit großen Augen, wie Gharr, der Drache, sich in einem Wirbelsturm aus Feuer und Flammen näherte.

Und die Leute im Dorf erzitterten, als sie die Stimme von Gharr vernahmen, der näher und näher kam.

Und Djabou N'Daw, oben auf dem Abfallhaufen, fragte Gharr: »Was führt dich hierher?«

Djabou N'Daw
Tokk Tja nèg ba!
Djabou N'Daw!

Djabou N'Daw,
Nach Hause mit dir!
Djabou N'Daw!

Aber der kleine Djabou N'Daw antwortete dem Drachen nur mit lautem Gelächter, schallendem Gelächter, das aus dem großen, abstehenden Nabel seines dicken Bauches hervorbrach.

Da erklärte ihm Gharr, der Drache:

Djabou N'Daw
Makk sa
Mamou Mamathi là wone!
Djabou N'Daw!

Djabou N'Daw!
Das war schon so
Mit deinem Ur-Ur-Großvater!
Djabou N'Daw!

Und Djabou N'Daw sagte:

Mâye sama mamou mamath!
Ich bin mein Ur-Ur-Großvater!

»Genug!« entgegnete Gharr, der Drache.

Djabou N'Daw
Tokk tja keur ga!
Djabou N'Daw!

Djabou N'Daw
Nach Hause mit dir!
Djabou N'Daw!

Da wandte sich Djabou N'Daw, der auf dem Abfallhaufen auf- und niedersprang, in Richtung Dorf und sang mit einer Stimme, die höher und kräftiger war als die von Gharr, dem Drachen, und die Tiere und Menschen im Dorf erschauern ließ:

Yâye ô! Bôye ô!
Dègall li Gharr ghi wakhe!
O Mutter! O Geliebte!
Hör doch, was Gharr spricht!

Und an Gharr, den Drachen, gewandt, fuhr er fort: »Soll ich Mutter sagen, was du mir erzählt hast?«

Gharr, der Drache, spie nun aus seinem ganzen Körper Feuer. Er machte einen Satz auf den Abfallhaufen zu:

Djabou N'Daw,
Nach Hause mit dir!
Djabou N'Daw!

Djabou N'Daw kehrte ihm den Rücken zu, stellte sich aufrecht auf den Abfallhaufen, stützte die Hände in die Hüften und ließ seinen Gesang in Richtung der Häuser erschallen, die im feurigen Lichtschein Gharrs, des Drachen, aufleuchteten, wo Große und Kleine vor Entsetzen bebten:

Yâye ô! Bôye ô!
Dègall li Gharr ghi wakhe!
Gharr ghâ n'ghi khonkhall beuteum
Tegg tji khobou lèm-lèm
Ténah: Djabou N'Daw

Tokk tja keur gha
Djabou N'Daw!

O Mutter! O Geliebte!
Hör doch, was Gharr spricht!
Der Drache mit den roten Feueraugen
Hat Blätter vom Piment verstreut
Und sagt: Djabou N'Daw,
Nach Hause mit dir!
Djabou N'Daw!

Weiter auf den Abfällen tanzend, drehte Djabou sich um und schleuderte Gharr, dem Drachen, entgegen:

Djabou lank ma
Lang lang ngal
Dou fa demm!

Djabou weigert sich
Und stellt sich dir!
Er wird nicht gehen!

Und der Mond, furchtsam wie eh und je und nicht gewillt, der Unterredung zwischen Djabou N'Daw und Gharr, dem Drachen, beizuwohnen, war längst schlafen gegangen.

Und die Sterne glitzerten rot im Schein des Feuers, das Gharr, der Drache, aus seinen Augen, seiner Schnauze, seinen Nüstern und aus dem ganzen Körper spie, blinzelten noch mit den Augen und spitzten die Ohren, um mitzuhören, was Gharr, der Drache, und Djabou N'Daw sich sagten.

Gharr, der Drache, befahl wieder:

Djabou N'Daw
Nach Hause mit dir!
Djabou N'Daw!

Und Djabou N'Daw machte sich wieder lustig über ihn:

Djabou lank na!
Er stellt sich dir!
Er wird nicht gehen!

Und Gharr, der Drache, drohte wieder:

Djabou N'Daw!
Nach Hause mit dir!
Djabou N'Daw!

Und Djabou N'Daw tanzte weiter auf dem Abfallhaufen. Er sang mehr für die Dorfbewohner als für den Drachen, dem er scheinbar keinerlei Beachtung schenkte:

Djabou weigert sich
Lang, Lang ngal!
Dou fa demm!

Nun spie Gharr, der Drache, soviel Feuer, wie er nur eben konnte, sprang auf den Abfallhaufen, stürzte sich auf Djabou N'Daw und verschlang ihn mit einem Schlag seiner gespaltenen Zunge. Sein Hinterteil hing über dem abschüssigen Abfallhaufen herunter. Djabou N'Daw folgte in Gharrs Bauch der Neigung und rutschte hinab. Nun verschlang er Gharr, den Drachen, wobei er mit dem Schwanz begann. Auch der Drache rutschte den abschüssigen Weg in Djabou N'Daws großem Bauch hinab und fiel ihm vor die Füße. Dabei hatte er im Bauch von Djabou N'Daw seine Schuppen und seinen Rückenkamm verloren.

Djabou N'Daw rutschte noch einmal aus Gharr, dem Drachen, heraus und verschlang ihn aufs neue. Gharr fand wiederum aus ihm heraus, doch diesmal ohne seine Hörner, ohne seine Flammen an den Nüstern, ohne das Feuer in seiner

Schnauze. Noch einmal verschlang er Djabou N'Daw, der just unten am Abfallhaufen landete und, nachdem er Gharr, den Drachen, zum dritten Mal verschlungen hatte, den Kern einer Jujubierfrucht ergriff und sich damit den After zustopfte.

Bevor der Hahn zum zweiten Mal krähte, legte sich Djabou N'Daw schlafen.

Er schlief so tief oder tat zumindest so, als würde er tief schlafen, daß seine Mutter ihn nicht wecken wollte, überglücklich, weil alle ihre Befürchtungen vom Vorabend ebenso grundlos gewesen waren wie an den Abenden zuvor, wenn sich Djabou N'Daw in der Dämmerung aus dem Haus geschlichen hatte und zu Fuß zu der verbotenen Tamarinde gegangen war.

Die Sonne stand schon hoch am Himmel, als sich Djabou N'Daw erhob und zum Palaverbaum ging, mit etwas dickerem Bauch als gewöhnlich. Dort, im Schatten des Palaverbaums, erzählten sich die Alten, die erwachsenen und die jungen Männer die Schrecken, die Gharr, der Drache, in der Nacht verbreitet hatte. Noch nie hatte Gharr so lange im Lande verweilt, und noch nie war er dem Dorf so nahe gekommen.

Ein jeder der Allerältesten durchforstete sein Gedächtnis danach, welcher der Vorfahren Gharr, den Drachen, dermaßen erzürnt hatte, daß er nun wiedergekehrt war, und das nach so vielen Monden, und um sie mit solcher Ausdauer in Angst und Schrecken zu versetzen.

Djabou N'Daw gesellte sich zu ihnen.

»Was hat denn dieser Grünschnabel hier verloren, der noch nicht einmal dem Schoß seiner Mutter entsprungen ist«, empörten sich die Alten und die reifen Männer.

»Alsdann, ihr Alten! Ich bin gekommen, um euch in Erstaunen zu versetzen.«

»Uns in Erstaunen versetzen? Haben dein Großvater und dessen Vater, hat dein Vater jemals etwas gesagt oder getan, was uns in Erstaunen versetzt hätte?« gab ihm einer der Greise mit zittriger Stimme zur Antwort, wobei er seinen langen Stock hob, der ihm als drittes Bein diente.

»Ja, ganz richtig, euch in Erstaunen versetzen!« bekräftigte Djabou N'Daw.

Und kaum hatte er das gesagt, bückte er sich, zog den Jujubierkern heraus, der seinen After verstopfte, und ließ genau vor den Greisen, den reifen Männern und den jungen, dort im Schatten des Palaverbaums ... Gayndé, den Löwen, heraus. Der erhielt, bevor er noch wegspringen konnte, unter dem schallenden Gelächter der Greise, der reifen Männer und der jungen Leute einen kräftigen Schlag mit dem Stock des Alten!

»Gharr, der Drache, ist nicht mehr«, sagte Djabou N'Daw. »Da seht ihr Gayndé, den Löwen, wie er die Flucht ergreift. Er ist fortan der König des Busches. Ein einziger Stockschlag genügt, und ihr seid ihn los, denn er wird sich auf immer eures schallenden Gelächters erinnern.«

Nichts trifft so sehr wie die Schande, auch wenn sie dem Stärksten widerfährt, ja, gerade dem Stärksten. Denn, vergeßt das nie, der Löwe wird in seinem Reich immer der Herrscher sein! Und eine einzige Waffe vertreibt ihn: der Stock!

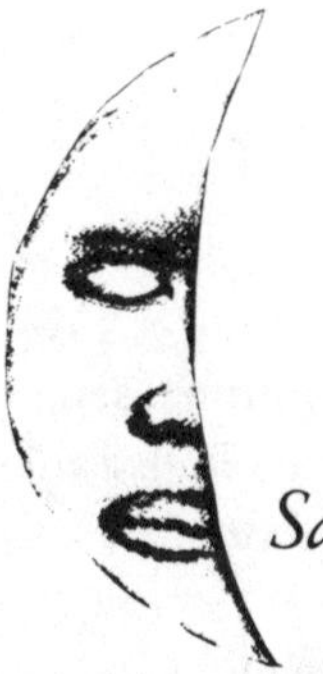

Samba, der Nachtgeborene

»Mutter, bring mich zur Welt!«

»Wie dich zur Welt bringen, wo deine Zeit noch nicht gekommen ist?«

Dies war das Zwiegespräch, das die arme Koumba, bereits Mutter von sieben an ein und demselben Tag geborenen Jungen, seit sieben Nächten und sieben Tagen allnächtlich, sobald sie nach des Tages Mühen und Arbeit zu Bett ging, mit dem Kind führte, das sich in ihrem Bauch bewegte.

»Mutter, bring mich zur Welt!«

»Wie dich zur Welt bringen, wo deine Zeit noch nicht gekommen ist?«

»Na gut, dann bringe ich mich selbst zur Welt«, sagte das Kind beim ersten Hahnenschrei.

Es band ganz allein seine Nabelschnur ab, wusch sich ganz allein und lag am Fußende des mütterlichen Lagers, als die Frauen, von den Schreien der Mutter herbeigerufen, in das Haus stürzten und erstaunt fragten: »Was ist das? Was soll denn das bedeuten?«

»Ich bin da«, sagte das Kind, das zusehends wuchs.

Ich bin Samba, geboren in der vergangenen Nacht,
Älter als die Mutter,
Älter als der Vater,
So alt wie die jüngeren Brüder,
Die noch geboren werden.
Mâye Samba -Djoudou bigg!
Magg n'déyam!
Magg bayam!
Masse ak ai rakam
Ya djoudô goul!

»Mutter«, sagte Samba, der Nachtgeborene, zu Koumba, seiner Mutter, »ich weiß, daß meine Brüder heute in ferne Länder aufbrechen, um sich Frauen zu suchen. Mutter, sag ihnen, sie sollen mich mitnehmen.«

»Dich mitnehmen? Aber als sie dich gerade erblickt haben, da warst du noch ganz klein. Und selbst wenn du so schnell gewachsen bist, wollen sie sich bestimmt nicht mit dir belasten. Es wird schwer, wenn nicht gar unmöglich für sie sein, sieben Schwestern zu finden im gleichen Alter wie sie, von der gleichen Mutter geboren, wie ich es gefordert habe, denn ich will keine Eifersüchteleien in meinem Haus.«

Und wirklich, die Brüder wollten sich nicht mit Samba belasten, der zu ihnen kam, ohne daß sie wußten, woher. Sie nahmen Abschied; am nächsten Tag brachen sie in aller Frühe auf, um sich Bräute und Ehefrauen zu suchen.

Sie machten sich also vor Sonnenaufgang auf den Weg und wanderten lange Zeit fröhlich plaudernd, als einer der sieben jungen Männer, der vorauslief, ein Geldstück auf dem Weg fand. Er hob es auf, steckte es in seinen Geldbeutel und den Geldbeutel wieder in seine Tasche.

Sie wanderten noch weiter, wieder ein lange Zeit. Die Sonne schien wärmer und wärmer, drang durch Blattwerk und Gebüsch, da fing der Bruder, der das Geldstück aufgehoben hatte, an zu jammern: »Was für eine Hitze, mir ist wirklich warm!«

Ihm antwortete eine Stimme, die aus der Innentasche seines Bubu kam: »Und ich erst, ich, der ich im Geldbeutel stecke, der sich in der Tasche deines Bubu befindet!«

Der Bruder zog den Geldbeutel aus der Tasche seines Bubu, aus dem Geldbeutel das Geldstück und warf es auf die Erde. Kaum hatte es die Erde berührt, verwandelte es sich in Samba, den Nachtgeborenen.

»Willst du wohl nach Hause gehen!« gebot der Bruder.

Und sie ließen Samba, den Nachtgeborenen, auf dem Weg zurück.

Lange Zeit wanderten sie weiter und kamen in eine felsige, unwegsame Gegend. Einer der Brüder, der vorauslief, stieß mit dem rechten großen Zeh gegen einen Stein.

»Vouye! O weh!« klagte er. »Ich habe mich verletzt!«

Er hob den Stein auf, und der Stein sprach zu ihm: »Und ich, soll ich mich nicht beklagen, ich, der ich einen so heftigen Fußtritt bekommen habe?«

Der junge Mann ließ den Stein fallen, der sich, als er den Boden berührte, sogleich in Samba, den Nachtgeborenen, verwandelte.

»Willst du wohl nach Hause gehen!« gebot der Bruder.

Und sie ließen Samba, den Nachtgeborenen, in der felsigen Gegend zurück.

Lange Zeit wanderten sie weiter, Tage und Nächte, bis sie eines Mittags im Schatten eines Jujubier rasteten, dessen rote und gelbe Früchte so groß waren wie Perlen aus Bernstein. Einer der Brüder streckte den Arm aus, pflückte eine und steckte sie in den Mund. Sogleich spuckte er sie wieder aus, in seine Hand, und sagte: »So schön diese Frucht aussieht, so bitter schmeckt sie doch.«

»Und wenn du erst um die Erlaubnis gebeten hättest, mich zu pflücken?« sagte der Kern der Jujubierfrucht.

Der junge Mann warf den Kern fort, der sich, sobald er auf die Erde fiel, in Samba, den Nachtgeborenen, verwandelte.

»Willst du wohl nach Hause gehen!« gebot der Bruder.

»Nein, laß ihn mit uns kommen«, meinten die anderen Brüder.

Und Samba, der Nachtgeborene, setzte seinen Weg fort, den anderen Brüdern voran.

Lange Zeit wanderten sie weiter, Tage und Nächte, bis sie ans Ufer des Großen Flusses kamen.

Samba, der Nachtgeborene, begann zu singen:

Koumba, yénou gall
Deuppô galla O!
Koumba ragnian naghi!
Koumba, eine Piroge auf dem Kopf,
Hat sich eine Piroge übergestülpt!
Das ist Koumba, die Nachtwandlerin!

Die Wogen schillerten in den Farben des Regenbogens, schlugen hoch, schäumten in der Mitte des Großen Flusses.

Samba, der Nachtgeborene, sang weiter:

Samba yénou gall
Donn Ko setti
Domou moll lâ djow!
Samba, eine Piroge auf dem Kopf,
Zog aus, sie zu suchen.
Sohn des Fischers, paddle!

Riesige Wellen türmten sich auf und umspülten die Füße von Samba, dem Nachtgeborenen, und seinen Brüdern.

Und Samba, der Nachtgeborene, sang immer weiter:

Dô ma djab!
Dô ma djayi!
Té dô ma dougall gall!
Du bekommst mich nicht!
Du verkaufst mich nicht!
Du setzt mich nicht in die Piroge!

Eine Welle, deren Kamm die Wolken berührte und deren Schaum den indigofarbenen Himmel weiß färbte, kam tosend auf sie zu und brachte Diassigue, den alten Kaiman, den großen Herrscher über die Wasser, ans Ufer.

Samba, der Nachtgeborene, sprach zu Diassigue:

Rammal Diassigue!
Toutti beutt!
Santall moll mou djallè ma!
Krieche, Kaiman
Mit deinen kleinen Augen!
Ruf einen Fischer herbei,
Der mich hinüberbringt!

»Bist du es immer noch, Samba, der Nachtgeborene?« fragte Diassigue, der Vater der Kaimane. »Wohin willst du denn bloß noch?«

»Ich will denen da helfen, eine Frau zu suchen!«

»Steig auf!« sagte der Kaiman, indem er seinen gezackten Rücken streckte.

Das aufgewühlte Wasser glättete sich, und Diassigue, der Kaiman, schwamm, an der Wasseroberfläche schnaubend, an das andere Ufer, wo er Samba und seine sieben Brüder absetzte.

»Wenn du zurückkommst, findest du mich hier nicht mehr, Samba«, warnte ihn Diassigue, der Kaiman, »ich habe mich dann zu den Quellen aufgemacht. Überflüssig, dir zu sagen, daß du aufpassen mußt, vor allem ihretwegen. Geh immer geradeaus, immer weiter, dann wirst du finden, was sie suchen. Halte aber Augen und Ohren unbedingt offen, wenn du findest, was sie suchen, dort, wo du es findest. Denk auch daran, daß man an einem Wickeltuch die Frau erkennt.«

Samba, der Nachtgeborene, dankte lange Diassigue, dem alten Kaiman, der wieder in dem Großen Fluß untertauchte.

Sie wanderten weiter, Tage und Nächte, Nächte und Tage, bis sie in ein ödes und verlassenes Land kamen, wo weder Gras noch Bäume wuchsen.

Ein hohes, überaus großes Haus, wie eine Glucke von ihren Küken von sieben Häusern umgeben, erhob sich bis zu den Wolken, bis zum Himmel.

»Wohnt hier jemand?« erkundigte sich Samba, der Nachtgeborene, mit einer Stimme, die bis zu den Wolken stieg.

Eine alte, sehr alte, wirklich alte, mehr als alte Frau, deren Kinn fast bis zur Erde reichte, erschien, gestützt auf einen langen Stock, auf der Schwelle des großen Hauses und murrte: »Was wollt ihr hier? Wer hat euch erlaubt, meinen Grund und Boden und die Schwelle meines Wohnsitzes zu betreten?«

»Großmutter, wir suchen Frauen«, antwortete Samba, der Nachtgeborene, höflich.

»Frauen? Was für Frauen braucht ihr denn?« fragte die alte Frau mit ihrer knarrenden Stimme.

»Wir wollen sieben junge Frauen, die alle am selben Tag von derselben Mutter geboren wurden.«

Da klatschte die alte Frau in die Hände, die trockener waren als Reisigbündel. Und aus den sieben Häusern, die um das große Haus standen, kamen sieben junge Mädchen, schöner als der Glanz der sich gen Osten, dem Sand, dem Meer zuneigenden Sonne.

»Hier«, sagte die alte Frau, »hier sind eure Bräute, eure künftigen Ehefrauen. Sie sind alle von mir geboren worden und alle sieben in derselben Nacht. Geht, Mädchen, bereitet etwas zu essen für eure Verlobten, eure künftigen Ehegatten.«

Die jungen Mädchen gingen, um das Essen zuzubereiten, das sie in das große Haus trugen, wo die sieben Brüder warteten, während Samba, der Nachtgeborene, in den anderen Häusern herumschnüffelte. Vorher hatte er seinen Brüdern geraten, sie sollten jeder ein Loch graben und dort alles das hineintun, was sie aus der großen Kalebasse mit Kuskus nehmen würden, die ihnen die jungen Mädchen reichten.

»Und du?« fragte die alte Frau Samba, den Nachtgeborenen, »ißt du nicht mit den anderen?«

»Ich? Niemals!« erwiderte er.

»Warum nicht?«

»Ich esse immer ganz allein und nur das, was ich essen darf.«

»Und was darfst du essen? Was darfst du nicht essen?« fragte die alte Frau.

»Was ich essen darf? Brei und kein Kuskus, wäre er auch mit dem Fleisch des schönsten Widders oder des schönsten Stiers aus der schönsten Herde im ganzen Land zubereitet.«

»Was für einen Brei möchtest du denn?«

»Einen Brei aus einem Korn roter Hirse, das ausgesät werden muß, bevor der letzte Sonnenstrahl verlischt, und dieses Korn soll keimen,

dann gemäht,
dann gedroschen,
dann geworfelt,
dann zerstoßen,
dann gesiebt,
dann vermischt,
dann getrocknet,
dann wieder vermischt

und der Brei dann mit der Milch einer siebenjährigen Kuh, die siebenmal ein Kalb gehabt hat, angerührt werden.«

Die Alte ging und säte ein Korn roter Hirse auf dem dürren Boden, auf der öden und verlassenen Erde aus. Das Hirsekorn keimte zusehends.

Sie mähte,
sie drosch,
sie worfelte,
sie zerstieß,
sie siebte,
sie vermischte,
sie trocknete,
sie vermischte wieder,

und sie rührte den Brei mit der Milch einer siebenjährigen Kuh an, die siebenmal ein Kalb gehabt hatte.

Samba, der Nachtgeborene, erklärte, er habe nun absolut keinen Hunger mehr.

Es kam die Stunde, da sie sich schlafen legten. Die alte Frau befahl ihren Töchtern, jede solle zu ihrem Bräutigam gehen. Samba, der Nachtgeborene, sagte zu seinen Brüdern, sie sollten die Kleidung vertauschen und sich zu Bett begeben, ein jeder mit der Tochter, die er erwählt hatte.

»Und du?« fragte die alte Frau Samba, den Nachtgeborenen. »Wo willst du schlafen?«

»Ich, Großmutter, ich schlafe, wenn es dir recht ist, in deinem Bett, so wie es sich gehört und wie es jedes kleine Kind tun muß.«

Die jungen Männer und die jungen Mädchen legten sich in dem großen, dem riesengroßen Bett schlafen.

Sehr viel später legten sich auch die alte Frau und Samba, der Nachtgeborene, schlafen, in dem Haus, das dem am nächsten stand, was eigentlich Busch und Felder hätte sein sollen, aber nicht mehr existierte, denn sogar die Stoppeln des roten Hirsekorns, das die Alte in der Dämmerung ausgesät hatte, waren verschwunden.

Die Alte schnarchte, und Samba, der Nachtgeborene, schnarchte noch lauter.

Nun stand die alte Frau leise, ganz leise auf und ging hinter das Haus. Ein Geräusch ertönte: ssss! ssss!! Samba, der Nachtgeborene, stand ebenfalls auf, näherte sich der alten Frau, auf die der Mond neugierige Blicke warf, und fragte: »Mame Daffane, lô di dass? Liebe Großmutter, was schleifst du denn?«

Die alte Frau war dabei, ein Messer von drei Ellen Länge zu schärfen.

»Es ist nur das Küchenmesser. Damit will ich den Stier töten, den ich meinen Gästen zum Mittagessen vorsetzen werde. Komm, gehen wir schlafen!«

Und sie gingen schlafen. Samba, der Nachtgeborene, und die alte Frau.

Die alte Frau schlief – oder tat, als ob sie schliefe – und schnarchte – oder tat, als ob sie schnarchte. Samba, der Nachtgeborene, schlief unruhig, wälzte sich im Bett hin und her.

»Schläfst du nicht?« fragte die alte Frau beunruhigt.

»Nein, ich schlafe nicht mehr.«

»Und warum nicht?«

»Bei dieser Kälte, wie soll man da schlafen?« stöhnte Samba, der Nachtgeborene.

»Was willst du denn gegen die Kälte haben?« erkundigte sich die alte Frau.

»Ein Baumwollsamenkorn.«

»Ein Baumwollsamenkorn?« fragte die alte Frau erstaunt.

»Ja, ein Baumwollsamenkorn,

das gesät,
das bewässert,
das überflutet,
das gepflückt,
das gestrichen,
das gesponnen,
das gewebt,
das gefärbt wird,

um daraus eine Decke für meine armen Füße zu machen.«

Da ging die alte Frau hinaus auf das Feld mit dem dürren Boden und

jätete,
säte,
bewässerte,
überflutete,
pflückte,
strich,

spann,
webte,
färbte

die Baumwolle und machte eine Decke daraus, die sie Samba, dem Nachtgeborenen, über die Füße legte.

Samba, der Nachtgeborene, schlief – oder tat, als ob er schliefe –, und die alte Frau ging mit ihrem geschärften Küchenmesser in das große Haus und schnitt all denen den Hals durch, die auf der linken Seite der Betten lagen und mit einem Wickeltuch bekleidet waren.

Sie kam zurück und schlief wieder ein, von den Anstrengungen eines langen und mühevollen Tages ermüdet.

Die Erde war kalt, es hatte noch kein Hahn gekräht. Samba, der Nachtgeborene, weckte seine Brüder, neben denen die Töchter der alten Frau lagen, enthauptet. Er führte seine Brüder aus dem großen Haus heraus, durch die dürren Felder, wo die Baumwollhalme vertrockneten. Vorher hatte er der alten Frau, ohne daß diese etwas davon merkte, das Wickeltuch fortgenommen.

Der Hahn krähte.

Samba, der Nachtgeborene, und seine Brüder waren schon weit, weit auf den Großen Fluß zugeeilt, als die alte Frau auf den Betten ihre enthaupteten Töchter entdeckte. Ihr Geheul ist noch heute an stürmischen Abenden zu hören. Und sie machte sich an die Verfolgung von Samba, dem Nachtgeborenen, und seinen Brüdern.

Und alles wirbelte durcheinander,
Und alles erglühte, als sie vorüberlief,
Und alles erzitterte,
Und alles erschauderte!
Und die alte Frau lief, eilte, flog.
Und alles erschauderte,
Und alles erzitterte,

Und alles erglühte, als sie vorüberlief,
Und alles wirbelte durcheinander.

Sie lief, sie eilte, sie flog.

Sie flog so weit, daß sie Samba, den Nachtgeborenen, und seine sieben Brüder überholte, die sich im tiefen, erfrischenden Schatten einer Tamarinde ausruhten. Thioye, der Papagei, und seine Artgenossen, die Geschwätzigsten unter den Vögeln, sagten ihr, daß sie auf ihrem Weg junge Männer und ein Kind überholt hätten, die in westlicher Richtung fortgeeilt seien.

Die alte Frau blieb am Wegesrand stehen, steckte Wurzeln in die Erde und verwandelte sich in einen Jujubier. Seine Früchte waren gelb, rot, scheinbar saftig, als Samba, der Nachtgeborene, und seine Brüder am Baum vorbeikamen. Einer der Brüder streckte schon die Hand aus, um Früchte abzupflücken, da erinnerte er sich der bitteren Jujubierfrüchte, die er auf der Hinreise gegessen hatte. Überdies hatte Samba, der Nachtgeborene, ihn schon am Arm ergriffen.

»Als wir vor sieben Tagen hier vorbeigekommen sind, warst du nicht da, Jujubier«, sagte Samba, der Nachtgeborene.

Der Baum begann sogleich zu verdorren, als hätte ein ganzes unterirdisches Termitenvolk seine Wurzeln angenagt.

Die Brüder setzten ihren Rückweg fort, Samba, der Nachtgeborene, allen voran. Hinter ihnen erhoben sich Winde, Sand wirbelte auf, die Bäume erschauderten, die Sträucher erzitterten, und der Himmel wurde schwarz.

Vor ihnen tänzelten und stampften plötzlich sieben weiße, ganz mit Seide und Gold geschmückte Pferde.

»Halt«, rief Samba, der Nachtgeborene, »als wir vor zwölf Tagen vorbeigekommen sind, gab es hier keinen Stall.«

Er ließ die lange Liane, die er abgerissen hatte, wie eine Peitsche knallen, und die sieben Hengste verschwanden.

Die Brüder setzten ihren Weg fort, immer weiter nach Westen.

Hinter ihnen eilte, in einem Wirbelwind, die alte Frau.

Samba, der Nachtgeborene, hörte sie keuchen und schreien. Sie pustete und spie Feuer.

Sie näherten sich dem Großen Fluß. Sie standen an seinem Ufer, als die alte Frau brüllte: »Du entkommst mir nicht!«

Doch Samba, der Nachtgeborene, nahm das Wickeltuch, das er der alten Frau weggenommen hatte, und breitete es über den Großen Fluß. Und die Wasser des Großen Flusses teilten sich, und Samba, der Nachtgeborene, und seine Brüder schritten durch die Fluten hindurch, die hinter ihnen wieder zusammenschlugen.

Sie eilten weiter, Nächte und Tage, Tage und Nächte.

Sie langten im Dorf an und traten ins Haus. Mitten im Hof erhob sich eine kerzengerade, grüne Tamarinde.

»Seit wann steht sie da?« fragte Samba, der Nachtgeborene.

»Seit dem Morgengrauen«, antwortete Koumba, die Mutter, »sie ist wie du zusehends gewachsen.«

»Aha, seit heute morgen?« wiederholte Samba, der Nachtgeborene, »und gewachsen wie ich?«

Er holte die älteste Axt, die, die ganz schartig war, auf dem Abfallhaufen lag und dort täglich mehr rostete, da sie seit undenklichen Zeiten nicht mehr benutzt wurde, nun aber auf die Tamarinde losging.

Weng si wélèng!
Sa wélèng weng!
Alte, du mußt sterben!

Die Blätter erschauderten, der Stamm erzitterte, die Wurzeln knackten.

Weng si wélèng!

Als die Tamarinde mit gewaltigem Krachen und Heulen, das noch heute in stürmischen Nächten widerhallt, zu Boden stürzte, fand man, völlig zusammengeschrumpft, den Leichnam der alten Frau, der Zauberin mit den sieben Töchtern.

Bukis Stier

Für Sédar Senghor
(mit Ritibegleitung)

Buki ließ sich zu keiner Erklärung darüber herbei, wo er den schönen Stier gefunden hatte, den er an einem Strick hinter sich herzog.

Er befahl einfach Leuk, dem Hasen, den er mitten auf dem Weg dabei angetroffen hatte, wie er sein taubedecktes Fell trocknete: »Begleite mich! Lauf hinter ihm her und verjage alles, was angeflogen kommt und was sein langer Schwanz nicht erreichen kann: Fliegen, Bienen, Wespen, Vögel. Ich will nicht, daß jemand ihn berührt. Und du, sieh du ihn so wenig wie möglich an. Mit deinen großen, ungeheuer gierigen, unersättlichen Augen kannst du das Fett seiner schönen Schinken zum Schmelzen bringen!«

Leuk, der Hase, hoppelte hinter Buki und ihrem vierbeinigen Besitz her. Er war am Ende seiner Kräfte vom Schreien, Pfeifen, Singen, womit er versucht hatte, den ganzen geflügelten Zug zu verjagen, der dem Trio folgte: Vögel, Wespen, Bienen, Fliegen und sogar Mücken.

Die Mücken waren ihnen nicht sehr weit und auch nicht sehr lange gefolgt, denn seit eh und je konnten Yoh, die Mücke, und ihre Artgenossen sich nicht vom Wasser entfernen, und die Tümpel, die Sümpfe, die Flüsse und auch der Große Fluß waren weit hinter Buki, der Hyäne, seinem Besitz und Leuk, der das Gefolge bildete, zurückgeblieben.

Die Bienen hatten Gräser, Bäume, Blumen gefunden, deren Duftschleier über dem sich seit dem Morgen verflüchtigenden Tau aufstieg und sie anlockte.

Die Wespen waren zu den Feldern zurückgekehrt, wo die saftigen Früchte schon reif oder bald reif waren.

Die Vögel hatten vergeblich versucht, aus der straffen, glänzenden Haut des prächtigen Stiers Läuse oder Zecken herauszupicken. Leuk, der Hase, hatte sie abgeschreckt, indem er mit einem imaginären Gewehr auf sie zielte, und durch das Lied, das er sang, während er hinter dem Stier seine Sprünge vollführte:

Feur! Feurré!
Feur! Feurramm!
Feur! Feurré!
Feur! Feurramm!
Djam nâ deughé!
N'Djammal Leuk njaw na!
Fliegt, flattert!
Fliegt pfeilschnell!
Fliegt, flattert!
Fliegt pfeilschnell!
Jeder meiner Schüsse ist ein Treffer!
Schrecklich ist Leuks Feuer!

Sie waren umgekehrt, pfeilschnell auch sie, in Richtung Reis- und Hirsefelder, ganz gleich, ob abgeerntet oder nicht.

Nur die Fliegen bedrängten Leuk, den Hasen, den Stier und Buki, die Hyäne, noch eine ganze Weile. Als sie dann jedoch, wie die anderen, müde waren, weiterzufliegen und vor, hinter, unter und über den drei Reisenden herumzuschwirren, machten sie kehrt oder taten so, als ob sie kehrtmachten, um eine weniger gewissenhaft bewachte Beute zu suchen.

»Onkel Buki«, sagte Leuk, der Hase, »die Sonne kehrt zu ihrer Wohnstatt zurück, und es gibt nicht einmal mehr den Schatten einer Fliege, einer einzigen Fliege zwischen Himmel und Erde. Wenn es nur die Angst vor diesen Parasiten ist, die uns zwingt, so weit vorzudringen ...«

»Weiter, weiter«, unterbrach ihn Buki, die Hyäne, und zog am Strick des Stiers.

Die Sonne war untergegangen und die Nacht hereingebrochen.

Leuk, der Hase, der immer noch hinter dem Stier herhoppelte, der wiederum Buki, der Hyäne, folgte, holte aus seiner Tasche, die ihm gegen die linke Flanke schlug, sein Riti, seine einsaitige Geige, und seinen Bogen hervor. Der Bogen entlockte dem Riti drei sehr tiefe Töne, und Leuk begann zu singen:

Buki N'Djour ô! N'Djour!
Kaye ma lakhassal là!
Yowe dall! Mane dall vâye!
Tji dighou manding mi!

Buki blieb jäh stehen und zog an dem Strick, der am Maul des erschrockenen Stiers zog. Der Mond war aufgegangen.

»Sing dein Lied noch einmal!« verlangte Buki, einen Tanzschritt andeutend.

Leuk ließ seinen Roßhaarbogen wieder über die mit Eidechsenhaut bespannte Kalebasse gleiten.

Buki N'Djour ô! N'Djour!
Gewähr, daß ich ihn dir anbinde!
Du allein, ich allein,
inmitten der Savanne.

»Du hast recht«, näselte Buki, »wir sind allein, ganz allein jetzt. Hier, binde ihn an diesen Baum. Ich hole trockenes Holz. Entferne dich unter keinen Umständen auch nur einen Schritt von dem Baum; keine Fliege darf in seine Nähe kommen. Singe und spiele auf deiner Geige, so daß ich dich auch von fern, von ganz fern noch hören kann.«

Und Buki, die Hyäne, lief in die Nacht hinein, um trockenes Holz zu holen.

Leuk, der Hase, kratzte einen Augenblick lang auf seiner einsaitigen Geige, dann band er sich den Strick des Stiers um die linke Pfote, und beide gingen gen Westen davon, während Buki sich nach Osten wandte.

Yeuk, der Stier, so einfältig wie am Tag seiner Geburt, ließ sich ebenfalls vom Gesang Leuks, des Hasen, einlullen, der nun vor ihm her hoppelte, dabei auf seiner Geige kratzte und an dem Strick zog, der das Maul des Stiers an seine linke Pfote fesselte.

Des Hoppelns müde, kletterte Leuk, der Hase, auf den Rücken von Yeuk, dem Stier, und entzückte ihn mit seiner Musik und seinen Liedern:

Njakk bopp ak dê yeum!
Kou hammoul bopp
dô khạmm fô djèmm!
Mô lou bidjaw djérigne?
Ein fehlender Kopf bedeutet den Tod!
Wer keinen Kopf hat,
Weiß nicht, wohin er geht!
Aber wozu die weißen Haare?

Sie legten einen langen, sehr langen Weg zurück, wobei der Mond sie beobachtete, der, noch immer der neugierige Alte, sich fragte, wohin die beiden wohl gehen mochten und was, weit hinter ihnen, Buki, die Hyäne, wohl mit dem großen Bündel trockenen Holzes machen wollte, das auf ihrem ohnehin schon krummen Rücken lastete.

Leuk vernahm, erst aus der Ferne, dann näher, immer näher, das Heulen von Buki, der Hyäne, die keuchte und besorgt rief: »Leuk, o Leuk! Wo bist du nur mit meinem Besitz?«

Dann kam Bukis Stimme noch näher: »Wo versteckst du dich denn, du Ausgeburt des Unglücks?«

Leuk hielt sein Reittier an, stieg ab und blieb am Fuße eines Baumes stehen, an dem er Yeuk, den Stier, anband.

Buki kam mit seinem Bündel, das er zu Füßen des Baumes, Leuks und des Stiers abwarf, und fragte: »Warum bist nicht da geblieben, wo ich euch zurückgelassen habe?«

»Wieso bin ich nicht da geblieben, wo du mich zurückgelassen hast?

Kholl ma nadjaye! Kholl ma!
Khollal gouye ghi!
Kollal sa yeuk wi!
Té kholl wère wi!
Djog gou fi!
Sieh mich an, Onkel, sieh mich an!
Sieh den Baum an!
Sieh deinen Stier an!
Sieh vor allem den Mond an!
Er hat sich nicht von der Stelle bewegt.«

»Du hast recht«, näselte Buki. »Ich habe weiter gehen müssen, als ich dachte. Warte hier auf mich und paß auf den da gut auf. Ich hole einen Topf, der so groß und tief ist, daß er mit seinen Füßen und seinem dicken Kopf darin Platz hat. Und fahre fort zu singen, denn vorhin konnte ich dich nicht sehr gut hören.«

»Weil du zu weit weg warst, wie du doch selbst zugegeben hast, mein Onkel.«

»Das ist gut möglich«, murrte Buki, der sich davonmachte, während Leuk, der Hase, auf seiner Geige kratzte und wieder zu singen begann:

Buki N'Djour ô! N'Djur!
Gewähr, daß ich ihn dir anbinde!
Yowe dall! Mane dall vâye!
Tji dighou manding mi!

Dann band Leuk Yeuk, den Stier, los, der im Rhythmus der Ritiklänge kaute und wiederkäute. Er stieg wieder auf den Besitz von Buki, der Hyäne. Sie liefen einen weiten Bogen und schlugen den Weg zum Zuhause von Leuk, dem Hasen, ein. Yeuk, der Stier, trottete noch eine sehr lange Zeit.

Von weit, sehr weit her hörten sie das Heulen von Buki, der rief: »Leuk, o Leuk! Wo bist nur mit meinem Besitz, du Ausgeburt des Unglücks?«

Leuk stieg von seinem Reittier herab, und gemeinsam warteten sie am Fuß eines Baumes auf Buki, der mit einem riesigen Topf auf dem Rücken bei ihnen eintraf und zornig fragte: »Warum bist du nicht da geblieben, wo ich euch zurückgelassen habe?«

»Wieso?« wunderte sich Leuk, der Hase. »Bin ich denn nicht immer noch da, wo du mich zurückgelassen hast?

Sieh mich an, Onkel, sieh mich an!
Sieh den Baum an!
Sieh deinen Stier an!
Sieh vor allem den Mond an!
Hat er sich von der Stelle bewegt?«

»Du hast recht«, gab Buki zu. »Er hat sich nicht von der Stelle bewegt. Warte hier auf mich und paß auf den da gut auf. Ich hole Feuer.«

Und Buki ging auf die Suche nach Feuer, um Yeuk, den Stier, zu kochen, den er wer weiß wo und wer weiß wem gestohlen hatte.

Singend und Geige spielend, bestieg Leuk wiederum den Stier.

Ein fehlender Kopf bedeutet den Tod!
Wer keinen Kopf hat,
Dô soré yonne!
Mô lou bidjwa djérigne?
Weiß nicht, wohin er geht!
Aber wozu die weißen Haare?

Sie liefen immer weiter – oder kamen immer näher, denn sie näherten sich mit jedem Schritt Sénène, wo seit eh und je alle Hasen wohnen.

In weiter Ferne, dann etwas näher heulte Buki: »Leuk, o Leuk! Wo bist du denn mit meinem Besitz, du Ausgeburt des Unglücks?«

»Ich bin noch immer hier, wo du uns zurückgelassen hast, mein Onkel«, schrie Leuk, der Hase, der vom Rücken des Stiers herabgesprungen war und zu Füßen des Baumes Platz genommen hatte.

»Warum bist du nicht dort geblieben, wo ich dich mit ihm zurückgelassen hatte?«

»Aber ich bin immer an der gleichen Stelle, mein Onkel!«

»Hm, hm«, näselte Buki, die Hyäne, zweifelnd.

»Aber es ist wirklich wahr«, beteuerte Leuk noch einmal.

Sieh mich an, Onkel, sieh mich an!
Sieh den Baum an!
Sieh deinen Stier an!
Sieh vor allem den Mond an!
Ist er nicht noch an derselben Stelle?

»Tatsächlich«, gab Buki zu, »er steht immer noch über unseren Köpfen, neugierig, wie er ist. Ich frage mich, was ihn an meinen Angelegenheiten wohl interessieren mag.«

Buki legte die Glut, die er auf einer Tonscherbe mitgebracht hatte, zwischen drei Steine, warf einen Arm voll trockenes

Holz in die Glut und begann unter dem Topf zu blasen, den er auf die drei Steine gestellt hatte.

»Jag die Fliegen weg, wenn noch welche da sind«, befahl Buki.

»Aber es ist keine einzige mehr da, mein Onkel. In diesem Land fliegen nachts keine Fliegen umher«, erklärte Leuk, der Hase.

»Ist ja gut, mein Neffe, ist ja gut. Ich danke dir für deine Ergebenheit, ich danke dir, daß du so gut auf meinen Besitz aufgepaßt hast. Du kannst jetzt gehen. Ich bin groß genug, ich bin alt genug, und ich bin stark genug, um mich, und zwar ganz allein, um das zu kümmern, was noch zu tun bleibt.«

Er ergriff einen großen Knüppel und schlug im Takt auf den Bauch seines Topfes:

Mannako réyye mane kène!
Manna ko fèss mane Kéne!
Manna ko tinkhi mane khène!
Manna ko regheul mane kène!
Ich kann ihn ganz allein töten
Und ihn ganz allein häuten
Und ihn ganz allein zerlegen!
Ich kann ihn ganz allein kochen!

»Wie, mein Onkel«, wunderte sich Leuk, der Hase, »du jagst mich jetzt fort, nach allem, was ich für dich getan habe? Ich habe dich bis hierher begleitet, ich habe so gut auf deinen Stier aufgepaßt, daß du selbst es zugegeben hast, und Gott weiß, was ...«

»Willst du dich etwa einschmeicheln, Unverschämter? Mach, daß du fortkommst, und zwar schnell!«

»Aber, mein Onkel«, beharrte Leuk flehentlich, »du weißt sehr wohl, daß ich mich damit begnügen würde, das Feuer brennen zu sehen und den Duft einzuatmen, der aus dem Topf steigt.«

»Du begnügst dich bestimmt nicht damit, mit deinen gierigen, unersättlichen Augen mein Feuer nur anzusehen. Ich lege auch keinen Wert darauf, daß du den Duft meines Essens riechst. Der Duft ist das Beste an einem Gericht, wie du genau weißt, du gerissener Kerl. Geh weit weg von hier!«

»Aber mein Onkel, sicherlich verlaufe ich mich in der Nacht!«

»Dann frage Wère, den Mond, nach dem Weg; er ist für jeden da und älter als wir alle.«

Der Knüppel schlug noch immer den Takt zu Bukis Gesang:

Ich kann ihn ganz allein essen!
Mann ko lekk mane kène!

Dann fuhr er hoch und bedrohte Leuks Rücken. Leuk, der Hase, zog es vor, Reißaus zu nehmen, ohne dafür um Erlaubnis zu fragen.

Leuk, der Hase, lief nicht weit, gar nicht weit, denn er war ganz in der Nähe seines und seiner Artgenossen Zuhause, welche sich in ihr tiefstes Loch vergraben hatten, als sie Buki, die Hyäne, auf der Suche nach ihrem Besitz und dessen Bewacher heulen hörten.

Er entlockte seiner einsaitigen Geige einige Töne und begann gleichzeitig mit dem Riti unter dem Bogen zu klagen:

Buki nakhna Leuk sène!
Buki dakhna Leuk sène!
Ghâyi sénène Djokk Lène!
Buki hat Leuk Sène getäuscht!
Buki hat Leuk Sène weggejagt!
Ihr von Sénène, erhebt euch!

Beim Klang seiner jammernden Stimme und der klagenden Musik tauchten entlang des Pfades die Köpfe der Familie Langohr auf, indessen noch nicht ganz beruhigt.

»Bringt eure großen Tamtams herbei«, rief Leuk, der Hase.

Die Hasen brachten die großen Tamtams. Leuk ließ die jungen und die etwas älteren Hasen auf die Tamtams steigen und befahl ihnen zu hüpfen. Und die kleinen Hasen begannen auf den Fellen der Tamtams zu hüpfen, und ihre kleinen Hüpfer verursachten einen gewaltigen, betäubenden Lärm, der wie das ferne Stampfen einer riesigen Herde klang.

Leuk ließ die Jungen auf den Fellen der Tamtams hüpfen und die Alten ihre langen Ohren schütteln.

Es hörte sich an wie eine große Herde, die zum Großen Fluß herabstieg wie in jenen Jahren, da die Erde an einem einzigen Tag alle Wasser des Nordens, Brunnen, Tümpel und Flußläufe, trank.

Leuk verbarg sich hinter einem Baum, unweit von Buki, seinem Feuer und seinem Topf, in dem der gehäutete und zerlegte Stier kochte.

Buki, die Hyäne, fachte das Feuer an und sog den köstlichen Duft ihrer Küche ein. Da hörte er in der Ferne einen betäubenden Lärm und in der Nähe, ganz in der Nähe den Klang einer Geige und eine Stimme:

Buki N'Djour khamball!
M'Bar sâme mou m'Bâr
Khamball!
Nag yâ nghâ djoghé Pinkou
Té Paté Diambar angha tja!
Buki N'Djour, entfache die Glut!
M'Bar, Hüter der Schmiede,
Entfache die Glut!
Die Rinder kommen von Osten,
Und Paté, der Mutige, ist bei ihnen!

Wer durfte ihn wohl bei seinem richtigen Familiennamen, N'Djour, bei seinem Vornamen, M'Bar, nennen und sich dann über ihn lustig machen, ihn als Hüter der Schmiede bezeichnen und ihn mit Teug, dem Schmied, vergleichen, der das Feuer in seiner Werkstatt, seiner M'Bar, nicht verläßt, und wer warnte ihn nun vor einer echten Gefahr?

Die Rinder kommen von Osten,
Und Paté Diambar ist bei ihnen!

Das Stampfen der Tierhufe drang immer stärker, immer deutlicher und das Schlapp-Schlapp der Schuhe, die die Hirten trugen, immer aufdringlicher zu ihm herüber.

Buki spitzte die Ohren.

M'Bar, Hüter der Schmiede,
Buki N'Djour, entfache die Glut!
Entfache die Glut!

Er richtete sich auf. »Ich meine, deine angenehme Stimme zu erkennen, Onkel Leuk«, näselte er, »und auch die Stimme deines übermütigen Riti.«

Riti, die einsaitige Geige, warnte immerfort:

Nag yâ ngha djohgé Pinkou,
Und Paté, der Mutige, ist bei ihnen!

Buki lief zu dem Baum, woher der Gesang und die Geige herüberklangen.

»Komm zurück, Onkel Leuk! Komm zurück, Sène, mein Onkel! Komm zurück und bewache das Feuer, den Topf und das Fleisch! Ich muß noch einmal fort. Ich muß von oben, vom Kamelpfad, Salz holen. Koste einmal, es ist so fade wie die Leber eines erkalteten Hundes. Am Fleisch fehlt Salz!«

Und Buki lief weit weg.

Weit weg gen Osten, um Paté Diambar, dem Hirten, zu entfliehen, dem er nämlich den Stier gestohlen hatte und der jetzt mit seinen Tieren und Leuten dort im Süden war, an den Ufern des Großen Flusses.

Leuk, der Hase, und die Seinen spielten, tanzten und sangen noch die ganze Nacht lang, bis spät in die Morgenstunden, als die Sonne den Tau auf den Wegen getrocknet hatte.

Sie spielten, sangen und tanzten rings um das Feuer, den Topf und um das Fleisch von Yeuk, dem Stier, das sie Buki, der Hyäne, geraubt hatten, einfach, um sie für ihre Habgier und für ihr Mißtrauen zu bestrafen.

Die beiden Schwiegersöhne

Leuk, der Hase, war es, der bei der Doppelhochzeit vermittelt hatte, denn die alte Khoudia, seit langem Witwe, hatte sich nie auch nur von einer ihrer beiden Töchter trennen wollen, war nun aber darauf bedacht, ihnen zur gleichen Zeit, noch dazu am gleichen Freitag, Ehemänner zu geben.

Gayndé, der Löwe, stand noch in Saft und Kraft, war aber Witwer. Seine Kinder, Söhne wie Töchter, hatten ihn verlassen und waren in andere Länder gezogen, um sich dort ein eigenes Leben aufzubauen. Von seinen alten, ganz alten Tagen einmal abgesehen, hatte Gayndé, der Löwe, es nie fertiggebracht, allein zu leben, so ganz ohne Gefährtin. Gayndé, der Löwe, suchte also eine Frau, die seine Einsamkeit vertrieb und ihm in den heißen Stunden, wenn er Siesta hielt, den Kopf kraulte.

Auch Buki, die Hyäne, suchte eine neue Frau, hatte er doch, man weiß nicht, vor wie vielen Monden, seine gesamte Familie verlassen, die zu ernähren ihm als ein zu hartes Los erschienen war. Denn Poulo, der Hirte, die Lanze stets in der Hand, hütete seine Herde nur allzu gut, und Malalle-Laobé, der Mörserschnitzer und Kalebassenhersteller, ging immer mit seinen Eseln mit, den dicken Knüppel über der Schulter.

Alle im Lande lebten mit ihren Familien, wohl oder übel, nur Gayndé und Buki nicht.

Leuk, dem Hasen, der stets alles wußte, war dies nicht unbekannt. Ihm war auch nicht verborgen geblieben, daß die Töchtern der alten Khoudia keine Ehemänner hatten.

Also machte sich Leuk, der Hase, auf den Weg zu der alten Frau.

»Mame, Großmutter, ich kann für jede deiner Töchter einen Gatten finden, und auch am gleichen Tag, wenn dir der Sinn danach steht.«

»Ich wäre dir für den Rest meiner alten Tage dafür dankbar, Leuk!« rief die alte Khoudia aus.

»Eines solltest du jedoch bedenken, Großmutter: Deine beiden Schwiegersöhne – sollten deine Töchter Gefallen an ihnen finden – sind so verschieden wie Feuer und Wasser. Der eine ist die Tapferkeit in Person, ehrlich bis auf die Knochen; der andere ist ein Schurke, feige und vieles andere mehr, was du als die Ältere von uns besser weißt als ich. Es handelt sich um Gayndé, den Löwen, und Buki, die Hyäne.«

»Meinen Töchtern steht darüber keine Entscheidung zu. Ich bin es, die ihnen ihre Ehemänner gibt. Was deren Charakter und zukünftiges Benehmen ihren Frauen gegenüber betrifft, so ist es an meinen Töchtern, dieses zu korrigieren oder auszuhalten. In meinem Haus haben sie genügend Unterweisung erhalten, um zu wissen, daß die Frau das Zuhause schafft und ihren Ehemann erschafft und neu erschafft und daß die Frau die Kinder erschafft.«

Leuk, der Hase, machte sich daraufhin auf den Weg zu Gayndé, dem Löwen, der sich langweilte in seiner Einsamkeit.

»Onkel Gayndé, ich habe eine Frau für dich gefunden!«

»Lüg mich nicht an, Leuk! Eine Frau?«

»Ja, mein Onkel, eine Frau, eine Tochter der alten Khoudia.«

»Vaye! Vaye! Mögest du noch lange leben! Auf daß deine Atemzüge länger werden, mein Kind!«

»Amine!« sagte Leuk, das Langohr, demütig und bescheiden. »Nur eins noch, mein Onkel, die Angelegenheit regelt sich nicht von allein, denn du bist nicht der einzige Kandidat. Und in deiner großen Weisheit ist dir ja bekannt, daß, auch wenn du selbst nicht ringst, andere Ringer dich auf die Schulter legen können. Deine zukünftige Frau hat eine Schwester, und beide müssen sich zur gleichen Zeit verheiraten, am gleichen Freitag, so verlangt es ihre Mutter.«

»Und weiter?«

»So wie die Dinge zur Zeit stehen, ist im ganzen Land nur Buki, die Hyäne, noch ungebunden und kann dein Schwager werden.«

»Buki?« staunte Gayndé, der Löwe.

»Genau. Buki-Djour, die Hyäne.«

»Nun, sei es drum!« willigte Gayndé ein, dem alles daran gelegen war, daß sein Heim wieder gut geführt und seine Mahlzeiten regelmäßig und wohlschmeckend zubereitet wurden. »Sei's drum, warne jedenfalls Buki, daß es um ihn geschehen ist, sollte er, wie er gewöhnlich zu tun pflegt, auch nur einen Schandfleck auf unsere Familie werfen und meinen Namen beschmutzen.«

Und so machte sich Leuk auf den Weg zu Buki-Djour, der Hyäne. Buki war gerade in einen Streit mit seinen Sprößlingen verstrickt, die ihm wieder auf die Spur gekommen waren.

»Macht, daß ihr fortkommt!« näselte Buki. »Fort mit euch!«

»Wo sollen wir denn hin?« jammerten die Kinder. »Mutter ist tot, und wir sind durch den ganzen Busch gezogen. Wir haben niemanden mehr.«

»Doch! Ihr habt eure vier Pfoten und damit eine wahre Chance. Macht also, daß ihr fortkommt!«

Und die kleinen Buki gingen fort.

Aber nicht sehr weit.

»Was gibt es, Leuk, mein Kind? Was führt dich her? Was haben deine langen Ohren, die selbst die Flöhe husten hören, wieder erfahren?« erkundigte sich Buki, die Hyäne, indem sie sich Leuk, dem Hasen, zuwandte.

»Onkel Buki, ich habe eine Frau für dich gefunden.«

»Mach dich nicht über mich lustig, hörst du!«

»Billâhi, mein Onkel! Ich habe eine Frau für dich gefunden, eine Mutter für diese armen Waisenkinder.«

»Was kümmern dich diese Waisen! Ich suche keine Familienmutter, was ich suche, ist eine Frau, eine Frau für mich ganz allein. Mögen diese Waisen sehen, wie sie zurechtkommen, mit ihren spitzen Zähnen und ihren dicken Bäuchen. Das mußte ich schließlich auch, als ich so alt war wie sie. Eine Frau, hast du gesagt?«

»Ja, mein Onkel. Da ist nur eins, deine Frau, vorausgesetzt, du willst sie wirklich, ist die Schwägerin von Onkel Gayndé, dem Löwen.«

»Eine Schwägerin von Onkel Gayndé?« fragte Buki, die Hyäne, mit zitternder Stimme. »Das mußt du mir erklären, mein kleiner Leuk.«

Und Leuk, der Hase, erklärte Buki, der Hyäne, daß die alte Khoudia keine der beiden Töchter ohne die andere verheiraten werde und daß Gayndé, der Löwe, bereits seine Zustimmung gegeben habe.

»Ich weiß, daß du schon seit vielen Monden eine Frau suchst, daher habe ich an dich gedacht. Doch Gayndé läßt dich wissen, daß sein Schwager es nicht wagen sollte, den Ruf seiner Familie in den Schmutz zu ziehen.«

»Seiner Familie? Seiner Familie?« entrüstete sich Buki. »Ich hoffe doch, daß jeder vor seiner eigenen Tür kehrt und sich nicht in die Angelegenheiten des anderen mischt. Soll er warten, bis ich ihn um etwas Glut bitte oder meine Frau bei der seinen ein Körnchen Salz ausleihen will. Dann hat er Gelegenheit, große Töne zu spucken!« prahlte Buki, die Hyäne.

So machten sich also Leuk, Gayndé und Buki auf den Weg zur alten Khoudia.

»Mame, Großmutter, hier sind deine zukünftigen Schwiegersöhne«, stellte Leuk, der Hase, sie vor.

Die Töchter der alten Khoudia waren jede in ihrem Haus. Gayndé, der Löwe, trat in das rechte, und Buki, die Hyäne, in das linke. Und so fand die Doppelhochzeit statt.

Dann kehrte ein jeder mit seiner Gemahlin heim, jedoch nicht, ohne daß Buki, die Hyäne, noch einen gierigen Blick zu der Koppel geworfen hätte, wo die große Schafherde der Schwiegermutter blökte und umhersprang – die Unmenge Tiere, die die beiden Schwiegersöhne als Brautpreis überreicht hatten.

Es verging einige Zeit.

Buki, stets damit beschäftigt, seine Sprößlinge zu vertreiben, die ihn auch weiterhin behelligten, manchmal sogar in seinem Haus, hatte nicht von sich reden gemacht, aus Angst, die Empfindlichkeit seines Schwagers – und die sich daraus ergebenden Konsequenzen – auf sich zu ziehen. Seine junge Frau war von ihrer Mutter so gut erzogen worden, daß sie die Verdrießlichkeiten ihres Ehestandes nicht herausposaunte, wenn sie welche hatte, was im übrigen sehr wahrscheinlich war.

Die Zeiten wurden härter.

Die Trockenheit war gekommen. Die Weiden waren verbrannt. Das Wasser der Teiche, Tümpel, Bäche, Flüsse und Brunnen war versiegt. Poulo, der Hirte, hatte seine Herde in gastlichere Gefilde getrieben, und auch die wilden Tiere aus dem Busch waren verschwunden, wohin wußte niemand und am wenigsten Buki. Bald stieß die Haut von seinem Bauch an seinen gebeugten Rücken.

Buki erinnerte sich nur allzu deutlich der Besitztümer seiner Schwiegermutter, der alten Khoudia. Er dachte an die riesige Schafherde, die am Tag seiner Vermählung auf der Koppel solchen Lärm gemacht hatte. Sicher, solange es Ehemänner gab, hatte man noch nie von einem Schwiegersohn gehört und auch keinen gesehen, der es gewagt hätte, an seine Schwiegermutter eine Bitte zu richten, schon gar nicht, wenn er, wie Buki, die Hyäne, der Mutter seiner Frau noch niemals ein Geschenk, kein lebendes und kein totes, gebracht hatte. Doch der Hunger nagte in seinem Bauch mit Zähnen, länger und spitzer als die der Urgroßmutter aller Hyänen dieser Welt, klopfte dumpfer als alle Kriegstrommeln Bours, des Königs.

Wenngleich Buki es nicht wagte, alle Bedenken beiseitezulegen, trennte er sich doch von einigen, die er in die Hecken hing, die seinen Weg ins Dorf der alten Khoudia säumten. Ohne aber auch noch die wahrlich zu strengen Sitten zu vergessen, stattete er mit hängender, trockener Zunge, hohläugig und auf wackeligen Beinen, der Mutter seiner Frau seinen Besuch ab.

Mit brüchiger Stimme brachte Buki das übliche »As-salâm aleikum« und seine Empfehlungen hervor, fragte nach den Neuigkeiten im Land, nach dem Befinden eines jeden, Tier und Mensch, vor allem aber nach dem Wohl der armen Tiere, die sicherlich mehr als alle anderen unter dieser verfluchten Trockenheit zu leiden hatten.

So sprach Buki über dieses und jenes, über das, was zur Reife gelangt war und was nicht, sprach über alles und nichts, wobei ihm die Stimme erstarb, denn er hatte keine Spucke mehr.

Von Zeit zu Zeit spitzte er die Ohren und hörte, wie die Schafe, groß und klein, augenscheinlich immer noch so schön wie am Tag seiner Hochzeit, in der Koppel umhersprangen, blökten und bockten.

Die alte Khoudia hatte häufig genug Jahre des Überflusses und Monde der Hungersnot erlebt.

Sie hatte häufig genug satte Leute gesehen und arme Teufel, die Hungers starben, um nicht zu bemerken, daß ihr Schwiegersohn kurz davor war, vor Entkräftung in Ohnmacht zu fallen.

»Goro, mein Schwiegersohn«, sagte die alte Schwiegermutter, »wenn du aufbrichst, geh auf die Koppel und nimm dir ein Schaf mit nach Hause.«

Buki, der sich das Angebot nicht zweimal machen ließ, zog das Gespräch nicht weiter in die Länge, nahm auf der Stelle Abschied von seiner Schwiegermutter, ging auf die Koppel und zog bald einen schönen, jungen Schafbock an einem Strick hinter sich her, der auf dem Weg nach Hause widerspenstig bockte.

Buki war nicht weit von seiner Wohnstätte entfernt, da fand er sich mit seiner Beute von seinen Kindern umzingelt. Vom Wegesrand aus fielen sie über den jungen Bock her, der ausschlug, blökte, bockte. So war Buki gezwungen, die Gabe der Schwiegermutter mit seiner lästigen Nachkommenschaft zu teilen, und kehrte mit vollem Bauch, aber leeren Händen nach Hause zurück.

Wie ein fleißiger Bauer auf dem Weg zu den Feldern, wo er den Acker bestellt und die Ernte einholt, war Buki an den Pfad zu seiner alten Schwiegermutter gewöhnt.

Immer ehrerbietig, höflich, wohlerzogen, wie es einem Schwiegersohn gebührt, erzählte er, was es Neues gab im Land, redete über die harten Zeiten, deren Ende offenbar noch lange nicht in Sicht war, bedauerte das Unglück der wirklich Notleidenden und … machte jedesmal vor dem Heimweg einen Abstecher auf die Koppel, wo er sich ein Schaf nahm. Und seine Kinder, die ihm am Wegesrand auflauerten, wenn er nach Hause ging, zwangen ihn immer, die Beute zu teilen, noch bevor er an seinem Ziel anlangte. So bekam seine Frau von den Tieren ihrer Mutter nicht den kleinsten Bissen zu Gesicht.

Das ging so eine ganze Weile.

Die Herde der alten Khoudia schrumpfte, die Koppel leerte sich.

Buki und seine Kinder hatten beinahe vergessen, daß eine Hungersnot im Lande herrschte.

Leuk, der Hase, der seine Löffel allerorten hatte, weilte eines Abends bei der alten Khoudia, zu der Stunde, da die Schafe heimgetrieben werden. Leuk sah nur ein paar alte Mutterschafe in die Koppel laufen, mit Zitzen, so leer wie der Beutel eines vom Pech verfolgten Griot.

»Großmutter«, wunderte sich Leuk, »wo ist denn deine ganze schöne Herde hingekommen, die soviel Lärm verursacht hat an jenem glücklichen Tag, als die Doppelhochzeit stattfand?«

Da erzählte die alte Frau Leuk von den Höflichkeitsbesuchen des armen Buki, des armen Schwiegersohns, der Hungers starb, was unübersehbar war, doch um nichts auf der Welt seine Schwiegermutter um den kleinsten Bissen für sich und seine

Frau gebeten hatte, geschweige denn um ein noch so mickriges Tier.

Leuk, der Hase, pflichtete dem bei und ging seiner Wege. Dann machte er kehrt und stattete Buki, der Hyäne, einen Besuch ab. Dort traf er nur Bukis Frau, die nichts als Haut und Knochen war. Er begriff, daß die Tiere aus der Herde der alten Khoudia nicht allzu häufig im Hause ihrer Tochter eingetroffen waren, wenn überhaupt.

Leuk gab sich nicht mit Mitgefühl zufrieden.

Er eilte zu Gayndé, dem Löwen:

»Onkel Gayndé, ich habe etwas gesehen, das mir ganz und gar nicht gefällt, etwas, das mir sehr mißfällt, etwas Unvorstellbares, undenkbar selbst für Buki!«

»Buki? Was hat er denn angestellt? Bis zum heutigen Tag ist uns nichts über ihn oder seine Frau zu Ohren gekommen.«

»Mein Onkel, das liegt daran, daß es sich hier um ein Geheimnis zwischen Schwiegermutter und Schwiegersohn handelt und deine Schwiegermutter eine Frau mit Würde ist, eine vorbildliche Schwiegermutter.«

Und Leuk, der Hase, ließ es sich nicht nehmen, alles zu erzählen, was er gesehen, oder vielmehr das, was er nicht mehr gesehen hatte, wie auch alles, was er bei der alten Khoudia gehört hatte, und er erzählte, wie er ihre Tochter, Bukis Frau, angetroffen hatte.

Gayndé, der Löwe, die Loyalität in Person, konnte nicht glauben, was Leuk, der Hase, ihm da berichtete. Er sagte zu seiner Frau: »Es ist lange her, daß du deine Mutter gesehen hast. Geh hin, besuche sie. Bleib dort so lange, wie es dir gefällt. Bei deiner Rückkehr berichtest du mir, was du gesehen und gehört hast.«

Die Frau von Gayndé, dem Löwen, besuchte also ihre Mutter.

Sie blieb nicht lange. Schon nach drei Tagen kam sie zurück.

»Mein Onkel«, sagte sie weinend zu ihrem Gatten, »mein Onkel, alles, was Leuk, der Hase, uns erzählt hat, ist wahr und dabei noch untertrieben. Meiner Mutter ist nichts als ein altes

Mutterschaf auf der Koppel geblieben. Buki, die Hyäne, hat die ganze Herde fortgeschafft, Stück für Stück, sogar die Schafe, die du als Geschenk gegeben hast, sogar die drei Ziegen, die er als Brautpreis für meine Schwester überreichte.«

Erst auf der Schwelle zum Haus seiner Schwiegermutter gelang es Gayndé, dem Löwen, seinen Zorn zu zügeln und tief in seinem Herzen zu verbergen. Die »As-salâm aleikum«, die Komplimente und Höflichkeitsbezeigungen, die er als wohlerzogener Schwiegersohn aussprach, blieben davon also gänzlich unbeeinflußt.

Gleichwohl sprach er, wenn auch erst nach einer ganzen Weile, die ununterbrochen redende alte Khoudia darauf an, daß ihr anderer Schwiegersohn anscheinend die Koppel mit dem Vieh geplündert hatte. Es war nichts als ein altes Schaf geblieben, das Muttertier der ganzen Herde.

Gerade heute war der Tag, an dem Buki ihr seinen Besuch abstattete, teilte ihm die alte Frau am Ende mit.

Gayndé, der Löwe, ließ das alte Mutterschaf in ein Haus bringen und ging auf die Koppel, wo er sich im hintersten Winkel an einen Pflock anband.

Der Abend kam.

Buki, die Hyäne, erschien bei der Schwiegermutter. Er war so wackelig auf den Beinen wie eh und je, sein Bauch noch tiefer eingefallen, seine Zunge hing noch weiter herab, trockener als je zuvor, und seine Augen lagen noch tiefer in den Höhlen als bei seinen unzähligen Besuchen vorher. Seine Stimme zitterte wie immer, und seine Begrüßung fiel noch matter aus als zuvor. Immer ehrerbietig, höflich, wohlerzogen, wie es einem Schwiegersohn gebührt, erzählte er, was es Neues gab im Land, redete über die harten Zeiten, deren Ende nicht in Sicht war, bedauerte das Unglück der wirklich Notleidenden, nahm Abschied und ging bei der Koppel vorbei, die in nächtliches Dunkel gehüllt war. Er löste den Strick und zog das Schaf hinter sich her, das ganz allein auf der Koppel war und ihm gehorsam folgte, ohne zu blöken, zu bocken oder auszuschlagen.

»Um so besser«, bemerkte Buki näselnd, dem eingefallen war, daß von der Herde nur ein altes, steinaltes Mutterschaf übriggeblieben war. Er streichelte den Kopf des Tieres, ohne sich dabei umzudrehen. »Nicht die Spur von einem Horn auf dem Schädel! Um so besser, bestimmt kann ich dir leichter die Kehle durchschneiden, denn du scheinst dich mit deinem Schicksal abgefunden zu haben, das Alter hat dich weise gemacht, Großmutter! So werden meine Kinder nichts merken, da du ja nicht das ganze Land zusammenschreist wie die anderen, du Alte!«

Buki trat den Heimweg an. Seine Beute zog er an dem Strick hinter sich her. Als er eine ziemliche Wegstrecke gelaufen war, blieb er stehen und strich, wiederum ohne sich umzudrehen, über den Kopf des Tieres.

»Kaum zu glauben, nicht die Spur von einem Horn!« freute er sich, »so kannst du mir keine Verletzung zufügen, solltest du etwas dagegen haben, wenn ich dir die Kehle durchschneide!«

Und er ging weiter.

Doch Bukis Kinder wären nicht Bukis Kinder gewesen, hätten sie nicht darauf gehofft, daß ihr Vater auch an diesem Tag mit einem Schaf zurückkäme. Sie hatten übrigens niemals versucht herauszufinden, woher er kam, schließlich lieferte er ihnen das Schaf pünktlich und kostenfrei.

Buki war nicht mehr weit von zu Hause entfernt, als seine Kinder am Wegesrand auftauchten, ihn umzingelten und sich auf seine Beute stürzen wollten. Da vernahmen sie ein Brüllen, das noch bis zum heutigen Tage widerhallt. Wie angewurzelt blieben sie stehen. Buki wandte sich um, blickte geradewegs in die glühenden Augen Gayndés, des Löwen, der ihm bis auf den Grund seiner Seele sah, und erstarrte.

»Wir sind des Todes!« riefen Bukis Kinder.

»Das ist On... Onkel Ga... Gayndé!« stotterte Buki.

Zögerte Gayndé, der Löwe, ob er sich erst den Vater und dann eines der Kinder schnappen sollte? Gleichviel, als er zum Sprung ansetzte, hingen Buki und seine Sprößlinge jedenfalls in den Ästen eines Kapokbaums, dessen Dornen sich ihnen in die Finger bohrten.

Gayndé, der Löwe, landete am Fuß des Kapokbaums, brüllte laut und schlug mit dem Schweif wütend auf die Erde und auf seine Flanken.

Es wurde Nacht.

Der Mond, dieser alte Naseweis, der seine Blicke durch das Blätterwerk des Kapokbaums schweifen ließ, fragte sich, was das für riesige Flughunde waren, die dort in den Baumwipfeln hingen und schaukelten, statt in der Nacht umherzufliegen wie alle Flughunde und wie ihre Schwestern, sämtliche Fledermäuse überall im Land.

Und die Zeit verging.

Da jammerte einer von Bukis Söhnen:

Baye Tokhi!
Vater, müde!

und der Vater antwortete ihm:

Tokhi! Tokhi!
Nokhou tji souf
Nidjaye Gayndé yapp!
Müde! Müde!
Auf der Erde verloren
In Onkel Gayndés Schlund!

Buki war nicht mehr nach langen Reden zumute, dazu fehlte ihm sicher die Spucke. So erhielt das nächste Kind, das über Müdigkeit klagte, die gleiche Warnung:

Baye Tokhi!
Tokhi! Tokhi!
Nokhou tji souf
In Onkel Gayndés Schlund!

Ein lauter, gellender Schrei war zu hören und ein Geräusch, als platze ein voller Schlauch auf dem Boden, dann ein Brüllen und Onkel Gayndés klatschender Prankenhieb auf den Bauch eines kleinen Buki.

Dann das fröhliche Blöken eines Lamms aus dem Vorjahr, dann ein Schaf und die tiefe Stimme eines Bocks.

Die Zeit verstrich.

Die Nacht war vorbei.

Die Sonne ging auf.

Gayndé, der Löwe, schlug weiterhin zornig mit seinem Schwanz.

Aus den offenen Bäuchen dreier kleiner Bukis waren Lämmer herausgeklettert, die wie ihre Brüder, wie ihre Väter und Mütter nicht allzu weit vom Kapokbaum entfernt Luftsprünge machten – ein Drittel der Herde der alten Khoudia.

Die Dornen des Kapokbaums bohrten sich immer noch in die Finger Bukis und derjenigen seiner Sprößlinge, die ihm verblieben waren. Und wieder fing eines der Kinder zu jammern an:

Baye! Müde!

Und der Vater darauf mit näselnder Stimme:

Tokhi! Tokhi!
Auf der Erde verloren
In Onkel Gayndés Schlund!

Die Kinder fielen eines nach dem anderen vom Baum. Vergeblich hatten sie ihren Vater angefleht, der ihnen nicht helfen konnte.

Gayndé, der Löwe, der immer noch vor Wut schäumte und brüllte, riß ihnen den Bauch auf und befreite die Schafe seiner Schwiegermutter.

In der Frühe, als die Sonne ihre Augen weit geöffnet hatte und das Blätterwerk Buki nicht länger verbergen konnte, zappelte er unter dem höchsten Ast hin und her und fing nun seinerseits an zu jammern:

Onkel! Tokhi!

Gayndé, der Löwe, konnte nicht anders, er mußte so schallend lachen, daß er beinahe daran erstickt wäre.

Müde! Müde!
Auf der Erde verloren
In Onkel Gayndés Schlund!

sagte er lachend, Bukis Beispiel folgend.

»Aber, Onkel Gayndé«, erwiderte dieser, »das kannst du dem Mann deiner Schwägerin nicht antun!«

Gayndé, der Löwe, lachte so herzlich und so laut, daß ihm die Tränen kamen, daß er nicht sah, wie sein Schwager zu seinen Füßen niederfiel, und auch das Geräusch überhörte, das der Aufprall dieses weiteren Schlauchs auf der Erde verursachte.

Seine dicke, schwere Tatze traf nur noch Bukis Kreuz, der aufgesprungen war und Reißaus nahm. Dabei hing sein Hinterteil noch tiefer herunter als ohnehin schon, so daß er bei seiner hastigen Flucht die fehlenden Schafe der Schwiegermutter verlor.

Liguidi-Malgam

Für A. J. und P. Guidon-Lavallée

Nach unserer dritten Panne waren wir vor den Toren von Tenkodogo angelangt, in Liguidi-Malgam. Die nagelneue Brücke konnte mehr, als uns tragen und hinüberlassen. Aber, zweifellos um sich dafür zu rächen, daß er so oft gezwungen gewesen war, seinen Kleinlaster über die ausgewaschenen Pisten zu steuern, hatte Aloys, der Chauffeur, mit uns vor der Raststätte von Liguidi-Malgam haltgemacht.

Der Name des Dorfes hatte mir gefallen, oder besser, er hatte mich durchdrungen, wie euch bestimmte Worte durch ihren Klang, ihre Musik ergreifen. Als ich die Übersetzung erfuhr, »Gold kommt mir gelegen«, zog ich für mich daraus sofort den Schluß, daß das Dorf vor langer, sehr langer, sehr, sehr langer Zeit gegründet worden sein mußte, noch ehe es im Lande Kauris gab, die von den ersten Sklavenhändlern vom Ufer des großen Meeres hergebracht worden waren. Die Kauris, das Muschelgeld, das von den Münzen entthront wurde, die in zunehmendem Maße die Geldscheine ersetzten, welche in den

Augen des- oder derjenigen, die auf den Märkten irgend etwas zu verkaufen hatten, geringeren Wert besaßen.

Wie ich es sehr oft tat – oder vielmehr nicht tat –, hatte ich dem Kreiskommandanten die Stunde meiner Ankunft nicht mitgeteilt. Vor allem, da ich wußte, daß ich nicht zu dem geplanten Zeitpunkt eintreffen konnte.

Zwei Monate vor dieser Dienstreise war ich bis zur Goldküste und zur nördlichen Spitze von Togo gefahren und hatte zwischen Wagadugu und Dapango genau siebenundfünfzig Umleitungen erlebt. Dabei stellten nicht die unpassierbaren Brücken – nur noch Skelette in Gestalt gabelförmiger Pfeiler – die Hindernisse dar für den ordnungsgemäßen Ablauf der Reise, der es einem erlaubt hätte, zu passender Stunde bei den Leuten einzutreffen.

Kurz, es waren nicht die (seit langer Zeit) unpassierbaren Brücken, auch nicht die (seit mehr als drei Monden) wie Kehlen ausgetrockneten Flußarme, die uns aufgehalten und unsere Ankunft verspätet hatten. Sondern einfache Reifenpannen. Die erste, an die ich mich erinnere wie an alles, was mir jemals an Unheilvollem zustieß und noch zustoßen könnte, hatte mir, während der Chauffeur, der Auszubildende und der Koch mit der Reparatur beschäftigt waren, genug Zeit gelassen, mich im hohen Gras in ein Löwenversteck zu verirren, etwa zweihundert Schritt von der Straße von Wagadugu nach Niamey entfernt. Das Versteck war leer, aber noch warm, und es stank nach dem Urin der Raubtiere und Aasresten.

Wir hatten also in Liguidi-Malgam angehalten.

Und ich sagte mir: Schade um das Boule-Spiel! Schade um die Partie Karten! Der barmherzige Vater bekommt seine Ziegelsteine nicht. Denn der Weiße Vater der Mission spielte Karten und bot als Einsatz literweise Meßwein gegen Ziegelsteine für seine Bauten. Damals spielte in Tenkodogo jeder Boule, vom dicken Arzt bis zum kleinen Zollbeamten. Und ich dachte auch: Schade wegen der Hausherrin, die sich zu dieser Stunde in der Küche zu schaffen machte.

Denn auch wenn ich meine Abfahrt und vor allem meine Ankunft nicht mitgeteilt hatte, so mußte doch bereits das ganze Land auf dem laufenden sein. Ich hatte nicht nur einen Katechisten ein Stück Wegs mitgenommen, sondern auch zwei Sack Mehl für eine Mission mitten im Busch. Und im Land zwischen den beiden Volta sind die barmherzigen Väter und Schwestern besser informiert als ihr selbst über eure Entschlüsse und ebenso über das, was ihr tut, so wenig ihr von euren Absichten auch verlauten lassen mögt.

Alle – oder fast alle – mußten bereits wissen, daß wir uns nach Osten und dann nach Süden gewandt hatten. Was die Ankunftszeit anbelangte, so setzte man hier jemanden ab, dort nahm man jemanden mit, und dazwischen gab es Pannen, grundlose, scheinbar notwendige Aufenthalte …

Mir blieb also nichts anderes übrig, als mir zu sagen: Schade wegen des Kommandanten, schade wegen des barmherzigen Vaters und schade um die Partie Karten. Schade wegen der Hausherrin und ihrer guten Küche. Denn Monsieur Aloys, der Chauffeur, hatte es so beschlossen.

Und ich brauchte die Abendstunden in Liguidi-Malgam auf meiner Reise in den Süden nicht zu bereuen.

Denn Aloys, der Chauffeur, war nicht der einzige gewesen, der so entschieden hatte. Auch Bamoye, der Krankenpfleger, war an jenem Abend in Liguidi-Malgam, ganz stolz auf seine Erfolge. Im Kampf gegen die Raubtiere war er einer der Besten.

Die ersten Hyänen waren ganz in der Nähe der Abfallhaufen des Dorfes umgekommen. Die am weitesten entfernt liegenden Kadaver waren im Dickicht, an Termitenhügeln, in Höhlen, am Rand entlegener Wasserlöcher gefunden worden. Am Dorfeingang lag ein breiter Teppich aus braunem, geflecktem Fell, durchsetzt mit einigen gelben, von Panthern stammenden Flächen, zwei fahlen von Löwen und mit den hellroten Bälgen von etwa zehn Hyänenhunden.

Was mich bei dem Gemetzel unter den Raubtieren, das im Dorf mit tiefen Zügen aus der Kalebasse, Dolo, dem Hirsebier, und mit Tamtams gefeiert wurde, vor allem zurückhielt und mich daran hinderte, an jenem Abend den Hauptort des Distrikts zu erreichen, war der Kreis, der sich allmählich um die alten Märchenerzählerinnen und Geschichtenerzähler bildete.

Mußte ich Maurisch können, um zu verstehen, was in dieser klaren, tiefblauen Nacht erzählt und vor allem gesungen wurde? Ich erriet vieles! Aloys übersetzte sie mir, die Gesänge, die Geschichten und Erzählungen, und ich schrieb sie auf.

Von den Erzählungen jenes Abends ist mir eine besonders in Erinnerung geblieben. Ich gebe sie hier wieder. Es ist die von Nitjéma, dem Ältesten, und der alten Noaga, die zweifellos das Dorf Liguidi-Malgam – Gold kommt mir gelegen – gegründet haben.

Nitjéma, der Alte, der vor langer Zeit mit Awa, seiner Frau, in die Heimat zurückgekehrt war, hatte sie erzählt.

Nitjéma, der Alte, war einer von denen gewesen, die es in ihrer Jugend verstanden hatten, sich der Rekrutierung für den Bau der Eisenbahnlinie Thiès-Kayes zu entziehen. Wie viele seiner Generation hatte er den Brautpreis nicht zusammensparen können, um sich eine Frau zu nehmen, nachdem er dreimal zu Fuß die Reise nach Bawku und Kumasi gemacht hatte. Als Junggeselle war er, wie viele andere, ins Herz des Sudan entflohen, aber niemals in Bamako gewesen, dem wahren Bamako, von dem er während seines Exils doch so oft hatte reden hören – nicht das Bamako der Jungen und weniger Jungen, das Bamako der Bauern aus dem Voltaer Busch. Denn, und so ist es bis in unsere Tage, wenn ein Mann aus dem Busch auch davon spricht, nach Bamako zu gehen – immer wegen der Eisenbahnlinie Thiès-Kayes –, könnt ihr darunter genausogut Abidjan oder Segu, Bouaké oder Toukoto, Man oder Kayes verstehen.

Doch das lag weit, so weit zurück! Und von denen, die ihm an diesem Abend zuhörten wie ich, ihn im Gegensatz zu mir aber sofort verstanden, wußten sehr wenige, wann er aus den Ebenen des Nordens zurückgekehrt war, in Begleitung einer Frau mit hellerer Haut als die einheimischen Frauen, einer Frau, die er dort im Land des Sandes geheiratet hatte.

Von den Märkten zu den Arbeiten auf dem Feld, so war er langsam, im Rhythmus der Monde, Regenzeiten, Jahre, zurückgekommen und hatte seinen Platz in Liguidi-Malgam wieder eingenommen, zusammen mit Awa, seiner Frau, die er – er wußte selbst nicht mehr, wo – geheiratet hatte. In Awas Adern, so zart wie Pfeifenrohre, mußte noch Fulbe-, Bella- und sicherlich auch Beïdane-Blut fließen, denn sie konnte niemals, so sagte Nitjéma, der Alte, bis ins hohe Alter hinein, auch nur einen einzigen Tag ein Geheimnis bewahren.

Jeder dort, wo er hingehört! Awa hatte sich in Liguidi-Malgam nie heimisch gefühlt. Geschrei, Klagen, Beschuldigungen, sagte Nitjéma, der Alte, nach einem herzhaften Schluck Dolo, alles prasselte auf ihn nieder, den armen Ehemann, den bei seiner Rückkehr doch alle mit offenen Armen empfangen hatte.

Nitjéma, der Alte, hatte noch eine Kalebasse mit Dolo genommen. Ich hatte ihm eine Flasche Rum gereicht. Er setzte die Kalebasse ab, nahm die Flasche, tat einen kräftigen Zug und machte sich, nachdem er mir die Flasche zurückgegeben hatte, wieder ans Erzählen.

»Die da«, sagte Nitjéma, der Alte, indem er mit seinem knotigen, zitternden Zeigefinger auf die alte Awa wies, deren Runzeln der Schein des Reisigfeuers in sich aufnahm, das ihre schlaffen Wangen erhellte und errötete, »die da hat genau den gleichen Charakter wie Noaga, die Alte, die erste Frau des Vaters des Großvaters des Ururururgroßvaters meines Vaters, die erste Frau von Nitjéma, dem Ältesten, brummig, weinerlich, faul und verschwenderisch, gemein und klatschsüchtig. Genauso wie die älteste Frau meines Clans. Ich kann von Glück sagen, daß ich damals nicht an der Stelle des Gründers unserer Familie war. Ich hätte weder über seine Weisheit noch seine List verfügt. Ich wäre längst verloren gewesen.«

Nitjéma, der Alte, hatte innegehalten, als wollte er all den Groll wiederkäuen, der seinen Vorfahr, Nitjéma, den Ältesten, erstickt hatte, einen Groll, den ein kräftiger Schluck Dolo tief in seinen Bauch hinabspülte. Im Schein des Reisigfeuers verlor Nitjéma, der Alte, allmählich seine Runzeln.

Er nahm seine Erzählung wieder auf, oder vielmehr, er begann mit ihr. Ich gebe sie so wieder, wie ich sie behalten habe.

Nitjéma, der Vorfahr, widmete sich seit dem Morgen der Feldarbeit. Die Sonne prallte auf seinen gebeugten Rücken. Als er mit einem Schlag seiner Hacke einen der vielen Termitenhügel aufriß, die sich auf dem gerodeten Stück Land zwischen den vertrockneten Baumstümpfen erhoben, erblickte er darin Haufen von Gold und Silber.

Was tun mit diesem Schatz?

Wo diesen Fund verstecken, ohne daß jemand etwas davon bemerkte?

Wohin mit all dem Gold und Silber? Mit Sicherheit nicht ins Haus, denn die Zunge von Noaga, der Vorfahrin, war länger als ihre gesamten Perlenschnüre, wenn man sie aneinanderfügte. Selbst wenn sie eingesehen hätte, daß sie nicht offen damit prahlen konnte, würde sie sich eines schönen Tages nicht enthalten können, vor den anderen Frauen damit anzugeben, was ihr und ihrem Mann passiert war. Und wenn Nitjéma, der Vorfahr, sie dann, je nach Laune, einer Dummheit oder einer bösen Tat wegen schlug, würde alles unweigerlich dem Naba zu Ohren kommen.

Was tun? Was mit diesem Fund tun?

Nitjéma, der Vorfahr, war unglücklicher als in den Tagen, da die Trockenheit oder die Heuschrecken die Arbeit einer ganzen Saison zunichte gemacht hatten.

Er hatte sich neben den Termitenhügel niedergehockt, in dem der ganze Schatz ruhte, die Daba, seine Hacke, zwischen den Füßen, den Kopf in den Händen, als sich Biga, das kleine Kaninchen, näherte, wie es sich gehörte, mit den Vorderpfoten und den Ohren grüßte – »lafi! lafi!« – und den Bauern nach seinem Kummer fragte. Nitjéma, der Vorfahr, zeigte Biga, dem Kaninchen, was der aufgehackte Termitenhügel in sich barg, und erklärte ihm, weshalb er über diesen Fund nicht verfügen konnte, ohne sich dabei in Gefahr zu bringen, und zwar wegen des Charakters seiner Frau, Noaga, der Vorfahrin.

»Hast du eine Reuse, alter Nitjéma?« fragte das kleine Kaninchen.

»Ja, ich habe sie in der Morgendämmerung im Fluß ausgelegt.«

»Gehen wir zum Fluß und sehen nach, was in der Reuse ist«, schlug Biga, das Kaninchen, vor.

In der Reuse, im Fluß, waren Karpfen, einige Katzenfische und ein großer, enorm großer schnauzbärtiger Wels.

»Wirf die kleinen Fische wieder ins Wasser«, sagte Biga, das Kaninchen, »und behalte den dicken Wels mit dem großen Schnurrbart. Häng ihn an den dicksten Ast des Karitébaumes dort. Setz mich in die Reuse und laß sie am Ufer liegen. Hole deine Frau und räume mit ihr zusammen den Termitenhügel leer, dann fischst du mich und nimmst anschließend den Wels. Dieser Schnauzbärtige hat ein zähes Leben und stirbt nicht eher, als daß du ihm mit einem Pfeil den Garaus machst.«

Nitjéma, der Vorfahr, begab sich also nach Hause.

»Frau, schnell! Komm schnell! Ich habe mitten auf dem Feld einen Schatz gefunden. Komm schnell!«

»Das soll mir ein schöner Schatz sein«, rief Noaga, die Alte. »Unterdessen brennt das Feuer, und es ist nichts im Topf als Wasser, und das ist nicht einmal gesalzen. Wo ist die Reuse, die du heute morgen mitgenommen hast?«

»Stimmt, Frau, du hast recht! Über all dem Gold und Silber habe ich den Fischfang vergessen. Gib mir meinen Bogen und drei Pfeile, ich habe in den Karitébäumen Perlhühner gehört. Nimm zwei Behälter, Frau, nimm zwei Behälter.«

Noaga, die Alte, nahm zwei Behälter und folgte ihrem Mann.

Sie wäre fast in Ohnmacht gefallen, als sie in dem aufgehackten Termitenhügel das ganze Gold und Silber sah. Sie füllten die

Behälter, und um den Termitenhügel leerzuräumen, mußten sie dreimal die Strecke vom Feld bis zum Haus zurücklegen.

»Alles gut und schön«, brummte Noaga, die Alte, als der Termitenhügel gänzlich ausgeräumt war, »aber das kann man nicht essen, und mein Feuer brennt noch immer.«

»Stimmt, Frau, du hast recht«, pflichtete Nitjéma, der Vorfahr, ihr bei. »Gehen wir zum Fluß.«

Am Fluß hatte sich zum großen Erstaunen der Frau ein Kaninchen in der Reuse gefangen. Ihr Mann ergriff die Reuse und das Kaninchen. Doch unterwegs entschlüpfte die Beute und hoppelte auf den Hinterläufen und mit angelegten Ohren davon. Noaga, die Alte, begann wieder zu murren, zu brummeln und zu schreien: »Trotz des großen Reichtums ist die Mahlzeit jetzt weit weg.«

»Warte doch, Frau«, beschwichtigte sie der Ehemann, der am Karitébaum stand und mit Pfeil und Bogen auf den dicksten Ast zielte. Der Pfeil flog davon, und zappelnd fiel ihnen ein dicker Wels mit einem großen Schnurrbart vor die Füße.

Der Termitenhügel war von Osten her aufgehackt worden. Das kleine Kaninchen hatte im Schatten von Nitjéma, dem Vorfahr, Schutz gesucht, als es ihm seine Ratschläge erteilte. Die Blätter des Karitébaumes waren noch dicht. Die Sonne hatte also nicht die Gelegenheit gehabt, sich dafür zu interessieren, was auf dem Feld von Nitjéma, dem Vorfahr, und am Ufer des Flusses passiert war. Dann setzte sie rasch ihren Weg nach Westen fort, da sie seit ihrem Aufgang nichts Besonderes gesehen hatte, das ihre Blicke angezogen hätte. Sie kehrte heim, als Nitjéma, der Vorfahr, der Bogen, Pfeil und Hacke, und Noaga, die Alte, die die Reuse mit dem zappelnden schnauzbärtigen Wels trug, die Schwelle ihres Hauses betraten. In der Ferne waren langgezogene Schreie zu hören, wie sie während der Trockenzeit in der Dämmerung immer ertönen. Die alte Noaga fuhr zusammen und blieb stehen.

»Die Schakale mit ihrem Hohngelächter«, sagte sie zitternd.

»Schakale?« wunderte sich ihr Mann. »Das sind die Seelen,

die in der Abenddämmerung Naba, unseren gottlosen Herrscher, peinigen, wie du wohl weißt.«

Der schnauzbärtige Wels kochte schließlich über dem wiederentfachten Feuer im Topf. Am anderen Ufer des Flusses stieg das Heulen der Hyänen empor und schwoll weiter an, wie stets in Vollmondnächten.

»Die Hyänen heulen«, sagte Noaga zu ihrem Mann.

»Aber nein, du weißt sehr wohl, daß es keine Hyänen sind, sondern Geister, die wie immer in Vollmondnächten kommen und Rechenschaft fordern von Naba, der sich oft über sie lustig macht. Bring also das Essen, der Tag war schon anstrengend genug.«

Die Erde war kalt. Und alles – oder fast alles – eingeschlafen oder noch nicht erwacht. Ein zunächst gedämpfter, dann anschwellender und schließlich, gegen Mitternacht, durchdringender Lärm war zu hören.

»Nitjéma, Nitjéma«, rief die alte Noaga, indem sie ihren schlafenden Mann schüttelte, »hör doch, wie die Löwen brüllen!«

»Aber nein«, sagte Nitjéma, der Vorfahr, »nicht die Löwen brüllen, es sind die Vorväter, die zurückkommen, um Naba, den Herrscher, zu holen, der sich niemals um sie gekümmert hat.«

Und die Tage verstrichen. Und die Monde gingen vorüber. Nitjéma hatte keine anderen Sorgen als die, seine Hacken und Pfeile neu schmieden zu lassen, die Kalebassen mit Dolo von den nahegelegenen Märkten zu füllen, das er dem Dolo aus seinem Haus vorzog, wo die Behältnisse indessen immer voll schäumenden Hirsebiers waren. In jenen Tagen lud Noaga, die Alte, nicht nur Verwandte, Nachbarinnen und Freundinnen aus dem Dorf, aus benachbarten Dörfern bei sich zu Hause ein, sondern auch aus anderen, fernen Dörfern; sie füllte Krüge mit Dolo, tötete Schafe, Ziegen und Hunde und bereitete sie zu. Von morgens bis abends wurde im Haus nur gefeiert und geschlemmt.

Nitjéma, der Vorfahr, hatte es schließlich satt.

Erst gab es Maßregelungen, dann Vorwürfe, erst Streit, dann Drohungen, und am Ende schlug er seine Frau, die es nicht besser verdient hatte und sich nicht scheute, das ganze Dorf aufzuhetzen, und sich schließlich zum Naba flüchtete.

»Naba, Naba«, jammerte Noaga, die Alte, »ich halte es nicht mehr aus. In unserem Haus stehen nur Krüge voll mit Dolo. Mein Mann betrinkt sich von morgens bis abends und von abends bis morgens. Er schlägt mich mehr als einen Packesel. Er gibt mir nichts zu essen, nichts, um zum Markt zu gehen, dabei sind die Speicher zu Hause voller Gold und Silber.«

Naba, der Herrscher, und sein Gefolge statteten Noaga im Hause von Nitjéma, dem Ältesten, einen Besuch ab.

»Wo ist der Schatz, von dem deine Frau spricht?« erkundigte sich der Naba.

»Welcher Schatz?« fragte Nitjéma, der Älteste, erstaunt zurück.

»Dort!« sagte die Frau, indem sie auf einen der großen Krüge zeigte, die der Vorratshaltung dienten.

Man prüfte den Krug und auch all die anderen Krüge, die nur Hirse, Bohnen und Karitémandeln enthielten. Von einem Schatz keine Spur! Weder Gold noch Silber!

»Er hat ihn beiseitegeschafft! Er hat ihn beiseitegeschafft!« kreischte die alte Frau.

»Ich weiß nicht, worum es eigentlich geht«, sagte Nitjéma, der Älteste.

»Du weißt besser als ich, wovon ich spreche! Von all dem Gold und Silber, das wir, du und ich, einen halben Tag lang vom Feld zum Haus geschleppt haben!«

»Gold? Silber? Ein Schatz? Vom Feld zum Haus? Frau, du hast wirklich den Verstand verloren.«

»Und wo war dieser Schatz?« fragte Naba, der Herrscher, ungeduldig. »Und wann hast du ihn gefunden und heimgetragen?«

»Aber Naba, Naba, ich weiß überhaupt nichts davon. Was kann euch diese Frau schon sagen, die vollkommen den Verstand verloren hat?«

»Ich den Verstand verloren?« empörte sich die Streitsüchtige. »Ich den Verstand verloren? Erinnere dich, wie ich mich erinnere. An dem Tag war nichts zu essen im Haus, weil du mit deinem Fischfang auf dich warten ließest. Das habe ich dir vorgehalten, als du kamst und mir von dem Schatz erzähltest, den du gefunden hattest. Als wir uns aufmachten, um all das Gold und Silber zu holen, hast du einen Wels, der oben im Karitébaum zappelte, heruntergeschossen, und zwar, nachdem dir der Hase, der sich im Fluß in der Reuse gefangen hatte, entwischt war.«

Naba, der Herrscher, und sein Gefolge sahen sich an und warfen besorgte Blicke auf Noaga, die Alte, Nitjémas Frau.

»Ein Fisch oben auf einem Baum und ein Hase in einer Flußreuse?« wunderte sich Nitjéma, der Älteste, und nicht nur er.

»Aber ja«, beharrte seine Frau. »Und als wir nach Hause kamen, hast du zu mir gesagt, das Hohngelächter der Schakale, das ich zu hören glaubte, seien Seelen, die Naba, den Herrscher, peinigten. Und das Geheule der Hyänen, das wir hörten, als ich das Essen brachte, werde von Geistern verursacht, die von Naba, dem Herrscher, Rechenschaft forderten. Und das Gebrüll, das der Wind herantrug, sei kein Löwengebrüll, sondern das Gemurmel der Vorväter, die Naba, den Herrscher, holen würden, weil er sich nicht genug um sie gekümmert hätte.«

Der Naba und sein Gefolge, die Männer, Frauen und vor allem die Kinder waren nun nicht mehr beunruhigt, keinem gelang es, ein Lächeln unterdrücken.

Nitjéma, der Älteste, wandte sich Naba, dem Herrscher, zu, schüttelte den Kopf von rechts nach links und von links nach rechts und blickte sein Frau mit dem Ausdruck äußersten Mitleids an.

Allen war bewußt, daß die Geister den Verstand der armen alten Noaga davongetragen hatten. Nabas Leute ergriffen Noaga und führten sie mit sich fort. Ihr Mann fragte niemals, wohin.

Nitjéma, der Vorfahr, nahm sich eine andere Frau, eine ganz junge, die Nitjéma, den Alten, gebar, und gründete das Dorf Liguidi-Malgam.

Buki als Pensionsgast

Eher als Feststellung und nicht unbedingt, um zu petzen, sagten die kleinen Löwenkinder zu Gayndé, ihrem Vater: »Vater, Buki, die Hyäne, hat deine Sandalen anprobiert, und sie stehen ihr ausgezeichnet.«

Wenn Gayndé, der Löwe, die Ohren gespitzt hatte, dann allerdings nur unmerklich und flüchtig, denn er dachte bestimmt an etwas anderes, in seinen Augen Wichtigeres als an die Veränderung, die sich augenscheinlich an der Gestalt von Buki, der Hyäne, und ihrem Benehmen ihm gegenüber vollzogen hatte. Er hatte sie aufgenommen, beherbergt und ernährt und sie ihm dafür kleine Dienste geleistet und Arbeiten im Haus verrichtet, unter anderem das Häuten und Zerlegen des Wildes, das er täglich herbeischaffte. Eine Aufgabe, wie geschaffen dafür, um einer Hyänennatur zu gefallen.

Gayndé, der Löwe, hatte Buki, die Hyäne, in einem beklagenswerten Zustand aufgenommen – während einer Hungersnot, die im ganzen Land, bei Mensch und Tier noch immer in guter Erinnerung ist.

Buki war damals so mager und kraftlos, daß man durch ihre Rippen hindurch die Sonne sah. An den Stellen, wo es noch vorhanden war, war ihr Fell fleckig, zerstochen und von Motten zerfressen, und ihre Knie und ihr Hinterteil waren so nackt wie die rötlichen Hinterbacken von Golo, dem Affen.

Ein weiter Umweg empfiehlt sich,
Wenn man auf eine Löwenfamilie stößt.
Fou Gayndé tegg dommam
Tegghi ba varr na ya!

So singt, wer aus dem Kampf als Sieger hervorgeht.

Buki hatte nicht einmal mehr das bißchen Kraft, diesem weisen Rat zu folgen, damals, als sie, erschöpft davon, hinter den flüchtenden Eidechsen und flinken Ratten herzutrotten, die sich sichtlich über ihren schwankenden Gang amüsierten, zum Wohnsitz von Gayndé, dem Löwen, kam, wo die Löwenkinder herumtollten und sich über ihr fleckiges Fell und ihre ungewöhnliche Magerkeit wunderten.

Buki hatte weder die Kraft noch die Zeit gefunden, sich davonzustehlen.

Gayndé war mit einem Wasserbock so groß wie ein Flußpferd nach Hause gekommen.

Der Witwerstand – oder vielleicht nur die Ermüdung nach der Jagd an einem so heißen Tag – hatte anscheinend das Herz des Hausherrn erweicht. Jedesmal, wenn er seine Kinder um Buki, die hinfällige keuchende Hyäne, herumspringen sah, spürte er so etwas wie leises Mitleid, und anstatt den trübseligen und leeren Tagen seines ungebetenen Gastes ein Ende zu machen, ordnete er gutmütig an: »Buki, kümmere dich um diese Beute!«

Buki, die Hyäne, die an all ihren schmächtigen Gliedern und ihren eingefallenen Flanken zitterte, war aufgestanden und hatte sich auf den Wasserbock gestürzt. Sie hatte ihn gehäutet und zerlegt – ihre Kräfte kehrten in dem Augenblick zurück, als sie all das Fleisch, die noch warmen Eingeweide, das ganze

Blut sah und roch, wobei nicht einmal der gierige Erdboden die Erlaubnis abwartete, sich seinen Teil davon zu nehmen.

»Iß, soviel du willst, und gib auch den Kindern zu essen«, hatte Gayndé gesagt.

Die Hyäne, das Maul voller Eingeweide und Fleisch, stopfte alles in sich hinein mit den Dankesworten: »N'Diaye! N'Diaye! Gayndé, N'diaye! Danke!«

An jenem Tage aß sie, als wollte sie sich für all die anderen Tage, für all die Wochen, ja für all die Monde schadlos halten, da sie gezwungenermaßen und nicht etwa aus Frömmigkeit gefastet hatte.

Dann hatte sie sich gesättigt niedergelegt und bis zum Morgen geschnarcht. Sie war spät erwacht, als die Sonne herabbrannte und die kleinen Löwen auf ihrem runden Bauch Trommeln spielten.

Gayndé, der Löwe, war im Morgengrauen auf die Jagd gegangen.

Buki hatte das Haus gereinigt, den Haushalt in Ordnung gebracht und mit den Kindern gespielt.

Gayndé kam mit einer außerordentlich großen Gazelle heim. Er hatte den Fuß noch nicht auf die Schwelle gesetzt und gerade zu rufen begonnen: »Buk...«, da eilte Buki, die Hyäne, schon herbei: »N'Diaye! N'Diaye!«

Und so ging es wochenlang, Tag für Tag.

Buki zog die Jagdbeute ins Haus, häutete, zerlegte, putzte, scheuerte mit dem ganzen Eifer und der ganzen Hingabe einer gut behandelten und geachteten Dienerin.

Dank des Fleisches, der Innereien, an denen es im Hause Gayndés, des Löwen, nicht einen Moment fehlte, erholte sie sich rasch von ihrem ausgehungerten Zustand. Sie wurde zusehends dicker. Ihr nachgewachsenes Fell glänzte in der Sonne, und ihre Lefzen waren stets so fettig wie ein Klumpen Butter. Doch umgekehrt zu ihrer Körperfülle schienen ihr Eifer und ihre Hingabe bei der Arbeit, ihre Ergebenheit täglich abzunehmen.

Man hörte kaum noch das beflissene »N'Diaye! N'Diaye!« der ersten Tage, wenn Gayndé, der Löwe, sobald er von der Jagd zurückkehrte, von der Schwelle des Hauses her nach ihr rief.

Erst antwortete sie mit einem lässigen »Nâm – hier bin ich«. Später mit einem fast unverschämten, aber stets gereizten »Wâwe – ja«. Und dann mit einem ärgerlichen »Lane la? Was gibt's?«

Langsam, schleppenden Schrittes holte sie die Tagesbeute herein, die sie beinahe widerwillig häutete und zerlegte.

Und die kleinen Löwenkinder sagten – nicht unbedingt, um zu petzen: »Vater, Buki, die Hyäne, hat deine Sandalen anprobiert, und sie stehen ihr ausgezeichnet.«

Ihr Vater, voller Verachtung, konnte nun nicht mehr umhin, die Veränderung in Bukis Verhalten ihm gegenüber zur Kenntnis zu nehmen. Ihre Antworten wurden bisweilen nicht nur murrend gegeben, sondern auch von einem Gemurmel oder zischenden Flüchen begleitet, wenn sie sich in ihrer Ruhe und in ihren Träumen gestört fühlte.

Eines Tages stand Gayndé mit leerem Maul vor der Tür. Er hatte seine Beute über die Hecke geworfen, hinter das Haus. Er rief: »Buki!«

»Was gibt's?« brummte die Hyäne.

»Häute und zerlege das Wild, das hinter dem Haus unten an der Hecke liegt.«

Buki, das Hinterteil dicht am Erdboden, begab sich trägen Schrittes hinter das Haus. Dort blieb sie stehen, wie vor den Kopf geschlagen und an allen ihren kräftig und muskulös gewordenen Gliedern zitternd. Vor ihr lag, die Eingeweide in der Sonne, das Rückgrat bis zum Hinterteil gespalten, die größte Hyäne, von der die Mutter ihrer Mutter nicht einmal in den für ihre Gattung schmeichelhaftesten Erzählungen berichtet hatte. Gayndés Beute war so groß wie der stärkste Stier, den Buki in Zeiten des Überflusses in der Herde von Madal Poulo, dem Hirten, von weitem gesehen hatte.

Buki häutete und zerlegte die Hyäne, die dreimal so kräftig war wie ihr Vater in seinen besten Jahren.

Sie arbeitete mit der gleichen Hingabe und dem gleichen Fleiß wie in den ersten Tagen nach ihrer Ankunft im Hause Gayndés, des Löwen.

Die Lektion hatte, so schien es, Wirkung gezeigt.

Die Tage vergingen mit immer wieder neuen Belastungen. Die Hyänennatur ändert sich aber nicht, und die Lektion war schnell vergessen. Bukis Beflissenheit, ihre Hingabe und ihr Eifer nahmen täglich ab, und ihre Unverschämtheit wuchs von Tag zu Tag.

Immer wieder probierte Buki die Sandalen von Gayndé, dem Löwen, und sie paßten ihr mit jedem Tag besser.

Eines Tages traf Gayndé, der Löwe, als er von der Jagd zurückkam, Leuk, den Hasen. Er brachte einen großen Wasserbock mit, dessen Gewicht ihn zwang, auf dem Weg, der zu seiner Wohnstatt führte, mehrmals auszuruhen. Sie plauderten unter dem Schatten eines Baobab, als N'Djugupe, die Fledermaus, mit ihren samtartigen Flügeln vor ihrer Nase herumflatterte und sie mit ihrem spöttischen, stets flegelhaften Lachen ärgerte.

Mit einem Tatzenhieb hatte Gayndé die Fledermaus zerschmettert und sie Leuk, dem Hasen, überlassen, der daher verpflichtet war, seine Richtung zu ändern und ihn zu begleiten.

Einige Schritte vom Haus entfernt, hüpfte und tollte Bèye, die Ziege, umher, die noch ungezogener war als N'Djugupe, die Fledermaus. Sie hatte von Thioye, dem Papagei, erfahren, daß Gayndé bei sich zu Hause Buki beherbergte. In ihrem kleinen leichtsinnigen Kopf hatte Bèye daraus geschlossen, daß zwischen den Tieren, wenn nicht sogar zwischen Menschen und Tieren, Frieden geschlossen worden sein mußte.

Gayndé hatte seinen Wasserbock losgelassen und mit einem Sprung das Hinterteil von Bèye zertrümmert, die zu seinem Haus gekommen war, um ihn, wie er meinte, zu verhöhnen, denn an jenem Tag hatte er seine gute Laune und seine Langmut im Bett gelassen, als er beim ersten Hahnenschrei zur Jagd aufgebrochen war.

Gayndé schleppte seinen Wasserbock auf den Hof und kehrte zurück, um Bèye, die Ziege, zu holen, die noch röchelte. Leuk, der den Balg von N'Djugupe, der Fledermaus, trug, folgte ihm und wurde von den Söhnen des Löwen fröhlich willkommen geheißen.

»Onkel Leuk! Sène! Sène!«

»Wo ist Buki?« fragte der Vater.

»Sie schläft«, antworteten die Jungen.

»Holt sie her!«

Die Löwenkinder weckten Buki, die Hyäne, die sich reckte, mühsam erhob und die näselnd murrte: »Lane La? Was gibt's?«

»Vater ruft nach dir«, erklärten die Kinder.

»Schon wieder?«

»Buki!« brüllte Gayndé, der Löwe, mitten vom Hof her.

»Nâm!« antwortete Buki mit schlaftrunkener Stimme, gähnend und näselnd, und machte sich langsam auf den Weg.

»Buki!« rief Gayndé noch einmal.

»N'Diaye!« gab Buki zur Anwort, schon etwas wacher jetzt. Sie beeilte sich auch ein bißchen.

»Verteil das Wild hier!« befahl der Hausherr.

»Ja, N'Diaye!«

Buki blickte auf den Wasserbock, die Ziege und die Fledermaus: »Das Wild hier verteilen?«

»Ja, verteil es«, verlangte Gayndé.

»Aber an wen denn?« fragte Buki, nun vollständig wach.

»An wen? Nun, an alle, die hier im Haus sind«, erklärte Gayndé, dem Buki auf die Nerven fiel, etwas ungeduldig.

»Schön, N'Diaye«, sagte Buki, »für dich und die Kinder ist, denke ich, dieser Wasserbock gerade richtig. Er ist groß und fett genug und ausreichend für alle eure Mahlzeiten an einem Tag. Es ist lange her, daß ich Ziegenfleisch gegessen habe, daher wird mir dieses vorzüglich schmecken. Onkel Leuk nimmt als Dank für seine Mühe den Kadaver von N'Djugupe mit, denn wir wissen nicht, was wir mit ihren spitzen Ohren und ihren großen Zähnen machen sollen, und ...«

Buki hatte noch nicht zu Ende gesprochen, als Gayndés rechte Tatze aufblitzte, sie am Maul traf und ihr ein Auge ausschlug, das ganz nahe an Leuks zitternder Nase vorbeiflog. Buki sank mit gespaltenem Kopf und offenem Maul zu Boden.

»Onkel Leuk«, rief Gayndé.

»N'Diaye!«

»Teil das Wild unter uns auf!«

»Gut, N'Diaye«, willigte Leuk ein. »Ich glaube, N'Diaye, der kleine Wasserbock hier wird für dich und die Kinder kaum zum Mittagessen reichen, aber schließlich haben wir immer noch eine Hungersnot oder doch fast. Zum Abendessen könnt ihr euch mit Bèye zufriedengeben, die hierhergekommen ist, um sich dir anzubieten. Das dürfte reichen, denn die Kleinen haben den ganzen Tag gespielt und sind zu müde, sicherlich haben sie kaum Hunger und werden nicht viel essen. Morgen früh, bevor du auf die Jagd gehst – denn der Tag wird heiß werden –, füllt dir die Fledermaus gerade das Loch in deinem alten hohlen Zahn, N'Diaye.«

»Wer hat dich so gut zu teilen gelehrt, Onkel Leuk?« wunderte sich Gayndé, der Löwe.

Und Leuk erklärte: »Das linke Auge von Buki, der Hyäne, das meine Nasenspitze streifte.«

Der schmutzige Löffel

Binta, die Waise, lebte im väterlichen Haus, wo die zweite Frau ihres Vaters nur schwere Arbeit, Schikanen, Schreie und Schläge für sie übrig hatte. Während ihre Halbschwester Penda die meiste Zeit auf das sich Zurechtmachen und ihr Spielzeug verwandte, sammelte Binta trockenes Holz, holte Wasser, zerstampfte die Hirse, wusch die Wäsche und kochte. In den seltenen Augenblicken, da sie aus dem Haus schlüpfen konnte, lief sie auf den Friedhof und weinte am Grab ihrer Mutter. Diese hatte, wer weiß, warum, niemals auf die Hilferufe ihrer Tochter geantwortet. Todunglücklich in ihren Lumpen, ging Binta zurück, um sich aufs neue den Schreien und Schlägen ihrer Stiefmutter auszusetzen, die sie oftmals im Beisein ihres Vaters erdulden mußte. Dieser war der verachtenswürdigste aller Männer, das heißt, ein charakterschwacher Mensch. Er wagte nicht, die Waise zu verteidigen, denn die ihm verbliebene Ehefrau drohte jedesmal, wenn er die Stimme erheben wollte: »Wenn du mich nicht gewähren läßt, darfst du meinen ›Terrakottaring‹ nicht mehr liebkosen.«

Und der arme Mann überließ seine arme Tochter ihrem beklagenswerten Los und den Händen der bösen Frau.

Wieder einmal erschöpft, wirklich erschöpft am Ende eines solchen Tages, hatte Binda unter den zahlreichen Eßgeräten und Töpfen, die sie nach jeder Mahlzeit scheuern mußte, einen ganz kleinen Kôk vergessen, einen ganz kleinen Holzlöffel. Als die Frau ihres Vaters dies bemerkte, geriet sie in eine schreckliche Wut. Schreiend, heulend begann sie das Mädchen einmal mehr zu schlagen. Des Prügelns müde, sagte sie zu ihr: »Du wirst diesen Löffel im Meer von Danyane spülen.«

»Wo ist das?« wagte die Waise zu fragen.

»Am Meer von Danyane!« schrie die böse Frau zornig. »Los, geh!« befahl sie und stieß das arme Mädchen aus dem Haus.

Binta, die Waise, lief in die Nacht hinaus.

Sie ging, bis der Himmel von Sternen übersät war. Sie ging, bis die Erde erkaltet war. Sie ging, bis der erste Hahn krähte und dann der zweite. In den Dörfern der Menschen erwachten die Geräusche, das Klopfen der Stößel und das Geschrei der Kinder. Die Tiere und Geister der Nacht waren in ihrem Reiche, wo Binta nichts Böses widerfahren war, verstummt, und die Laute des Tages erfüllten Savanne und Wald.

Die Sonne hatte sich aus ihrem Himmelsbett erhoben und schon die Hälfte ihres täglichen Weges hinter sich, als Binta, die Waise, noch immer weiterging.

Die Nacht war gekommen und wieder fortgegangen, und Binta, die Waise, ging noch immer weiter.

Dreimal hatte die Sonne vom Himmel herabgestrahlt und auf die Erde der Menschen herniedergebrannt, hatte ihre Bürde an guten und an gemeinen Taten mit sich genommen, als Binta, die Waise, am Fuße eines Baumes haltmachte, eines Jujubier, der gerade dabei war, selbst seine Früchte abzuschlagen. Das Mädchen kniete nieder und grüßte den Jujubier höflich.

»Wohin gehst du denn so allein und so spät, mein Kind?« fragte der Jujubier.

»Meine Stiefmutter hat mich losgeschickt, diesen Kôk im Meer von Danyane zu spülen«, erklärte das Mädchen.

»Möge Gott dich auf deinem Weg geleiten«, wünschte der Baum.

Er nahm eine große Handvoll Jujubierbeeren und reichte sie der Waise.

Binta ging drei Nächte und drei Tage lang weiter. Die Sonne zögerte noch, das dunkle Antlitz der Nacht zu reinigen, als Binta auf ihrem Weg zwei Fladen fand, die sich im Scherz verfolgten und miteinander rangen.

Sie kniete nieder und grüßte die beiden Fladen höflich.

»Wohin gehst du denn so allein und so früh, mein Kind?« erkundigten sich die beiden Fladen wie aus einem Mund.

»Meine Stiefmutter hat mich losgeschickt, diesen Löffel im Meer von Danyane zu spülen«, antwortete ihnen das Mädchen.

Die Fladen brachen jeder ein dickes Stück von sich ab und reichten es der Waise mit den Worten: »Möge Gott dich auf deinem Weg geleiten!«

Binta ging drei Tage und drei Nächte weiter. Die Sonne stand bereits mitten am Himmel, als sie auf ihrem Weg einen Topf mit Reis fand, der ganz allein kochte. Sie kniete nieder und grüßte den Topf höflich.

»Wohin gehst du denn so allein und bei dieser glühenden Hitze, mein Kind?« fragte der Topf.

»Meine Stiefmutter hat mich losgeschickt, diesen Kôk im Meer von Danyane zu spülen«, sagte die Waise.

Der Topf gab ihr eine große Handvoll Reis und wünschte: »Möge Gott dich auf deinem Weg geleiten!«

Sie ging immer geradeaus weiter. Am Ende des dritten Tages begegnete sie neben einem Haus, an dessen Strohdach die Winde zausten, einer alten, sehr alten Frau. Das Mädchen kniete nieder und grüßte die alte Frau höflich.

»Wohin gehst du denn so allein, mein Kind?« fragte die alte Frau.

»Meine Stiefmutter hat mich losgeschickt, diesen Löffel im Meer von Danyane zu spülen.«

»Das Meer von Danyane, das ist hier«, sagte die alte Frau. »Hier ist die Heimstatt aller Tiere des Busches. Sie sind alle meine Kinder. Leg deinen Kôk hin, nimm das Hirsekorn hier und zerstampfe es in dem Mörser.«

Binta nahm das Hirsekorn und tat es in den Mörser. Beim ersten Stoß füllte sich der Mörser mit Mehl, und eine einzige Handvoll Mehl verwandelte sich in eine Kalebasse mit Kuskus.

»Zünde das Feuer an«, sagte die Mutter der Tiere, »und koche diese Knochen in dem mit Wasser gefüllten Topf.«

Die Knochen waren sicherlich in der Geburtsstunde der Welt abgenagt und seit einer Zeit lange vor N'Diadiane N'Diaye gebleicht worden. Binta zündete das Feuer an und tat die Knochen in den Topf, und sogleich lief der Topf über von Fleisch-, Fett und Markstücken. Binta bereitete den Kuskus und aß mit der Mutter der Tiere.

Die alte Frau gab ihr eine sehr dünne und sehr spitze Nadel und sagte: »Leg dich jetzt unter das Bett, meine Kinder kommen gleich aus dem Busch zurück. Wenn sie sich auch niedergelegt haben, stichst du sie alle von Zeit zu Zeit sacht. Sie werden glauben, daß Flöhe und Wanzen im Bett sind, und eher als sonst aufstehen.«

Buki, die Hyäne, kam als erste. Sie reckte ihre Nase nach rechts und nach links, schnupperte in der Luft und am Boden und meinte: »Es riecht hier nach Menschenfleisch!«

»Menschenfleisch?« wunderte sich die alte Frau. »Hier bin ich das einzige menschliche Wesen, Buki, wenn du mich jetzt fressen willst ...«

»Ich werde mich hüten«, näselte diese. »Ich habe nur Spaß gemacht, Mutter.«

»Na gut«, sagte die Mutter der Tiere, »geh jetzt schlafen.« Und Buki, die Hyäne mit den hängenden Hinterbacken, gehorchte und ging schlafen. Gayndé, der Löwe, Sègue, der Panther, Thile, der Schakal, alle Tiere kamen nacheinander oder gruppenweise nach Hause und streckten sich auf dem Bett aus.

Binta befolgte den Rat der Mutter der Tiere und begann, sie durch das Bett hindurch zu stechen.

»Wie viele Wanzen hier wieder sind«, knurrte Buki, die Hyäne.

»Wirst du wohl still sein und uns schlafen lassen«, brüllte Gayndé, der Löwe. Im gleichen Augenblick spürte auch er einen Stich im Hinterteil.

»Buki, du hast recht«, gab er zu, »das Bett ist voller Wanzen.«

»Sie hat recht«, sagten Leuk, der Hase, und Nièye, der Elefant.

»Jede Menge Wanzen!« bekräftigten die anderen.

Denn Binta fuhr fort, sie zu stechen. Der erste Hahn hatte noch nicht aufgehört zu krähen, dort oben auf dem Dach, wohin er sich zum Schlafen gesetzt hatte, als alle Tiere von ihrem wahrhaft unerträglichen Lager flüchteten und in den Busch zurückkehrten.

Binta, die Waise, bereitete das Frühstück für die Mutter der Tiere, teilte es mit ihr und spülte dann ihren Löffel. Als sie zurückkam, gab ihr die alte Frau fünf Eier und trug ihr auf: »Wenn du am Rande der Savanne bist, dann singe:

Yey vêt O! Vey vet!
Einsamkeit, o Einsamkeit!

und schlage dieses Ei auf. In der Mitte der Savanne, schlägst du das zweite auf und singst wiederum:

Yey vêt O! Vey vet!

Das dritte Ei schlägst du am Rande des Waldes auf, nachdem du gesungen hast:

Yey vêt O! Vey vet!

Mitten im Wald singst du wiederum:

Yey vêt O! Vey vet!

und läßt das vierte fallen. Am anderen Ende des Waldes schließlich schlägst du das letzte auf. Geh, mein Kind, und möge Gott dich auf deinem Weg geleiten.«

Binta, die Waise, dankte der Mutter der Tiere mit vielen freundlichen Worten und begab sich auf ihren langen Weg zurück.

Am Rande der Savanne blieb sie stehen, sang:

Yey vêt O! Vey vet!

und ließ das erste Ei fallen. Rings um sie her tauchten Männer und Frauen auf, bewaffnete Reiter auf wunderschönen Pferden, Sklaven. Und alle folgten ihr ehrerbietig.

In der Mitte der Savanne schlug sie das zweite Ei auf, nachdem sie gesungen hatte:

Einsamkeit, o Einsamkeit!

und rings um sie her fielen Bubus zur Erde, Tücher in mannigfaltigsten Farben und aus mannigfaltigsten Geweben, Seidentaschentücher, Wickeltücher aus N'Galam. Die Sklaven luden sich alles auf.

Am Waldrand schlug sie das dritte Ei auf, sang:

Vey vêt O! Einsamkeit!

und rings um sie her häuften sich Goldbarren, Goldstaub, Gold- und Silberschmuck, Ringe, Armreifen, Ketten und jede Menge Bernstein. Die Sklaven luden sich alles auf.

Mitten im Wald sang sie wieder:

Yey vêt O! Vey vet!

und aus dem vierten Ei, das sie aufschlug, brach brüllend eine riesige Herde Ochsen, Kühe, Stiere und Färsen hervor, die von Sklaven geführt wurde.

Am Ende des Waldes sang sie zum letzten Mal:

Yey vêt O! Vey vet!

und ließ das letzte Ei fallen, aus dem allerlei Raubtiere hervorkamen: Löwen, Panther, Schakale, Hyänen, die drohend knurrten. Doch die Reiter stürzten sich auf sie und vernichteten alle diese bösartigen Tiere.

Binta, die Waise, langte schließlich in ihrem Dorf an, mit ihrem Gefolge, ihren Reichtümern und ihrer Herde. Sie überreichte der Stiefmutter den gespülten Löffel. Die Worte, die diese sprach, als sie die Waise in ihrem Schmuck sah, gefolgt von ihrer Herde und ihren Untergebenen, die unschätzbare Reichtümer trugen, niemand vermag sie wiederzugeben. Die Schreie, die sie ausstieß, sind noch bis in unsere Tage hinein zu hören.

Als sie wieder ins Haus trat, griff sie sich Penda, ihre Tochter: »Du Faulpelz, Nichtsnutz von Tochter«, kreischte sie, »sieh nur, was die Elende gefunden hat!«

Sie nahm einen Löffel und hielt ihn ihrer Tochter hin: »Mach sofort diesen Kôk schmutzig und ihn dann wieder sauber im Meer von Danyane.«

Und so begab sich Penda zum Meer von Danyane.

Wie Binta, die Waise und ihre Halbschwester, ging sie sehr weit und sehr lange, durchquerte Flußläufe und Wälder, Dörfer und Savannen, tagelang und nächtelang. Eines Abends kam sie zum Jujubier, der seine Früchte selbst abschlug. Ohne zu grüßen, ohne darauf zu warten, daß sie gefragt wurde, klatschte sie verwundert in die Hände.

»Lâ illâh! Seit meiner Geburt ist es das erste Mal, daß ich einen Baum seine Früchte selbst abschlagen sehe. Wenn ich das zu Hause erzähle, wird man mich eine Lügnerin nennen, ganz bestimmt!«

»Möge Gott dich niemals auf deinem Weg geleiten«, wünschte ihr der Jujubier.

Sie ging drei Nächte und drei Tage lang weiter und begegnete den beiden Fladen, die sich im Scherz verfolgten und miteinander rangen.

»Wie das?« rief sie aus, wobei sie schallend lachte und in die Hände klatschte, aber nicht einmal guten Tag sagte. »Wie das? Fladen, die sich amüsieren, die sich jagen und miteinander ringen? Davon habe ich noch nie gehört, das habe ich noch nie gesehen. Niemand wird mir glauben, wenn ich das eines Tages im Dorf erzähle.«

»Möge Gott dich niemals auf deinem Weg geleiten«, sagten die beiden Fladen und setzten ihre Spiele fort.

Penda ging drei Tage und drei Nächte lang weiter. Ihr Schatten versteckte sich unter ihren Füßen, als sie auf den Topf traf, der ganz von selbst kochte.

»Unglaublich, wirklich unglaublich«, rief das Mädchen verblüfft aus und klatschte in die Hände, ohne ein Wort der Höflichkeit. »Ein Topf, der ganz von selbst kocht? Man wird mich für verrückt halten und mich zum Schweigen bringen, wenn ich das eines Tages zu Hause erzähle.«

»Möge Gott dich niemals auf deinem Weg geleiten«, sagte der Topf.

Penda ging weiter geradeaus und gelangte zum Wohnsitz der Mutter der Tiere.

»He, alte Frau, kannst du mir sagen, wo das Meer von Danyane ist?«

»Hier, mein Kind, ich bin die Mutter aller Tiere des Busches.«

»Mame, Großmutter, ich beneide dich nicht um deine Nachkommenschaft. Ich will nur den Kôk spülen, den meine Mutter mir gegeben hat.«

»Nimm das Hirsekorn hier und zerstoße es in dem Mörser«, sagte die Mutter der Tiere.

»Ein Hirsekorn? Ein einziges Hirsekorn? Machst du dich lustig über mich, alte Frau? So etwas habe ich noch nie gesehen.

Das ist unmöglich, der Stößel wird es nicht einmal berühren auf dem Boden dieses großen Mörsers.«

Die Mutter der Tiere gab ihr eine Kalebasse voll Hirse. Einen halben Tag lang ging sie daran, sie zu zerstoßen, zu reinigen, wieder zu zerstoßen, zu kneten und zu dämpfen; doch kam nicht mehr als nur eine halbe Kalebasse Kuskus dabei heraus.

»Nimm diese Knochen und tue sie in den Topf«, befahl die Mutter der Tiere.

»Diese völlig abgenagten, seit wer weiß wann gebleichten Knochen? Das habe ich noch nie gehört. Ebensogut könnte man Kieselsteine kochen.«

Die Alte gab ihr einen Hammel, den sie tötete und kochte, und sie aßen zusammen den Kuskus. Die Mutter der Tiere gab ihr eine sehr dünne und sehr spitze Nadel und sagte: »Leg dich unter das Bett. Wenn meine Kinder heimkommen und sich schlafen legen, stichst du sie eins nach dem anderen ganz sacht.«

Ohne nach dem Warum zu fragen, streckte sich Penda unter dem Bett aus.

Alle Tiere kamen aus dem Busch zurück und legten sich nieder. Buki, die Hyäne, hatte sich, als sie hereinkam, wohl gehütet, zu äußern, daß es nach Menschenfleisch roch, und sich damit begnügt, unübersehbar zu schnuppern. Kaum fing sie an zu schnarchen, da bohrte das junge Mädchen ihr die Nadel ins Hinterteil, bis sie auf den Knochen traf. Buki sprang aus dem Bett, das schon von ihrem Blut befleckt war, verließ das Haus und verschwand in der Nacht. Bald folgten ihr die anderen Tiere, die vor Schmerz heulten und winselten, so tief hatte Penda sie gestochen.

Im Morgengrauen spülte Penda ihren Kôk und ging zur Mutter der Tiere, die ihr fünf Eier gab mit den gleichen Empfehlungen wie Binta, der Waise.

Penda ging den weiten Weg zurück. Am Rande der Savanne blieb sie stehen und sang:

Yey vêt O! Vey vet!

Als sie aber das erste Ei aufschlagen wollte, besann sie sich anders und sagte sich: Warum hat mir die alte Frau befohlen, dieses Ei eher aufzuschlagen als jenes? In diesem Land, wo alles umgekehrt ist, ist es, glaube ich, besser, immer mit dem Ende anzufangen. Sie sang wiederum:

Yey vêt O! Vey vet!

und schlug das fünfte Ei auf. Von allen Seiten rings um sie her tauchten alle wilden Tiere auf, die es auf der Erde gibt, und verschlangen sie. Sie ließen von ihr nur ein einziges Stück übrig, das Herz, von dem nicht einmal Tann, der Aasgeier, kosten mochte. Tann hatte das von allen Tieren verschmähte Stück gegriffen. Er war lange geflogen und hatte lange hoch oben am Firmament geschwebt. Als er über das Dorf kam, hatte er das Herz fallen lassen und dabei, um sie zu verspotten, gesungen:

Khalé ba démone
guédjou Danyane
khol ba n'gué-é-é-é.
Von dem Kind,
Das zum Meer von Danyane ging,
Hier das Herz-z-z-z.

Und das Herz ihrer Tochter, das keines der Tiere gemocht hatte, fiel in die Kalebasse mit Kuskus, den die böse Frau zubereitete. Tann, der Aasgeier, sang noch immer:

Von dem Kind,
Das zum Meer von Danyane ging,
Khol ba n'gué-é-é-é-é.

Birago Diop – Dichter in Prosa

Dank der fünf Bände von zusammen über tausend Seiten seiner zwischen 1978 und 1989 erschienenen *Mémoires* wissen wir über das Leben Birago Diops genauer Bescheid als über das aller anderen zeitgenössischen afrikanischen Schriftsteller: seine Dakarer Kindheit im Schoße der Großfamilie am Anfang des Jahrhunderts; die Gymnasialjahre in Saint-Louis, der alten kolonialen Hauptstadt des Senegal; die 11-monatige Militärzeit als Krankenpfleger am gleichen Ort; das Studium der Veterinärmedizin in Toulouse; die Heirat mit der Französin Marie-Louise Paule Pradère; die Wanderjahre als Veterinär und Funktionär der Kolonialverwaltung, die ihn durch weite Teile des damaligen Französisch-Westafrika (A.O.F. – Afrique Occidentale Française) führten; die Zeit in Paris – vor dem Krieg und während der deutschen Besatzung –, die ihn mit großen Teilen der dort ansässigen schwarzen Intelligenz aus den Kolonien zusammenbrachte; die politisch immer unruhigeren Jahre vor der Unabhängigkeit; die kurze Zeit als Botschafter seines Landes in Tunesien; die letzten Lebensjahrzehnte mit seiner Tierarztpraxis in Dakar und als geachteter und mit Ehrungen überhäufter »Doyen« der senegalesischen Schriftsteller französischer Sprache. Und in all diesen Jahren natürlich auch: die Begeisterung für die Literatur, die allmähliche Erprobung des eigenen Talents, erste Schreibversuche im politisch-essayistischen Bereich, die Erweckung und Berufung zum Erzähler in der Begegnung mit den traditionellen Erzählerfiguren im Umkreis seiner Familie und dem Umfeld der »Négritude« in Paris; das Aufnehmen und Sammeln von Geschichten vielfältiger Art auf seinen Wanderungen, ihre Bearbeitung und Anverwandlung an das eigene Werk, das zwischen 1937 und 1963 immer deutlichere Konturen gewinnt, heranreift, in andere Medien (Theater, Kino) transponiert wird und Birago Diop zu einer der unverwechselbaren und faszinierenden Erzählergestalten unseres Jahrhunderts macht.

Birago Diop ist Anfang Dezember 1906 in dem Dakarer Vorort Ouakam geboren, wo sein Vater Ismaël Diop als Maurermeister in einem französischen Militärlager arbeitete. Seine Frau, Biragos Mutter Sokhna Diawara, brachte ihm zu Fuß – über 9 km Entfernung – das Mittagessen und wurde dabei von den Wehen überrascht. Biragos älterer Bruder Massyla meldete die Geburt am 11. Dezember 1906 in Dakar. Der Vater starb bereits zwei Monate später, im Februar 1907. Die Mutter wird sich wieder verheiraten, mit dem Kaufmann Cheikh Niang, einem Neffen ihres Schwiegervaters, der 1909 sterben wird; zwei Monate nach seinem Tode kommt sein Sohn Balley Niang zur Welt. Die Mutter wird bis zu ihrem Tode 1953 der Mittelpunkt der Familie bleiben. Die Erziehung Biragos liegt, wie in Afrika üblich, nicht nur bei den leiblichen Eltern, sondern bei der ganzen Großfamilie: Onkel und Tanten mütterlicher- wie väterlicherseits, Großeltern, Freunde und Nachbarn der Familie, Neffen und Cousinen, ein ganzer »Hofstaat«. Gewiß erklärt dies auch ein wenig das – für Menschen in einer oral verfaßten Gesellschaft typische – unglaubliche Personengedächtnis Diops, seine Freude an Genealogien, komplizierten verwandtschaftlichen Beziehungen, die Fähigkeit, auch noch die entferntesten und am weitesten zurückliegenden Begegnungen in allen Einzelheiten zu erinnern. In einer Gesellschaft, in der jeder auf die Solidarität der anderen angewiesen ist, die keine staatliche Vorsorge kennt, sind solche Kenntnisse überlebenswichtig.

Vor allem die zwei älteren (Stief-)Brüder Biragos, der um 21 Jahre ältere Massyla (gest. 1932) und der um 6 Jahre ältere Youssoupha (gest. 1962) werden den Heranwachsenden erziehen und beeinflussen. Massyla, der als Journalist und Schriftsteller seinen Weg sucht und einen (leider nur in Bruchstücken erhaltenen) Roman geschrieben hat, weist ihm den Weg zur Literatur; Youssoupha ist sein gesellschaftliches und berufliches Vorbild: stets gut gekleidet und ein ausgezeichneter Tänzer, ist er eine der auffallendsten Gestalten der an europäischen Modellen sich orientierenden Dakarer Gesellschaft der 20er und 30er Jahre; als Arzt wird er vorwiegend außerhalb von Senegal und fern von der Familie tätig sein, um sich von deren »Tyrannei« zu befreien, die sich u.a. darin äußert, daß man ihm die Frau ausgesucht hat – von der sich Youssoupha später trennen wird. Auch dies ist Birago eine Lehre.

Die Dakarer Kindheit ist reich an Anregungen und Einflüssen: Mit fünf Jahren kommt Birago in die Koranschule, die ihm aber mit ihrem mechanischen Rezitieren und Auswendiglernen kein großer Ansporn ist und wo er das »Lernziel«, den Koran auswendig aufsagen, nicht erreicht. An die Beschneidung und an die damit verbundenen Initiationsriten im »Haus der Männer« wird er sich sein Leben lang (auch in seinen Erzählungen) erinnern; ebenso an die traditionellen Ringkämpfe, den »Zoo« der aus dem Landesinnern herangebrachten und in Dakar auf Schiffe verladenen Tiere, die ersten Freiluft-Kinos (Birago wird sein Leben lang ein begeisterter Kinogänger und ein besonderer Fan des Westerns sein), an die Tanzflächen und die öffentlichen Bälle, an die Café-Restaurants und die Buchhandlungen, die »drei Musketiere« und an die erste Zwiebelsuppe.

1916 kommt Birago auf die französische Schule, wie es dem Willen seines verstorbenen Vaters und dem Vorbild der älteren Brüder entspricht. Er muß sich den Zugang aber erst erkämpfen: Der Direktor weist den Zehnjährigen, der sich allein zum Schuljahresbeginn eingefunden hat, zunächst zurück. Erst auf Intervention des Generalstaatsanwalts, der in einem der Häuser der Familie zur Miete wohnt, darf Birago zum Unterricht.

Die Bewohner der vier Stadtgemeinden (»Quatre Communes«) des Senegal – Dakar, Saint-Louis, Rufisque und die Insel Gorée – sind seit 1879 französische Staatsbürger und genießen innerhalb des französischen Kolonialsystems einen quasi-exterritorialen Status, der sich u.a. in einem Snobismus und kulturellen Überlegenheitsgefühl gegenüber den »Eingeborenen« auf dem Lande äußert und darin, daß man glaubt, nur in zwei französischen Provinzen würde ein reines Französisch gesprochen: in der Touraine und in Senegal. Gerade der Stolz und das Selbstbewußtsein der Senegalesen befähigt sie andererseits auch, die eigene Sprache und Kultur als Werte zu bewahren und zu pflegen und sie nicht von der französischen Assimilationsmaschinerie unterpflügen zu lassen. Birago Diop berichtet, wie einer seiner senegalesischen Lehrer an der Grundschule in Dakar, Abdoulaye Camara, seinen gesamten Unterricht in der Landessprache Wolof hält und erst am Schluß, wenn der Schulleiter zur Türe hereinkommt, ein paar Worte auf Französisch sagt.

Die doppelte sprachliche und kulturelle Sozialisation setzt sich auch in der Gymnasialzeit in Saint-Louis fort, wo Birago von 1921 bis 1927 das Lycée Faidherbe besucht. Saint-Louis war seit dem 18. Jahrhundert der Mittelpunkt – und das Glanzstück – der französischen Kolonialwelt. Hier hatte sich eine von *Métis* bestimmte französisch-afrikanische Mischlingsgesellschaft herausgebildet, die nach Paris blickte und für ganz Westafrika den Ton angab. Das geistige Klima war auf Diskussion und Streit gestimmt, und die anderswo zu beobachtenden Bemühungen des Kolonisators, die Afrikaner von den aktuellen Entwicklungen und Meinungskämpfen in der »Metropole« fernzuhalten, verfingen hier nicht, wäre es auch nur, weil unter den Schülern auch junge Franzosen waren.

Das Selbstbewußtsein der schwarzen Schüler ist sehr ausgeprägt, kein Wunder, da sie in nahezu allen Fächern die Besten sind. Außer in Französisch; dafür sorgen ihre Lehrer. Birago bekommt 0 Punkte als Note für einen Aufsatz zu einer Lafontaine-Fabel, der dem Lehrer allzu gut gelungen zu sein scheint, weil er ihm nicht sagen will – was er gar nicht könnte –, »wo er ihn abgeschrieben hat«.

Dem jungen, selbstbewußten Birago wird auch das zum Ansporn. Ebenso wie die Entdeckung der Welt der Bibliotheken und der Bücher – mit denen der Gymnasiast manche schlaflose Nacht verbringt –, die Straßensänger, Grioten und andere Geschichtenerzähler, die Diskussionen, Rededuelle und Poesiewettstreite abends in den Schlafsälen, die Lektüre der kolonialen Afrikaforscher (wie Delafosse, Hardy, Monteil), die ihn den Wert und die Schönheit der traditionellen afrikanischen Kulturen sehen lehren, die Sprachspiele, poetischen Versuche und das Nachdenken über Sprachliches im Zusammenhang mit älteren französischen Autoren (Rabelais, Montaigne, Voltaire) und den während der Initiationsriten gehörten und memorierten – damals noch kaum verstandenen – geheimnisvollen Versen und Sprüchen, auf die er auch später, bei den Bambara in Mali, wieder treffen wird. Als Aufsatzthema beim schriftlichen Abitur (das sinnigerweise »Brévet de Capacité colonial« heißt: »Koloniales Befähigungszeugnis«) wählt Birago: »Von manchen Schriftstellern sagt man, sie seien Dichter in Prosa. Was verstehen Sie darunter? Geben Sie Beispiele!« – Sollte Birago Diop hier zugleich sein Lebensthema als Schriftsteller gefunden haben?

Fest steht, daß Birago die für seine weitere schriftstellerische Arbeit entscheidenden Impulse schon in Senegal erfahren hat, daß der »Funke« gezündet, die »Berufung« sich unmißverständlich Gehör verschafft hat. Als er während seiner Studienzeit in Toulouse die verschiedenen Zeitschriften der »Mouvements Nègres« (Organisationen der Schwarzen) liest, bringen sie für Birago Diop nur noch Bestätigung und Vergewisserung von längst Gewußtem. Von der Lektüre der Zeitschrift La Revue du Monde Noir der von den Antillen stammenden Schwestern Paulette und Jeanne Nardal sagt er: »(Sie) bestätigte mich in meiner Suche dessen, was nicht sterben durfte, was wiedergeboren werden mußte, was unbedingt wieder zum Leben erweckt werden mußte«; und etwas weiter: »Ich habe nichts in Frankreich gefunden, was ich nicht schon in mir trug«.

Dennoch sind die Studienjahre in Toulouse und vor allem die zwei Jahre in Paris zur Zeit der deutschen Besatzung (1942-

1944) nicht ohne Einfluß auf die Arbeit und das weitere Leben und das schriftstellerische Wirken Birago Diops. Er lernt in Toulouse seine Frau kennen, die ebenfalls wie er Waise väterlicherseits ist (was, wie sein Kommentar lautet, die Sache gewiß erleichtert hat), mit der er am 5. April 1934 die Ehe schließt; er absolviert erfolgreich sein Studium und schließt es mit dem Doktor in Veterinärmedizin ab, und er verkehrt in den intellektuellen und literarischen Kreisen, in denen er zum Autor wird und die Möglichkeiten geboten bekommt, seine literarischen Arbeiten zu veröffentlichen.

Die ersten Eheschließungen zwischen afrikanischen Männern und französischen Frauen gehen in die 20er Jahre zurück, als nach dem Ersten Weltkrieg zahlreiche afrikanische Kriegsveteranen, ehemalige Senegalschützen, »Tirailleurs Sénégalais«, wie man alle aus Westafrika stammenden Soldaten nannte, in Frankreich blieben und manche von ihnen eine französische Frau heirateten. In den Kolonien sah man solche Verbindungen ungern; und die »Domino-Paare« (»ménages domino«), wie man sie nannte, hatten mit Schwierigkeiten familiärer, beruflicher und gesellschaftlicher Art zu kämpfen, wie uns Birago Diop in seiner nüchtern zurückhaltenden Art berichtet.

Als er im August 1934 mit dem Passagierdampfer *Amérique* von Bordeaux aus nach Dakar fährt, mit der Ernennung zum Veterinärinspektor der Kolonialverwaltung in der Tasche, wartet bei der Landung des Schiffes nur ein junger Cousin auf ihn, der Empfang durch die Familie ist kühl und reserviert; Birago wird vor das Familiengericht zitiert und »angeklagt, zum Studium nach Frankreich gegangen zu sein – um ihm dieses zu ermöglichen, hatte die Familie eine Hypothek auf ihr Haus aufnehmen müssen – und mit einer *toubabesse*, einer Nichtafrikanerin, einer Europäerin, einer Weißen zurückgekommen zu sein«. Sein Stiefvater El Hadj Pèdre Diop, der als Anwalt seine Sache vertritt, findet das erlösende weise Wort, das ihn freispricht: »Auch aus den Ketten, die uns fesseln, kann das Glück kommen«, ein Satz, der wörtlich in einer der Erzählungen (*Die*

Gazelle und die beiden Jäger) wiederkehrt. Die Ketten sind freilich nicht nur die der Kolonisation, sondern – wie Birago Diop unmißverständlich zu verstehen gibt – auch die der Tradition, deren »Sklaverei und (das Individuum) vernichtende Zwänge« er aus früherer Anschauung und durch das Exempel seiner älteren Brüder vor Augen hat und denen er auch dadurch entgeht, daß er sich stets auf Stellen außerhalb seiner Heimat Senegal versetzen läßt.

Auch die koloniale Gesellschaft ist längst noch nicht frei von Rassismus und läßt den Afrikaner Diop und seine weiße Frau gelegentlich ihre Mißachtung spüren, was manchmal bis zu handgreiflichen Auseinandersetzungen und Schlägereien ausarten kann. Am eindrucksvollsten – und von Birago in allen Einzelheiten geschildert – jener legendäre Boxkampf, in dem er einem französischen Apotheker, der ihn im Kino mit rassistischen Äußerungen provoziert hatte, einen klassischen K.o. versetzt. Dem Polizeikommissar, der ihn darob verhaften lassen will, verweigert der Polizist den Gehorsam: »Unmöglich, es ist Doktor Diop!« Und als auch andere bezeugen, daß die Provokation vom französischen Apotheker ausgegangen war, bleibt die Angelegenheit für Diop ohne Folgen – außer daß er in der Stadt als »Rächer« gefeiert, seine Frau (als Gattin des »Boxers«) von den Taxifahrern Bamakos umsonst kutschiert wird und Diops Tat als heroischer Akt in die Geschichte der Kolonie eingeht. Galandou Diouf, der Abgeordnete des Senegal in der französischen Nationalversammlung, wird sie als »senegalesische Reaktion« rechtfertigen.

Birago Diop war allerdings nicht der erste, der die Ehre der schwarzen Menschen in der Kolonie unter Einsatz von Brachialgewalt verteidigt hatte. Sein Vorgesetzter, der aus Guadeloupe stammende (dunkelhäutige) Rémy Nainsouta, hatte seinen Dienst in der französischen Armee 1923 quittiert, nachdem er einen weißen Offizier, der seinen Hund *Blaise* (nach dem senegalesischen Abgeordneten Blaise Diagne) rief, mit Peitschenschlägen traktiert hatte. Die Gewaltbereitschaft ist in der kolonialen Gesellschaft latent stets vorhanden, doch es herrscht – seit den 20er und verstärkt seit den 30er Jahren – auch das Gefühl des Anbruchs einer neuen Zeit, in der die Kolonisierten sich nicht mehr alles gefallen lassen müssen. Am schönsten hat diesem neuen Gefühl der von Diop bewunderte Nainsouta Ausdruck gegeben, in einem Wahlspruch, den sich auch Diop selbst und seine Frau zu eigen gemacht haben: »Se poser, pour n'avoir ni à s'opposer ni à s'imposer«, frei übersetzt: »Grade stehen, damit man sich weder bücken noch andere treten muß.«

In anderer Weise geben dem Gefühl des Anbruchs einer neuen Zeit die in Paris studierenden schwarzen Studenten aus den Kolonien Ausdruck, die versuchen, ihr Bild des »neuen Negers« in – meist kurzlebigen – Zeitschriften wie *L'Etudiant Noir* oder *Légitime Défense* zu propagieren. Dabei können sie sich der Unterstützung anderer, aus Amerika kommender schwarzer und indigenistischer Bewegungen erfreuen. Birago Diop trifft während seines ersten längeren Parisaufenthaltes von November 1933 bis Sommer 1934 mit den Vertretern der schwarzen Pariser Intelligenz zusammen: mit seinen Landsleuten Léopold Sédar Senghor, dem späteren Staatspräsidenten, und Ousmane Socé, Veterinär wie Birago und Verfasser zweier Romane, die das geistige Klima jener Jahre und die in den Négritude-Zirkeln geführten Debatten anschaulich wiedergeben: der senegalesische »Sittenroman« *Karim* (1935) und der Roman einer unglücklich endenden senegalesisch-französischen Mischehe, *Mirages de Paris* (1937); mit den Antillanern Damas, Césaire und Sainville, von denen vor allem der aus Guyana stammende Léon-Gontran Damas zu einem engen Freund Biragos und seiner Familie werden wird.

In diesem Umfeld bekommt Birago auch die Anregung, die ihm seit seiner Kindheit vertrauten mündlich überlieferten Erzählungen wieder aufzugreifen und literarisch für den Geschmack einer nicht nur afrikanischen Leserschaft aufzubereiten. Der aus Haiti stammende Arzt, Wissenschaftler und Politiker Jean Price-Mars hatte bereits 1928 eine Sammlung mündlich überlieferter Erzählungen afrikanischer Herkunft unter dem Titel Ainsi parla l'oncle veröffentlicht. Damas wird mitten im Krieg (1943) die ihm von einer mythischen Erzählerin mit Namen Tétèche überlieferten »Erzählungen am Abend« (Veillées Noires) publizieren. Ousmane Socé nimmt in die zweite Auflage von Karim (1942) eine Auswahl seiner Contes et Légendes d'Afrique auf, deren Ziel es ist, der Jugend Leben und Taten der Helden afrikanischer Geschichte zu erzählen. Im Heim für die Studenten aus den Kolonien referiert während der deutschen Besatzungszeit der Vietnamese Bu Hoï über die mündlichen Erzähltraditionen seines Landes; Birago Diop selbst hält im Mai 1944 am gleichen Ort einen Vortrag über das Thema: »Schwarze Volkskunst. Erzählungen, Legenden und Fabeln in Französisch-Westafrika«. Die Zeit scheint reif: Birago Diop hat viele Jahre gesammelt, nachgedacht, Anregungen erfahren, Vorarbeiten erbracht, die eigenen Überlieferungen mit anderen Traditionen verglichen, sein Erzählkorpus ist immer umfangreicher geworden; es drängt nach Veröffentlichung.

Den entscheidenden Anstoß verdankt Birago Diop jenem Mann, der bereits im Titel der ersten beiden Erzählbände namentlich erscheint: Amadou Koumba N'Gom, der Griot der Familie seiner Mutter. Er trifft ihn im Frühjahr 1936 in Kidira, einem senegalesischen Grenzstädtchen zu Mali. Der damals schon sechzigjährige Amadou Koumba ist kein armer fahrender Sänger, sondern ein großer Herr, gekleidet wie ein Kantonchef oder wie ein vornehmer Marabut. Von ihm erfährt Birago Diop die Geschichte seiner Familie mütterlicherseits. Das bedeutet nicht nur Belehrung über Herkunft und Verwandtschaft, sondern »Identität«, Eins-Werden mit den Vorfahren, denen, die nicht mehr da sind und doch ganz nahe. Entsprechend stellt Birago Diop die Begegnung mit Amadou Koumba an den Anfang seiner Lebensgeschichte. »Die Genealogie«, sagt er, »ist für einen Bewohner des Sahel das schönste Gedicht, das er sich vorstellen kann«.

Die reale Begegnung Birago Diops mit Amadou Koumba war nicht von langer Dauer, sie hat aber sein Selbstverständnis als Griot-Schriftsteller dauerhaft geprägt. Die Hauptschwierigkeit bei der Übermittlung und Vergegenwärtigung mündlich überlieferten Erzählens ist der Verlust des lebendigen und lebensweltlichen erzählerischen Rahmens. Die Nennung Amadou Koumbas und seine wiederholte erzähltechnische Einführung als Rahmenerzähler versuchen, diesem Mangel abzuhelfen. Sie vergegenwärtigen den Erzählanlaß und den Erzählbeginn, den Übertritt in den Innenraum des Erzählens und des Erzählten, über die Schwelle des Verzauberns und des Sich-Verzaubern-Lassens.

In der Erzählung *Fari, die Eselin* wird das so beschrieben: »Aus seiner Geschichte heraustreten – oft, nachdem er kaum in sie eingetreten war – und sie dann um so wirkungsvoller wieder aufnehmen, so machte es für gewöhnlich Amadou Koumba ... Oft entführte er uns, auf das Wort eines seiner Zuhörer hin, weit, sehr weit zurück in die Zeit. Oft auch war es ein Mann, der gerade vorüberging, die Geste einer Frau, die aus seinem Gedächtnis Geschichten und Worte der Weisheit aufleben ließen, die der Großvater seines Großvaters von seinem Großvater gehört hatte.« Die Beweglichkeit und das ständige Fluktuieren mündlichen Erzählens, der unablässige Kontakt und Austausch mit dem Publikum, werden so lebendig gegenwärtig.

Der schriftliche Erzähler Birago Diop muß zu anderen Mitteln greifen, um den Erzählvorgang selbst sichtbar zu machen. Besonders vielschichtig und intensiv geschieht dies zu Beginn von *Die Mamellen*, einer der frühesten Erzählungen. In literaturwissenschaftlicher Terminologie (A. Jolles) handelt es sich hier um eine »Mythe«, die eine geographische Merkwürdigkeit erklärt: wie die beiden ungleichen Erhebungen an der äußersten Westküste Afrikas zu ihrem Namen gekommen sind. Der Erzählvorgang setzt mit einem Sprichwort ein: »Wenn sich die Erinnerung daran begibt, trockenes Holz zu sammeln, schnürt sie daraus das Bündel, das ihr gefällt.« Der Ich-Erzähler findet sich im europäischen Winter (wie wir aus den Memoiren wissen, ist es der Kriegswinter 1942/43) in Gedanken an die Weiten der afrikanischen Savannen. Er wärmt die Glieder am Feuer des Kamins und sinniert einem anderen Sprichwort nach: »Das Holz, das man selbst geschlagen und kleingehackt hat, wärmt besser als jedes andere Feuer.« Aus dem europäischen Winter schweift die Erinnerung zurück an die Rückkehr nach Afrika im Sommer 1934, nach den in Europa verbrachten Studienjahren. Als die Westspitze Afrikas vor dem Passagierdampfer auftaucht, fragt die ironische Stimme der jungen Französin Violette: »Das bißchen sind die ›Mamellen‹?« – Birago Diop konnte zum damaligen Zeitpunkt nur eine beschämt ausweichende Antwort finden: »Das bißchen ..., aber weiter südlich ...«. Erst viel später, so Birago weiter, »als ich Körnchen für Körnchen sein Wissen und seine Weisheit auflas, habe ich, als eine Sache unter vielen anderen, erfahren, was es mit den Mamellen für eine Bewandtnis hat, mit diesen beiden Buckeln der Halbinsel Cap-Vert, dem letzten Stück afrikanischen Bodens, das die Sonne am Abend lange betrachtet, bevor sie im großen Meer versinkt.«

Über die erzählerische Vermittlung hinaus bezeichnet der Verweis auf Amadou Koumba die »Erweckung« Birago Diops zum Erzähler, die geradezu als Vision erfolgende Einsicht in den Gesamtzusammenhang des Universums mündlichen Erzählens. Der Leser vollzieht in gewisser Weise den Weg nach, den Birago Diop selbst gegangen ist: vom Nichtwissen über die Initiation – durch Amadou Koumba – zum Wissen. Dabei ist es gewiß nicht ohne Bedeutung, daß ihm das Wissen erst nach längerer Abwesenheit (in Europa) zuteil wird, daß er – wie manche Gestalten seiner Erzählungen – erst einen langen, entbehrungsreichen Weg gehen und viele Prüfungen hinter sich bringen muß, ehe ihm die volle Teilhabe an dem mit dem Namen Amadou Koumba verbundenen Erzähluniversum möglich wird.

Außer als Darstellung des Weges (oder der Wege) zum Wissen können die Erzählungen auch als »Lehrbuch« vielfältigen Wissens gesehen und gelesen werden: populär-volkstümliches Wissen einerseits und gelehrtes »Bildungs«-Wissen andererseits; oder auch: inhaltlich-faktisches Wissen auf der einen, ethisches und moralisches Wissen auf der anderen Seite; Wissen, was sich für den einzelnen gehört und was nicht, was er zu tun und zu lassen hat. In der Geschichte von der Eselin Fari wird berichtet, warum die Esel ganz zuunterst in der sozialen Hierarchie stehen, die »Sklaven der Sklaven« sind und von allen ebenso geprügelt werden, wie die koloniale Verwaltung Steuern und Zwangsmaßnahmen weitergibt: vom Gouverneur an den Kreiskommandanten, vom Kreiskommandanten an den Kantonchef – den Dolmetscher nicht zu vergessen –, vom Kantonchef an den Dorfchef, vom Dorfchef an das Familienoberhaupt, das sich zuletzt mit Stockschlägen auf den Rücken des Esels abreagiert. Bei diesem Vergleich wird ein dreifaches Wissen wie beiläufig mitgeteilt: die institutionelle Kommandostruktur des französischen Kolonialsystems in Westafrika; indirekt: der Zwangs- und Gewaltcharakter des herrschenden politischen Systems; allgemein: Jeder ist eines anderen Esel.

Geographisches Wissen wird mitgeteilt bei der Reise verschiedener Protagonisten der Erzählungen: So erfahren wir anläßlich der Pilgerfahrt des Mauren Narr (*Fari, die Eselin*) die Namen der Völker, durch deren Land er seinen Weg nehmen muß: Bambara, Fulbe, Haussa. Naturwissen erscheint in den Eigenschaften von Pflanzen und Tieren, etwa in der Beschreibung der Tamarinde in *Die Mamellen*. Historisches Wissen von der Geschichte der Menschen, ihrer Kriege und Wanderungen, versucht *Mama Kaiman* ihren zahlreichen Kindern und Enkeln beizubringen; doch die jungen Kaimane interessieren sich dafür nicht, sie träumen von tiefen Flüssen mit reicher Beute. Zu ihrem Unglück: Die Wunde des Herrschers, der das Land mit Krieg überzogen und endlich unterworfen hat, muß dreimal am Tag behandelt werden, und zwar mit Hirn von jungen

Kaimanen. Andere Geschichten berichten von den Eigenschaften der verschiedenen Völker Westafrikas, von ihren Bräuchen und Gewohnheiten. Ein weiteres »Lernziel« der Erzählungen ist: die Kenntnis ihrer Spielregeln, ihrer »Codes« zu vermitteln, vor allem in den Tierfabeln durch die Charaktere der Beteiligten. Wie in den europäischen Tierfabeln der Wolf dumm und der Fuchs schlau ist, so sind in den Erzählungen der westafrikanischen Savanne der Hase schlau, die Hyäne dumm und gefräßig, der Affe naschhaft und hinterlistig, der Papagei ein Schwatzmaul usw. Diese Zuordnung von Charakteren zu bestimmten Tiergestalten ist so prädominant, daß sich die Zuhörer am Ende auf jeden Fall freuen, wenn die Hyäne bestraft wird oder Schaden nimmt, auch wenn sie sich – für den mit den Spielregeln dieser Geschichten nicht so vertrauten Leser – nichts hat zuschulden kommen lassen.

Daneben gibt es dann das »soziale« Wissen, das sich aus dem Verhalten der Figuren ableiten läßt, aus der Art, wie Lob und Tadel, Lohn und Strafe verteilt werden. Es betrifft die Regeln, die das Zusammenleben in der Gemeinschaft bestimmen, das Verhältnis der Generationen, die Beziehungen der Geschlechter, das Verhalten gegenüber Fremden. Die Geschichten in ihrer Gesamtheit können gewissermaßen als Lehrbuch der Erziehung gelesen werden. So werden in *Die Mamellen* die Eigenschaften der Sanftmut, Freundlichkeit, Bescheidenheit, Respekt vor dem Alter, Unterordnung der Frau unter den Mann belohnt, die gegenteiligen Eigenschaften bestraft.

Der fast systematisch-lehrhafte Charakter der Erzählungen als umfassendes Erziehungsprogramm wird da besonders deutlich, wo mehrere Geschichten unter einem Titel zusammengefaßt werden. So behandeln die *Schlechte Gesellschaft* überschriebenen vier Erzählungen das Thema, wer zu wem paßt und warum man sich vor schlechter Gesellschaft hüten soll. An den ungleichen Paaren von Affe und Chamäleon, Krebs und Ratte, Hund und Henne, Kröte und Biene wird das Thema variiert und die stets gleiche Lektion veranschaulicht:

Allein sein ist nicht gut, aber schau, mit wem du gehst! Meistens werden die Geschichten mit Sentenzen oder Sprichwörtern auf den Punkt gebracht: »Beim Grüßen hat sich noch niemand den Mund ausgefranst«; »Dinge, die anderen gehören, heißen ›Finger weg!‹«; »wähle deine Freunde besser unter deinesgleichen, von gleicher Herkunft und aus gleichen Verhältnissen«; »wer gute Gefährten sucht, muß sich bei seinen Altersgenossen umsehen«; »einem gemeinsamen Mahl ist nichts zuträglicher als eine gleich große rechte Hand«; »daß man eine Speise erst dann verzehrt, wenn man weiß, was auf dem Boden der Schüssel ist«.

Einige Geschichten erzählen davon, wie man Wissen erwirbt. So berichtet *Ein Urteil,* wie von zwei entgegengesetzten Aussagen die wahrheitsgemäße gefunden und Recht gesprochen wird. Doch beschränkt sich die »Moral« der Geschichte nicht auf ihren Endpunkt, die Wahrheitsfindung, sondern hält auch längs des gesamten Erzählverlaufs zahlreiche Lehren bereit. Der Bauer Demba, dem die Affen seine Felder geplündert haben, ist wütend und läßt seinen Zorn an seiner jungen Frau Koumba aus: Das Wasser ist ihm nicht frisch genug, der Kuskus zu heiß und zu wenig gesalzen, das Fleisch zu zäh; zuletzt verprügelt er die junge Frau und verstößt sie. Koumba packt ihre Sachen und verläßt wortlos das Haus. Zurückgekehrt in ihr Heimatdorf, entdeckt sie die Annehmlichkeiten des Lebens einer jungen Frau ohne zänkischen Ehemann und genießt es, von allen hofiert und begehrt zu werden. Dagegen merkt Demba jeden Tag mehr, was er angerichtet hat und wie sehr ihm seine Frau fehlt. Leitmotivisch kehrt mehrfach das Sprichwort wieder: »Wie nützlich der Hintern ist, weiß man erst, wenn man sich setzen muß.« Demba verzweifelt über das, was er nun alles selbst zu erledigen gezwungen ist (bei dieser Gelegenheit erfährt der Leser, was zu tun sich für einen Mann schickt und was nicht). Er zieht in das Dorf seiner Schwiegereltern und fordert seine Frau zurück. Diese will nicht. Die Rechtslage ist unklar: Hat er sie verstoßen oder nicht? Die Frau sagt ja, der Mann sagt nein. Man sucht ein gerechtes

Urteil: bei den Alten des Dorfes, dann in vielen anderen Dörfern, bei Marabuts und Zauberpriestern. Schließlich wenden sich die beiden als ihre letzte Zuflucht an den weisen Marabut Madiakaté Kala, der in der (mit paradiesischen Zügen ausgestatteten) Stadt Maka-Kouli wohnt. Seine Weisheit fußt darauf, daß er – man weiß gar nicht mehr wie oft – schon so oft nach Mekka gepilgert ist. Der Weise überläßt Koumba seiner jüngsten Frau Tara; der nächste Tag soll Licht in die Angelegenheit bringen. Den ganzen Tag tut sich nichts. Erst nach dem Abendgebet, als alle schon auf das Essen warten und die Anspannung des Tages nachläßt, fragt der Weise plötzlich: »Wo ist der Mann, der seine Frau verstoßen hat?«, und als sich Demba überrumpeln läßt und mit »Hier bin ich!« antwortet, ist er überführt: »Mann, deine Zunge ist deinem Verstand vorausgeeilt, und dein Mund hat eingewilligt, die Wahrheit zu sagen.«

Eine rein auf den Rechtsfall zielende Interpretation würde hier zu kurz greifen. Die Geschichte geht nicht im *fabula docet* auf, sondern hält auf ihrem Wege andere Lehren bereit: über das Zusammenleben von Mann und Frau, beider Rechte und Pflichten; darüber, daß man sich nicht vom augenblicklichen Affekt hinreißen lassen soll, daß die Ehe nicht nur die Sache der beiden Ehegatten ist, sondern die Verwandten und die ganze Dorfgemeinschaft mitbetrifft; wie schwer es ist, aus einer verfahrenen Situation wieder herauszufinden; daß Recht nicht nur durch Weisheit und Nachdenken gefunden wird, sondern auch der Menschenkenntnis und der List bedarf usw. Es ließe sich geradezu eine Analyse der Geschichten vorstellen, in denen diese in minimale Einheiten der Wissensvermittlung aufgespalten und in entsprechende »Regeln« übersetzt werden.

Neben dem belehrenden Charakter aller Geschichten wird in einigen Erzählungen die Suche nach Wissen und Weisheit selbst thematisiert, es sind sogenannte »Initiationsgeschichten«. In der Erzählung, die *Die Erbschaft* betitelt ist, hinterläßt der alte Samba nach einem langen und arbeitsreichen Leben seinen drei Söhnen Momar, Moussa und Birame drei Lederbeutel, die sie nach dem Trauermonat öffnen: Birames Beutel enthält Strick-Enden, Moussas Goldstaub und -körner, Momars enthält nur Sand. Da die drei Brüder nicht wissen, was der Inhalt der drei Beutel bedeutet, wenden sie sich an die Dorfältesten, die sie zu den Ältesten eines anderen Dorfes, diese wieder in ein anderes Dorf schicken, bis man ihnen endlich den Namen des Mannes nennt, der alles weiß: Kém Tanne. Nach langer Wanderung und merkwürdigen Begegnungen, die von den dreien stets mit dem Satz: »Wer lange reist, sieht viel«, kommentiert werden, kommen sie in ein Dorf, wo sich ihnen das jüngste der dort spielenden Kinder als Kém Tanne zu erkennen gibt. Die seltsamen Begegnungen auf dem Wege erfahren ihre Auflösung, und der letzte Wille des verstorbenen Vaters wird offenbar: Die Inhalte der drei Beutel bedeuten zwar Verschiedenes – die Strick-Enden das Vieh, der Sand den Grundbesitz, das Gold die hinterlassenen Geldwerte –, doch die Lehre lautet für alle drei: Kehrt in das Haus eures Vaters zurück, setzt sein Werk fort und lebt weiter in Eintracht.

Ohne im Detail auf den ganzen Komplex der westafrikanischen Initiationsgeschichten einzugehen, kann man doch festhalten (was diese Erzählungen auch mit entsprechenden europäischen Traditionen verbindet), daß Weisheit nur um den Preis langer Mühen und unter strenger Einhaltung des erhaltenen Auftrags, bei gleichzeitiger Meidung von »leichteren« Lösungen, zu erhalten ist und daß derjenige, der die gesuchte »Erleuchtung« (in des Wortes doppelter Bedeutung) gewähren kann, sich hinter einem unscheinbaren Äußeren verbirgt: ein spielendes Kind, ein alter Mann oder eine alte Frau.

Birago Diop hat seit 1947, seit dem ersten Erscheinen des ersten Bandes seiner *Geschichten des Amadou Koumba*, Generationen afrikanischer und europäischer Leser in seinen Bann geschlagen. Als Léopold Senghor 1948 in seine Anthologie französischsprachiger Poesie aus Afrika und der afrikanischen »Diaspora« neben zwei Gedichten Birago Diops auch eine seiner Erzählungen – *Die Mamellen* – aufnahm, erkannte Jean-Paul Sartre in seinem »Schwarzer Orpheus« (*Orphée Noir*) überschriebenen Vorwort gleich den besonderen Rang Birago Diops. Während die anderen ihren oralen Traditionen hinterhereilten und sie einzuholen versuchten, seien die Texte Birago Diops unmittelbar daraus hervorgegangen: »Der ruhige Mittelpunkt dieses Mahlstrom von Rhythmen, Gesängen und Schreien, das ist die Dichtung von Birago Diop in ihrer schlichten Majestät: Sie allein ruht in sich, denn sie ist unmittelbar aus den Erzählungen der Grioten und der oralen Tradition hervorgegangen.« – Sie ist daraus hervorgegangen, aber sie ist – was Sartre noch nicht wissen konnte – nicht dabei stehengeblieben. Birago Diop hat unablässig an seinen Gedichten und bis zuletzt an seiner Lebensgeschichte gearbeitet. Der fünfte und letzte Band seiner *Mémoires* erschien wenige Monate (Juli 1989) vor seinem Tod am 21. November 1989.

János Riesz

INHALT